中公文庫

開高健の文学論

開高　健

中央公論新社

目次

I

編集　浦西和彦

開高健の文学論

I

一　アンダスン「冒険」についてのノート

シャウッド・アンダスンは一八七六年、オハイオ州キャムデンに生まれた。家族といっしょに諸方を転々としていたため十四歳以後は正規の学校教育を受けなかった。処女作『オハイオ州ワインズバーグ』はそれまで『ザ・マッセズ』や『ザ・セヴン・アーツ』などの諸雑誌に発表したものをまとめた短篇集で、作者四十三歳のときに出版され、作家としてのアンダスンの位置を確定する名声と成功を獲得した。以後、作家生活に入り、半自叙伝的な『物語作家の物語』や長篇『暗い笑い』、社会評論集『迷えるアメリカ』その他、多くの作品を発表、刊行、一九四一年、南米旅行中に死んだ。

ここに訳した「冒険」は処女短篇集『オハイオ州ワインズバーグ』におさめられた一篇である。

『オハイオ州ワインズバーグ』はそれぞれ独立した二十四の短篇が集って有機的な関係のもとに一つの世界と雰囲気を提示する、という方法がとられている。したがって、どの一つの短篇も全体の緊密なモザイクの一片として眺めねばならない。

二十四の短篇の二十四人の登場人物はすべてワインズバーグの住人で、田舎教師、牧師、貧農、医者、小作百姓、酒場のバーテン、挿絵画家、浮浪少年、老女等々、何の特異性もない平凡な田舎町の住民ばかりである。ありきたりな人間がありきたりな環境でその日その日を厚い殻に包まれて暮しているにすぎない。

アンダスンは、しかし、これらの容易に脱皮も変貌もできず、しかも自我が薄暗く熱い半覚醒の状態にあってたえず外界の脱出口を手さぐりで求めている小市民たちに今世紀の不幸の一つの姿を読み、敏感に病部を嗅ぎつけた。彼は人物の内部に深針を入れた。どんな人間も何らかの意味で不具であり、グロテスクなものを持ち、抑圧され、歪み、不安定であることを彼の鋭いペンはぼくたちに教えてくれる。

たいていの彼の作品はストーリーの或る一点であざやかな展開を持ち、それまで薄明でネガティヴであった登場人物や主人公たちの内的な経過や行動の動機、因子のメカニズムなどが、とつぜん一切が理解され、動かし難いイメージとして定着される。抑鬱された人間のはげしい潜在力を何らかの行動の形で提示することにアンダスンは非凡な手腕を持ち、ぼくたちは、いわゆるヘミングウェイ・スタイル、あるいはハードボイルドの手法の最初の徴候と成功を彼に見るのである。

のちに長篇『暗い笑い』（Dark Laughter）などを書いて彼は自分の志向をもっとはっきりした形のものに発展させた。彼は黒人の肉体に注目した。原始的な生命力への郷愁と白人の衰弱した二十世紀文明への諷刺を彼は未整理で薄暗く、逞しい黒人や、あるいは黒人にひとしい、少数のめぐまれた白人の肉体力をとおして定着した。それはローレンスが性を通じて可能性をさぐろうとしたのと非常に似るところがあり、第一次大戦後のヨーロッパの知識人たちが抱いた志向と一致するものである。

彼はドライザーなどに倣った自然主義的な方法から次第に象徴的な方法に近づいて行った。彼の成功は否み難く、又、後につづくロスト・ジェネレーションの若いチャンピオン、ヘミングウェイやコールドウェル、フォークナーなどに与えた影響も巨大なものがあり、サロイアンには、「所詮われわれは彼の追随者であることからまぬがれ得ない」とまでの告白をさせるほどの広範なものであったが、しかし、ぼくたちは、アンダスンが非常に優秀な技術を持ち、又、社会的なものときわめて近接した位置にあり、いろいろな可能性をゆたかに内包していたにもかかわらず、ついに外延的発展を遂げなかったことに対して不満と、同時に自分たちの問題とをそこに感ずるのである。彼がヨーロッパ文学の植民地であったそれまでのアメリカ文学を独自の風土性と性格をそなえた世界文学の序列に加え得られるオリジナルなものへ発展させた幾つかの流れのうち、もっとも大きなものの一つであったことをぼくたちは再認識して、今後にそなえる一つの礎石としよう。

（『現在』一三号　昭和三〇年八月）

二　長谷川四郎氏の『遠近法』をめぐって

『のんしやらん記憶』という小説を、むかし、佐藤春夫氏が書いた。なんでも、人口過剰のために空気がなくなって、ガスのようにメートルで空気が売られるという未来小説である。暗くするどい抒情の残像が、いまのぼくにのこっている。

読んだ当時は「のんしやらん」の意味がわからなくて、ただ響きのよさからその言葉を愛撫するにとどまったが、長じてフランス語をかじるにおよんで、《無関心》、《放恣》、《ものごとにこだわらない》といった意味だとわかり、佐藤氏が憂鬱をたいへん小粋にまぎらしていたのだという、その小説の反語的意味もわかった。

長谷川氏の登場以来、ずっとぼくはこの「のんしやらん」という言葉を自分なりにアクサンをかえてつぶやきつづけている。『シベリヤ物語』『鶴』『張徳義』、この頃の氏の作品については、佐々木基一氏が『昭和文学論』のなかで、例によって直感、分析、構成等、諸能力の均等発展した批評を書いておられるし、ぼくもほぼそれに平行した気持でいるので、贅言を加えない。ただぼくはそれに「のんしやらん」を蛇足としてつけたすことで満足する。

出発以来、ずっと長谷川氏は小説作法上の非合理主義者として気質的に作品を書いておられた。ぼくが「のんしやらん」というのはその意味である。前記の作品をかいておられた頃の長谷川氏は純粋無比なイメージを各所に惜しげなく放散して読者に新鮮な魅力をあたえたが、それらの諸印象群は作品の機制のなかで歯車のように、モザイクのようにかみあって働くものではなく、すべて独立して個々に香りを放っていた。長谷川氏はモームのように物語の起承転結という約束を守って、さいごの一句のためにあらゆる余分なもの、むだなものを省き、すべての贅肉を削いで円を完結させるというようなことを考えない人である。そうした面での小説の生理については、氏はまったく「のんしやらん」である。ずいぶん力を簡潔に使っておられた初期の作品についても、思わずオヤ、コンナトコロデと小首をひねりたくなるような唐突な終り方をしているものがあったことを思いだして頂きたい。いやになるととつぜんペンをほうりだして氏はそっぽをむいてしまわれるらしい。それでも氏の魅力が減ずることはちっともないので、ある意味ではまったく気楽な、そしてトクな作家だといえよう。

さて、氏がホロンバイルの草原をかけまわっておられた頃はノンシャランスがぼくらにとっては類のない魅力として感じられていたが、氏の世界が日本の湿地帯に移ってからは愛好者にとってたいへん苦痛をあたえる操作がはじまった。草原を背景にした純粋鮮明な外界志向者が底なしの泥沼におちこんで力のふるいようがなくなったのだ。そのあがきを山室静氏は、いつか、どこかの短文のなかで、生への希求がもたらす有機的な摂取作業と指摘しておられたようにぼくは記憶する。つまり山室氏によれば、ホロンバイルの長谷川氏は死と直面して、死と対決するための現実処理を果しているだけだったが、そこから生への回帰がはじまったときに外界は血の生温かさや肉のあいまいさを帯びて長谷川氏に迫ってきた。それは草原においてとおなじような操作では処理しきれない、異質の世界なのだという解釈である。ぼくは長谷川氏の作品をそうした「死」と「生」の動機でとらえようとする見方に対してひとつの暗示をあたえられたような気がしたが、その後決定的には延長できないままで現在に至っている。これは今後もよく考えてみたいと思っている。

アバタもエクボの偏愛の感情から、ぼくにとって氏の作品はどんなわけのわからない失敗作でも、結局さいごまで読まされ、つきあわされてしまう。ぼくにとって、氏は決して駄作を書かない作家として映る。これはやっかいなファン気質だ。ぼくはついに長谷川氏の批評者となることができないのである。したがって、以下のくだりも一愛好家の感想にとどまるのではないかと恐れる。

さて、『遠近法』は読みづらい作品である。目次では「(1)事故、(2)陳述、(3)旅行、(4)殺人」となっているが、それぞれの挿話がひとつの明確な主題意識のもとに段階的に発展するような積みあげられ方をしていない。ひとりの主人公がこの四つの部分を歩くのではなく、四つの物語がそれぞれバラバラに独立している。独立はしているが、この四つはひとつの主題のための四つの視点、光点となって交渉しあうというのでもない。それぞれの挿話を一応図式化してみると、(1)の「事故」は官僚主義への抵抗、(2)の「陳述」は小市民の戦犯意識の追求、(3)の「旅行」は日常性からの逃避、(4)の「殺人」は日常性と戦場記憶の交錯、対立。だいたいそんなことになりそうなのだが、このうち(1)と(2)はあくまで別々の物語であるらしいにもかかわらずダブっているところがあって、なぜそうならねばならないのかということを読後納得することができない。(2)の書出しは「わたし」ではじまって五行目からとつぜん「ぼく」にかわってしまうが、これは「わたし」が内白をはじめたがために異質の時間が流れだしてそうなるのだというような必然性があまり感じられない。長谷川氏のノンシャランスが文体にでて、なんとなくそうなったらしいという印象である。ぼくはまずここでひっかかってしまって、以後の文章にどうしてもうまくのっていけなかった。いくら長谷川氏がものにこだわらないからといっても、こんな細部の神経、約束だけは守って頂くべきではないかと思うのだが……

この四つの物語のうち、(1)をのぞいて、あとの三つは時間の構造において共通したものをもっている。この三つの挿話において主人公はそれぞれ手記を書いたり、眠ったり、画を描いたりするが、その間しじゅう、過去が抑揚も装飾物もともなわずに現在のなかへ登場し、現在とおなじ密度の存在感、責任感をもってのさばり、歩きまわる。その交錯状態は、過去と現在という二つの異質な時間の闘争、というよりは、多分に気質的、肉体的な並列であって、主体ある現在が過去の登場によって変革、歪形をうける、そのための運動を内包した過去というような時間構造ではなさそうだ。これは島尾氏の作品にくりかえしあらわれる時間に形のうえでは似ているが、島尾氏の場合は、現在はかならず過去によって復仇されて、血を流す。それに、長谷川氏は乾性で島尾氏は湿性である。島尾氏が白紙にふれるとたちまち脂や血がつき、ぬめって、重く、熱を帯び、肉の予感がおきあがってくるが、長谷川氏にはそういう宿痾がない。

じじつ、今度のこの不安定な作品のなかでも、登場人物はいずれもなんらかの意味においての独立生活者で、たえまなく日常のトリヴィアリズムから遁走しようと健康な足踏みをやっている。この長谷川氏独特の人物像があるためにぼくは氏がどんなノンシャランスを発揮してもそのあとをよろよろつけていきたくなるのだ。それはぼくの趣味によるものだが、どの作品をとりあげるか、どの作家を選ぶかは、所詮、好みから発するものではないか。

楽天的生命力、独立生活者、手の生産者。機械のように勤勉で正確で、健康な脱走の衝動にみちた、体力にあふれた人物。船乗り、画家、小自由者、逃亡兵。これらが長谷川氏の出発以来抱きつづけている人物像の原型である。『遠近法』は不明確な失敗作であったと悲しい判断をぼくは下さざるを得ないのだが、それでもこの原型があちらこちらで呼吸の気配をみたしているために他のどんな作家の失敗作よりも、あとをつけるぼくの足はとぎれなかった。この作品のなかで長谷川氏はさまざまな苦しい試みをやっておられるが、四つの挿話のうち、もっとも新鮮な活力に富んだ、目的意識や節制力の利いた成功作が第一の物語、すなわちマリュートカ炭坑の描写であって、それがとりもなおさず『シベリヤ物語』の世界であることを思いだせば、結局、長谷川氏の資質のふるさとがどこであるかは誰の目にもあきらかであろう。

本の帯封というのはおもしろいものだ。推薦文を書く作家や批評家の煽動者としての才能がうかがえて、ぼくには興味シンシンたるものがある。誰か「帯封コレクション」なんてやらないか。これを戦後直後のものから現在にいたるまで集めてみれば、文学書だけでも時代の移りかわりがレキゼンとわかってじつにおもしろいだろうと思う。推薦者それぞれの時代への順応姿勢もうかがえるだろうし、精神の販売業者、出版ジャーナリズムのそれぞれのアンテナとしての性能もよくわかってニヤニヤしたくなるだろうと思う。

この『遠近法』についても埴谷雄高氏の評がでているが、それはこうなっている。「透明な硝子玉の内部を覗くような、シベリヤの風物と人間の鮮明なイメージから出発した著者は、ここで日常の生活の灰色の部分へ踏みこみ、すぐ近くの周辺の暗部にあるとらえがたいものをとらえようとする。遠くにあると客観的で鮮明だが、近くにあると却って見えがたいものが、ここでカフカ的に粘りづよく執拗に追求されている。この書が現代の《遠近法》と名づけられる所以であろう」

これは意識の遠近法そのものについての要領のよい、論理的な解説ではあるが、帯封としてはあまり上手ではない。訴求点がかたよっていないから、好感は抱けるが、野暮な迫力がないので、長谷川氏の固定読者にしか通じない。見込客の商売というやつだ。そして長谷川氏の固定読者なら帯封をみなくても買う人が多いだろうから、結局ぼくとしては、埴谷氏がもっと本腰を入れた解説を「あとがき」かなにかの形で本のなかへ入れて頂きたかった。この作品についてはそれが必要だったとぼくは思う。長谷川氏はこの作品で、おそらくはじめから不安を抱いていたにちがいないにもかかわらず、ひとつの冒険と飛躍を試みられたのだし、それは、稀薄な、愚かしい、コクのない、作家が出血していないこの文学時代に得難い情熱であるからだ。

（『現代詩』四巻一〇号「文芸時評」昭和三二年一二月一日）

三　自戒の弁――「芥川賞」をもらって

カミのこっけい探偵小説『名探偵オルメス』にスペクトラという頭のいい泥棒がでてきて、いろいろふざけた悪事をはたらくのだがそのひとつにこんなのがある。スペクトラは巨大なインキビンをこしらえて作家をそのなかへ投げこみ、うえから、どんどんインキを注ぎ「書かなきゃおぼれるぞ」とおどかすのである。恐慌をきたした作家たちはちょっとでもインキをへらそうとして、あごまでつかりながら必死になって書く。書いて書いて書きまくる。それをスペクトラは売って売って売りまくり、たちまちパリを廉価本の洪水で埋め、大もうけするという筋である。コントだから、もちろんおわりにはスペクトラはオルメス先生につかまってインキびんのなかへ投げこまれるということになっているのだが……

二十日の夜、授賞の知らせが来たとき、私は一瞬、視界がまっ青にそまったような気がして胸苦しくなった。私にはとてもこれからさきインキの海を泳いでわたれるとは思えない。なにより私は遅筆だからマス・プロできないのである。せいぜい書いて一夜に五、六枚。それもおぼつかないというありさまなのだから、とうてい流行作家にはなれない。下手に泳ぎだすと六ヵ月だ。六ヵ月でおぼれ死ぬだろう。その末路はありありと見えている。作品のなかで今後、ちょっとでも若く見え、長く生きようと考えるなら、自重するよりほかに私には道がない。どんなにスペクトラに首をしめられてもあせらぬことだ。くれぐれもこの点、自戒までに確認しておく。

さて、アランの散文論にこういう一節がある。

「悪い散文は亡霊と幻にみちていて言葉がめいめい自分勝手に輝き、踊り、となりの言葉といっしょにたわむれたり、円舞をしたりしている。このことが物語の運びをさまたげ、読者をして判断せしめずに夢想せしむることとなる」

つまりこういう文体は読者を半睡状態に追いこみ、読者を酔わせるだけだ。〝正視すればたちまち消散する幻〟である。こういう文体、そのみせかけの魅力、一回かぎりのイメージ、私たちはこれを〝いつわりの詩美〟と呼んでいる。

私の文体はまだまだムダが多くて、この種のフォース・ポエジーからぬけることができない。それは私が精神的軟体動物であるからだ。言葉をささえるものが論理ではなく、イメージをささえるものが思想ではなく、いずれも感性的な、気分的なものであるからだ。そこに私は絶望的な日本人を感ずる。今後私はなんとかしてこうしたものからぬけだす方向に努力していきたい。〝感覚〟だけによりかかっていると、たちまち私は古びてしまう。至難の業であることはわかっているが、長い時間をかけてすこしずつ移動していきたい。

（『朝日新聞』昭和三三年一月二二日）

四　きだみのる氏の文章生理学

さいきん、たまたま二日つづけてきだみのる氏に会う機会にめぐまれた。

きだ氏に会うのははじめてなのでたいへん楽しみにして丸善へでかけた。見ると、雲をつくような大男である。私は日本のインテリの原型のひとつとして、いつも御家人くずれをイメージに描く癖をもっているのだが、その大男はよれよれの古シャツにどろどろのジャンパー、太い腹に兵隊バンドをしめ、木こりのようにたくましい腕をぶらさげて歩いてきた。容貌はくずれ型のジャン・ギャバン、むかしはさぞや美少年であったろうと、まず敬意を表する。

終戦後はじめて『気違い部落周游紀行』を読んだときの記憶は忘れがたいものである。そのときの氏の文体の二、三行は中古活字とセンカ紙の薄汚い頁のなかで類のない光を放っていた。いわば紙のうえにとつぜん白い窓をひらいたような鮮明さがあった。それ以来私は目にふれるかぎり氏の文章を読んで、氏の年齢と思いあわせ、どうすればこんな若さを保ち得るのか、かねがね秘密を知りたいものだと考えていた。そこで挨拶がおわると早々にきりだしてみた。

そのぶしつけな青っぽい質問に対する氏の解答は、

「私は人生に対してつとめてひかえめであろうとしていますね」

ということで、それについてしばらく補足的な解説をおこなわれたが、残念なことに氏の下顎には歯が一本しかない。母音がリエゾンしあってさっぱり聞きとれぬ。だまってフンフンと頷いていると、

「家族とのむだな関係を断つことです。とくに女がいけない。女は男を腐らせる。必要以外に女としゃべっちゃいかんよ」

はァと相槌をうったら話題がかわって、氏は中古自動車でアメリカとサハラ砂漠を横断旅行する壮大な夢想の細部を説明にかかられた。ヘヘェ、ホホゥと感嘆してタルタラン・ド・タラスコンの姿を描きおわったところでその日は別れた。失敗である。

そこでつぎにはコーヒーのかわりにウイスキーをもちだし、またしてもいかにして文体に若さを持続するや、とむしかえした。

「女がいかんよ」

不満に思って三杯めのウイスキーをついだら、とほうもない効果があがった。氏はグイとそれを飲みほし、

「女の上にのっかっちゃいかんよ」

と体をのりだされるのである。

「女の上にのっかっちゃいかん。上位姿勢はあぶないね。あれをやるとかならず疲れて、あとで女に乗じられる。横か下かだね。頑としてそれをつづけると、しまいに女は愛想をつかすからそうなりゃしめたもんじゃねえか。これは、君、注意しなくちゃいかんよ」

ハハァと呆気にとられているうちに氏はアルコールの霧のなかをさかのぼって、辻潤に五円貸してやったら十銭ずつ湯豆腐を食って飲んでトコトンなくなるまでハシゴをつきあわせられてね、ありゃたまったもんじゃねえや、ホホホと一本歯でお笑いになった。ですぺら！……

私の知っているところで文体、風丰《ふうぼう》においてきだ氏に相似しているのは長谷川四郎氏であろうか。長谷川さんの対女性関係やベッド・テクニクなどを私はまだ教えられていないが、この二人はともに頑健な体軀にめぐまれ、松の根のような手で水のような透明な文章を書く。その作品の登場人物はともに独立生産者、小自由者であり、いずれも文体は日本的湿潤をまぬがれて爽快である。その乾いた、新鮮な文体のうらにはつねにある無責任さと酷薄さがある。いずれも気質の一方の極では無責任な行動力にめぐまれた浮浪者でありながら、一方の極では現実参加を志向する。内灘事件、菅生事件。とくにきださんについては、この会見によって、氏の文体の魅力がアナキズムから発するものであり同時にその透明さのもつ弱さもまたアナキズムの限界を語るものではないかという印象を確認し得たように感じたのだがどうだろう。ちなみに氏が推奨する作家として永井荷風をあげられた事実を加えておく。

さて、さいごにきださんは私が口腹の徒であることをたしかめられたのち、そのよれよれのカメラ・バグのなかからよれよれの新聞紙に包んだスルメみたいなものをとりだされ、これはクチコといってナマコの卵巣を干して固めたもので、たいへんに高価、貴重であり、かつたいへんに精力のつくものである。君が料亭へ行けばこれの一センチばかりに女将はたいへんなモッタイをつけてさしだすであろうとの説明をされたので、一も二もなく氏の松の根のような手にとびついたが、翌朝、とくに体を折ってかくさねばならぬほどのめでたさを発見し得なかったのは残念であった。

（『近代文学』一二一号「手帖」　昭和三三年七月一日）

五　なにもわからぬ

はじめのうちは気のすすまない原稿を書くのがひどく憂鬱だった。書いた作品のうける評価というようなものは、くわしくこまかく計算できないまでも、だいたい書くまえに、およその見当がつくものである。そのときの体内にこもってペンを走らせる圧力、精神的なエネルギーの量というようなもの、要するに予感をもって、あてずっぽうながらメドをつけることができる。だから、書いてしまったあとは、その予測と実際うけた評価との落差を眺め、その落差から自分なりに評価者を判断するだけである。だいたいみんなそうだろうと思う。いままでのところ、私は自分の予測がとほうもない狂いを生じたという経験をもっていない。

だから気のすすまない、書きたくない、ハイボールからウイスキーをぬいたような、タバコからニコチンをぬいたような原稿を書いているときの憂鬱というのは、度し難いものである。ニタリと喜ぶ顔がある。ヤレヤレと吐息をつく顔がある。ソッポをむく、鼻を鳴らす、投げた肉にとびつく犬、鳴くようにしむけたオームが鳴くようにしむけたように鳴く……いろいろなものがペンのしたをウロウロ、チョロチョロと明滅出没する。

その味気ない、胸苦しい憂鬱の霧のなかをタバコや番茶やウィスキーで汚れきった体をひきずって歩いているうちに、さいごの夜があけて、窓が赤紫色にかがやきはじめると、とつぜんひとつの天啓が救いにやってきてくれる。私はペンを投げだしてつぶやく。いっさいの凡作、駄作、愚作、およそ創作動機の見当というもののつきかねる作品の作者すべての頭をかならず一度は通過する天啓である。ウン、ソウダ、一ツノ傑作ガ十ノ駄作ヲ帳消シニシテクレル。ソレマデノ辛抱。エイ、レセ・フェール。行クモノヲシテ行カシメヨ。

そこで原稿が誰やらの手にわたって、どこかで雑誌になると、やっぱりああいうだろうと思ったものはああいい、こういうだろうと思ったものはこういい、左フック、右フック、満身に傷をうけるが、こちらはすでに赤紫色のつめたい窓辺で天啓をうけているので、サァ、殴れと腹を固め、今度は自棄まじりに、ニタリと喜ぶだろうと思ったのが期待どおりにニタリと喜ぶと、なんだ、ダラシがない、計算どおりじゃないかと、相手を正しきが故に否定する。あまのじゃく、逆恨み。そしてときにはこうも呟くのである。俺ハ許セルガ、俺ヲ許ス奴ハ許セヌゾ。まるで、わけがわからない。そしてまたぞろしぶい顔して、十の駄作を一度に帳消しにしてくれるはずの一の傑作を書くために十の駄作を書きにもどるのである。

この短文は「芸術家とジャーナリズム」という枠のなかで書かれることを予想されて

いるのだが、いったい二十世紀後半の日本において芸術家とはなんであるかと聞かれてみるとハタと困惑して、また、小説を書く人間は芸術家であるかとキメつけられるとまたしどろもどろになってしまって、それがジャーナリズムとどうツルみあうのかとつっこまれるとさらにヨロヨロしてしまって、どうにも腰がきまらないのだが、ただ小説書きとジャーナリズムはどうかということですぐ誰にも焦点が合わせられるのは乱作問題だろう。が、私はあまり興味がない。乱作するなといったところでする奴はするのだし、できない奴はやれないのだし、批評家をだましたり、甘えたりするのに長けた奴はいくらでも〝傑作〟が書けるのだし、処女作をこえられる奴やらこえられぬ奴やら、そんなことはいっさいがっさいなにもわからない。あいつはジャーナリズムのタイコ持ちだ、猿まわしのエテ公だ、笛吹きゃ踊る、バカよ、フウテンよといわれている奴でもなにかが狂うといつどんな作品をモノするかも知れないし、孤高、高節、きびしき寡黙の人とたてまつられている奴が案外ネタを割ってみればただの貧血症にすぎなかったり、ジャーナリズムに罪があるとキメつけた男が一度声をかければコンニャクになって寝返ったり、諸悪の根源とされるジャーナリズムが傑作を生みだしたり、喧嘩両成敗で狂躁性神経患者のジャーナリズムと立身出世主義者のガッツキ作家の両方を同時に切ってみたところで、サテ、ではどうするかと聞かれて答のでるものではなし、そんなことは、まったく、レセ・フェールというよりほかになにもいえないではないか。問題はここ七、八年というものずっと泡沫的現象をすべて蔽いつくすような作品がひとつも生まれなかったことである。すでにそのような性質の作品というものをイメージに思い浮かべることすらできないような時代になっているのだ。世界的に見たって文学は度し難い貧血症におちている。いまさらジャーナリズムがどうのこうのというような糾弾をやったところで、わびしいばかりでなんにもならない。

（『近代文学』一二七号「芸術家とジャーナリズム」昭和三四年一月一日）

六　悪態八百の詩人――〝円熟〟を考えない金子光晴老

首から下の若さ

小柄な老人である。笑うと顔じゅう皺だらけになった。写真で見ると、薄いくちびるは欲情と我執と叛意で、いかにも弱さが居据ったように、にくさげにつっぱっているのだが、じっさいに会って、老が額も頬もいっせいにクチャクチャと皺にまみれ、どうやら数えるほどしかのこっていないらしい歯をみせてお笑いになったところを見ると、子供のとき見た、西陽のカッと射す床の間にだらしなくのびて何がおかしいのか、雲烟万里の山奥でケラケラ笑っていた寒山拾得図を思いだしてしまった。

しかし、光晴老の肉体で注目すべきは、その首から下である。この部分は完全にそれより上に叛逆していた。お猿をかん詰にしたような、その素枯れた、シワだらけの顔には、意外にわかわかしい胴と手足がつながっているのだ。皮膚はみずみずしくピンと張って、老斑やシワなどは毛すじほどもなく、硬太りながらあぶらものってきれいな血のいろを透かしているところは、へんになまめかしく、浴衣の袖や裾からチラチラすると一種フェティッシュなエロティシズムのようなものさえ感じられるのである。

その対照の妙は、あたかも中古のガン首に新品のキセルをつけたようなおもむきである。早熟早老な日本インテリのなかでこの人がいつまでたっても〝円熟〟を考えることなく下界の認識地獄でワルプルギスの夜をくりかえし、いびつで、豊饒で、はじしらずな、悪態八百の作品を書きつづける、その、よってきたるゆえんは、やはりこのあたりなのであろうかと、年がいもなくかいがいしいラウに改めて敬意を表した次第である。

ウンコの抒情詩

老のアクどさ、破廉恥さはその多彩鋭敏なメタフォアや強靭な批判力とともに老来ますます芳香を放ってきたようである。暑さまぎれにその悪態ぶりの一節を見よう。長篇抒情詩『水勢』の四十九頁。

冷蔵庫へでもしまつておくんだな　いまできたばかりの、新鮮な、人肌のあたたかさの　こてこてと盛りあげたふというんこが　ごちそうのにほひを、ふんだんに放つてゐるぢやないか

これが抒情詩の一節である。老の詩になじみのない人のためにもうひとつ紹介すると、戦後まもなくでたころの詩誌『コスモス』のある号に老はこんな詩を発表していた。

恋人よ。
たうとう僕は
あなたのうんこになりました。

そして狭い糞壺のなかで
ほかのうんこといつしよに
蠅がうみつけた幼虫どもに
くすぐられてゐる。

あなたにのこりなく消化され
あなたの滓になつて
あなたからおし出されたことに
つゆほどの怨みもありません。

うきながら、しづみながら
あなたをみあげてよびかけても

恋人よ。あなたは、もはや
うんことなつた僕に気づくよしなく
ぎい、ばたんと出ていつてしまつた。

この詩のでた雑誌は、たしか、恋愛詩特集ということになっていた。だからこれは恋愛詩なのである。のちに老はこの詩を一本にまとめた。その詩集にはまさに『人間の悲劇』という題がついていた。

かねてより老はよほど腹がたつか、軽蔑してやるか、茶化してやりたいかのほかに詩は書かぬと宣言しておられるのであるから、いまさら読者としては文句をいう筋合いはない。その宣言は老の詩作上の認識の一転機となった詩集『鮫』の冒頭にでていた。「おつとせい」「燈台」「どぶ」「泡」「紋」など、ファッショにたいする一連の果敢な、透徹した批判をおこなった詩集である。

現実批判の骨格

ここには思想の骨組みがそのままイメージとなる至難の事業があり、肉声の批評とメタフォアのはげしい結婚があって、始めて読んだとき私の脳皮はけいれんした。詩でも小説でもニヒリストには私たちは事欠かないが、そのニヒリズムが情緒や気分であることをゆるされなくなった、ギリギリのイザというときに現実批判のたくましい骨格をもった例を私たちは余り知らない。光晴老はその稀有な人物の一人であった。

老は子供のときに万巻の黄表紙と老荘に読みふけった結果、早くより人生はおひゃらかすよりほかにどうしようもないと腹をきめた。ヴェルアーランやボードレェルやクラウゼウィッツやレーニンなどがその後老の前にあらわれたが、ついに老は姿勢をかえなかった。芸術至上主義者、官能派、耽美主義者であった前半期から後半期の反ファッショ、反日本主義にいたるまで、老は生まれてきたことがまちがいであったという命題を完成するための、そのための生への志向という二極運動を、あるときは感官を、あるときは皮膚をやぶる感傷を、あるときは唯物史観を触媒にして、一貫してくりかえしてきたもののようである。

私たちの世代は存在の与件そのものに対する、根本的な疑い、体系ある哲学というよりはむしろ経験といったほうが正しい疑いのために、そして組織と集団の意識のために、光晴老の一人狼的な咆哮に体質的なへだたりを感ずる。その違和感は老の詩作の方法そのものにつながっていく。

しかし、私たちは老の作品を郷愁として、私たちが発動することのすくない敬意をもってふりかえることからまぬがれ得ないであろうと、すくなくとも私自身は感じている。

〝ドン・キホーテ〟

さて、老との面談であるが、その放埒狷介な生活態度に反して、老は終始ニコニコ、ヒョウヒョウと笑って、なにかといえばこんなことは常識だ、ボクは気の弱い常識家だと逃げてしまい、私のなかにいくらかあった卑俗なゴシップ屋はブツブツ不平をいいながら隅っこにひっこまざるを得なかった。以下はその能率のよくない会話の要約である。

「愛読者でした」

「ありがとう。ボクは、だけど詩人といわれるとおちつかないんですよ。ちょっとまえまで詩人というのは純粋な阿呆ということでしたからね。歴史と現実にたいするノホホンということで……」

「文明批評家ならどうです」

「いくらかましだな。だけど、ほんとをいうと、ボクは詩より小説を書きたいんだ。文明批評そのものをやるにはボクはガクがないしね」

「じょうだんを……」

「他人の説を2|3引用して書いたらキバキバッともするし、能率もいいんだけど、ボクは不器用で要領もわるいから、自分で納得した分だけしか書けない。そうなるといつも他人のあとばかりにまわっちゃうんだ」

「ヨーロッパはどうでした？」

「あそこの風景はどこでも画になるんです。すべてのものが人間のためにあって、人間とコミュニケイトしていますから。ところが東洋はそうじゃない。東洋の自然は苛酷です。人間はイモ虫、クサダ、ヘッピリ虫みたいなもんで、そいつが理想をもたずにゃいられねえもんだから万事もつれてくる」

「東洋のどこがそうなんです？」

「むかしの揚子江、四川なんか。アッシリアの遺跡の壁なんかにしてもじつに冥々として人間と関係がねえな」

「危険な考えですね」

「そう。刹那主義を導きますからね。これは厳粛じゃないと安っぽくなる思想です。だから、ボクは厳粛なんです」

「ところで、お聞きしたいんですが、『おっとせい』をお書きになっていらしたころは、明確に敵を意識していらっしゃったと思うんです。その意識とイメージがピッタリあって、つよい目的意識にテコを利かして力をふるうことがおできになった。現在、金子さんはなにかそういうものが、そういう形で意識していらっしゃるものがありますか？」

「ある。あると思いますね。ボクはそういうものを書きたいと思ってるんです。ひょっとしたらドン・キホーテかもしれませんがね。もっとも、ボクは、いままでもずっとドン・キホーテだったかもしれん……」

「それがこちらにわからないというのは、どういうことでしょうね」

「……」

「自分の生きている時代の本質を見ぬくことがむつかしいからでしょうか。人間は過去を見るときほど現在および未来にたいして賢くなることができないということでしょうか。その蒙昧さのためにある種の幸福が約束されているわけじゃあ、あるんでしょうけれど……」

「フム」

「……」

「ところで、ボクの文体は毛が三本たりないんです。外国語を頭のなかで翻訳しながら読むクセで日本語を書くから、ダメなんだ。どうしても毛が三本たりないです」

「精神の衛生にはそれは沈澱をふせぐのにいちばんなんじゃないんですか？」

「日本じゃ、沈澱しなきゃ、ウケないよ。しかし、やっぱりボクは詩より小説が書きたいな」

「書けばお書きになれるでしょうけど、おっくうなんじゃないんですか？」

「そう。構成を考えるのがね。めんどうだよ。だけどやっぱり書きたいね」

「ハア……」

「……お金がほしいねェ」
（『日本読書新聞』九六四号「開高健インタヴュー」その1　昭和三三年八月一八日）

七　〝洞窟〟にたたずむ人――アジア・アフリカから日本をふり返った堀田善衛氏

泰淳氏との間柄

どれでもいいから二人の作品を同時に読んでみると、どんなに忙しい乱読家でもこのようなイメージを否むわけにはいかなくなる。堀田善衛氏はやせぎすでのっぽで花王石鹼のような長い顔をしている。武田泰淳氏は背がひくくて子持の南京虫のようにずんぐりしてまるい顔をしている。この二人がシャム兄弟のように背中かお尻のあたりでピッタリくっつきあって、つながって、お互いがお互いの体重をもてあましながらおしつおされつきわめて歩きにくい道を歩いている光景である。泰淳氏が焼酎を飲んで泥酔して、「穴だ。穴だぞ。おれは赤土の穴だぞ。どんなキラキラしたヒューマニズムでもおれは音もなく吸いこむんだぞ」

ぐにゃりとくずれてすわりこもうとすると、堀田氏はそれにひきずられてよろよろしながら必死になって体をおこそうと、

「わかる、わかる。その穴はおれにもあるんだ。穴は無視しちゃいけない。とにかくそれは現実なんだからな。しかし人間と人間が生きていくうえの、この責任というものは

どうするのだ。他人の責任、他人の犠牲のうえに穴ボコがあぐらをかいていて、それですまされるだろうか……」

だんだんさきへゆくほど低くなり、乱れて口ごもる声で堀田氏はつぶやきながら、粘土のかたまりのように酔いつぶれた泰淳氏の得体しれぬ体重をぶらさげて荒地にたたずむのである。

この図をもっともはっきり、もっとも親密な言葉で説明したのが堀田氏の『インドで考えたこと』である。私自身が穴居族に属するためなのか、この本でもっとも興味をひかれたのは「洞窟の思想」の一節である。この節の密度と、そのうらにある堀田氏の息の乱れ、うろたえのためにこの本はただの思想風俗図であることからまぬがれ得ているように感じられた。アジアの虚無を象徴するエローラの洞窟のなかに〝ゴー…ボア…ルルル…ン〟と反響するこだまを描写する堀田氏のペンは生彩を放っていて、そのむなしさ、無意味さ、いっさいを解消し、いっさいを拡散してのみこんでしまう、その気味わるい恍惚の質ははなはだ失礼な言いかたを許して頂くなら、これまでの堀田氏の小説のどの一行よりもスムーズに理解し、鮮明にイメージをつくることができた。そしてそのときほど、洞窟の薄暗がりに茫然とたたずむ氏の背後に武田泰淳氏がクッキリと姿をあらわしたことを感じたことは、これまでになかった。

「……な、な、な、やっぱりそうだろう」

泰淳氏の声が頁から聞こえそうな気がしたくらいだった。仏像とこだまを描写した堀田氏の文章はそのまま『異形の者』その他の、泰淳氏の僧侶小説にハマるのである。それを照合しているゆとりの許されていないのがたいへん残念だ。

〝虚無〟と〝狼狽〟と

さて堀田氏はゴーボアルルルンを聞いて、それがありありと自分の内部にかよいあい、あるコレスポンダンスをなしあうものがあると見とどけた。虚無の赤土の穴。無限定、無体系、無抵抗。ついこのあいだまで「歴史」を形成できなかったアジアの、日本の歴史の底流としてこのニヒリズムが〝日本の思想のうちもっとも陰影豊かでリアリティに富み、民衆に対しても浸透度の深い〟ものであることを堀田氏は規定し、〝これと戦って負けはしないが勝つことのできる方法がどうにもふとってこない〟のだと告白した。

ここまではよい。このあたりの分析ぶりは熱と速度をおびていて私には活字がたってくるように思えた。しかし、問題はこの凹型の赤土の穴の、死の思想からいかにしてエネルギーをくみとり、いかにしてこれを生の思想に転ずるかその鍵は、きっかけは、基礎はどこにと、性急に勤勉に誠実に問いつめてゆく段階になってにわかに堀田氏がうろたえはじめたことである。どこかでふいに速度が落ち、判断中止がはたらいて、問題は遠い暗示にすりかわってしまう。それは奇妙に油と水のまざりあったような濃淡のチグハグさのうらに私は堀田氏の苦痛を感じ、性急に解決を求めようとする自分の意識の反映をみとめた。

私自身これからさきをどうたどればよいのか見当がつかないのだ。上昇的な目的意識の欠如、現在の日本文学の衰弱の最大原因がここにある。

堀田氏を触媒にして自分をなんとか救いだそうと考えていた私のもくろみはその意味ではアテがはずれたわけだが、堀田氏を否んだわけではけっしてない。むしろその反対である。氏がそのゴーボアルルンを尾にひき、インドから中国へ、中国からタシュケントへと、いじめつけられた街路樹のように細長い体でとびまわる精力には私は満腔の敬意を表する。私もヤワな小説など投げだして一度はジャヴァ、スマトラのあたりから日本をふりかえってみたくてしようがない。しかしそれはさきの話でいまは帰国直後の新聞とラジオに攻められてふらふらになった堀田氏からおくればせの二番煎じをしぼることとしよう。赤土の穴の埋立作業の一端がかいまみられたらもっけのさいわいというものだ。

アフリカの作家の話

「アジア・アフリカ作家会議といいますが、アフリカに作家がいるんですか?」

「いたね。ナイジェリアだとかカメルーンだとか、とにかくアフリカには未解放国、植民地属領が二十か三十あるんだな。そこの人たちだよ」

「文学として見たらどのあたりの水準なんですか。伝承文学とか、フォークロアとか、そのあたりなんですか？」

「よくはおれもわからんのだがね。カメルーンの作家と会って話した印象では、ともかく魯迅はまだでていないとはいうもののかなり高いところまで来ているらしいって感じだったよ。そしてやっぱり民族運動なんかやるとたいへんなめにあわされるもんだから、みんな文学の第一歩の問題で必死になってるんだな。日本の作家がテレくさくて誰も切りだせんような第一歩の問題、そこのところであの連中はやるべき問題が山積してるんだ。こないだ武田にそのこと話したら、そいつはえらいもんだが、やることもないのに書きつづけてるオレたちのほうも考えてみりゃ相当なもんだって、いいやがった(笑)……」

「文学をやると殺されたりするんでしょうね」

「うん。それが、そのカメルーンの作家というのが、炭というかタールをぬったというか、ただもう真っ黒の顔してるもんだから、よくはのみこめんのだが、想像もつかんくらい思いつめて、つきつめて、ギシギシひしめいてるって眼つきだからね。たいへんなんだろうって思ったなァ。作家会議に出席したら国には帰れんとかいってた」

「じゃ、どうするんです？」

「カイロかどこかとちゅうでおりて、その場で波止場へ行って人足かなんかしながら、民族解放運動の組織や事務所をつくるんだとか……」

「相当苛烈だな……」

「それからこういうことがあった。ある会議の席でナジ処刑の問題がでたんだね。そのときはいわゆる西側の国の連中が猛烈ないきおいでテロ政治を非難したんだ。するとどこかアフリカの植民地の代表がたって、いとも淡々たる口ぶりで言ったんだよ。なるほどおっしゃることはよくわかる。われわれとてナジ問題はけっして考えないわけじゃないが、しかし、まあ、いまここにこうしていてもアフリカじゃ毎日何十人とあなたがたの政府の手で男や女が殺されてるんだ。一人のナジと何十人、何百人のアフリカ人と、数でどちらが罪かというようなことはいわないが、とにかくこういう人たちもいるってことを思いだして頂きたいと。こういったんだ。これには満場シュンとしたね。とくにリキんで真っ向からというのじゃなしに、といってまたこんなもんなんですというあきらめでもなしに、いうべきことはつつまずいうって態度だ。なんだかとつぜん会場が人間の匂いで、もうもうとなってきたぞ。アフリカのほうから巨大なものがやってきたって感じだったな」

「すると、そういう巨大な、もうもうとした恥部をさらけだされたヨーロッパ側の人たちはどんな表情だったんですか？」

「その会場に集ったのは、まァわかる人たちばかりだから、ウムそれもそうだ、とにかく、それもそうだってところで、あとは苦しいことだって、ところか……」

「で、それで、そういう黒い人とお話なさっていて、そこから日本をふりかえってごらんになると日本はどういうふうに見えました？」

「……そうだな、なにをやりたいのかわからんでいる国だって気がした。文学だって、さっきの武田泰淳の話みたいなのが本音じゃないのかね。君に逆問するが、君はどう見てるかね？」

「……ごく上っ面だけだと、東京の町なんかは甲状腺異状かなにかおこしてブクブクにふくれて自分の足で自分の体がはこべないでいるような、末端肥大症で、感覚過剰で」

「しかしエネルギーは、ある」

「だけどあらゆる力が目標に達するまでにモヤモヤと中和されて散ってしまうようなところもあるんじゃないですか……」

「とにかくたいへんな消費力だね、こんな都はほかに知らんよ」

「Bu sans soif et mangè sans faim（渇かずして飲み飢えずして食いぬ）って言葉のとおりですね」

「もうそろそろ小説書かにゃ叱られる」

「……誰に？」

「女房さ」

（『日本読書新聞』九六五号「開高健インタヴュー」その2　昭和三三年八月二五日）

八　眼を洗う海の風――鶏のモモ焼を推奨するきだみのる氏

きだみのる氏にはかねがね会ってみたいものだと思っていた。いうまでもなく私はセンカ紙文化の息子である。ザラザラに毛ばだち、テラテラに光った、中古活字の洪水のなかで、育った。第一次戦後派の諸氏が、圧倒的な現実を処理しきれなくて、せっぱつまったデフォルメで、つまり〝下手な〟文体で、ゴツゴツ、ニチャニチャと観念と肉体の泥沼のなかをあがいていた、戦争中にうけた傷の自己確認の時代に私はやわな皮膚で右へいったり、左へ走ったり、ウロウロ、チョロチョロしていたのである。

五十すぎての作

そのときはじめて『世界』かなにかで『気違い部落周游紀行』の走りを呼んだときには、まったくつめたい水で顔を洗ったような思いをさせられた。本屋の店さきで氏の文体の二行、三行を読んだとき、私はとつぜん、ザラザラ、テラテラの紙に白い窓をあけはなたれたような気がした。まったく新鮮な経験であった。海の風に眼を洗われたような思いを私は味わった。

そのころ私は活字に飢えていたのである。私の神経は禁断状態の解除のなかで乱れに乱れ、真善美社の「アプレ・ゲール・クレアトリス」(つまり〝アプレ〟の名前のそもそもの発生源の、第一次戦後派の)、その叢書の熱臭いいきれのなかで、あえぎにあえいでいたものだから、きだみのる氏のあざやかな裁断ぶりにはテもなく降参してしまった。いまからふりかえれば私はさまざまにさかしらげなイチャモン、カラミをきだ氏にたいしてささげることができるような気がするが、そのときうけた、開豁《かいかつ》なイメージの密度と飛躍だけはやっぱり忘れるわけにはいかないのである。

私はその後ずっと眼にふれるかぎり「きだみのる」というサインのある文章にはかならず眼をとおすように努力してきた。いまでも私は氏の文体にある硬質の輝き、乾いて新鮮なリリシズムにたいしては敬意を表したい気持でいる。岩波新書に納まった『モロッコ』は現代の紀行文中のもっともすぐれたものの最たるものであると、私は私なりに味わっている。

きだ氏は『昆虫記』やレヴィ＝ブリュルの『未開社会の思惟』などをはやくから訳していらっしゃるが、氏の真面目ともいうべき『気違い部落周游紀行』は察するところ、氏が五十歳をすぎてからの著作である。かねがね私は作家の年齢にこだわりすぎる日本人のけちくさい量見には徹底的に食いさがりたいと思っている。だからきだ氏が五十歳であろうと二十歳であろうと、そんなことはどうでもいいようなものだ。したがって私は五十歳をすぎてから『気違い部落周游紀行』を書いたからといってトヤカクいうのは、きだ氏にたいする、作家にたいする、最大の侮辱であると反省する。

しかし、この陰湿な、早熟早老の日本の風土で文体にいつまでも若さを保ってゆくのは容易なわざではないのだ。われわれはデザイン盗用の、世界に比類なき名人である。メッキの天才である。明治以後の日本文学は私小説派と左翼私小説派をのぞけばあらゆる作家の出発点はウソざむい外国文学の引写し、下書き、粉本のたぐいにすぎなかったといっても過言ではない。それはそれなりの必然性をおびていたし、いまでもおびているわけだが、さてそうして出発した作家の文体のなれの果てがどうなっていくかを、またどうなっていったかを、じっと考えてみればわびしさもここにつきたというものである。

文体の若さの秘密

私がきだ氏の文体にひかれる理由の一半は、自分をも含めてのそういう傾性にたいする反撥に根ざしているのだ。私はひそかにきだ氏がどうして文体にいつまでも出発時の若さを保っているのか、その秘密を知りたいものだと考えていた。

文体はその背後にある作家の姿勢に究極的に連なるものである。原則として文体は単玉のダイヤモンドとしては存在し得ない。イメージは単語ではない。単語だけの生みだすイメージはいかにきらびやかであろうとも、所詮はいいかえ、あてずっぽう、軽業師の才能にすぎない。それは夢魔のように私たちを酔わせるが、さめればあくびのようにさってしまう。ただ私たちは表音記号による外国語にたいしてその原則をおしはめることはできても、日本語という、この厄介きわまる絵画的言語にたいして厳密な意味での散文論を確立し得ない尾テイ骨のゆえに悩みが果てしなくつづくわけだ。

余談はさておき。

きだみのる氏の文体の若さは主として省略と無責任さの上に発生するものであると私は考える。『気違い部落周游紀行』を発端とする氏の文明批評のあざやかさはあくまで切口の手ぎわのあざやかさによるものであって、泥まみれ、血まみれになってさいごのさいごまでよろよろと責任を遂行しようとする人からはぜったいに生まれない性質の鮮明さである。氏の文体の若さは土つかずの鮮明さである。これは断言してもよいだろう。人びとがコスモポリタンをかぎつけ、私がアナキストをかぎつけるのは、もっぱらここに原因する。

体躯雄大な〝牡〟

さて、会ってみると、きだ氏は体躯雄大な牡であった。太い腹に兵隊バンドをしめ、デニムのズボンをはき、よれよれの国防色のシャツを着ていた。容貌はくずれ型のジャン・ギャバン。後頭部は叡山の悪僧さながらに二重、三重にデクデクとくびれ、あなたがたはよろしくアザラシのあのわいせつな後頭部の魅力を思いうかべられるがよろしい。

青くさい質問を発する。以下は酔いにまぎれたランダム・スクリプトである。

「文体にどうして若さを保ちますか？」

「私の文体は若いですか？」

「若いです」

「近ごろは水増し気味だがね」

「……」

「まず、人生にたいしてひかえめであること」

「ハア」

「それから女を遠ざけること。女はいかん。女は男を腐らすよ。おれは家のなかにいても女がものをいうと、答えたくないときは頑として答えない。知らんふりしてそっぽをむくのだ。女と話をすると、姿勢がくずれるよ」

「……」

「寝るときは女のうえにのっかっちゃいかん。これはぜったい、いかん。女のうえにのっかるとかならず疲れて、そのあと、つけこまれる。だから君は女と寝るときはかならずよこになりなさい。なんといってもよこになるのだ。すると女はあきらめて、しまいにだまってしまう。頑として拒むのだ。そうなりゃしめたもんじゃねえか」

「ハハァ……」

「上位姿勢はぜったいにいかんね」

「わかりました」

「外国語を読んで、その構造で文章を書くこと」

「それはわかります」

「日本人は栄養不足だ。封建の美徳は社会制度の圧力じゃない。菜食民族のモラルにすぎん」

「……というと、つまり、姦通できないのは貧血だからだというわけですか？」

「そうだ」

「なるほど……」

「若い人はソバなんか食っちゃいけない。日に一度は昼飯にニワトリのモモ焼ぐらい食わなくちゃいかんよ。モモ焼は百五十円ぐらいだ。ハイボール三杯じゃねえか。モモ焼を食いなさい」

「モモ焼食うと姦通できますか？」

「……」

「日本の作家では、誰を？……」

「永井荷風」

「その生きかたですか、作品ですか」

「生きかただな」

「あれはなまけものなんでしょう？　あの姿勢がいちばん楽だからああしてるんじゃないんですか？」

「なまけものでも、なんでも、とにかくおれは好きだね」

「……」

「おれは不良少年だからな」

「……」

「おれは不良少年なのさ」

「よく書いておられます」


一路平安！


「おれはテープ・レコーダーをもって旅行するよ。NHKで、きだみのるアワーってのをやるんだ。アメリカを横断してからサハラ砂漠をわたって、行くさきざきで録音して、そうだな、ゴビ砂漠にも行きたいな」

「三つの真実にまさる一つのきれいな嘘って、ラブレの言葉がありますが……」

「ホラじゃねえ。フォードの中古でほんとにいくんだ」

「ボン・ヴォワイヤージュ」

（『日本読書新聞』九六六号「開高健インタヴュー」その3　昭和三三年九月一日）

九　熱烈な外道美学――今や内に秘めて〝大人〟のカスミ棚引く江戸川乱歩氏

その昔の異端妄執

むかし乱歩氏はひどいヒポコンドリア（憂鬱症）にとりつかれていたらしい。雲水かなにかになるつもりで放浪したことがあるということをどこかで読んだ記憶があるし、宇野浩二氏の文章によれば会いにいったら居留守をつかわれたそうである。それも家にいるということがハッキリ自他ともにわかっているにもかかわらず留守だといわれた。妙な人もあるものだと思って帰ったら二、三日して遠い田舎からハガキがきて、乱歩氏の弁解が書いてある。

じつは先日お訪ね頂いたときは小生在宅していたがどうしてもお会いする気になれなかった。これはあなたに対する好悪の感情とはまったく別問題で自分の性分なのだから何卒お許し頂きたい。じつはそのことが気になって気になってしかたないものだから、いたたまれなくなって旅にでた。このハガキはその旅先から書いているのであるウンヌンと……

ご多分にもれず私も子供のときは乱歩氏の泥絵具的嗜虐趣味にヤワな脳味噌を虫食い

だらけにされてしまったほうである。机のした、押入れのなか、教室のすみで、『盲獣』だの、『陰獣』だの、熱烈陰惨な外道美学に読みふけったあまり、ページを閉じるとすっかり眼つきがへんになってしまった。江戸川乱歩、山中峯太郎、海野十三。明智小五郎に本郷義昭に、それから火星人丸木というウェルズのエピゴーネンが跳梁バッコして夜も日もあったものではなかった。わけても乱歩氏の大ドロ、小ドロ鳴りひびく悪魔主義、カルニヴァリスム、南北的フェティシズムのケタはずれな異端妄執ぶりには脳味噌が蜂の巣になったかと思うような悩ましさを味わわされたものである。昭和生れの人間でこの乱歩氏の熱臭い憂鬱の糞をさけずに通ることのできたものが何人いるだろうか。

戦争中から乱歩氏はピタリと書かなくなり、戦後はブーキニストとして幻影城主になってあらわれることとなるのだが、いかに清らげな書痴の表情を氏の文章に読もうとも、とうてい私の脳皮にしみとなってのこったあのモノマニャック（偏狂）な肉感主義者、嗜虐者のおもかげは消せるものではなかった。

ただ氏がヒポコンドリアに憑かれていたということを知ったために氏の傾斜が厭人主義の衝動から発していたものであったらしいことを教えられ、その方向がすこしずれるとそのまま幻影城の大書庫、あるいは男色文献の大蒐集ということになって表現されるのであるかと、かねて遠くから眺めていたのである。

ところがいよいよ会ってみると、幻影城主は河内山宗俊のような大入道、痼癖のつよさ、依怙地めいた表情はときどき頬のあたりを影のように刷いてとおるが、おおむねはドッシリ、ニコニコと福徳円満の長者ぶりで、無器用を口にする大器量人、エルキュール・ポワロにいささかあぶらをのせたような、みごとな卵頭からはゆうゆうと〝大人《たいじん》〟のカスミがたなびくばかりで、ミザントロープ（人間嫌い）の鋭角は、ついにあらわれなかった。

おそく来すぎた

いささか誤算の気味があったが疑問は疑問なので往年のヒポコンドリアのことをたずねて、

「――なにがそんなに憂鬱だったんです？」

と聞いてみると、

「ナニ、インフェリオリティ・コンプレックスです。自分の書いたものがいやでいやでしようがなかったんです。はじめ二、三年短篇を書いているあいだはまだよかったが、それから『朝日新聞』に『一寸法師』のようなものを書きだすようになってからイケなかった。はずかしくてはずかしくて、とても人とまともに顔をあわせちゃいられなかった。書いてる原稿用紙をワッと手でかくしてしまいたいような気持でね、それが厭人主義になったんです」

この返答はよく練られ、手ぎわよく整理がいきとどいて理屈をとおし、ためらいがない。つまり、乱歩氏はすっかりきれいになってしまった。〝円熟〟である。〝人柄〟〝達人〟〝肚芸〟の好きなタイコ持ちならいくらお世辞、お愛想の美辞麗句を捧げても自分がちっともいやにならないようなどうやらそのあたりまで乱歩氏は〝大人〟になってしまったらしい。どうやら私はおそく来すぎたらしい。

「……まアこのごろはすこしそいつが治まって酒もいくらか飲めるし、人とも話ができるようになって、自分では楽しいんですがね。だけどあんまり楽になると作品が書けなくなるということもあるから、よし悪しというようなもんですが、とにかくありがたいことはありがたい」

金子光晴氏とたいそう印象がちがう。光晴老は話してるあいだに人の手をにぎって〝こうしてる瞬間だけが真実です。手をはなせばつぎの瞬間はどうなるかわからない〟とたいへんなまぐさく切迫したことをいった。きだみのる氏なら〝女と寝るときはぜったい横になるんだよ〟といってナマコの卵巣の干したのをくれた（ききめはなかったが……）。三人ともおなじ明治二十七、八年生れでありながら、まったく方向はてんでばらばらである。

しかたないのでボソボソと変形譚や怪談や、ドイツ人が論理的でないとか、ポーの「アモンティラァドの樽」にでてくるアモンティラァドというシェリー酒は書かれているほど上等のものでもないのにあんなにホメて書いたのは大酒飲みのポーらしからぬ誤ちでありますとか、ジーグフリード伝説はおもしろいよ、だとか、『カリガリ博士』は今見ても見られますよだとか、探偵小説はチェスタートンとポーにつきるようだねとか、初期の谷崎潤一郎と佐藤春夫はいまでも好きだよとか、ハードボイルドはどうだねだとか、ハードボイルドの本質は抒情なので禁欲主義を失うとセンチメンタリズムになると思いますだとか、おおむねそのような、いくらか真実で、いくらかあてずっぽうで、そして結局は毒にもクスリにもならぬ便利大工じみた雑学のやりとりをしているうちに話はオカマのことになった。

ところがあいにく私はオカマにあまり興味がない。自己省察癖のある人間なら誰でももっている程度の関心と、情緒の理解は私にもあるが、また美少年を見れば胸中安からぬものをおぼえる程度の、撫でたり、さすったり、抱いてみたいという発動機の用意はあるが、それはいわゆる〝カマっ気〟であって行動をともなうほどのものではなく、せいぜいがジャン・ジュネを〝悪〟の媒介なく美学的に享受する程度の浅薄さにすぎないから、斯学の大家をまえにして、まったく無欲恬淡であった。

人につれられて四、五回、ゲイ・バーへ行き、旅行中に二回ゲイ・ボーイと知りあったことがあるが、五、六軒のそのような酒場のほんの一人、二人をのぞけばとうていオカマなどといえるようなシロモノはいなかった。

たいてい肥桶かついでいるほうが似合いそうなイカツイのが顎骨張って早口の女言葉でシナをつくる恰好は見られたものじゃない。その上そんな割れ鍋みたいなコンニャクにも結構とじ蓋がついて、名あり教養ある鼻低デブッチョのコンニャク紳士どもがダボハゼ二匹つるみあうように折りかさなって愚にもつかぬ嬉しがらせをささやいている光景はラブレかスウィフトに見せてやりたいようなものだった。下食、悪食はどこの世界にもあるものらしい。

オカマについて乱歩氏が美食趣味なのか悪食趣味なのかはよくわからない。白昼の光線のなかでアルコールぬきで会ったのだからそんな内緒話の聞けるわけがない。

「……イナガキ・タルホと知りあいになったのもホモ・セクシャルを通じてでね。ぼくの中学校は稚児さんが盛んだったからしょっちゅう追っかけたり、追っかけられたりしていたんで、むかしからその気《け》はぼくにあったわけだ。それで本を集めだしたんだよ。ワ印と外国のものをのぞけば相当集めたね。西鶴は全部ある」

「それで江戸川さんはどちらだったんですか？」

「なにが？」

「追っかけるほうですか、追っかけられるほうですか」

「ぼくは美少年だったからね」
「追っかけられつつ追っかけたんですか？」

幻影城——昼と夜と

「ギリシャと江戸時代ほど世界でホモの盛んな時代はなかった。スパルタがあんなにつよかったのはホモが戦友愛や武士道とむすびついたからなんで、つまり愛する男のまえで卑怯な真似をするとその場で切り殺されるというようなことがあったわけだね。時代がさがるとそういう精神的要素がぬけて肉欲が主勢力を占めるようになった。たとえば男は戦場で女が不足するからとか、女は女で男が戦争で少なくなっちゃったりするもんだから代償満足みたいな衝動が手伝ってね……」

ダメだ。こんな顔を洗ったような話をいくらつづけてもキリがない。私はピエール・ルイスの『ビリチスの歌』をご紹介申上げることにしてひきさがることとした。おまけに乱歩さんは『宝石』に小説を書けと、せわしいことをおっしゃりだしたので、コソコソ腰をあげた。幻影城へいくにはやっぱり夜でなければ話にコクがでぬということらしい。第一、読者よ、私の不手際を責められるまえにまずこの新聞の購読料の安さに思いを至されよ。やんぬるかな。出直しということに相成った。御免。

（『日本読書新聞』九六七号「開高健インタヴュー」その4　昭和三三年九月八日）

一〇　完全燃焼の文体――ヘイエルダールとキャパ随感

大阪に全国の浮浪者や前科者たちが集って集団泥棒をやっていると聞いたので、行って調べてきた。警察でも新聞社でも連中の表面的活動はわかるが集落の内部事情はわからないというので、しかるべき工夫をやって、うまくもぐりこむことができた。その上、泥棒集団の班長株の男とも知りあいになり、たいへん仲がよくなって、毎月、大阪へでかけることとなった。

この集落の連中の生きかたはたいへん興味をそそる。あまり小説を書くまえにしゃべるとイメージの力が分散し、定型化してしまうから、くわしく書けないが、この連中を知ったおかげで、ちょっと健康を回復することができた。彼らはひとりひとりてんでバラバラで強烈な力をふるって生きている。警察に追われて逃げるときと大仕事をするとき以外は徹底的なエゴイズム一点張りである。共同作業のときは水ももらさぬ組織をつくり、完全な分業制で能率をはかるが、いわゆるやくざでありながら親分子分の義理人情関係は爪の垢ほどもない。裏切り、背信は平気でやらかす。そのくせ裏切られ、だしぬかれても、たいていの場合、笑いとばしてしまう。沈滞や腐敗はみじんもない。悲惨きわまるどん底で飢えとたたかいながら、ひたすら老獪剽悍《ろうかいひょうかん》に生きまくり、逃げまくり、権力をせせら笑っている。

この連中のことを小説に書いてみようと思いたって四苦八苦しているのだが、いざとりかかってみると、たいへんな力のいることがわかった。内面下降や自己省察、あるいは気質と感性だけがたよりの、心情の弱音部のトレモロによる孤独と虚無の青い唄、こんなものにふやけきった自分のタガを徹底的にしめあげて外界志向一本槍《いっぽんやり》でつらぬいてみようと思ったのだが、容易ならぬエネルギーのいることがわかって、音をあげかけている。とにかく連中の乾いた運動量にみちたエネルギーのイメージを支える、そのことだけでフウフウ息をきらすありさまである。「ラサリーリョ・デ・トルメスの生涯」などもあらためて読みかえしてみたが、おもしろがって書くだけ、というそのこと自体がすでにたいしたものだと再確認するにいたった。なんとも情けないはなしである。この連中にあわせてこちらのエネルギーを如何にして何カ月間かひたすら上向きにしかもひらきっぱなしに保ち、持続するかということ、その、作品以前の作業から問題がはじまっているのである。

……というわけで、ここしばらくは精神衛生をもっぱらこころがけ、現代小説は内外ともに一冊も読まないことにしている。心細いはなしだが、読むといつのまにかつんのめって気が滅入ってやりきれないのである。もちろん酒場やパーティーも悪い緩和剤の役しか果たさないから、ごめんこうむって、泥的相手にトンチャン食うときだけ飲んで騒ぐことにしている。いじらしいことを申上げると、服装も大いに影響をおよぼすと思ったので、新宿の投売り屋へ行ってアメリカ航空兵の防寒ジャンパー七千円也を値切りに値切りたおして四千円で買い、二千八百円のコール天のズボンを千五百円で買い、まるでテキ屋が南極探検隊に化けたみたいな恰好をして町を歩いているのである。人にもほとんど会わず、たかが小説ごときに、と思うが、まったく楽じゃない（ということにしておこう）。

そこで家に帰って、うそうそした現代小説を一掃した結果、どういう本が机にのっているかというと、『コン・ティキ号探検記』に『ちょっとピンぼけ』である。ほかには『いたずら先生一代記』『風流滑稽譚』『ガリヴァー旅行記』『ペルシャ人の手紙』といったようなものがある。おおむね丈夫一式カロリー満点といったようなものである。意図のせつなさは察していただけよう。

さいきん、『コン・ティキ』の著者ヘイエルダールはイースター島の巨石文化を発掘調査した『アク・アク』を書いている。かねて丸善で英語版をかいま見たが、おっくうなので買わなかった。翻訳がでたので、さっそく上・下二冊（光文社刊）とりそろえ、『コン・ティキ』と読みあわせてみた。この二つのうちどちらをとるかと択一を迫られたら、私は文句なしに『コン・ティキ』に指を折る。以前読んだときは颯爽《さつそう》とした文体にひきずられおしまくられて、つい忘れてしまったのだが、今度読みかえしてみると『アク・アク』の主題とその展開はすでに『コン・ティキ』のなかにあり、ほぼ完全な予測が述べられてあり、『アク・アク』の事業はただその裏書きにすぎないということがわかった。二冊あわせて読めば、たちまち興味半減である。のみならず、文体に見られる自己充足の密度は『コン・ティキ』のほうがはるかに高く、柔軟な飛翔があり、ユーモアも生彩を放っているようである。なによりも作者の気合いの入れかたがちがっていて、相違は歴然たるものである。

ヘイエルダールの魅力は文体に尽きるのではないかという気がする。彼の文章を読むと各節各句で完全燃焼が果たされていて、読後にはなにものこらない。これはよほど気力が充実していなければできないことである。ある種の文章は、小説でもエッセイでも、その効果が作者の主体と密着行動をとったヴォキャブラリーの累積効果というよりは書かれた内容そのものの不燃焼物の重層感であることが多くて、またそのような文章にはしょっちゅう出会《でく》わし、いつわりの感動をあたえられてあとから後悔するが、書き手が対象を完全に克服しているときの文章のあたえる効果はつねに真空状態である。精神の不消化物がなにひとつとしてのこらないのだ。ヘイエルダールにしても、キャパの『ちょっとピンぼけ』にしても、さいごの頁を閉じてたちあがるとき、私たちはまったくなにひとつとして荷物を負わされていないのだ。あれほどキャパは戦争と激突して、あらゆる悲惨や苦悩をなめつくしていながら、私たちを閉じこめない。私たちは読みながら哄笑《こうしょう》し、しかめつらをし、眉をひそめ、呆れたり、くちびるをかんだりするが、終章の、

「ヨーロッパ戦争終焉！

もはや朝になっても起上る必要はまったくなさそうである」

という、キャパ一流のそっけないしめくくりを読みおわると、自分がじつにサバサバと首でもかしげたくなるくらいからっぽであることを見いだすのである。完全に充足された空虚がそこにある。

『コン・ティキ』の主題はペルーのインカ・インディアンがフムボルト海流と南赤道海流を利用してバルサ筏《いかだ》で南米を出発して太平洋諸島にその文化を散布したのではあるまいかという、ヘイエルダール自身の仮説の実証の試みである。しかし、この本の魅力は一読してあきらかなように、そういう文明論の魅力ではなく、ただただ〝遊び〟の魅力である。いつ大波にのまれるか、サメにパクつかれるかわからない、東西南北ひたすら水、水、水のそのうえをフラフラただよいながら、人間世界と完全に絶縁したキョクゲンジョウキョウのまっただなかでゆうゆうと無用の長物『資本論』を読んでいる、顔をそむけたくなるほど図々しい〝遊び〟の大家たちの勤勉きわまるエネルギーの乱費ぶりが私たちをくやしがらせ、ああ、なんていいんだろう、コン畜生とうめかせるのである。

ここには〝目的〟はない。人類学者ヘイエルダールは文明論の主題を抱いていた。しかし『コン・ティキ号探検記』には過程と手段しかないのである。現実との照合は考える必要がない。微細きわまる現実との闘争が描かれ、全頁ことごとく水の記述に当てられているといっても過言ではないが、私たちにはなにもつたわってこないのだ。ヘイエルダールが完全に処理してしまったのだ。彼がありあまる精力をじつに楽しげにチビリチビリとだしたり、ひっこめたり、まるめたり、フッと吹いてみせたりするその手つきだけがどうにもこうにも私たちを魅了するのである。風が吹いた。涼しかった。ああ楽しいというようなものだ。あらゆる分析がしゃらくさくなってくる。しかもこのヘイエルダールにしてもキャパにしても、文体そのものはなんの奇もなく変哲もない、まるで水みたいなスタイルなのだが、それでいてその強烈さ、明確さ、流動してとどまることを知らない自由さというのは、じつに一癖も二癖もあってたくましく、フトイやつなのだ。一生に一度はまねてみたいものだ。が、そのまえに考えておかなければならないのは、この図太い男たちが現実と激突してしょっちゅう負けたり沈んだりしながらついに表現操作においてスタイルしかのこさないまでに勝ちきっているのは、しかも原始憧憬《しょうけい》というような青臭い童話、ただ劣等感のそのままの裏返しにすぎないような〝生命力〟とはまったく無縁異質な生命力を保存しているのは、一見なんの奇もなく変哲もない文体の背後でどのようにはげしく現実をほぐしたり組みたてたりをくりかえして飽きない貪《どん》婪《らん》さをもっているからであるということである。彼らのたくましい有機的活動においては現実のほとんどの瞬間にも解体と綜合という相反した操作がおこなわれ、およそ固定的な結晶というものがないように見うけられる。私たちはどこにもひっかからず、どこにもとどまらなくてすむのである。

いずれにしてもこれほど圧倒的な現実をまえにこれほど楽しんでみせるのは〝才能〟でできることではない。私たちは自分のケチくささにほとほと愛想が尽きてくる。せいぜい読んで呆れて、なんとかならないかとつぶやきながら頭をかいているよりしようがないのか。

(『季刊現代芸術』二号　昭和三四年三月二五日)

一一　病床雑感

急性肝炎という病気にかかった。原因は過労である。安静を命じられてずっと寝たきりである。しばらく寝ているうちに黄疸を併発したから、目も手もすっかり黄いろくなった。肝臓に負担をかけてはいけないからというので下剤をかけて食ったものをかたっぱしから排泄しなければならない。栄養はブドウ糖その他の注射で補給する。ぼくはゴロリとよこたわったきり一本の管と化し果てて上から入れたものを下からすぐだすという操作を毎日くりかえすばかりなのである。体がどんどん衰弱してゆくうちに精神的な圧力も低下をはじめ、栄養のあるにごった思考ができなくなった。連載小説の締切日が容赦なくちかづいてくるが、奥さんに口述筆記でもしてもらうよりほかに手がなさそうである。第一、口述筆記をしてもらうにも気力がまったくわいてこないのだからどうしてよいのかわからない。自分の姿勢については渇水期のダムとか、波のままにゆられる流木とか、およそみすぼらしいイメージしかうかんでこないのである。どうしたものだろう。

ヘミングウェイの短篇の「殺人者」には、ギャングに追いつめられた男がでてくる。

彼は逃げ場に窮して下宿にこもったきりである。殺し屋がやってきたことを知らせにいくと、彼は薄暗い部屋の、壁ぎわのベッドに服を着たまま寝ころがって、知らせを聞いても、

「そうかね、ありがとうよ」

というばかりで、なにもしようとしない。射ち殺されるのをじっと待っているだけである。この、たくましい大男が切迫する死を待ってベッドにゴロリと寝ころんでいるというイメージはヘミングウェイの抒情のキー・ノートで、その後の彼の数多い短篇や長篇にくりかえしヴァリエーションをもって登場する。

そこで、下剤をかけて黄いろくやせ衰えた体をよこたえて、締切日まで、ああ、あと何日、と指を折っていると、編集者の人にははなはだ申訳ないが、アパートのそとの料理店で革手袋をはめて待っている殺し屋の姿がくっきり見えてくるのである。こんな文章を強要するこの雑誌の獰猛な編集部の人も革手袋をはめているのである。アメリカ人ならこういうときはどういう言葉を口にするかというと、だいたい、

〝ガッデム・ファゴン、サノバビッチ、スチューピッド・フール！〟

悪臭をかえりみないで訳すると、おおむね、

〝この悪魔野郎の、淫売の小倅の、大馬鹿野郎め！〟

というような意味である。

このようにぐったり弱って寝ていると、原稿も書けず、話をする気にもなれず、しかたなしに、いままで買ってきたままほってあった本を読んだ。はじめて読んだ本もあるし、二度め、三度めの本もある。何冊か読んだなかでいちばん肉体的反応が起ったのは吉田健一の『酒に呑まれた頭』という随筆である。これは酒と食いものについての随筆集で、文体は例によって山下清のような主語、述語のわからない、だらだらと水アメみたいに長い文章であるが、なにしろこちらは酒はおろか肉類や脂肪分をいっさい禁じられて毎日フロふき大根ばかり食っているのだから禁断中の患者がヒロポンに出会《でく》わしたようなものである。オックス・テール・シチュウがどうしたの、フリカッセがこうしたの、よし田のコロッケそばはどうだとか、かきフライはカリカリに揚げてかんだ瞬間にレモンが口いっぱいにパッと散るようでないといけないだのというような文章を読んでいると、体がふるえてきた。意地汚い話だが、こういう状態ではこの種の迫力はうけ入れて影響をかぶっているよりほかにどうにもしようがないのである。ほとんど暴力である。（あとでモームの『世界の十大小説』を読んでいるとバルザックの項で彼が一食にかきを百箇、カツレツを十二枚、しゃこをひとつがい、梨を何箇か、まだほかにその他その他をペロリと平らげたという残酷な記述に遭遇したので思わず目をつむった。）

モームといえば、この寝ているあいだに、もう一度、『昔も今も』を読みかえした。これで三度めくらいになるだろうか。評判につられて買った『世界の十大小説』はそれほどおもしろくなかった。ここに書かれているのはモーム自身の文学観だが、それはすでに、『要約すると《サミング・アップ》』その他を読んでいたら事新しくは思えない性質のもので、教えられるところはあまりないような気がする。人間の苦悩を描くものであれ、孤独を描くものであれ、文学は要するに楽しみであるという説を聞かされるよりも、もっぱら彼のサーヴィス精神そのものをうけるほうが病人には快い。そう思って、『昔も今も』をもう一度ひっぱりだした。ぼくはモームはあまり好きではないが、この作品はひそかに愛している。

主人公は二人である。マキャヴェリとチェザーレ・ボルジアである。いずれも史上誇り高く悪名高き悪漢である。この権謀術数の両本尊が丁々発止、丁発止とわたりあうのである。描き手は練達のモーム先生。なんじょうもってたまるべき。おもしろくなければふしぎである。イタリヤ全土を席捲するボルジアがフィレンツェに魔手をのばそうとするのをマキャヴェリが舌先三寸だけで必死にあの手この手と防いだりはぐらかしたりする、この外交戦とそのかたわら女好きのマキャヴェリは自分が居候している家の人妻を寝取ろうと苦心惨憺するのである。これらのいきさつと結果が淡々とした筆致で、しかもなに食わぬ顔つきの辛辣さを以て描かれている。小説は行きづまってたいくつだと感じていらっしゃる神経質な読者に一読をおすすめする。小説読みのダイゴ味を味わえることうけあいである。

この作品はマキャヴェリの『君主論』の背景をなし、その形成過程の契機がいくつか描かれている。マキャヴェリとボルジアが共和政体と独裁君主政体をめぐって、文明論的な政治論をたたかわすあたりである。これはモームが『君主論』をそのままひっくりかえして直線のレールをひいてから二人を走らせている手口がいささか見えすぎているきらいがあるのだが、おもしろいのはもうひとつの主題のマキャヴェリの情事である。ここでマキャヴェリはコテンパンにノサれてしまう。ボルジア、坊主、寝取られ亭主、やり手婆、女、走り使いの若僧、これら登場人物の全員がてんでばらばらな色と欲でマキャヴェリの水ももらさぬ色事の計画に大穴をあけて滅茶苦茶に彼をたたきのめすのである。マキャヴェリは女と寝るどころか、一晩氷雨のなかにたたされて風邪をひくやら下痢をするやらの大騒ぎですっかり青くなってしまう。面目玉はまるつぶれである。尻の毛を一本のこらずひきむしられたマキャヴェリは憤懣やるかたなく、フィレンツェへの帰途の馬上で、よし、こいつらを全部たたきかえしてやるぞと大決心、戯曲をつくることを思いつく、その芝居のなかへ彼は自分に煮え湯を飲ませた連中を一人のこらず登場させ、一人のこらず報復してやろうと思いたつ。これが『マンドラゴラ』である。(会田由氏の訳ででている。)彼は泥にまみれて満身創痍の自尊心を撫でながらつぶやくのである。

「恋は果敢《はか》ないものだが、芸術は永遠だ。いったいどうしたらこの申訳ができるか。芸術、これだと思うね。ルクレティウス、ホラティウス、ダンテ、ペトラルカ……だ。そして、もしも彼らの生涯をさまざまな艱難辛苦が見舞わなかったなら、ああした非凡な作品は書かれなかっただろうと思う。おれが首尾よくアウレリアと寝ていたらこんな劇を書こうなどとは夢にも思いつかなかったろうからな。だからサ、つまりおれはちょっとした装身具を落してそのかわり王冠にもふさわしい宝石を拾ったというわけだ。そう、芸術は永く人生は短し」

こううそぶくあたり、モーム先生はこみあげる哄笑をグイとおさえつけつつ一行また一行と冷静無比にタイプライターをたたいている。そのまじめくさった横顔が目に見えるようである。

マキャヴェリはこの劇の筋書きを考えてアレやコレやと人物の出し入れで徹底的報復を計画しつつフィレンツェへもどってくるのだが、夕暮の平野のかなたにブラマンテの円塔があらわれてくるのを望見してこの悪漢は思わず涙を流す。懐しさと哀れさのためである。自由人の都市はいま凋落して商人の都市と化し、ボルジアの毒牙にさらされながら日々の俗事にふけって敗北の運命は城門をノックしている。

「……芸術なんて糞くらえ。自由がなくて、なんの、芸術も糞もあるもんか」

マキャヴェリにモームはルネッサンス人の呟きをもらさせているが、この声音はいささか弱い。こういうせりふはモームのにが手である。タイプライターの音がちょっと低くなった。

　ところが、このあとでもう一度モーム先生は、甲《か》ン高い音をたてる。これは先生の日頃のウップンをぶちまけたもので、マキャヴェリと二人してここを先途と批評家に八つ当りするのである。フィレンツェにもどったあとマキャヴェリは体をこわして郊外で静養するが、そのとき彼は『マンドラゴラ』をとりあげて手を入れる。ある日友人が訪ねてきて彼の机のうえの原稿用紙に目をとめ、あれはなにかと聞く、そのときの二人の会話である。批評家の人はニヤリニヤリと笑いながら読んで頂きたい。

「あれは何だね？」

と友人が聞く。

「暇つぶしの喜劇の台本さ」

とマキャヴェリ。

「たぶんなにか政治的な含蓄をもたせてあるんだろうな」

と友人。

「いや、全然そんなものはない。ただおもしろがらせるだけの目的で書いてるんだよ」

とマキャヴェリ。

「おいニコロ。冗談はよせよ。そんなものを人前にだしたらまるで圧し潰すような勢いでアラ探しをされてしまうにきまってるじゃないか」

「そりゃまたどうしてかね。アプレイウスが『黄金のロバ』を書いたのも、ペトロニウスが『サチュリコン』を書いたのも、ただ人を楽しませるためだったとしか考えられんじゃないか」

「それは古典だよ、話が全然ちがうじゃないか」

「つまり、楽しみのための作品は身持の悪い女に似て、年をとると尊敬されるようになるというわけだナ。おれはかねがね不思議でならないんだが、あの批評家という連中にはなぜすっかり面白味が抜け去ってからでなくては洒落がわからんのかということだ。奴らには滑稽というものは現実性があってこそ、味わいがでるのだということがどうしてもわからんらしいな」

「君はいつも言ってたな、秀句の魂は簡潔さではなくて猥褻さだって。あの主義は変ったのかね？」

「いや変らんね。なぜなら、いったい猥褻さ以上に現実性を感じさせるものがあると思うかい。（以下略）……」

猥褻ウンヌンはマキャヴェリであるが、それ以前の句はすべてモームの憤怒である。『世界の十大小説』『要約すると』『作家の手帖』、いたるところにチクチクと出没してモーム先生は批評家をコキおろしている。よほど腹がたつらしいし、同時に、よほど自分に自信があるらしい。この言葉をもひっくるめてモームのような作家は、かげではよし

んばどれほど〝楽しんで〟もちょっとした人のまえにでたときはすかさず口をつぐんでいるか、あるいはそれとも、

「ああ、モーム、おもしろいね、おもしろいけれどね、それだけさ」

とでもいっておかなければ、いまの日本ではバカにされるだろうと思う。しかし、いわゆる中間小説や風俗小説を書いている人たちのひそかな確信はここにあるにちがいない。ただ、問題は、その人たちの作品がてんでおもしろくないというだけである。〝おもしろさ〟は現代の日本文学においては百人百説であって、またむかしからそういうものであったにちがいなくて、その内容について誰もドグマにおちいらずに定言をたてることはできないわけのものであるが、ただ確信をもっていえることは、モームの小説の〝おもしろさ〟がおとなのおもしろさであって、日本で〝おとなの小説〟を書けば、十中八、九、かならずそれは風俗小説になる危険をのがれられないということである。このわかれめに度しがたく愚劣で執拗な日本の文学的暗礁の一つがある。こどもの小説が氾濫しているばかりなのである。いまにはじまったことではない。明治のむかしからずっとそうだったのだ。戦争も決定的にはそれを変えなかったし、ここ当分、変ることもあるまい。

（『新日本文学』一四二号「作家の感想」昭和三四年五月一日）

一二　作家の内と外——集団的自我について

いまの日本に〃文学〃の像のないことがいいだされてからもう何年にもなる。像は批評家にもなければ作家にもない。見わたしたところ、誰も確信をもっているものはいないように見える。ある人はこの状態を呼んで、作家を参謀本部のない単独偵察隊といったが、ぼくには預金帳の残高がゼロになった金利生活者の横顔が見えるように思える。

下降にせよ、上昇にせよ（そんなものは絶えて久しくないと思うが……）、また、恣意にせよ、無意識的にもせよ、とにかくあらゆる方向への起動力を作家たちは失い、その日その日をどうやらこうやら苦しまぎれにやりすごすよりしかたなくなっている。ジャーナリズムは、この不毛をしのぐためにいよいよさかんに作家たちを鼓舞するが、たいていの場合、それは、ただでさえ稀薄な作家たちの内的衝動を、ますます拡散する作用としてしかはたらかないように見える。

〃文学〃の普遍的な像がなくなって、評価の基準は、最初にして最後の、「好きか嫌いか」という、ただ趣味だけになってしまった。そして作家のほうは自己凝縮の密度ばかりが最後の漠然とした予感のよりどころでしかなくなっているのに、現状は日を追って彼を稀釈するばかりである。

　そこで、既成作家たちにのぞむことをやめて素人作家になにがしかの新しい未知数を期待するという声が、ときどき嘆息まじりにでてくることがある。しかし、たとえば『楢山節考』のような無意識・無方法の、幸運な偶然の場合をのぞいて、既成のなんらかの方法意識を抱けば、個人の内部に起るまったく新しい文学的衝動というようなものは、それ自体、根本的に形成され得なくなりかけているのがこの時代ではないかと感じられるので、ぼく自身はそういう声に希望を抱けない。

　作家たちは茫然として苦しんでいる。現実は、広範な地域にわたって奇怪な様相を呈しつつあるが、それを捕捉して定着することが困難をきわめている。現状の身辺の擬態的な微温湯《ぬるまゆ》にひたってにがい満足とあきらめに体をゆだねるというのなら話は別だが、そこから、なんらかの意味での飛躍を試みようとすると、手も足もでなくなるのである。すくなくともいままでの遺産としてある文学方法を踏切台にしようとすると、体はかならずおちてしまう。たとえば心理主義がそうである。価値がすべて相対化されて、主観に責任を賭けることが〝愚者の特権〟とされている時代にあっては、個性主義、個人主義の内面下降は人間をラッキョウの皮のようにむいていってついに虚無に到達するよりほかになんの結果も期待できない。この方法によれば、作家の〝個性〟は、各人好み好みのヴォキャブラリーの系列の若干の相違、素材の相違、内的な醱酵度のいくらかの相違、ということだけで終ってしまい、作品はもっとも原始的な意味での〃謎〃への興味すら失ってしまう。そこで、もっとも純真無邪気な読者ですらが、「はじめの三行を読んだだけでわかってしまうような作品ばかりだ」とわびしく傲慢な言葉を口にする。

心理主義は実体にたいする不信から関係価値の綴れ織に転身したが、いまではほとんど破産を宣告されている。また、皮膚感覚的な反応だけをテーマにした即自的な、内在的な批評活動だった私小説は、すでにその中心核の、人格の存在条件そのものにたいして深い疑惑をつきつけられて、たといその誠実さと繊細さは認めるとしても、知識人の自己反省だけではどうにもつよいリアリティが確保できないでいる。感性の純粋抽出による散文詩は梶井基次郎ひとりでつきてしまった。自然主義以来の根強い描写観は、いまだになにがしかの幻影的な支柱となって、実作者たちに綿密な作業を続行させているが、どれほどつよい匂いと体温をもってその成果をあげたとしても、これはついに現存在の提出以上に一歩も意味をでないのではあるまいかと思える。

そこで、なんでもよいから、こういうことを考えてみる。つまり、小説は外界描写から出発して内面にもぐりこみ、緻密繊細をきわめたが、そのあげくは出発時の下等だがそれゆえに豊かだった栄養を失って致命的な末端肥大症におちこんであがきがとれなくなった。この事情は周知のとおりだが、そこから、もう一度、外界にもどってみようというわけだ。ところがその脱出の目標はなんだろう。〃瞬間〃？　ヘミングウェイか。

彼は〝瞬間〟を〝永遠〟に代行させた。しかし、現代の日本において〝瞬間〟とは、センチメンタリズムの裏返しの、ただの風俗的な発作にしかすぎないではないか。もう少し時代が前だと、アナキズムというものがあった。が、いまではこれは小説家の感性の暗部に朦朧とした台石をのこしているだけで、要するに、あの、ロマンチックなバクーニンがカンシャク持ちのマルクスに悪臭ふんぷんたる手袋を叩きつけられた時以来、窒息状態におちているのだ。さらにわるいことには、当のその扼殺犯人のマルクスすらがいまではうかうかすると『資本論』をビルドゥングス・ロマンと仕立てられかねないありさまとなっている（そのことの当否はいまさしあたって問わないとして……）。

いささか軽薄のそしりをまぬがれない概括化かもしれないが、原則的にはそういう感じで二年前のぼくはあれこれの作品に接し、手も足もでなくなっていた。なにはさておいても、即自的な個我意識だけを核として作品を書こうとすると、八方ふさがりという印象が濃厚で、息がつけなかった。そこで、あるとき、試作的な活路をさがしまわったあげくに、ひとつの作品をどうにかこうにか書くことができた。『新日本文学』に発表した「パニック」という小説がそれである。この作品がぼくの処女作ということになっていて、一応、ジャーナリズムにでるきっかけをつくってくれた。いまから考えると、これすらも、夜なかに冷汗のでる弱点をたくさんもっているが、書いているときには気ままな醱酵の時間とかすかな像があった。たいていの作品のペンがそうであるように、これも暗部の未分化の衝動によって書き、とつぜん書きたくなって書いたのだといったほうが正確だ。そのときの気持そのものは明るい溝のついた説明などできそうにないが、いくつか守った原則をもう一度検討してみる。

筋書きをかいつまんでみると、これは野ネズミの集団と人間が戦争をするという話である。書いたあとから考えてみると、カレル・チャペックの『さんしょううお戦争』を遠い背景に感じていたことがわかった。ササの実が百二十年ごとにみのる、その不可避の〝偶然〟の事実によって、結果として山に大量の野ネズミの群れが発生し、それが雪どけとともに餌をもとめて畑におり、街道をよこぎって、町にむかって侵入を開始し、人間と戦争をはじめるのである。この野ネズミの発生過程や、野ネズミの習性そのものの描写は自然科学で追い、たとえば個体としての野ネズミの敏感さ繊細さが集団化すると兇暴な盲目性と非合理性をおびるというような事実の描写そのものにあたっては、ぼくはしばしば寓話を意識し、また、その習性の必然的結果として集団自殺を湖でとげるという場面を書いているときには、戦争中の日本人の玉砕を念頭においたりもしていたが、自分としては、いわゆる寓話をはじめから書こうとは思っていなかった。ある自然力の集団の通過を想像して書くこと自体が自足的な快感をもっていたのである。

この作品によってぼくは〝寓話作家〟というレッテルを貼りつけられてしまったが、自分としては不満である。寓話そのものに今後の将来性をみとめるかみとめないかはさておいて、この作品を書いているときに、ぼくははじめからこじつけとしての寓話などは念頭におかなかった。想像の進行と文体の禁欲的なよろこびが快楽の大部分だった。

さて、そこで、この野ネズミが山から畑へ、畑から町へと暴走してゆくあとを追ってゆけば、その周辺部にさまざまな人間の反応が起り、社会の諸相を浮彫りすることができるはずだった。ここに人間の主人公をひとり登場させる必要があるが、彼は舞台回しの役だけすればよいので、その情緒と皮膚は、もっとも切迫した部分において最少必要限度だけ描けばよい。このことで、ぼくはいまの小説に大なり小なり秘教的な色彩をあたえている末端の皮膚感覚へのフェティシズムから逃げることができるだろうと思った。そのフェティシズムは、外界志向の目的意識の喪失に原因することはいうまでもない。そして、その主人公を社会体制のまんなかにおきながら、疎外者のネガティヴな被害者意識だけに終らせずに、体制の立体像を、たとえミニアチュアの形ででも浮かびあがらせ、作品にダイナミズムを導き入れるには、彼の個体をしぼりにしぼって、いわば集団的自我の形で表出すればよい。このことで、主人公から皮膚と肉の神話をはぶき、心理主義の解体からまぬがれられるだろうと思う。ただ、困難なのは、よほど凝縮の操作をうまくやってこの個体と集団的自我の均衡をとらないかぎり、失敗すれば作品はたちまち類型的な図式になってしまう。(『巨人と玩具』という第二作は、締切日に追われた促成栽培の結果として、この失敗を各所につくってしまった。)

この処女作は、その操作のいくつかの点で、いまもなおぼくにかすかな像をのこしている。失敗したこともたくさんある。たとえば、主人公と作者自身とのあいだにときどき距離がおけなくなって、額縁の不手ぎわな破りかたを二、三ヵ所でしてしまったことや、情況描写の密度に、ところどころ濃淡の穴をあけてしまったりしたことなどである。素材から表現までのあいだにある屈折の操作の途中で、何度もつまずいたり、よろめいたりした。そういうことを思いだすとゾッとしてくる。にもかかわらず、自分なりに、ある異質な、新しいものの芽をいくらかだすことができたのではないかというぬぼれを捨てられない気持でもいるのだ。この小説の方法は、つぎにまた時間をかけて素材との幸運な出会いを待つよりほかなく、註文のまま拡大再生産できるという性質のものではないが、なんとかしてもう一度ためしてみたいと思っている。

組織と人間という流行言葉ができて、文学の場合では、その言葉が流行するほどには実質的なめぼしい作品例がなく、流行《はや》るものにはとにかく反抗したいという気分も手伝って、気ぜわしい否定が浴びせられているが、かといってそれにかわる強力な、確信的な方向が別に指示されているわけでもない。混乱と低迷はいよいよ深まるばかりである。

めぼしい実体の例もないのに、〝ソシキとニンゲン〟という言葉を聞いただけでけいれんが起るのは奇妙なことといわねばならないが、いままでのところその言葉が思い起させるイメージは、一方的な疎外者の被害意識、個人主義的心理学によるメカニズムへの皮膚感的絶望、ということに定式が尽きてしまっている。題材としての〝組織〟は登場したが、それを定着する新しい方法を考える努力はたいていの場合等閑視されている、というのが現状である。ここにもまた無数の問題が伏在している。

ぼくとして今後考えたいと思うのは、即自的個我意識のみをいっさいの表現の最終単位とせず、いかにしてそれを集団的自我へ止揚し、立体的な構造をつくりあげるかということ、そのイメージのための長い時間をかけた素材の選択、心理主義にかわる心理的実体の確保を、その構造のどの部分で、どのようにはかるか、ということになりそうに思う。単なる情緒の緊張による自己凝縮の深浅度だけで〝人間〟を描こうと考えているかぎり、またそれだけで作品をはかろうとするかぎりでは、もうなにをとらえることもできないし、いつまでたっても堂々めぐりである。これはまた、一度物質化し、要素化してしまった人間を、もう一度人間としてどう回復するかということにもかかわってくる。それをぼくは、つぎの長篇で、いずれためしてみたいと思っている。局地的な小集団の例であるが、戦時中の昭和十年頃に日本のある農村を私有財産の完全撤廃をとなえて通過した狂熱的合理主義の農民の一団があった。彼らは村八分を受けて追いつめられたのだが、その反抗の動機は宗教への不信と反抗からだった。書くまえに多くを語ることは禁物であるが、生産と直結したこの人びとのもつ合理主義の破壊力、体制への反抗、それをぼくは、集団として描いてみたい、とさしあたって考えている。なによりもまず書くこと、書きながら考えること。結局それよりほかに道はないのだから。

（『思想』四二〇号「随想」昭和三四年六月五日）

一三　ダールなど

探偵小説は子供のときから好きで、雑読、乱読にふけった。中学生になると、勤労動員で狩りだされたものだから、レールを磨いたり、防空壕を掘ったりするほかは勉強をなにひとつとしてせずにすんだので、探偵小説にかぎらず、この時期は毎日本を読んで暮したようなものだった。栄養失調で貧血症におちて、ときどき本を読んでいるさいちゅうに字が見えなくなったりしたこともあったし、敗戦直後は豆ランプで読んだので髪を焼きかけたこともあったが、あれほど本のおもしろかった時期はない。ひとつひとつ活字がたってくるように思えた。

探偵小説についていうとぼくは内外を問わず、なんでも読み、また、いまでも読んでいるが、どちらかというと、オーソドックスなものはあまり好きではなかった。小物作家、といって悪ければ、マイナー・ポーエットのそれもファルスだとか、パロディーだとかが、好きだった。どういうわけだかわからない。カミの『名探偵オルメス』や『エッフェル塔の潜水夫』『地下鉄サム』などをせっせと読んだ。何度もつづけざまに読むと愛想がつきるから、何カ月おきかに忘れた頃ひっぱりだしてちょっと読んではすぐ本箱にしまいこむというような読みかたをしたこともある。カミは吉村正一郎の訳であるが、たいへん流暢な文章だった。どのように流暢かというと『エッフェル塔の潜水夫』にでてくるモンパパという人物が、大阪弁でしゃべるのである。ぼくはいままでいったい何冊のフランス小説の翻訳を読んだか知れないが（たとえそれが探偵小説やフィュトンのたぐいであっても）登場人物に大阪弁をしゃべらせるというような試みはほかにあまり例を知らない。（岩波文庫のアルフォンス・ドーデの『タラスコンみなと』には部分的に出るが、それもごく僅かである。）中学生のときに白水社版ではじめて読んだときにはおなかの皮がよじれそうなほど笑いこけた。

吉村氏は映画監督の公三郎氏の兄さんにあたる人で、大阪の朝日新聞の論説委員かなにかである。カミのほかの訳業としては、ぼくの記憶にまちがいがなければ、たしかサルトルの『水いらず』をはじめて訳されたのもこの人ではなかったかと思う。人文書院のサルトル全集では伊吹武彦訳となっているが、あとがきで伊吹氏が〝これはもともとある人の訳になるものだったが都合で自分の名にした〟というような旨のことわりを書いておられたと思う。この、〝ある人〟は、おそらく吉村氏のことである。どういうわけで自分の名前を伏せられたのかは知らないが、この人はありあまる実力を持っていながら、なにか、世をすねて爪をかくしたがる趣味の人なのであるかもしれないと、ぼくはカミの訳しぶりなどから推して、勝手に空想している。もちろん気ままな空想だから、責任はもたない。ただ、かつてのファンの一人としてそう考えているまでのことである。

ところで、一、二年前にぼくは『洋酒天国』を編集していたことがあり、ある号で、酒を主題にした短篇の探偵小説をいくつか特集しようと思いたったことがある。酒そのものを主題にした小説は純文学畑だと即座にいくつか頭に浮かんだが、探偵小説ではポーの復仇譚の「アモンティラァドの樽」がピンときて、あとはもうひとつD・セイヤーズの「二人のピーター卿」を考えついたほか、思いだせなかった。枚数を埋めるために江戸川乱歩氏に電話してみると、E・C・ベントリーに「顔を知られていない貴族」という短篇のあることがわかり、締切日にどうやら間にあって、たいへん助かった。これはヒッチコックが編集したポケット・ブックのなかに収録されていて本邦未訳だったが、こちらの希望を聞いて即座にその場で答えた乱歩氏の記憶力にはあらためて恐縮した。

この号を編集し終る直前にぼくは『E・Q・M・M』を読んでダールの「味」という短篇を発見した。これは編集者の立場からすると逸品中の逸品ともいうべきしろものであったので、さっそく早川書房に電話して転載を懇願したが、あいにく版権の問題でそのときは不可能になった。が、どうしても諦めきれなかったので、後日、号をあらためてから版権料を払って掲載した。

これらの四つの作品は四つともがぶどう酒の鑑定ということをキー・ノートにしていて、まったく同工異曲だったが、ダールのものはぶどう酒を擬人化して表現していて、その描写がなかなか緻密でデリケートなのがよかった。それをのぞけば推理小説としてはほとんどとるに足りない。

この「味」という短篇は、のちに早川書房のポケット・ブックで『あなたに似た人』という総題のもとに一冊に納めて出版された。この短篇集はたいへんおもしろい。不眠症患者がまた何人かふえたことだろうと思う。ぼくは印刷工場の出張校正室でゲラがでるのを待つ時間つぶしに読んだのだが、読みかけるとついおもしろくなって、ゲラを校正することを忘れ、植字工にブツブツ文句をいわれた。

この本については、出版当時いろいろと評判になったし、その後も、なにやかにやとアンケートの折の話題になっていて、さいきんは花田清輝氏が探偵小説のベスト一〇〇の百番目にあげたりしていてたいへん呼声の高い本である。どこがどうおもしろいかは読めばわかることだし、あらかじめ筋書きを聞かされてしまうと推理小説は骨抜きになってしまうだろうから、ここではなにも書けないようなものであるが、まだ読んでない人には一読をすすめる。〝眼帯文学〟としては上々の出来に属するものである。

ダールはイギリス人で、帰化してアメリカ人となったらしいが、この短篇集のなかでもサイエンス・フィクションと諷刺小説を結婚させた「偉大なる自動文章製造機」などにはH・G・ウエルズ以来のいかにもイギリス人らしい気質が窺えて、たいへんおもしろいものである。推理作家としてのダールの持味はなかなか説明しにくいが、文体のどこかには〝エンターテインメント〟と銘打ってグレアム・グリーンが書いた『二十一の短篇集』に共通するものがあるように感じられる。皮肉さ、平明さ、簡潔さ、クール・ドライネスといった文体上の嗜好である。

多くのグリーンの文体からリリシズムをぬいて、喜劇的要素とトリックにもう少し力点を移すと、ダールの説明に比較的近くなるように感じられる。

この作家はバカげ果てたハードボイルドには背を向け、いささかにがい顔をしている。たいへん寡作な作家らしいが、今後の活動に期待したい一人である。なにを書くかわからないという楽しみのある人ではないか。日本の作家がこの人を真似すると、よほどアクぬきしてかからないことには、ソフィスティケイションがイヤ味になるから、むつかしいことだろうと思う。

（『ヒッチコック・マガジン』一号　昭和三四年八月）

一四　私の始めて読んだ文学作品と影響を受けた作家

ある少年が、ある青年の作家にむかってなにげなく、

「……ところで、つぎはどんな作品をお書きになるのですか？」

とたずねた。

作家はしばらく考えてから、冷静な困惑の表情で、

「わからない」

といった。

「それは誰にもわからないことだよ」

「どうしてですか？」

「だって、きみ」

作家は目をあげてたずねた。

「だって、きみ。きみは自分の心臓がつぎの瞬間にどんな鼓動をうつか、答えられますか。ものを書く人間もそうですよ。つぎに自分がどんな作品を書くことになるかは他人にも自分にもわからないことですよ」

彼はそういって少年に説明した。

この小さな挿話はヤヌホという人の書いた『カフカとの対話』という本にでている。ヤヌホは成人してからは流行歌の作曲者かなにかになったが少年時代には詩を書いていて、役所につとめているカフカのところへ文学の話を聞きにしじゅうかよった。この小さな本はその頃のことをまとめた回想記である。ほかにもたくさんの挿話が入っている。

自分のスランプを弁護する武器としてこの挿話はたいへん便利で有効だったが、よく考えてみれば私も自分の心臓の動きについてはまったく無知である。つぎの瞬間どころか、いまのいまどううごいているかも答えられない。ときどきの原因不明の急迫の結果として作品が生まれる、というよりしかたがない。どんな作家にどんな影響をうけてきたのか。それも自分ではたいへん答えにくいものを感ずる。

小学生のときから大学をでる頃まではずっと内乱状態がつづいていた。これはいわば明暗長短さまざまな臨時政府の果てしない起伏であった。そのあとをひとつずつたどろうとすると、あまり整理のゆきとどいてない古本屋の書棚のまえにたったほうが早い。

レマルクの『西部戦線異状なし』のよこに梶井基次郎の本があり、リルケの『マルテの手記』が半分ほどひらいておちているそばに『タルタラン・ド・タラスコン』が親しげな手垢を見せ、武田泰淳の『蝮のすえ』、大岡昇平の『俘虜記』、三島由紀夫の『仮面の告白』、指を折っていると際限がない。それぞれの作家が私にむかって一時期の専政を宣言した。

この乱雑だが楽しい植民地時代につづいて、憂鬱な空位時代が訪れた。あれもよい、これもよいが、あれもいや、これもいやになった。いつごろからそれがはじまったのか、はっきりとした記憶がないが、そろそろ大学を卒業する前後、朝鮮戦争の前後あたりではなかったかと思う。

私は何人かの仲間といっしょに同人雑誌をはじめ、いくつかのデッサンを書いた。ちかくの神戸に島尾敏雄氏が住んでいて、東京へ移住するついでに私の原稿を佐々木基一氏に渡し、『近代文学』に斡旋の労をとって下さった。その頃の『近代文学』は初期の衝動が中和しかかってゆるやかな下降の旋回運動をはじめているような様子があったが、しかし、それでも、そこに自分の書いたものが発表されること自体はたいへん晴れがましい気持をあたえてくれた。皮膚のささくれた、熱っぽくたどたどしい、二つ三つの習作が、いちじるしい寛容を帯びはじめた同誌の編集同人諸氏の許可を得て掲載された。

しかし、すでに空位時代ははじまっていたのである。なにを読んでもつまらなかった。自分の書くものはもちろん、他人のどの作品にもうごかされることがなくなった。なにか書きたい気持はたえずあったが、なにをどのように書いてよいのかわからず、すべてのものに不満と嘲笑を感ずるだけで私はいらいらしていた。焦躁と憂鬱の日がつづき、紙切虫のようにつぎからつぎへと読む本はただおびただしいというだけのことで、その堆積を疲れた目でぼんやり眺めていると、なにか腹立たしいような、バカバカしいような、うんざりした気持になってきた。

この空位時代はそのまま何年もつづいて現在に及んでいる。自分の書くものがいくらか売れるようになったのだから私はいわば独立宣言をしたことになるのだろうと思うが、いつ、なにを書いても、書き終ってペンをおいたその日の夕方あたりからつまらなくなって胸苦しさのようなものをおぼえはじめる。カフカ流にいえば、心臓の鼓動がほとんど聞こえなくなる。のみならず、心臓そのものがいやでいやでたまらなくなることさえあるのである。やりきれたものではない。が、しばらくするとまたぞろ動きだす。正調、乱調、高音、低音、どんな瞬間が訪れることか、まさに見当のつけようがない。

（『文學界』一三巻一〇号　昭和三四年一〇月一日）

一五　私と〝サイカク〟

私が西鶴を読んだのは高等学校に入ってからである。戦争が終ったとき私は中学校の三年生だった。この三年間は勤労動員に狩りだされて勉強はなにもできなかった。毎日、操車場で防空壕を掘ったり、機関車の缶焚きをやらされたりしていた。仕事と空襲警報のあいまを狙っては小説を読んだが、当時は新刊書がでるわけではなかったから、いきおい戦前に刊行された各種の内外の文学全集などに興味が集中することとなった。私たちの若い世代の人間のなかでしばしばマセた文学的知識をふりまわす人間が多いのは、一つにはこの禁圧期の読書経験によるところが多いのではないかと思う。戦前の改造社の『現代日本文学全集』や、新潮社の『世界文学全集』その他いわゆる円本ブーム期の刊行物などを通読しているため、しばしば私は私なりにあの時代の雰囲気を理解したようなつもりになって、つい知ったかぶりの大口を酔うとたたきたくなる——という悪癖も、それよりほかに、なにひとつとして読むものがなかったからという密度の濃い読みかたを幼いときに強いられ、その記憶や経験が忘れられないためなのである。

で、私はまもなく、まだその頃のこっていた旧制のある高等学校の文科に入ったが、ここで国文学の時間にテキストとして使われたのが西鶴であった。その国文学の教授が当時まだ三十代の若い人であったためか、授業のときは西鶴にすっかり夢中になってしまって、本文を逐行解釈しているうちに昂奮のあまり、さもまだるっこしいという様子で眼鏡をパッとはずすと本をとりあげ、音吐朗々と朗読しはじめるのだった。それも『永代蔵』や『胸算用』などの経済小説のあいだはまだしも、巻が進んで好色ものに逢着するといよいよ熱が入り、たとえば世之介がむらがる女をなぎたおしなぎたおしのカザノヴァぶりを発揮する段の、汲めども尽きざる腎水入れかえ干しかえ、というような意味の文章を、先生は教室いっぱいの甲ン高いキンキン声で読みあげては三嘆四嘆するのである。

「すごいですねぇ」

とか、

「どうです、この奔放なこと」

とか、

「人間ですねぇ、讃歌ですねぇ」

などといっては、そのたびにため息をつくのである。あまり毎時間これがくりかえされるので私たちはすっかり圧倒されるやらテレるやらで、先生に〝ルネさん〟という仇名をつけることにした。〝ルネッサンス〟をもじったつもりである。

この先生の気質にはたぶんにいわゆる〝旧制高校的〟な、ロマンティックな、無邪気な衝動が散見されたが、そしてそのゆえに私たちはただムカムカとなって教室から遁走しはしたが、いまから思えば、彼は彼なりにそれまでの戦争中の禁圧症状からのがれたい気持がひたすら濃くて、あんなキンキン声となったのであろう。西鶴は彼にとって、いわば戦後のあのあまりにも短すぎた〝解放〟の幻影期の、大きすぎる代償志向の対象であったのだと思う。

私はそれまで西鶴を読んだことがなかったので、たいへんもの珍しく新鮮な印象で彼の諸作に接することができた。それまでの私の読書経験や、乾からびきった生活意識などからすると、彼の資質の特異さは、早くいえば〝西鶴〟というよりは〝サイカク〟と読んだほうがピッタリくるといってもよいようなものであった。それほど彼は私にとってみずみずしく桁はずれなものに映った。これには一つ、私が大阪生れの大阪育ちであるために、織田作之助が判定をくだしている西鶴の〝大阪人的性格〟としての諸特質がたいへんスムーズな親近感をもって自分なりに理解できたということも手伝っている。が、私の第一印象として〝西鶴〟を〝サイカク〟と読みたくなったのは、やはり彼の感性のタイプが日本の古典文学の感性の系列のなかに占める異質さのゆえであった。それまで私が雑然と気まぐれに読みかじりつつある種の現代的必然性をもって理解し、感じ、照応していた古典の諸作品、たとえば『徒然草』や、『平家物語』や、わけてもあの厖大な規模で展開される『源氏物語』などのなかに流れているのとはまったく質の異なった時間意識が、西鶴のなかにハッキリと感じられた。それは私にとっては、やはり、〝西鶴〟とか、〝さいかく〟などというよりは、〝サイカク〟と呼んだほうがふさわしく感じられるほどの性質のものとして映ったのである。

ルネさんには悪いと思ったけれど私は生活の窮迫に追われて教室の勤勉な学生となることができなかった。が、テキストが触媒となって私はその後しばらくあちらこちらの工場を転々としつつ、もっぱら自分の内心の興味の対象として西鶴の諸作品を読みあさった。ある短い一時期には彼の体質的な破廉恥さや、冷酷な傲岸さや、生への嗜欲のようなものが私の衰弱しきった神経へのつよい暗示や支柱として映ったこともあった。ついに発表する勇気をもたなかったが彼にそそのかされて発作的に熱病的に彼のあとを追おうとして、『胸算用』まがいのけちんぼ物語、それもひたすら陋劣さと残酷さを旨として原稿用紙に書きつづる衝動を抱いたこともあった。そして自分が彼について抱いているイメージを武田麟太郎や、織田作之助や太宰治などの短篇にあらわれているそれと照合しようとして、いつも、ある不満と失意をおぼえさせられた。彼らのそれは私にとっては、ある場合は〝西鶴〟、ある場合は〝さいかく〟、湿って失速して埋没し、彼らの立場からのやむを得ざる道程は理解できながらも、ついに〝サイカク〟ではなかったのである。この不満を解決するためにはいつか自分で書いてみるよりほかには道がないのである。時間をつくろうと、私はしばしば思いきめながら、まだそのままでいる。

(「古典日本文学全集」二二巻『井原西鶴集　上』付録二　昭和三四年一一月五日　筑摩書房)

一六　加藤周一と堀田善衛の紀行文——肉体の欠如と肉体の氾濫

加藤周一氏と堀田善衛氏の本を読んだ。加藤氏のは『ウズベック・クロアチア・ケララ紀行』、堀田氏のは『上海にて』である。加藤氏のを読むときはその地理的内容からいって当然のことながら堀田氏の『インドで考えたこと』や『河』などを思いおこし、それぞれ比較検討しつつ読まされる結果となった。

加藤氏の文章は全篇どの部分をとっても均質の明晰さで書かれている。透明で、さわやかで、つめたく、いくらか甘い。どこかレモン・スカッシュを飲んだあとのような印象がある。堀田氏の文章とくらべてみれば敏感な読者ならきっと気のつくことだろうと思うが、そこには擬音詞、または擬音詞的発想というものが、まったく見られない。それは特徴的な潔癖さとして印象づけられる。対象と語り手のあいだにつねに神経質に配置されてある距離から考えればこの特徴は必然の産物である。そのこと自体はけっして排斥されるべきものではない。私たちはあまりにも対象に埋没した文章を読まされつづけてきた。

しかし、加藤氏のその美質と、その文章の明度がなにによってもたらされているのかということは、一応、一線をひいて考えられなければなるまいと思う。

私の臆測では、それは、結論的にいってしまえば〝省略の美学〟とでも呼ばれるべき性質のものである。この本の内容そのものを見れば省略されているものはなにもない。辺境社会主義国の、遠方からの一旅行者がその短い滞在日数の制限内において配ることの想像できる神経はほとんど想像以上といってもよいほど完全に均衡をとって、整序され、配られている。氏の蒐集したどの印象と、どの数字をとりあげても、一つとして氏の勤勉と、精力と、博学を物語らないものはない。

が、しかし、ここには〝肉体〟がないのだ。あまりにもなさすぎるのだ。たとえば氏がしばしば一国の文明を批評するにあたっての発想の根拠とする、古代あるいは中世の造型美術についての記述を見ることにする。サマルカンドでは回教芸術、ベオグラードではビザンティン、インドではエレファンタの石窟彫刻について、氏は一連の脈絡ある嗜好的な描写をおこなっている。

ベオグラードの美術館では……

「……（蒐集品の）時代は一一世紀から一六世紀に及び、様式はすべてビザンティンである。傑作は一二・一三世紀に多い。たとえばネレチ、ストゥデニツァの一二世紀、ミレシェヴォの一三世紀など。ネレチの『ラザロの復活』にみられる写実的な顔の表情と身体の動き、また『キリスト生誕図』のたくさんの人物、殊に水さしを運ぶ女の横顔は美しい。またこの時代の女の姿勢、衣の扱いなどにヘレニスティックな様式の影響がみられるのも興味深い。一方ストゥデニツァの『聖霊降臨』では、あのビザンティンの『眼』が、遠い時代の向うからわれわれをみつめている。ミレシェヴォの素晴しい肖像画、殊に白衣で青い十字架をかけた聖者の像にも、一度みたら忘れることのできない眼がある。その眼は周知のようにアドリア海対岸に渡って、ヴェネチアやラヴェンナまた遠くローマのモザイックとなり……（傍点、開高。以下略）」

エレファンタの石窟では……

「……しかしたとえばエレファンタの石窟に入って右手、シヴァとパラヴァティの結婚とそれに隣るパネルの女神パラヴァティはどうか。眼にも、顔にも、全身の姿勢にも羞らいのあふれているところ、また同時に、見事に成熟した肉体の快楽に向ってひらかれているところ、その肩、その厚い胸、その豊かな腰から腿への線は、何と官能的で、何と優美であるか！（中略）日本の仏像には寛大な慈悲の心がある。フランス中世のたとえばランスのマリア像には、優美な感覚と融けあった精神性がある。古代エジプトの少女像にはきびしい様式の美があり、ギリシャの女神には、写実を通しての身体の理想化がある。しかし生々しい肉感性と女心の機微の感覚的表現において、インド中世の石の女たちに及ぶものはない（以下略）」

これは『世界美術史大系』の目次とどうちがうのだろうか。私はここにかりに傍点をふっておいた加藤氏の言葉の堆積がキャッチ・フレーズの羅列としか感じられなくて、しらじらしくなってくる。おそらく一つの芸術作品によってうける感動の描写と分析というものはそれが究極的には実測不能の肉の偏見であることの発見と諦念、それに到達するまでの無益にしてしかも避けがたい密度ある歩行の矛盾にみちた衝動の明示にかかっているのではないかと私は思うのだが、加藤氏の文章からはなにひとつとして体験をあたえられないのだ。加藤氏が「！」をかさねればかさねるほど私は頭を垂れる。

しかも、さらに、

「……私は私のインドを発見しなかったかもしれない。しかし少なくともインドの中世を発見した」

加藤氏がこのように強い陶酔的な（あくまでも〝明晰〟の語調に包みつつ）表現を使用するにつれて私はいよいよ頭を垂れる。それはどうしようもないのだ。

加藤氏の美術批評に不当のスペースを使用した理由はほかでもない。それが氏の社会体制に向うときの姿勢とまったく等質と感じられたからである。実験段階にあるさまざまな形態の社会主義、その歴史と現状、体制と人、都市と農村、コルホーズと個人、官庁と家庭、町の、音と色と匂いと。すべて加藤氏が接触しないものはない。報告はときに精細な数字をともなって多岐にわたり、つねに正確で、有能で、繊細である。公平で、冷静で、注意深い。その視野の多角性と広さにおそらく私は氏の文明批評家としての円熟を読まねばならないのだろう。が、しかし、ここでは歴史の進行途上にあるさまざまな矛盾のデータが提出されてあるにもかかわらず現象は氏に何の主観的偏見も生じさせない。矛盾は矛盾のまま、対立は対立のまま、それぞれの状態のまま放置されて氏の内部に流れこむ回路を断たれているのだ。一つの回路が断たれてつぎの回路があらわれるときに氏の筆致からうかがわれるものはその叙述の誠実周到さにもかかわらず冷酷で無責任な判断中止である。それがただ単なる氏の描写技術の上下によるだけのものであるのかどうか判断に苦しむが、ついに私は多様な視点の無機質な混合としてしか感ずることができない。最大前提として「紀行文」という制約をみとめたうえで、なお私はこの点にこだわらざるを得ない。

「判断中止」ということだけをとりあげるならば堀田善衛氏の場合も似てくる。『上海にて』は激動する過渡期の中国革命に避けようもなく強姦された記憶を未来へのヴィジョンをともなおうとあせりつつなお未定着と動揺のうちに肉の芯部でまさぐったものである。文章は擬音詞と即興、自己戯化と感情の露呈と精細な史的背景の考察と、その他さまざまな、無数の衝動にみたされている。氏の文体を支える発想の、加藤氏とのいちじるしい相違点の一つは、肉体である。さらにいえば、日本人としての肉体である。個的な肉体の経験と記憶、いわばダーザインとしての苦痛はこの著作だけではなく『河』や、『インドで考えたこと』や、その他氏の出発当初からのさまざまな創作のキー・ノートとなり、核となっている。その意味では、この本は、いままでの氏の世界を蔽う屋根にさらに一つの屋根をかさねる役をになわされただけのことといえばいえるのである。

氏の見聞した中国革命の、目もあけていられない死臭の渦巻きと、それをめぐる若い日の氏の不可避的な分裂、これについてのデータのおびただしさは十枚そこらの紙数ではとうてい概括的検証とその表現を考えることをいまの私に禁じさせる性質のものである。氏がちぎってはは投げ、投げてはちぎってつぎからつぎへとよこしてくるヴェルトシュメルツは一つ一つのどれもこれもがあまりにも巨大すぎて、とても自律性のある短い表現におしこめ封じこめてしまうことはできない。おそらくそれは誰にとっても不可能なことなのだ。氏が執着し、離れようとあせり、あせってはもどり、みずから軽蔑し、憎み、しかしついにはそれをこえることができず、といって手や足の余剰物すべてを省略してある諦念にイメージを結晶することもできず、四分五裂のまままころがりまわっている氏の肉体がその表現のなかに占めている比重と、問題そのものが読者に態度決定を迫ってくる質の厖大苛烈さを考えると私は書評家失格を告白せざるを得ないのである。それはまったく別の形式で考えなければならない性質のものである。責任を解除して失格をつぶやいているわけではない。

しかし、一つの感想というものはある。

加藤氏は肉体の排除のうえにその文章をつづり、政治上の合理主義者、心情のコスモポリタン（すくなくともこの紀行文に関して私の感ずるところでは……）である。しばしば〃日本人〃であることとの反省はいくつかの現象に接して明暗さまざまに登場しはするが、決定的な起点とはならない。『インドの発見』に関して、日本とははるかにかけちがって強烈な過去の文化と現在の大衆からの乖離、文化的植民地の先進国にたいする劣等感と焦躁などのうちに悪戦苦闘のあげく自国の土へ足をおろしたネールの姿勢に堀田氏は〃涙をのみつつ上すべりにすべってゆくこと〃を吐露した夏目漱石の姿勢のある部分を読み、自分の内部にひきおこされる胸苦しい共鳴音を聞いた。が、加藤氏のこの本におけるかぎりの叙述からではその共鳴音の存在はみとめながらもなお声は微弱でそっけなく、むしろネールの顕賞そのものにアクセントが捧げられているのだ。堀田氏がそのことにおいて一つの明確な決意と認識に達したとは『インドで考えたこと』のなかでは感じられない。氏の根本的な姿勢は自らの姿勢の、いわば肉体の氾濫にたいする嫌悪からとつぜん飛躍して反語的に、自己暗示的に「……即自存在、それは永遠に無駄なものである」と書きつけたサルトルの一行のなかに依然として含まれているといえよう。

だが、すくなくとも氏の内部には対話がある。あるいはそれは〃永遠に〃未定着のままくりかえされるものであるのかもしれない。それは氏自らの責任にかかっていることなのだ。誰にも予言できることではない。が、私としては、やはり旅行者、観察者の第一の資格は、あらゆる意味において対話の精神の有無にかかっているといいたいのである。

（『文学』二七巻一一号「書評」昭和三四年一一月一〇日）

一七　小説の処方箋

小説を書くにはどうすればよいかということは百人百説で、めいめいがオマジナイや処方箋をもっている。パイプを三服ふかさなければとりかかれないとか、耳の垢をホジらないことには落着けないとか、タバコを一箱買いにいってからとか、いろいろである。デュマはサロンにどかんと腰をおろして雑談をするとそれがことごとく小説になるのでサロンの常連から〝デュマ小説製造株式会社〟という仇名をつけられたとか、というような話もあるけれど、そんなのは例外である。

いちばん多いのは酒、タバコ、コーヒー、それから締切日がちかづくと〝ノーシン〟などが机のまわりに登場するらしい。私はあまり飲まないがこの薬は奇妙に評判がよくて、あちらこちらで苦笑まじりに噂を聞く。流行の尖端をゆく小説家がシェーファーの万年筆をおいてやおら〝ノーシン〟の箱に手をのばすなどという風景はいかにも日本らしい。トッポい名前が安心感をさそうのだろう。

コーヒーについてはバルザックが派手な、しかし彼の実力からすればまんざら嘘でもないような讃辞を捧げている。なんでも彼は一日に六十杯飲んで十二時間書きに書きつづけたという噂である。ちょっと引用すると……

「……こいつが胃の中に入ると昂奮してカーッとなる。戦場にのぞんだナポレオンのひきいる常勝軍のように妙想が雲のようにはげしくわきだす。軽騎兵が疾風のようにかけるようにイマージュが飛ぶ。砲兵隊がつづけざまに大砲をブッ放すように論理が躍動する。自然に微笑が浮かぶ。インキが原稿用紙のうえに一面にパッと散る。戦闘開始。インキの洪水が見る見るうちに長篇小説を仕上げてくれる。まるで戦争に火薬を使うように……」

恐れ入りましたとひきさがるばかりである。

これらは机に向ってからの話だが、それ以前に用意されてある小説のヒントそのものはどうして入手するのか。これまた百人百説で、お菓子のかけらをお茶に浸して口に入れた瞬間に半生の時間を回復した人物もいれば、ライオン狩りや闘牛をやらないことにはダメだとする猛者もいる。チェホフはサラリーマンのようにせっせとメモをつけ、モームは南洋くんだりからモスクワまで旅行した。万人万様である。

書くものがどうやら発表できるようになった頃のこと、私は毎日タクシーのメーターを眺めているような気分におそわれて憂鬱だった。雲の妙想、軽騎兵のイマージュ、大砲の論理、なにひとつとして在庫皆無である。コーヒーを飲むと酔うし、闘牛をやるには体重が十三貫しかない。しようがない、お酒を飲んでフテ寝をした。稼げるのに稼がないのはなんと贅沢な快楽であることか。肘枕、かすんだ目を細くひらき、くちびるをかみながらカッと射す西陽を眺めて暮した。そのうちに半ば真性のノイローゼとなり、ほんとに衰弱してしまったのにはまったく手を焼いた。

しようがないから好きなE・H・カーの名作『バクーニン』でも翻訳してやろうかと思ったが、これは埴谷雄高氏から、

「ダメだ、ダメだ、そんなことするとますます小説が書けなくなるよ」

といわれたのでよしにした。思うに埴谷氏は自分のことをいっていたのである。一年ほどしてから会ってそのことをいうと、まえとまったくおなじ警告をうけた。

「道ですれちがった女の匂いがムンと鼻さきに迫って離れないような状態におかなくちゃあ」

というのが氏の処方箋であった。

私は野ネズミの繁殖のことを作品にして世に出ることができたが、そのいわゆるネズミの作品のことで悩まされたことが一つある。つまり法律用語でいうと〝善意無過失の競合〟という場合である。私はその作品のヒントを、たしか、朝日新聞の科学読物の欄で得た。そこに野ネズミの生態のことがでていたのである。読んでから一カ月か二カ月ほどして、ある日私はなにげなく思いだし、丸善へいって農林学者の書いた研究書を一

冊買ってきた。それを参考に会社から夜遅く帰ってきては毎日少しずつ書きためた。発表のあてはどこにもなくて、八分までは自分の楽しみのためという気持だった。が、これが、ある日たまたま安部公房に町で出会って話をしているうちに彼もまたまったくおなじ新聞記事にそそのかされて一作モノしようと企んでいるのを発見するに及んで、すっかり憂鬱になってしまった。私は何食わぬ顔で雑談をつづけ、安部公房が、書かぬまえから悦に入って、

「あれはオレが書くんだ。イヤ、あれはオレのもんだよ。ウン、それは、もう、きまってるんだ、ハッキリとな」

目を細くしてエッ、ヘッ、へと笑ってる顔がノミのように憎かった。私は蒼くなって家へとんで帰り、机にしがみついた。

結果としては私はどうにかこうにか安部公房を一馬身の差で抜くことができたが、もしあのとき彼が不用意に口をすべらさなかったらどうなっていたことか。これはあまり考えたくないことである。

さらにもう一つここに妙なのは、机のうえで私が小説を書いてから二年たった今年の春、北海道の森林地区でまったくおなじ設定の事件が現実に発生し、百二十年ぶりにササがみのってネズミがわき、一億から二億にのぼる森林が壊滅して役人たちはイタチを放すやら毒ダンゴをまくやらの大騒動を演じたことであった。調べてみると、なにから

なにまでがまったくピタリと一致していた。

私は昂奮し、『罪と罰』当時のドストエフスキーの挿話を思いだし、現実が芸術を模倣するというスローガンを日に十度つぶやき、あちらこちらに電話をかけた。が、みんな〝ノーシン〟ボケしてしまったのか、誰もまともに聞こうとするものがなかった。しょうことなく私はひとりで、肝臓をいためていたからお酒のかわりにカルピスを飲んで乾杯したのである。報酬はそれだけだった。

（『文學界』一三巻一二号　昭和三四年一二月一日）

一八　カー讃

ここ数年来、E・H・カーのファンである。小説で感心できるものには出会えなかったが、カーの評伝作品にはどんな小説も及べない魅力を感じさせられた。たまたまそういうことをある人に話すと、その人はさっそく私の作品にたいする批評として、〝彼は社会科学の現実は信じても文学の現実は信じない〟などと書いた。もしカーのことをその人のまえで私がしゃべらなかったらそんなことを書かなかったであろうと思われるのに、たまさかの私言から場あたり式のあてずっぽうの想像を大上段のキャッチ・フレーズにおしこんで口をぬぐってしまうそのやりかたが当時の私にはひどく不愉快に思えてならなかった。のみならずカーの名前だけですぐさま〝社会科学〟と反応を起す雑駁さかげんにも腹がたった。

カーは国際政治学者であるが、私が愛するのは『ドストエフスキー』や、『ロマン的亡命者』や『カール・マルクス』の著者である。これらの著作は未訳の大著『バクーニン』をも含めていずれも記念碑的な意味をもつ文学作品である。これらの作品が読者をひきつける魅力は一にかかってカーその人の性格描写と創造力、および峻烈な批判のヤスリにかけられても生きのこってひらめく想像力にあるのだ。おそるべく厖大精緻な史的知識の大理石の床のうえに巨人たちをそびえたたせるカーの力技にはひとかたならず感動させられた。

日本には評伝文学のジャンルがない。ヨーロッパのその典型として一般に迎えられているのはかろうじてシュテファン・ツヴァイクだけである。かつて私も彼の『マリー・アントワネット』や『マゼラン』、わけても『ジョゼフ・フーシェ』などの愛読者であった。が、カーの作品を読んでからは私はツヴァイクが読めなくなってしまった。かつて私をひきつけたツヴァイクの多血質な激情の大渦はカーの冷徹辛辣なリアリズムにふれて、たちまち一篇の演説集となってしまったのである。その変貌はどうしようもなく、しかもじつにあざやかであった。

カーは抒情的雄弁を拒む。人物の性格創造にあたって彼が発揮するのは冷血動物にもひとしいような苛烈な批判と、その背後に多様な複屈折をうかがわせるユーモアであり、終始、名棋士の冷徹さと潜熱をもって筆をすすめる。かりに『カール・マルクス』をひらいてバクーニンとマルクスがインターナショナルの結成をめぐって格闘を演ずる場面を読んでごらんなさい。この全く相反した性格の二人の巨大な偏見者がじつに笑止千万な手段を弄してたがいに相手を扼殺しようとする後姿がじつに鮮明に描かれていて、感嘆のほかない。その結果私たちはドン・キホーテの退場を知らされるわけであるが、この人類の精神史の貴重な一章の章末を描くカーは十全に力を果たして完璧である。

カーに影響をうけたとおぼしい人は分野と意味と質の相違は別としてずいぶん多いように思う。たとえば小林秀雄は本多秋五の批判を待つまでもなく『ドストエフスキー』の海賊版の製作者であった。が、ほかにも、埴谷雄高や、さいきんの発見では林健太郎というような人もいる。堀田善衛も『ロマン的亡命者』の読者であった。それぞれの人びとの被光状態をさぐっている余裕はいまないが、いずれにせよ、カーは広大多様な暗示を投げながら論じられることが余りに少なすぎるように思われる。これはもっと声高く読まれ話されてよい稀有な現代の個性の一つなのだ。

（『鑼』第一号　昭和三五年三月二五日）

一九　悪霊の誕生

推理小説はたいてい貸本屋で借りて読むようにしている。なぜ買わないかといって、一度読んでトリックのわかってしまった推理小説など、反故紙の山にすぎないではないか、と思うからである。ぼくはよく旅行するし、旅行にでかけるときはかならず駅の書店でポケット・ミステリを二、三冊買いこむけれど、旅行から帰ってくると、すぐに売るか友人にまわすかしてしまうので、手もとにはほとんどのこっていない。もともとルーズな性質なので、あまり蔵書趣味はないほうである。床から天井までズラリ、ギッシリと並んだ本棚なんて、まったく厭味で憂鬱なものだと思う。

推理小説はいままでにずいぶんたくさん読んで、感心させられたものもいくつかあるが、比較的新しいところで本棚にのこしておきたい気のしたのはロアルド・ダールである。短篇集の『あなたに似た人』がハヤカワのポケット・シリーズででているけれど、これは同社の数百冊のシリーズのなかでもちょっと貴重な一冊なのではないかと思う。もうすぐ“Kiss Kiss”という短篇集がアメリカで出版されるらしいが、待遠しいものである。ダールは寡作だから、なかなかお目にかかれない。それもポアン・ド・シャルムの一つではあるけれど……

その新作集のなかの一つが昨年十二月号の《プレイボーイ》誌にでていた。この号の同誌は六周年記念とクリスマスをかねて、ずいぶん張り切った編集になっている。バルドオやプティやドモンジョのヌード写真をたっぷり入れて色づけしているほか、創作欄もちょっと凝って、ジャック・ケラワック、アルベルト・モラヴィア、マックス・シュルマンの三人にロアルド・ダールをつけたして〝強力四本立〟という按配である。ダールはフロント頁に奥さんのパトリシア・ニールと肩をならべて写真がでている。顔の長い、額の禿げあがった、やせぎすの、いかにも神経質そうな男である。映画女優の奥さんとならんでちょっとテレくさそうに苦笑いで頬をゆがめているあたりは作品の印象にピタリである。

その写真につけた編集者の紹介文がなかなか気がきいている。今号は創作欄にちょっと力コブを入れましたという説明につづいて、

「……いつもビートしているケラワック、ときどきビートするモラヴィア、まれにしかビートしないシュルマン、そして、絶対ビートしないダール」と。

うまいことをいったものである。ダールを表現して“Never-Beat”とは、そのものズバリではないか。作品のほうは例によって簡潔平明でつめたく乾いたタッチである。伏線のなにげない暗示も皮肉で、女にたいして意地がわるいところもあいかわらずであ

る。とくにこの作品ではその意地のわるさが史実から計算してつくられている。

ブラウナウという貧寒な田舎町の旅館の一室である。クララという名の女が男の子を生む。彼女は三カ月ほどまえに夫につれられてスーツケース一つにトランク一つでこの町へ流れてきた。身よりのものは一人もいない。夫は国境の税関につとめ、しようのない飲んだくれである。彼女は薄暗い田舎宿で見ず知らずの医者と宿屋のおかみさんに見守られて男の子を生む。が、彼女はいままでに三人の子を生んで三人とも幼いままたてつづけに死なせてしまったので極度に神経質になり、医者にむかって何度も何度もくりかえし今度の子は大丈夫でしょうか、どこか変ったところがあるのではないでしょうかと、しつこくたずねる。グスタフも死にました。アイダもなくなりました。オットーは生まれてから三日ともちませんでした。先生、私たち夫婦にはなにかいけないことがあるのではないでしょうか……

するを医者がそれにこたえてくりかえしくりかえし、安心しなさい、大丈夫ですよといってなぐさめる。

「……大丈夫ですよ、奥さん。いいお子さんですよ。ちょっと柄は小さいけれど、赤ン坊は小さいほうがかえって大きいのより達者なものなんです。大丈夫です。今度こそは育ちますよ。いいお子さんです。どこも変ったところはありませんよ。まったく異常なしてです」

　宿屋のおかみが口をそえる。

「まァ、こんなかわいいお手て。こんなに長い、やさしい指をして。ねえ、ごらんなさいよ。噛みつきはしませんよ。それにこの泣声の大きいこと。すばらしく肺がつよいんですよ！……」

　二人がそういってかわるがわるおびえた母親をなぐさめているところへ父親が入ってきた。両手にビールの大ジョッキをもち、したたかに泥酔している。そのくせ物腰は尊大である。フランツ・ヨゼフ帝そっくりに。彼は酒臭い息を吐き、クララと赤ン坊のうえによろよろとかがみこむ。消え入りそうにぶるぶるふるえている妻を無視して彼はいう。

「なんだ、こいつ。オットーより小さくてひよひよしてるじゃねえか。もとの木阿弥、もう一度やりなおしになるんじゃねえのかよ」

　クララは赤ン坊をひきよせて泣きだす。それを見て医者はつかつかと父親に歩みより、むりやり床にひざまずかせる。

「……ヒトラーさん。この子はどこも変ってはいませんよ。奥さんにもっとやさしくしてあげなさい」

　クララは赤ン坊を抱きしめて泣きじゃくるのである。

「この子だけは永生きしなければ、ねえ、アロイス、この子だけは。神さま、ああ、御恵みがこの子の上にありますように……」

医者と宿屋の女房とクララの祈りにダールの冷暗な皮肉がこめられている。四百字詰原稿用紙にしてほんの十五枚か二十枚ほどの短篇だが産室の荒れて孤独な空気はよく描かれている。

アドルフと名づけられたこの子はオーストリアとバヴァリアの国境ちかくで生まれた。一八八九年四月二十日の夕刻である。旅館の名は〝ポムメル〟。母親の名はクララ・ペルツル、父親はアロイス・シックルグルーバー。（アドルフが生まれた頃はヒトラー姓になっていた。クララとはまたいとこ。近親結婚といえる。）史実についてはダールはほぼ正しい。ヒトラーの兄のグスタフは四歳で死に、姉のアイダはその前年に二歳で死んでいる。生後三日めに死んだというオットーの存在は手もとの資料にあたってみたが記されていない。クララはアドルフのあと五年してエドムント、七年たってパウラを生んだが、エドムントも永く生きず、六歳で死んだ。ヒトラーの五人の兄妹のなかで成長したのはパウラとヒトラーの二人きりである。パウラは兄の死後、たいへん謙虚な回想記を書いた。

兄はポムメルのおかみがいったとおり、きわめてすぐれた一対の肺と一枚の舌をもっていて、稀代の雄弁をふるい、地球全体に噛みついたあげくにピストル自殺をし、ガソリンをかぶって蒸発した。少年時代は多感で神経質で傲慢な、空想好きの、怠惰な、お母さん子だった。青年時代は無学な夢想家で、音楽家、建築家、画家のいずれの希望も挫折し、食うや食わず、ペンキ屋をしたりベッドの埃叩きをしたりしてウィーンの裏町をほっつき歩いていた。あらゆる夢想家の例に洩れず彼の精神は元金のない利息生活者であった。元金を払いこむためのいっさいの努力を蔑んで拒んだ。現実を失い、自分の言葉をなにひとつとして信じず、しかも世界は言葉のほかのなにものによっても存在しないと考える〝屋根裏の哲学者〟であった。マルキ・ド・サドとおなじく想像だけに生きる牢獄芸術家であった。

ダールの短篇の題は、

"A Fine Son"

である。

（『エラリー・クイーンズ・ミステリ・マガジン』四六号　昭和三五年四月）

二〇　チェコのカフカ

過日、チェコスロヴァキアから二人の客があった。ブリヤネック、ロヅネルという人である。ブリヤネック氏はフランス語の流暢な哲学者、ロヅネル氏は英語の達者な詩人で、カフカの翻訳者である。日本ペンクラブでは二氏を歓迎して一夜の席を持った。そのあと、数寄屋橋の鳥料理屋で数人が二氏と会話を持った。加藤周一氏、遠藤周作氏、松岡洋子さん、それに私、の四人である。

ペンクラブの席では新聞記者なども出席していて公式的な色彩を帯びているためか、両氏はいくらか緊張していた。どのように緊張していたかというと、たとえばこういうことである。ブリヤネック氏はスピーチのとき、チェコの国民は伝統的に民主的、平和愛好の気質を持ち、その気質から多くの小説や詩を生んできた。たとえばカレル・チャペックに見られるとおりである。彼はかならずしも積極主義者ではなかったかも知れないが奔放な想像力と諧謔の才能において世界に読者を得た。現在、私たちは社会主義リアリズムを原則として主張し、推進し、その線において、よい作品だけを発行するよう細心の注意を払っているのである。しかし、だからといって、官僚的画一主義で作家を束縛しているわけではない。ヘミングウェイやフォークナーの翻訳なども国立出版局はどんどん翻訳している……というようなことをブリヤネック氏は述べた。そこで松岡洋子氏が、いま傍点をふった言葉について質問をした。

「よい作品だけを発行するといわれたけれど、よい作品とわるい作品を見わけるのはどうするのか？」

するとと答は、

「よい作品とは読者、ことに青年の心にいい影響をあたえるもののことをいい、わるい作品とは青年にわるい影響、犯罪とか暴力礼讃とかの傾向を助長するような作品のことをいうのである。こういう作品は出版しない」

快刀乱麻。あまりキッパリとサバサバした答なので列席者一同はめいめい感嘆のうめきをあげた。みんなが微笑したのを見てチェコの人たちもニコニコ笑った。

別席にうつってからは個人的な会話になったのでこの種の快刀乱麻はなくなり、チェコの文学界が社会主義リアリズムを主流としながらもなお多様な文学活動を是認して自由な空気を呼吸しているらしいことをいろいろと知らされた。ヘミングウェイ、フォークナーなどにならんでチェコではオズボーンの『怒りをこめてふりかえれ』などが翻訳、上演されていること、また、アポリネールの詩集が翻訳出版されて初版一万部が即日売切れになったというような話を聞かされた。ヘミングウェイやフォークナーにはおどろかなかったがアポリネールの挿話には仰天させられた。加藤周一氏は「信じ難い！」と小さく叫び、私は私でロヅネル氏に、「プラーハの人たちの読書欲は暴力に似ている」とつぶやいた。（あとで聞けばこれは用紙不足から来る本不足という事情も手伝っての現象であるらしい。）

つぎにカフカのことが話題にのぼった。ロヅネル氏は詩人だがシェイクスピアのチェコ語への翻訳も手がけ、カフカの翻訳もしたとのことであった。私がそれに注意をひかれて、

「カフカはプラーハの人である。チェコはドイツ語が第一語になっていると知らされているけれど、そのチェコで、カフカが、《翻訳》されるというのはどういう意味なのだろうか」

と聞くと、ロヅネル氏は答えた。

「たしかにそのとおりであるが、戦後の若い人たちはドイツ語が読めなくなった。だからカフカもチェコ語に訳さねばならないのだ」

「すると、その点では、世代の断絶というようなものが起りはしないだろうか？」

「ある。それは、ある。オールド・ジェネレーションとヤンガー・ジェネレーションとでは、いろいろと誤解しあうことが多い」

それからロヅネル氏と私はカフカをめぐって短い時間の会話を持った。ロヅネル氏が

私に、いったい日本人のあなたがカフカにひかれるのはどういうわけでか、と聞くので、率直に、

「カフカの文体は透明である。徹底的な描写主義でありながら彼は透明さと詩に成功している。そこにまずひかれる。つぎに、やはり、ビュロクラシーへの恐怖が共感をさそう。私としてはカフカは何とか克服しなければならないと思う作家なのだが、この点、悩まされることが多い」

ロヅネル氏は深くうなずいて、

「彼のあいまいな、暗い影はわれわれの頭の上に、蔽いかぶさってくる」とつぶやいた。私はチェコの歴史をほとんど知らない。が、このときのロヅネル氏の横顔に、私は、多年強国にもみぬかれて漂流に漂流をつづけてきた小国の苦しみと、カフカその人の横顔をまざまざと一瞬かいま見たように思った。おそらく若い人たちの間でも、《解放》された現在でも、カフカはひそかに読みつがれていくことだろう。

（「世界文学大系」五八巻『カフカ』月報三一　昭和三五年四月一〇日　筑摩書房）

二一　中国における文学——中国訪問文学者歓迎報告会より

今度の旅行はだいたい朝昼晩、明けても暮れても政治に集中しまして、羽田に下りたときには、体中、足と言わず、頭と言わず政治の臭いがいたしました。北京のホテルでフケをかきますと、落ちるフケのなかに、安保反対という刻印がうってありました（笑）。しかし向うでは政治と文学というものが直結していまして、日本における政治と文学の関係というものとはだいぶちがった間柄にありますから、政治に集中したとは言いながらも、やはり私たちが付き合ったのは、作家、評論家、詩人、そういう人たちが多かったので、自然中国における文学というものとも、やはり深く接することができたと思います。それで簡単に、どういう状況になっているかということを御報告したいと思います。この席には、中国文学の専門家の方もいらっしゃいますし、現に私たちの団体のなかに竹内実さんという、中国人以上に中国語がうまくしゃべれて、ほとんど祖国に帰ったのではあるまいかと思うような専門家もいらっしゃいますので、私の話は、あるいは第一印象にとらわれすぎたところもずいぶん含まれているかと思いますけれども、それは許していただきたいと思います。

いまの中国における文学の方針は、だいたい毛沢東が延安の文芸座談会で「文学の普及と高揚」というテーゼを出しておりますけれども、この、まず文学を普及させよ、という段階にあるのではないかと思います。文学の大衆化運動という言葉でもってこれが進められているわけでありますけれども、こういうことを考えるまえに、まず中国の特殊事情というものが、歴史の段階としてやはりあるだろうと思うのです。つまり、あらゆる文学の問題について、最大前提として考えなければいけないのは、つい近年まで、中国の国民のほぼ八五パーセント近く、あるいはそれ以上が文盲であったということ。いま中国では、私たちの見受けたところでは文盲はほぼ克服されてしまいましたけれども、克服せられたということは、ようやくみんなが字が読めるようになった、字が書けるようになったということではないかと思うのです。実際自分で字が読めるようになった、自分で字が書けるようになったということの喜びや昂奮というものは、活字ずれしてしまった私たちの想像をはるかに絶するものがあるのではないかと思うのであります。したがって私たちが向うの作品を、私たちは翻訳を通じて読んでいるわけですけれども、そのとき受ける中国の作品の印象というものと、実際に中国の読者がそういうものをどう受けとっているかということとのあいだには、大きな溝があると思うのであります。

それで、文学の大衆化運動ということは、実態的にどういうことになっているかと言いますと、文学者というものは、魂の技師であるというスローガンのもとに、すべての人間が自分の意見を発表するように、小説とか、詩とか、いろんな表現をかりて書きなさいという、百家争鳴、百花斉放の形態をとっているわけです。さっき野間さんが、ジーゼルエンジンの工場に行ったら、赤いビラ、黄色いビラが、旋盤とか、フライス盤、ミーリングの機械のそばに貼ってあって、詩がたくさん書いてあるとおっしゃいましたけれども、たしかにそのとおりで、油にまみれた機械の横に一人残らずそういう紙切れが貼りつけてあるところを見ますと、工場に入った第一歩の印象は、学芸会の会場に入ったという印象なんです。これは詩であったわけですけれども、その詩も細かく見ていきますと、全部押韻して韻をふんで書いてある。だから、必ずしも書きたいことをただむやみに書き散らかしているのではない。一つのやはり文学としての秩序、美的秩序を守って書いてあるということを感じました。

それから労働者、農民、こういう人たちにも小説作品を書くようにという強い方針が打ち出されていて、労働の余暇にみんな作品を書くようにしております。テーマはだいたい現代の中国人民の生活を反映し、反映すると同時に、それを高めるようなテーマに沿って書くということです。それで労働の余暇に、工場から帰ってきて小説を書くわけですけれども、一度小説を書いて、それが作家委員会で認められ、そうして本が出版されて、作家協会の会員となる、つまり作家として登録されますと、そのままプロ作家になるのもあり、もとの同じ仕事場に勤めながら創作活動を続けていくものもあり、そこはさまざまなわけですが、創作活動だけに専念しないで、また自分の仕事が、その一つの仕事場だけに閉じこもるのではなく、ちがった農村、ちがった職場に出ていくということになっています。これは、「作家は下放せよ」という言葉で表現されております。「下放」は、中国語でシャーファンと呼ぶのですが、文学者たちと酒を飲んでる話のあいだにこのシャーファンという言葉があまりにたびたび出るので、ついに片言ながら覚えてしまいました。作家は下放せよというわけで、労働しながら、たとえば自分は今度は農村の人民公社のどこそこに行ってそれを主題になにか書いてみたいという気持を起すと、それを申請するわけです。そうして三ヵ月なら三ヵ月、野間さんのように大長篇作家なら一ヵ年という休暇申請を出すわけです。それでもってその農村に行って同じ飯を食い、同じ便所に入り、同じ仕事をしながらその農村の生活を身につけていって、そこで書くというわけです。そのことを聞いたときに、小説というものはなかなか、そう簡単にはいかんだろう。はじめに自分はこういうことを書きたいと思っていても、だんだん考えていくうちに、最初の計画が変ってくるということがあるだろうし、人間である以上、ブランクに落ちこむこともあるだろうから、最初に申請した期間以内に書けないことがあるだろう。あるいはぜんぜん書けないで、方針がまったく変ってしまうこともあるだろう。そういうときにはどうするのだと聞くと、向うの方は、そのときにはもう一度申請し直して、書けるまで延ばしてもらうのだということです。では十年でも延ばすのかと言うと、十年はちょっと長すぎる、まあまあお互い、そこは妥協し合おうということでした。

それでは農村のほうに行っているあいだの生活費はどうなるのか、貧乏国から来た作家として尋ねますと、そのあいだは仕事場に勤めているのと同じように給料を払うというわけですから、この点に関するかぎり日本において小説を書いているのとはずいぶんちがった、ゆとりのある書き方ができるのではないかとそのとき思いました。

ついでに原稿料について申しますと、はじめは基本原稿料として字数計算で、一字いくらでもらう。本になって出版されるとまたそれでもらう。税金はぜんぜんありませんから、非常にお金がたくさん入るのです。たくさん入るのですけれども、現在の中国では、そんなにもらってもしようがないという、たいへんけっこうな状況にありますので、もらいすぎるベストセラー作家は、もらったお金の何分の一かを作家協会に返す。そうしてあまり本の売れない評論家の人たちの生活費のほうにそれを回す（笑）。これは実情報告でありまして、皮肉はなにもありません。どうぞその点御了承ください。ですから評論家も作家とたいへん仲よくくらしていけるのであります。酒場でイガみあうということはないようです（笑）（拍手）。まあだいたいこういうことになっているわけです。

それでとくにいま力を入れているのは、青年作家の養成ということです。その青年作家を養成するためには、ほとんど全国の主要都市には作家協会の分会というものがありまして、そこにプロの作家がいます。そういう人たちが作家委員会を作っていまして、若い人たちが書いた作品を調べる。調べるというのは、テニヲハが間違っていはしないかとか、あるいはこういうふうに書いたほうがもっと効果があがるのではないかとか、つまり無名の作家が日本の出版社に原稿を持ちこんだときに、編集長がテーブルの向うから指図するようなことに少し似たところがある。しかし日本と決定的にちがっているのは、中国の場合では、要するに人民の生活をいかに反映しているかというテーマを、どれだけ個性的に発揮しているかという線においてこれを調べるわけです。各市や、県や、郡などでそういう作家委員会がありまして、援助し、指導してやっている、学習会を利用してやっている。討論会などもやっているようです。

作家協会に行きまして、青年の作家、批評家という人たちと会っていくらか話をしました。午前中二時間ほど話をしたのですが、この席上には、向うの出席した人は、大多数が批評家でありまして、小説家の私が話をするのはたいへん辛かった。北京に来てまで批評家にやっつけられるのはたいへん辛いから、お手柔かに願うと言って話をしたのですが(笑)、要するに向うの人たちの小説の批評の方法というのは、唯物弁証法に基礎をおいているのですから、やはり話は「典型的状況における典型的人物像を描き出せ」というマルクスのテーゼになってくるわけです。言うは易く、行うは難しで、なかなかそれはうまくいかんじゃないか。文学というものは、人間と人生に関与するものであるから、右へ行ったり左へ行ったり、ぐずぐずしてきて、どうにも自分の考えてるような具合にうまくいかない場合が多い。とくに一つの目的というものに仕えていく場合に、文学というものはしばしば類型化して、したがって、たとえば人民のために奉仕しなければならないという大目的を頭の上に持ってくると、典型的状況における典型的人物像という気持は、気短かなあせりとなって、類型的状況における類型的人物像ということになりはしないかということを聞いたわけです。通訳の人があいだに入っているので、うまく訳せたかどうか、竹内さんがそれは御存じであります。向うの答は謙虚なものでして、たしかにそういう傾向が出てくることは感ぜられる。極端な言いかたをすると人民英雄万歳と、一言言えば、目的がはたされる、そういう考え方は教条主義であるとしてわれわれは強く批判する。しかし右派修正主義者がとっているような立場はわれわれはとらない。そうして類型と典型とを分つものはなんであろうか、おそらく個性の描写というものであろうということになったわけですが、こうした問題は一つの具体的な作品についてこまかいところから話しあえばよかったのですけれども、あまり時間がないものですから、原理原則問題に終始して、だいたいそういうことだけで話が終ったわけです。私個人としては唯物弁証法は史学、哲学、経済学に対して与え、持ち得たほどの業績をまだ芸術に関してはかならずしも持ち得ていないと思うので、こうした問題についてはもっと考えなければならないと考えています。

それから現在中国の文学界で一つ顕著な特徴は、昨年ごろからはじまっていることですけれども、革命の指導者たち、現在幹部になっている人たちが、一斉に筆をとって、抗日戦回顧録を書き出しているということです。これは中国語でも出ていますし、それから外文出版社というのがあって、北京に外文書院という書店があります。そこでは中国の本を英語とか、あるいはフランス語とか、外国人のために翻訳した本をたくさん売っている。そこで抗日戦回顧録の何冊かを買うことができました。いずれおいおい読んでいこうと思います。

次に、日本におるあいだに私は、中国に行って、ぜひとも行ってみたいと思っていたところが、北京大学の日本語学部、つまり明治以後の日本の近代文学というものが、現代の中国でどういうふうに評価され、どういうふうに読まれているかということを知りたかったので、何時間かを都合して、北京大学の日本語学部に行ったのですが、ここは東方語系と言いまして、アジア諸国のペルシャからジャヴァ、スマトラにおよぶ各国語の研究室が十何教室かあります。そのなかでいちばん充実しているのは、私は図書館のほうにも行ってみたのでわかったのですが、同文同種の関係からか、従来の日本と中国の関係をそのまま反映して、日本語学部がいちばん充実しているように見えました。ちょうど学生は五十人か六十人ほどですが、下放して、北京の郊外の農村の麦刈りに行っていて、学生と話をすることができなくて、日本で言えば助教授クラスに当るのではないかと思うのですが、そういう先生方と大部分日本語で話をしました。そのときの話を少ししてみたいと思います。

日本の作品ではどういう作品が、北京大学の学生のなかではいちばん読まれているかということを聞きますと、これをグループ別に分けると、当然予想されるように、小林多喜二、宮本百合子、徳永直、野間宏さん、中野重治さん、こういう人たちの作品がよく読まれている。もう一つ別のグループは、夏目漱石、森鷗外、芥川龍之介、島崎藤村、こういった人たちの作品が読まれています。それでちょっとおもしろく思ったのは、では夏目漱石の作品ではなにがいちばんよく読まれているか、なにがいちばんおもしろいかと聞きますと、『吾輩は猫である』それから『坊っちゃん』、この二つの作品がいちばんよく読まれるということでした。それで『坊っちゃん』のどこがおもしろいのかと尋ねますと、エドコ精神エドコ精神と言うのですが、これは江戸っ子精神ということだろうと思います。向うの言葉に翻訳すればたゆまない反抗精神、ですか、こういう立場からであります。その読み方については、この作品についてはまず間違いはなかろうと思います。では芥川龍之介の作品はなにがよいかと言うと、『河童』です。『河童』が好かれるのだそうです。こういうことになってくると、次に、では島崎藤村の作品では、『破戒』ですねと言うと、そのとおりだという向うの答でした。ですからだいたいどういう読み方をしているかということが、この三つの作品の例でおわかりになるだろうと思う。それで最近学生のあいだで、漱石の愛読者もいますし、それから芥川の愛読者もいますが、それが教室で交歓会をやったようなことも聞きました。これはなんと言いますか、夏目漱石祭りというほどの大げさでもないのですけれども、それからゼミナールというほど固苦しいものでもない。なにかちょっとコンパのような、学生のあいだのコンパのような楽しさも混っている、一種の討論会のようなふうに感ぜられました。それからおもしろかったのは、芥川龍之介の作品についての評価の基準というのが、ほとんど宮本顕治氏の「敗北の文学」という評論、これがだいたい中国の人たちが感じとっている代表的な芥川龍之介に対する見解というふうに見えました。それでいまあげられたような作品のほかに、日本の文学の流れには、私小説というものがあるのだけれども、これについてはどうお考えになるかとこちらが聞きますと、向うの勉強している人たちが、たちまち非常に謙虚な表情をしながらも、困惑した表情に陥りまして、私小説というものはいろいろ考えた。そしてたとえば小林多喜二さんの作品も私小説なんだという評論を読んだ、しかし私小説というものそのものがよくわからない。根本的に言って、まず第一に私小説というものを、中国語にどう翻訳してよいか、翻訳語が見つからないのだという悩みを告白していました。それで大江君と私がかわるがわる説明したが、私たち二人もなかなか短い時間のあいだでは説明ができなくて、私たち自身のなかにおけることの問題の深さをあらためて感じさせられたわけであります。

だいたい私の話はこういうことですけれども、一つお願いしておきたいことは、この席に出版社の人もお見えのようでありますが、向うの図書館は、日本語学部はたいへんほかの学部に比べますと充実しておりますけれども、まだまだ少ないのです。それで向うもこのことは非常に痛切に感じていて、もっとどんどん本を送ってほしいということです。そこに入っている本棚の本は、ずいぶん数と種類があるけれどそれでも現在日本で刊行している文学関係でも厖大な数の本の、ごく氷山の一角にすぎないというような状態です。結局これまでは解放戦争に忙しすぎて、なかなか充実しなかったのが、ようやく研究が歩み出したばかりで、それもいままでは日本語そのものの研究をやっていて、日本文学、それから日本語を通じて日本の哲学、史学、それから評論、そういった文化現象を、日本語を通じて勉強しようという方向を今後打ち出していきたいと思っている。そのための資料がなさすぎると言って嘆いておりました。ですから出版社のほうでも、なんとか、この本は中国に送って日本を理解していただきたいと思うような本が出ましたときには、どうぞ売残りの分でもけっこうです、北京へ送っていただいたら、今後日本の文学状況というものなどを通じて、日本を向うの人たちが理解するにあたって非常に有益になるのではないか。ひょっとすると日本で売るよりもあるいははるかに有効かもしれない効果を発揮すると思いますので、これをぜひともお願いしておきたいと思い

ます。（拍手）

（『文学』二八巻八号　昭和三五年八月一〇日）

二二　明日の推理小説

子供のときから推理小説は好きだった。いちばん読みあさったのは、やはり、中学生の頃だった。勤労動員に狩りだされて、操車場の貨車の下や山奥の火薬庫の横穴壕のなかなどで読んだ。その頃は新刊本らしい新刊本はなにもなく、町の本屋はからっぽで、本棚を見ると『万葉集』や『葉隠』のほかは埃りしかなかった。翻訳ではナチス文芸院の戦争小説や愛国小説があるくらいで、しようのない毎日だった。が、個人の家にはまだずいぶん本がのこっていて、疎開のときなどにつぎつぎと掘りだされてくる。それを読むのがたのしみであった。

ずいぶんたくさんの推理小説を読みあさった。おきまりのポーやドイルからはじまって手あたり次第に読んだわけだが、いまから考えてみると、今度のこの名作全集におさめられているようなものがだいたい中心だったようである。短篇、長篇、本格物、ムード物とあれこれ読んだが、読んでいるうちにだんだん眼が肥えてきて、はじめの一章、二章くらいで登場人物が出そろったところで犯人を自分で想像しつつそれが当るか当らないか、どれくらい気持よくどんでん返しを食わされるかと期待しつつ読んでいくようになった。

いままでにいったい何十冊くらい推理小説を読んだものか、見当がつかないが、もし、読みかえしが利くかどうかを評価の基準にすると、意外に少ないのに気がつく。読んで何年かたつうちにストーリーを忘れてしまって、もう一度読みかえすが、やがて十行か二十行ぐらい読むとすっかり思いだし、興味を失って投げてしまう。このときでもまだ興味をつないで読みつづけさせるものとなると、その数はごく少ない。私の好みではポーとドイルとチェスタートンの短篇ぐらいではないかという気がするのだが、どうだろうか。この人たちのものにはストーリー以外のなにかがある。少なくとも読んでいて、ストーリーがわかりきっていながら描写をたのしむということができる。凡百の推理小説で目的となっているものがこの人たちの作品では手段であり、結末は一つの過程にしかすぎないのである。

ちかごろの推理小説はゆきづまってきたところがあり、ハードボイルド派のと畜場小説をのぞくと、たいていくたびれている。読まないうちからわかってしまう。トリックにしてもいくつかに型が分れた、その型にはまりきってしまっているようなところがある。ある見方からするとこの推理小説の衰弱を救うためには社会小説と結婚するか、純文学と同棲していままでのどんな型でもないような鬼子を生むかするより道がないかに感じられる。大藪春彦のように銃火器性能表をつくって読者のフェティシズムをかきたてるというテもあるにはあるが、これはどうやら先が見えているような気がする。ロアルド・ダールになるには才能と名人気質が必要で、マスコミ屋にはつとまらない。ダールはパトリシア・ニールを奥さんにしているから左うちわで髪結床の亭主をきめこみ、年に短篇を一つか二つ書いて澄ましているわけだが、これは誰にもオイソレとできないことである。

ヴァン・ダインやクリスティーやカーといった人たちの作品は推理小説という一つのジャンルが分化の衰弱におちいるより少し前の精力的な時期に書かれていて、いまから読むと少し古風な懐中時計を見るような気がしないでもないが、人物をパターンで描きわけていくことに熱中しているところがあり、技術は達者で念が入っている。省略描法が幅を利かせている現在、細密画にたちもどって眺めることになるわけだが、省略画でも細密画でもおもしろければ推理小説はそれでいいわけだし、いまはそれがなさすぎるのだからこれはこれで貴重なわけだ。

（「世界推理名作全集」六　月報二　昭和三五年八月二〇日　中央公論社）

二三　大波小波

よい子の中国旅行

●『文学』八月号に中国から帰ってきた文学者たちが帰国報告会なるものをやっている。演説の速記らしいが各人の姿勢というものがでていておもしろかった。

●たとえば大江健三郎である。彼は上海で労働者出身の作家と会い、その作家が革命前は文盲の浮浪児で革命後にやっと字を書くことをおぼえて小説を書いた。その小説の題が「骨肉」だと聞いて、われらの小説家は感動したというのである。

●「私は非常に感動したのですが、彼がマルクス・レーニン主義を勉強して最初に書いたものが『骨肉』だ。骨肉というものをつうじて非常に人間的にマルクス・レーニン主義をとらえた」という。

●ハッキリおことわりしておくが、大江はその作家と話をしただけで作品は一行も読んでいないのである。作品を一行も読まずに題だけ聞いて非常に感動しているのである。小説の題だけを聞いてその作家が〝非常に人間的にマルクス・レーニン主義をとらえた〟といって乾杯したというのである。

●バカバカしさにあいた口がふさがらない。一事が万事、とまでは申さぬが、この調子では一体、中国へ何しに行ってきたことやら、われらの時代は幼稚園時代かね。こんなことでもとりあげるよりほかないわれら大波小波同人の身の不運、文壇の不毛ぶり、これまた非常に感動的である。

（『東京新聞』昭和三五年八月一六日夕刊）

文学と政治の「敵」

●昨年だったか、三島由紀夫と武田泰淳が座談会で「現代文学の衰弱」というようなテーマで話し合っていた。そのとき三島は〝衰弱〟の一つの原因は作家が〝敵〟を見失ったことにあると指摘していた。文運隆盛、お家繁盛で作家はアウトサイダーからインサイダーになり、宿年の敵役の私小説は見る影を失い、要はノレンに腕押しだという論旨であった。

●中村光夫と佐伯彰一の論争もトバロのあたりではこれとおなじことをやっていた。佐伯は英国の社会評論家の言葉を引用して社会主義が大衆社会状況と福祉国家のフンワカ・ムードのなかで生殺しになっているからここらで〝労働の観念を根本的に再検討せよ〟、おなじく文学も原型にさかのぼって考えたらどうだと興味のある発言をしていたのだが、中村がとりあわなかったので宙に消えた。

●『文學界』九月号の「衛星通信」というコラム氏は〝敵〟をとらえなければ日本文学はいつまでも〝自己表白〟に終わって衰弱するばかりであるとしている。同じ号に開高が中国訪問記を書いているのを読むと、中国の反米政策は孟子の「外患なければ国亡ぶ」の箴言にそうもので決してアメリカを一本ヤリに攻撃だけしているのではなく、真意はあくまでも〝敵〟を保存しておいてひるがえって国民の力を統一蓄積することにあるらしいと、報告している。

●もしほんとうにそうだとすると、文学と政治が発想法で奇妙に一致することになる。本来、両者とも人間を緊張高揚させることが目的である以上、一致したって不思議はないわけだが、筆者のように泰平に自足することを知る者には厄介千万な理論である。孟子と三島由紀夫が手をつなぐ風景は奇妙なながめではあるが……。

（『東京新聞』昭和三五年八月二五日夕刊）

文学ブローカーに一言

●日本は湿気が多くて、ちょっと油断するとなんでもカビが生えてくださってしまう。文学とて同様である。最近の例はアンチ・ロマンと〝怒れる若者〟である。

アンチ・ロマンをいいだしたのは三田と東大の仏文学教室だったらしい。ビュトールだとかロブグリエだとか、なにか言ってたなと思ううちにいつとなく下火になって消えてしまった様子である。

●フランスではどうだか知らないがロマンらしきロマンといっては何一つとしてない本邦においてその〝アンチ〟をたてることは何を意味するのか。テーゼの観念のない国でアンチ・テーゼをたてようとしたって、土台無理な話というものである。それを一世一代の大問題のように騒ぎたてるのはひっきょう、文学ブローカーの安手な名誉欲以外の何物でもない。

●〝怒れる若者〟を売りこんだのは江藤淳だったと記憶する。大江や石原を釣って三田文学で告白ごっこのヒステリー・パーティーをやったが、形勢悪しと知るとさっさと逃げていき、跡白波をきめこんだ様子だった。脳足りんの石原が不見転ブローカーとも知らずにときどき入れてあげているらしいのは哀れと言うも愚かである。

●今の日本には翻訳が多すぎる。広く会議を興し、万機公論に決し、世界に学ぶのは大いに結構であるが、現状はそんなものではあるまい。余りにも無駄が多すぎるのである。アンチも怒るもないのである。文学ブローカーの〝秀才〟達が今少し自己の語学力に謙虚さと不安を感じて翻訳を控えればワイ雑な思いつきの騒音はもっと少なくなるはずであろう。漱石、四迷にならえとまで言わなくてもいい。玩物喪志とは君達をおいてないのである。

（『東京新聞』昭和三五年九月六日夕刊）

二四　東欧におけるチェホフ観

チャンスがあって九月から三ヵ月ほど東欧諸国を訪れることができた。ルーマニアとチェコスロヴァキアとポーランドである。各国とも主として作家、詩人、評論家、雑誌編集者、画家といった人たち、とくに若い新進の世代の人たち、学生、女子大生などと話すようにつとめた。この旅行の収穫は、ふつう私たちが〝東欧諸国〟とか〝ソヴィエトの衛星諸国〟などと呼んで一言で片づけてしまうこれらの国がおなじ社会主義であっても全くそれぞれ表情がちがうという事実をいろいろな点で知らされ、発見させられたことであった。

たとえばチェホフについての会話である。ポーランドならシェンキーヴィッチと、亡命作家ファスコの『雲の中の散歩』、チェコならチャペック、ハーシェクのほかに解放後の作家ではヤン・ドルダを知るだけで、あとはさっぱりだし、ルーマニアについては全くなにも知らない。どんな作品を書き、文学界の現状がどうなって、作家たちはどんな暮しかたをしているか、まるで文盲なのである。そこで三ヵ国共通に一貫していろいろな質問をだし、その返答で各国の相違を知ることにつとめたわけだが、その一つがチェホフだった。

　どの国でもチェホフは自由に訳され、非常によく読まれ、親しまれている。ある国では短篇よりも戯曲、ある国では戯曲よりも短篇のほうがよく読まれる……というような相違はあるが、これは問題ではない。ただ、各国とも紙が不足していて出版は用紙割当制によっておこなわれるからかならずしもチェホフの全作品が訳され出版されているわけではない。代表作、重要作品から順に訳されていく。これはいたしかたがない。

　そういう事情を聞いたあとで、きっとおおむねつぎのような質問をした。おぼつかない外国語で話すのでキメがきわめて荒っぽくなるが、やむを得なかった。

「……チェホフは彼の生きていた時代に対してかならずしも積極的ではなかった。むしろしばしばニヒリスティックであり、ペシミスティックであった。ときには同時代だけではなく、文明全体を否定したこともあった。ただ彼は非常な才能にめぐまれ、それをカリカチュアとして描きだした。それはすばらしい才能であったと思う。ところで、もしいまあなたの国にチェホフが同時代に対してとったのと同じ姿勢をあなたの国の現在に対してとる作家があらわれたとしたら、その作家の作品は出版されるだろうか？……」

　答は各国によって異なった。

　ルーマニアの批評家は、

「私たちはチェホフのような作家をこそのぞんでいるのだ。彼のように客観的な作家があらわれることこそのぞんでいるのだ。社会主義リアリズムは広い文学である。いつもいつも英雄や肯定的人物や積極的人物ばかり描いているようでは現代を正しくとらえることができない。文学はそれだけではダメなのだ」

チェコの作家の一人は、

「ふたたびチェコにチェホフのような作家は生まれないだろう」

といった。

「必要がないということか？」

「現実にその基盤がないという意味である。若い作家たちはチェホフの時代に住んでいるのではない」

「けれどチェホフは愛読されているというではないか」

「文学としての趣味であろう。趣味の問題である」

ポーランドの返答は以上二つにくらべると大いに趣きが変ってくる。私の質問を聞いた劇作家はクスリと笑った。そして、いうのである。

「チェホフなんて甘い《トレ・シュクレ》よ。まだまだ甘い。チェホフよりはるかにニヒリスティックでペシミスティックな作品を若い作家たちはどんどん書く傾向にある。もちろん雑誌には自由に発表されている」

ルーマニアやチェコではたとえばフォークナーやヘミングウェイやカフカ、サルトルといった作家の作品はほんの二、三作ぐらいしか訳されていず、それらの原書を輸入するにはとくに文学専門家でなければ許されないが、ポーランドは全く事情がちがって、これらの作家の作品はおびただしく翻訳、出版され、外国書は誰でも自由に買うことができるという国なのである。フォークナーとヘミングウェイの二人はとくに読書人にとってはウォトカのように歓迎され、大流行している。チェホフについての言葉もまたうなずけるわけである。

私はホテルでいろいろ考えた。ルーマニアもチェコもどんな作品が書かれているのか、まったく知らないわけだが、これらの言葉からなにか想像できないか。ルーマニアの批評家はチェホフを否定者とせず批判者として眺めている。チェコの作家は社会の現状に安心している。おそらく彼の年齢から見れば過去の解放闘争の流血の記憶は濃厚に生きていて、自分のかちとったものに対する自尊心と愛着の深さということがあるにちがいない。それは経験者として当然の心理である。けれど、ほんとにそんなにうまくいくものだろうか。チェホフが多数の人に愛読されているのはただ文学的趣味からだけであるか。人間と文学はそれほどスラスラ割りきれるようなものではあり得まい。むしろそういうことこそチェホフは憎み、人間が矛盾の束であることに苦しみつづけた作家であったはずではないか。

書きたいこと考えたいことは無数にあるのだが、しかし、私はこれらの意見にかかわらずチェホフが自由に訳され、読まれ、愛されている事実そのものにこれらの国の読者のひそやかでたしかな文学観を読みとることとした。私自身はチェホフに苦しめられ、愛すると同時に憎んだ時期があったし、いまでもその経験をこえきったわけではないのであるが……。

（「チェーホフ全集」月報一三　昭和三六年一月二〇日　中央公論社）

二五　懐疑の淵からの眼と手――バルビュス『地獄』

日本ではバルビュスの名はすでに古びて、忘れかけられたものとなっているように見られる。ビールの泡のようにつぎからつぎへと〝新〟文学があらわれ、ファッション・ショウのようにこの国の神経叢のなかを、ときにはいささか深く、ときには一瞬の閃きとして通過し、それらの残像あるいは虚像のなかであわただしくあぶなっかしくゆれてふるえているだけの読み手それに媚びる意匠屋が多すぎるのである。

バルビュスの『クラルテ』と『砲火』が大正末期、昭和初期の日本のプロレタリア文学にあたえた影響には大きく深いものがあり、インターナショナリズムはその被光下に日本独自の育ちかたをした。そのことについてのくわしい省察は今までにもおこなわれたし、今後もおこなわれなければならないが、この二作、および、いわゆるクラルテ運動、バルビュスの積極的な行動の思想の発生地がどのようなものであったかを知るには『地獄』にまさる好材料は他にない。バルビュス個人の内面史をこえてこれは私たちをひきつける。

『地獄』は絶望の作品である。西欧的個人主義がするどい意識の光によってその限界点に到達したことを知らせる今世紀はじめの苦痛の声である。この作品は内容の思想とともに構想、プロット、および主人公の位置などからして後年のリルケの『マルテの手記』やサルトルの『嘔吐』などとおなじ系譜に属する、その先駆的作品である。それはまったく奇妙なくらい多くの一致点をそれぞれ持っている。いずれも現代社会から追いつめられた個人のそれぞれがたてこもるべき城の無力と崩壊を訴えている。バルビュスには象徴主義と本能的ヒューマニズム、リルケには形而上学の抽象性、サルトルには一切の人間の限界を溶解して〝物〟のみが氾濫する最終的な価値転倒の実存哲学……といった三者の相違はあるが、いずれも深淵からの呻吟の声である。そしてその否定の荒地を通ってはじめてバルビュスもサルトルも積極主義者、生の肯定者、再建と綜合をめざす活動者となり得たことに私たちは注目するのである。

バルビュスの絶望の声と詩は高貴な腐敗の香りを発し、沈痛で華麗重厚な絵画的効果をともなって私たちのまえに内臓をさらけだした。その誠実さは季節の上に死なず、やがて複屈折して快癒した、あらゆる否定の毒にも耐え得る行動人の思想の核となった。その痛切な重い足の跡を知ることは私たちにも新しい血をつくる準備のための〝経験〟となるだろうと思えるのである。

（飯島耕一訳『地獄』　昭和三六年二月　東西五月社）

二六　貴重な道化　貴重な阿呆

柳田国男の「嗚滸の文学」はめずらしいエッセイである。日本の文学批評や文明批評のなかで〝笑い〟を主題として論じたものはこれぐらいなものではあるまいか。

文学や時代が笑いを失ってこわばり衰えてゆくのを嘆いて博士は上代文学や、ことに『今昔物語』などのなかに〝嗚滸〟の存在を求めた。〝嗚滸〟の定義と、そのありようは、〝阿呆〟でもなく、〝道化〟でもなく、〝諷刺〟でもなく、〝暗喩〟でもなく、たいへん呼吸がむつかしいのであるけれど、だいたいは、無償の笑いということになるらしい。無償の、無垢の笑いを提供することだけが、後の現世における役割であったし、また、いまも、文学者にその役割はますます求められているのである、と柳田国男は主張するわけである。彼の考えによれば、人間の暗愚や劣弱や非力などをタネに笑いを仕組む諷刺や教訓の笑いは価値がないわけではないが、これはどちらかというと、品下れるわざであって、いかにもさびしいことである。真の笑いは澄んで開いて、動機に功利精神を含まないものであってほしい。それが、〝嗚滸〟の笑いであり、文学であった。

私も文学の第一の美徳は笑いであると考え、さまざまな工夫をこらしてみるのだけれど、容易なことでは笑いが定着できなくて苦しめられる。時代が矛盾だらけで、政治が腐敗しきっているから、暗い、悲惨な笑いを味わうことはしばしばだけれど、それはたいてい柳田国男が、〝さびしい笑い〟として排斥しているものにちかいようだ。しばしば、諷刺にも教訓にもならぬ、さらにさびしい笑いにさそわれるし、もっとしばしばは、そんな下司の笑いすら起らないでいるようなありさまである。あたりを見まわすと、私だけではなくて、たいていのいまの作家はこの澄んだ本能の知恵ともいうべき〝笑い〟を失いかけて弱りきっているようである。日本のみならず、世界のたいていの現代文学作品から笑いは失われ、どうにも哀れなありさまとなっているようである。

いろいろな笑いがあってよいと思うのである。『今昔物語』の笑いもいいし、ラブレの笑いもいいし、スウィフトの笑いもいいと思う。笑いの哲学はアリストテレスからパニョルまで、めんめんと語りつがれ、くりかえされ、角度を変え、表現を変えられて、さらに今後もまた果てしなく語りつづけられることだろうが、人間がこれに満足できる日はくるまい。一つの哲学で笑いが解明されつくした日にはその孤独たるや、たまらない気がする。そこで、さて、いろいろな笑いが、ついには分析と実測の不可能な複合の衝動からひき起されて笑われていくわけであるけれど、『膝栗毛』の笑いは何だろうかと、考えることもしばしばである。

ある主人公が社会の上下東西を通過してゆくその航跡をたどることで、社会の諸相をクッキリ浮かび上らせようとするたくらみは小説のもっとも原型の衝動であって、スペインではセルバンテスが『ドン・キホーテ』や『犬の対話』などの悪漢小説を書きはじめ、ドイツではグリンメルスハウゼンの『阿呆物語』や、『ライネケ狐物語』、フランスでは『ジル・ブラース』……その他、の作品を生んだわけであるが、『膝栗毛』も形式と発想においてはこれらの悪漢小説、のちに教養小説、風俗小説の二つにわかれていったその先駆のステップをご多分に洩れず踏んだわけである。

『膝栗毛』がそれらの西欧の作品と発想や形式において酷似する部分はたくさんあり、こまかく比較してみればおもしろいエッセイが書けるだろうと思うが、本質的に違う部分も多くある。『犬の対話』にあるのは澄明簡潔な、そして、はげしい、合理主義の精神、社会の腐敗に対する公正要求の声であるが、『膝栗毛』にはそれはない。二人の少年盗賊を主人公にしたおなじセルバンテスの『リンコネータとコルタディーリョ』にも活力が生みだす笑いと、それから、あの、日本文学と西欧文学の比較論のゴーディアン・ノットである、〝宗教〟が介在してくるが、いうまでもなく、『膝栗毛』には、それはない。江戸の庶民社会の諸相と地方性は無数の様相で巻から巻へ語りつがれてゆくが、セルバンテスを読むときのような、あの、階段を走り上ったり走り下りたりするのに似た運動感は読者には起らなくて、いつまでもおなじ平地の風俗の林のなかをさまよい歩くばかりである。そこが私にとっては物足りないわけである。悪漢小説を読むたのしみのさまざまな狡智や諷刺やひっくりかえしたりひっくりかえされたりの苦心工夫の数々はおもしろくて、子供のとき、挿絵を凸版で入れた「日本名著全集」かなにかの二冊本をくりかえしくりかえし読み、二人がしゃれのめして歩くその狂歌をずいぶんおぼえたりして、ことにその上巻は飽くことなく読みふけったものだけれど、そのうちに、どこからとなく、彼らの起す笑いに衰弱を感ずるようになって、興味が離れていった。柳田国男の用語に倣えば、彼らは貴重な道化や阿呆ではあるけれど、嗚滸ではないということになる。私は笑いにかならずしも嗚滸の笑いだけを高く評価しようとは思わず、阿呆も道化も諷刺も、すべての笑いをみとめたい気持なのであるが、『膝栗毛』の二人にはもっと透明な、健康な活力があってほしかったと思うのである。

(「古典日本文学全集」二九『江戸小説集(下)』付録二〇　昭和三六年五月六日　筑摩書房)

二七　ミミズクの眼――金子光晴の虚無

昭和十五年に彼は『マレー蘭印紀行』という本をだしている。マレー、ジャヴァ、スマトラのあたりを放浪していたときの記憶を書きつづった旅行記である。いま読みかえしてみても美しく鮮烈なものがあり、すこしも時間の風化をうけていない。

よく知られているようにこの頃は彼の乞食生活時代である。着たきりスズメで一宿一飯の気まぐれな人情をたよりに、港から港へ、ヨーロッパからアジアへ、密林から密林へ何年となくさまよい歩いていた。春画を描いて生計を得ていたという噂を聞くが、あるとき会ったときに、いったいどんなふうにして飯のタネをかせいでいたのですかとたずねたら、

「やらなかったのは男パンパン（男娼のことではない）ぐらいなもので、あとは何でもしましたよ」

という答だった。

森三千代の「パリ　アポロ座」という小説を読むと、どうやら彼らしい性格破産の人物がでてきて、その場その場の衝動にかりたてられつつパリの街を浮きつ沈みつ、いっ

たい気が強いのか弱いのか、さっぱり見当のつけように困るどん底暮しのなかでのたうっている光景が、たいへん的確に描いてあった。いつか彼女が『新潮』に書いていた短篇も、みずみずしい筆致で彼の若い日の錯乱ぶりをたくみに描きだしていた。(「新潮文庫」の光晴詩集のあとがきの解説で山之口貘がふれているのはこの短篇のことではないかと思う。)

パリで冬に入ると、バターの大きな山を買いこんで下宿の屋根裏部屋に持ちこんだ。ひと冬かかってそれをちびちびと舐め、窓から屋根の海を眺め、ただ寝たり起きたりして暮した。春になったので階段をおりて街にでた。公園へ行ってみると春の日光が弱りきった薄い皮膚へ針をつき刺すように流れおちてきて、眼をあけていられなかった……というようなことを彼がどこかに書いていた。辻潤がパリを逃げだししなにヤレヤレこれでやっと厄病神を追っぱらったと思ってホッと胸を撫でにかかった日本人に向って、おれのあとから今度は金子光晴というもっとスゴイのが来るんだゾ、と捨てゼリフを吐いたというのだからたいていのことではなかっただろう。

『マレー蘭印紀行』は、そうした疲労困憊の日々の心象風景のスケッチ集であって、生活の煩事はきわめて潔癖に描写を避けている。が、たとえば、ある日のつぎのような一節は、たいへん正確に彼が自分を描きだしたものだと感じられるのである。すこし長いけれど引用する。マレーのゴム園の日本人クラブに飼われていた一羽のミミズクを彼が眺めているのである。

……ランプのまへに突き出した横木のうへに、一羽の木菟《みゝづく》がきよとんとした顔つきで鎖につながれて止つてゐる。ゴム園の人が、どこかから捉へてきたのを、物好きに飼つてゐるのであらうか。みじろぎをするたびに、横木に長すぎるまがり爪をうちあてて、からからといはせる。口笛を吹いてゐた。すると、木菟は、急にそらぞらしげに思案顔し、眼ばかり大きくみはらうとする。近寄りしさいに注意すると、木菟といふものは、顔全体が二つの眼を隈どる外輪に尽きてゐるかとおもへる。二本のつゝ立つた耳毛、すぼけたからだ。――恐らく、からだ全体が眼の外輪であるのかも知れない。

その眼は、ぢつとみつめたまゝである。いつまで待つてゐても、またゝかない瞳。私をみとめてゐるのか。みとめてゐても、みとめるのを怖れてゐるのか。――人並に、てれくさがつてゐるのだらうか。ひらきつぱなしになつて、ふさがない眼。一さいのものが、なにもかも中心の一点に捲きこまれていつてしまふ白い渦巻のやうな眼。その底の乾干《ひからび》たゆきどまりが、底しれぬふかさのはじまりかともおもはれて、ながめてゐるのが一層、気味悪かつた。

翌日、彼は、くり舟にのりこんで、南方の狂熱をみなぎらせた濁流をさかのぼってゆくのである。

迂曲転回してゆく私の舟は、まつたく、植物と水との階段をあがつて、その世界のはてに没入してゆくのかとあやしまれた。私は舟の簀に仰向けに寝た。さらに抵抗なく、さらにふかく、阿片のやうに、死のやうに、未知に吸ひこまれてゆく私自らを感じた。そのはてが遂に、一つの点にまで狭まつてゆくごとく思はれてならなかつた。ふと、それは、昨夜の木菟の眼をおもはせた。おもへば、南方の天然は、なべて、ねこどりの眼のごとくまたゝきをしない。そして、その眼は、ひろがつて、どこまでも、圧迫してくる。人を深淵に追ひ込んでくる。

たとへ、明るくても、軽くても、ときには染料のやうに色鮮やかでも、それは嘘である。みんな、嘘である。

彼の主導音の一つである。このミミズクの眼はいつでも発見できる。詩にも、散文詩にも、自叙伝にも、エッセイにも、いたるところにこのミミズクの眼がある。

焦躁をおさえつけた描写の静けさと文章の節度の美しさということをのぞいて、ここにあらわされている認識そのものにおどろかされるということはない。ミミズクの眼は身のまわりにあまりにたくさんあるからだ。大きいか小さいか、いくらか澄んでいるか、いくらか濁っているかのちがいはあるが、ミミズクの眼であることに変りはない。そういう眼ばかりが氾濫しているかのようなのだ。光晴の同時代人にもそれが多い。川端康成がそうだし、小林秀雄にもどこかあっただろうし。鴨長明。いや、『平家物語』の作者が、冒頭に、生者必滅、会者定離と書きつけたその昔から、ずっと、めんめんと、手を変え品を変え、果てしなく日本人は〝無〟をつぶやきつづけてきた。金子光晴を〝異邦人〟扱いにするのはまったくまちがっているのだ。一時期の彼ほど日本人の眼と皮膚で日本を真剣に苦しみつつ勉強した人はいなかったと言ってもいいほどだ。

多年の放浪生活から日本にもどってきたとき、新宿のパンパン宿の窓から彼は顔をつきだし、やはり、ミミズクの眼を瞠《みは》って砂埃りのなかにひしめくおっとせいの大群集を眺めた。そのとき、彼は、ふしぎなことのようだが、おなじ眼を瞠っていながら、馬の国、理性の国から帰ったガリヴァー、命知らずの、狂熱的な合理主義者になっていたのである。日本の〝無〟の、そしてしばしば、〝美〟の使徒たちは、いつもその場その場の温室のまどろみをまどろんでいるだけのことだ。いつもいつもそうなのだ。〝無〟が破壊力を持ったためしなどかつてないのだ。いつもいつもそれはなにものかに擁護される。処世の功利主義の口実でしかないようなのだ。ミミズクは一点にたちつくして眼をひらきっぱなしにしているかも知れないが、わが使徒たちは都合よろしく眼をパチクリさせながら流れるままになり、もっとも力を必要としないうごめきかたをうごめくにすぎないのだ。

日本に帰った彼は一変してしまった詩壇や文壇とはまったくはずれた場所で一人、コツコツと作品を書きはじめた。時代はすでに彼の名を忘れ、厖大な痴愚の氾濫のなかでどこへとも知れぬ漂流をはじめていた。そのなかでたちどまることの孤独さと苦しさのことを考えると、いくらこのことは語りつくされても、やはり私は頭がさがる。

「……南方を歩いているうちに僕はいわゆる欧米の植民地主義というものがどれだけ人間を根こそぎにするものかを見せつけられたんです。だから、日中戦争なども、アジアからそれを追いだすという意味ではそれなりの意味があるかも知れないと思っていた。それで、いっぺん戦線を見てこようと考えて中国北部へ行ってみたところこれが、とてもそんなきれいなものじゃないとわかった。それを見とどけて、やっと僕は反戦に踏みきる気になったんですよ」

彼は、ポソポソと小声で、衒いもポーズもなくつぶやいた。あれほどすばらしい詩を書いて、命知らずの孤独な腕力を発揮した人とは思えないくらい素枯れた顔と口ぶりであった。それがひどく印象的だった。

このことは彼が自伝のなかで書いているのとまったくおなじことをおなじ文脈で語る言葉である。太平洋戦争勃発のときにはこの考えがいよいよ煮つまり、ついに破局が来

た と思った。四方八方、万歳、万歳の叫びごえのなかで胸苦しさがたまらなくなり、体が国土とともにどこかへ流れだすのをふとんのなかで感じた、と書いている。ほかの人が戦後書いたものには猜疑心がはたらいてダメだが、彼のこの淋しさの告白には、私は、そのまま うたれた。

一人の人間の生きかたとしては、よくもあれだけ骨に泥水のしみこむどん底の虚無生活からたちなおれたものだという讃嘆、作家としては〝無〟を力点にして肉声で語りつつよくあのような美しさと鋭さにたどりつき得たものだという讃嘆をおぼえる。無をテコにして書かれた詩や小説は無数にあるが、それが奔放な想像力をともなって理性と結婚し、かつ、鮮烈な美しさを生んだ、という例は、しかも危機の災厄の年のなかでそれがあったという例は、日本ではまず皆無と言ってよいのではないか。

戦後の彼にふたたびはじまった惑乱を眺めるのは愛読者として残念でならないことだけれど、今日この頃の自分の身のまわりを眺めて気の滅入りや人嫌いの衝動が起って衰弱をおぼえるたびに、昔のこの人のことが、つくづく思いやられてならない。

（『本の手帖』二巻五号　特集「日本におけるアルゴリズム」　昭和三七年六月一日）

二八　ケチくさくない作品――中島敦

このあいだの夜、気が滅入って、なかなか眠れなかった。睡眠薬を飲みたいところだけれど、飲むと胃が荒れて翌朝苦しい。また、朝になっても薬が頭にいくらかのこっていると、私の体質ではひどい痛みをおぼえる。脳の皮のあちらこちらに白い薬の粉がこびりついているのが眼に見えるような気がする。そして、その粉のこびりついた部分は金槌かなにかでなぐりつけられたようにくぼんでいるのではあるまいかという気がするのである。空気のすこし減ったゴムマリのように、柔かい脳皮に捺されたその凹みがいつまでたってもくぼんだままで、もとへもどらないのではあるまいかという気味のわるさをおぼえるのである。

水を飲んだり、ウイスキーを飲んだりしてみたが、いつまでたっても酔わないし、眠くもならない。酔わない酒というものもいやなものだ。腹がふくれるだけで、しらじらしいばかりである。そのしらじらしさをこらえて飲みつづけてみた。気がつくと角瓶が半分ぐらいに減っていたので、ギョッとした。なにやら妙な感触が起って、自分の体が一個のガラス瓶になったような気がした。そのなかに水とウイスキーがまじってだぶだぶと電燈の光のなかでゆれているのが透けて見えるような気がした。たるんで灰褐色になった胃や腸がサンショウウオのようにその液のなかにとぐろを巻いてよどんでいるのも見えるようではないか。深呼吸をしてみたり、タバコをふかしてみたり、眼をパチパチさせてみたりしたが、ガラス瓶やサンショウウオは消えなかった。

本棚から中島敦の全集の一冊をぬきだして寝床に持って入った。枕に頭をおとすときは口からウイスキーがこぼれないよう用心をした。この本は昭和二十三年に筑摩書房からでた三冊本の全集の一冊だけれど、読みかえすのはまったく久しぶりだった。大学生の頃、錯乱した頭で乱読にふけっていよいよ錯乱し、たまたま読んだ彼の作品では『わが西遊記』や『かめれおん日記』や『光と風と夢』などにひかれたことをおぼえている。悟浄が薄暗い河底をきょろきょろ歩きまわって哲学をさがし求める姿が滑稽であり、その頃の私には悲痛でもあった。埃を払って、読みにかかると、まもなく悟浄が登場した。数年の時間が消えて、私は楽しさをおぼえはじめた。頁を繰って「文字禍」という短篇にたどりついたときは、声にだして笑いはじめた。笑ったはずみにウイスキーが口から噴きださないよう用心しつつ、私は眉をひらいて、笑った。小説を読んでいて笑うなどという経験はここしばらく忘れ果てていたことである。

メソポタミアかアッシリアか、どこかそのあたりの老学者である。王様に命じられて、文字の研究をはじめる。文字に精というものがあるのだろうか、ないのだろうか。あるといえばあるようであり、ないといえばないようでもある。そこで学者は文字が人間にどんな作用を及ぼしたかを調べあげ、その材料の集積から帰納して文字の精の正体をつかまえようと試みる。いろいろ聞いてまわるうちに妙な統計がたくさん集ってくる。文字をおぼえるようになってからシラミをとるのが下手になった人間とか、空が以前ほど青く見えなくなった人間とか、下痢をするようになった人間とか、頭が禿げだした人間とか。文字のために職人は腕がにぶり、戦士は臆病になり、猟師は弓をうちそこなうようになり……といったぐあいである。そのうち学者は重病にかかる。文字トハ何ゾヤということを考えて書斎で腕組みして一つの文字をにらんでいるうちに、文字がほどけて崩れてしまうのである。文字から意味がぬけおちて、バラバラになり、ただの直線のよせ集めにすぎなくなってくる。また、学者の頭のなかでは、文字ばかりか、家とか人間とかいったものもすべて意味を失ってバラバラになり、ただわけのわからぬ奇怪な物質のかたまりとしか見えなくなってくる。えらいことになったと思い、このあたりで研究をよそうとしたら、ある日地震が起って、学者は文字の精に呪われる。ぐゎらぐゎらと書斎がつぶれ、その下敷きになって死んでしまうのである。

私はこの短篇を読んで、笑ったおかげで、しばらく気の滅入っていたのを忘れることができた。気を滅入らせる原因になったあれこれのことも、しばらく、忘れることができた。おなじことを芥川龍之介に書かせたらどんな作品ができただろうかとも考えた。

彼はまたしてもキザな思わせぶりで神経をそよがせ、スピッツのようにやたらキャンキャンと大仰に叫びたてて跳ねまわったことだろう。

流沙河の河底をせっせと歩きまわる沙悟浄の遍歴記でもそうだが、中島敦は病気を深く味わい、知りぬいていたように見える。その聡明で冷静な語りかたには、有島武郎にも、芥川龍之介にも、太宰治にもなかった、なにかがある。透明さと、笑いである。この三人とおなじ病気を中島敦も病んでいたらしい様子だが、この三人が苦しんだ内在感覚というのか、臓器感覚というのか、（そしてこの三人を愛する人にはたまらない魅力と感じられているらしいもの。有島武郎の場合はあとの二人とすこしちがう質のものを帯びているようだが……）そういうものが、中島敦にはないのだ。どうした資質からか、彼はそういうものをさりげなくねじ伏せてしまうことができたらしい。彼の作品のどれにも感じられる、ふしぎな爽やかさと透明さの魅力はそこからくるらしい。そしてまた、病気を知りぬいていたために、自分をつきはなして眺め、表現することができ、そこから、ある余裕をおいてペンをすすめることができたらしい。この余裕が彼の作品に、おとなびた、大らかといってもよい笑いを生むことができたらしいのである。つまり、何というか、彼の作品にはケチくささがないのである。これは特異な例である。たえて発見されない資質というべきものだろう。苦悩の内在感覚にしがみついて〝実感〟の発生に腐心する他のあらゆる作家を卑小にさせ、にごらせ、そしてそのあげく苦悩も笑いも実感も何一つとして生むことをできなくさせているケチくささ（うまく表現できないが、とにかく、ケチくさいというよりほかないのである）。そのケチくさいなにかの妄執を、中島敦はふしぎな気質で克服したもののように見えた。やはりそれはちょっとできないことなのだ。大陸を背景にした長谷川四郎や、深沢七郎のいくつかの作品にもめずらしくケチくささがないことを知っているが、中島敦にはあらためて敬意をおぼえさせられた。いまの私にはまだまだできそうにないことである。ヤラレタゾと思ったが、嫉妬も、いっそ爽やかであった。朝の五時頃、ようやく眠ることができた。

（『新潮』五九巻八号「作家の眼」 昭和三七年八月一日）

二九　『ガリヴァー旅行記』

素姓も知れず、名も知れず、まったく見ず知らずでどうつかまえようもない外国人と話をはじめて、相手の頬にうかぶ微笑からかろうじて彼の気質を察するには、酒と女と文学の話ぐらいしかないのじゃないかと思うことがある。外国語を話せても外国人はよくわからないし、外国に住んでもなかなか外国人は理解できないけれど、ある作家、ある作品の名をあげて相手の顔にパッとなにかの表情があらわれると、その瞬間ほど、相手の気質のなにかがつかめたと思うことはほかにない。そこからもう一歩つっこんでおたがいになぜその作家が好きなのかということを話しあいはじめ、〝批評〟を開始すると、混乱がはじまる。おきまりのやつである。いらだたしいスレちがいがはじまる。

チェホフは、ある心の世界のパスポートみたいなものだった。〝東〟の体制の諸国でも、〝西〟の体制の諸国でも、私の経験では、これほどみんなに知られ愛されている作家は、ちょっとほかに例がなかった。例によって意見はさまざまだが、好きだという一点では変らない。彼はけっして文学の〝鬼〟でも〝神様〟でも〝天才〟でも〝異常児〟でもなかったけれど、やっぱりたいへんな作家なのだと思わせられた。いままで自分の書いてきたことを考えあわせて、深く反省させられた。

ところが、チェホフとおなじくらいに私が好きでいるのにその名をあげてもちっとも関心を示してもらえなかったのは、スウィフトである。どういうわけかわからない。いくらうろうろと説明にかかっても、ほとんど相手の顔はうごかなかった。『フランス・オプセルヴァトゥール』の兎みたいな少女記者も、チェコの娘さんもうごかなかった。ポーランドの文学青年は、いんぎんに微笑しながら、古すぎますよと一蹴してしまった。おれはなにかまちがってるのかしらと、心細くなりさえした。ここ数年、日本にいるときもチョイチョイ愛着を示してみせるのだが、誰も一向に話にのってこなかった。

おそらく少年少女時代に名作文庫かなにかで読んだきり諸君はそれでスウィフトを卒業したと思っておられるのではあるまいか。『ガリヴァー旅行記』の第三部と第四部、これほど栄養ゆたかで血も肉もついて、おもしろくてタメになる作品は現代ではまず入手不可能だと思うのだが、どんなものだろう。理性をめざしてひたすら渾沌のままつっ走るスウィフトの情熱を現代はまるで博物館のクジラの骨か、恐竜の骨のように眺め、古すぎますよなどとお粗末幼稚な批評で片づけてしまうのは、どうにも私には片腹痛い。文学はファッション・ショウじゃない。古いも新しいもない。進歩も退歩もない。わかりきったことじゃないか。

現代人は現代政治とくらべてヤフーその他の住人たちの汚濁と混迷がまったくそのま

まで、アテこすられ、思いあたるフシがあるからおもしろいということだけではなさそうである。そんなひくい安直なものではない。いっさいがっさいの人間をボロくそ、くそミソに嘲罵、批判して絶望に沈み、果てしない問いをだしながら、いっぽう理性の国、馬の国の清澄を描くことで解答をもあたえているから立派なのだというだけでもなさそうである。そのこと自体はたいへんなことではあるけれど、それだけではとてもあの魅力を説明できるものではない。いくらあれこれ考えて理屈をならべたところで、結局のところは名状しがたいふしぎさをくりかえしあたえられるばかりである。

スウィフトがどんな文学観を持っていたのか私は知らない。あるいは狂熱的な合理主義者としてやむにやまれぬ衝動から警世のパンフレットを書きだしてその結果がこの傑作として結晶したのであるのかも知れない。しかし、そういう想像や判断がこの作品の真の魅力の解明に、あまり力を持たないことは言うまでもない。スウィフトとチェホフを同時に愛読することを、ときどき私は奇怪に感じることがあるが、読みだせば二人ともすぐそんなことを忘れさせてくれる。とっくに現代で失われてしまったものを二人ともたっぷり持っているのである。

（『日本読書新聞』一一八一号「長篇の愉しみ」一五　昭和三七年一一月一二日）

三〇　俗と反俗は釘と金槌——永井荷風

よく知られているようにフランスから帰ってきた若い荷風は自分と日本に絶望した。見るもの、聞くもの、ことごとくのものに対して冷笑とツバを吐きかけた。そうするよりほかない自分自身に対しても冷笑とツバを吐きかけた。批評はつねに両刃の剣で、相手を切ると同時に自分をも切るものであるという原理を赤裸に追いつめたのである。

しかし、虚偽と彼とのたたかいはかなり短かった。彼はさっさと後足で砂をかけ、実人生からオリた。偏奇館にこもって頭からふとんをかぶってフテ寝をきめこみ、顔と手だけふとんからだして、うつらうつらと書物を読みちらした。ときどき（いや、しばしば）、昼寝からさめると、そういうコウモリのような、ミミズクのようなさびしさに耐えかねて家をぬけだし、川向うの女のところへかけつけた。そこで彼はこなしてもらい、あやしてもらい、甘えに甘えた。男は男の世界に疲れ、敗れると、女の持つ谷間や港に逃げこんで錨をおろすよりほかない。ところが偏奇館主人は、ひとしきりれんじ窓のしたで女を相手に、あそびをせむとや生れけむ、たわぶれせむとや生れけむと、うたったあとで、そのままひょいひょいもとの万年床に舞いもどるだけでよい身分であった。ほかの百人の男たちのように抜錨してまた荒海へこぎだすというようなことをしないでもすんだのである。洞窟からでて、洞窟に入り、洞窟にもどるだけでよかった。

ふとんのなかで古今東西の書物を読みちらしながら、しかし、この、オリた男は、かならずしもオリきることができないでいた。やっぱり現世が気になるらしく、枕もとの新聞をぬすみ読みし、また川向うの女のところへかよう道すがら見聞きした世態人情のくさぐさ、戦乱の進行とともにうつりかわる風俗のおろかしくも悲惨な諸相に、なにやら洞窟のなかのむなしいこだま、小言幸兵衛の愚痴を垂れないではすませられなかった。ミミズクが夜なかに、ホゥッ、ホゥッ、間のぬけたような、さびしがっているような、それでいて肩をそびやかしているような、その鳴声がつまり荷風の日記というものではあるまいか。

「昭和十五年十月十五日」の頁にあるつぎの詩はなんとも妙なもので、荷風のオトボケ、孤独、倨傲がよくでていると思う。マッチがなくなり、炭がなくなり、銀座尾張町の角で拡声器が軍歌をどなり、電力制限で停電しばしば。〝時局迎合の記事論説読むに堪えず。文壇劇界の傾向に至つは〔ママ〕寧ろ憐憫に堪ざるものあれば〟、夕刊新聞を手にする気持も失せてしまうというような心境に主人はおちこむ。それが夜なかに夢からさめ（どんな夢を見たのだろう）、虫の鳴声を聞いているうちに、なにやらガックリときて筆をとる。

〃何とて鳴くや
庭のこうろぎ夜もすがら、
雨ふりそへば猶更に
あかつきかけて鳴きしきる。
何とて鳴くや
こうろぎと問へど答へず、
夜のみならで、
秋ふけゆけば昼も鳴く。
庭のみならで台どころ、
湯どののすみにも来ては鳴く。〃

そうかと思うと、昭和十六年五月七日の日記では、芝口金兵衛のかみさんが杏花の手紙を掛物にしたいからと言ってきたので、二階の押入れをさがしたら手紙が二通でてきたとある。そのうちの一通は得手吉のピン薬を杏花が送った説明書であって、妙薬が手に入ったので送る、耳かきに一杯、毎日飲め、七日位たたないと効かないから二十日分さしあげる、これを服用すると、〃精力をまし音声をよく致し殊にかのものの壮者をしのぐとの事故御すゝめいたし升〃……荷風老兄のスキモノぶり、面目躍如ですナ。いや、ハヤ。

〔欄外朱書〕もしばしば即興のもの多く、やれ、ナチスがノルウェーになだれこんだ、オランダになだれこんだ、ベルギーになだれこんだ、などと、大いに国際政治の血みどろの動向にまじめな気を配っているかと思うと、とつぜん、「陰茎切取りの淫婦阿部お定満期出獄」とあって、あいかわらずの達者ぶり。そうかと思うと、銀行から二千円の預金をおろしてきて洋モクの空鑵に入れ、台所の棚の上にさりげなくのせておくこととしたが、これは火事を心配してではなく、じつは泥棒を用心してのことである。「……笑ふべし笑ふべし」と結んである。事ほどさように、かのものと金については西鶴もちわで顔をかくしそうなほどヅケヅケちくちくと意地汚さや臆面なさをさらけだしているかと思うと、神楽坂の待合屋の亭主の三木武吉が東京市役所の疑獄に連坐して刑余の罪人である身分にもかかわらず新聞社の社長となったと、じつにこまかいところまで読んで世道人心の頽廃を嘆く。それでいて、しかも、こういうザコは政治ゴロにすぎないのであって、ほんとにこわいのは、〃今日世界人道の為に最恐るべきものはナチス模倣志士の為すところなり。其害の及すところ日本国内のみに留まるにあらざればなり〃と、まるで憂世の志士のような批評を壮烈な断定のうちに下すのである。

西田幾多郎が生きていてこの荷風の日記を読めば、何頁もいかないうちにたちまち膝をたたいて、「これこそは絶対的矛盾の自己同一。われ発見せり」と感嘆の声をあげるのではあるまいかと思える。私に言わせれば、荷風散人はけっして実人生からオリきることができなかった。俗物を離れて反俗精神が成立しないことは、釘を離れて金槌が存在し得ないのとおなじであるという、この地上の鉄則からついに彼も自由ではあり得なかった。いや、むしろ、彼はその鉄則を執念深く舌なめずりしながら体得しようとさえした。その気配はありありとうかがえる。その執念深さと矛盾撞着ぶりにおいて、彼の日記は、戦後公刊された日本知識人のさまざまな戦争中の〝日記〟の呆れるようなウソ八百ぶりに対して痛烈な批判となっているのである。

（「荷風全集」二三巻月報四　昭和三八年三月一二日　岩波書店）

三一　父よ、あなたは強かった――「鮫」について

侮蔑しきったそぶりで、
ただひとり、
反対をむいてすましてるやつ。
おいら。
おっとせいのきらひなおっとせい。
だが、やっぱりおっとせいはおっとせいで
ただ
「むかうむきになってる
　おっとせい」

学生の頃、私は衰えきっていた。見るもの、聞くもの、人間というものがイヤでイヤでならなかった。大阪の郊外の百姓家に閉じこもって暮していた。自殺する勇気がないので生きているまでだという状態であった。食べる必要に迫られてデタラメ八百の〝英

語会話〟というものを教えに村から町へ這いだしてゆくが、そのほかにはほとんど人に会ったり話をしたりするということがなかった。谷沢永一が本を貸してくれるので、彼のベニヤ板張りの書斎にだけは出入りした。いま彼は〝完璧〟というたちのわるい妄執のために国文学界から暗礁のように恐れられているが、癖のわるい冷静な狂熱はその頃から彼にとりついていた。国文学界のみなさまが今頃になって泡を食いだしたのを遠くから眺め、私は欣快に堪えない。

私の視界のなかでは人と物がくずれ、ほどけ、とけてよどんで、いつもなにか川底にいるような気配が体のまわりにあった。薄青いもやもやのなかで意味や言葉が手足を失ってプランクトンかノミのように跳ねまわっていた。梶井基次郎と中島敦がささくれだった私の熱い神経のササラを優しく爽やかに撫でてくれた。堀辰雄は私にはニセモノと感じられた。中原中也を愛するので私は立原道造を排斥した。私の本能の暗がりの中ではそういう系になっていた。

梶井や中島や中原のあとで、とつぜんどこからか金子光晴があらわれた。いつ、どこで、どのようにして彼の『鮫』と出会うことになったのか、はっきりとした記憶がもうなくなっている。しかし、その魅力は強烈なものであった。たとえば中原中也の世界ではしばしばおぼろげに、しばしば暗示的に鋭く、口ごもって、閃いては消え、消えては閃めき、鳥の胸毛に似た顫動のうちに語られているもの、それを光晴は、とつぜん、赤裸に、率直に、えげつなく容赦ない、はじしらずな、けれどぬかるみにおちた油滴が夕陽をうけたような美しさをもって語ったのである。私にはそう感じられた。べらんめえや浪曲節や小唄や象徴主義や説話体や風俗小説や、さまざまな手法のごった煮、けれど語り口のリズムにおいてみごとに強引に統一したごった煮、その一言半句の澄みや濁りが、すべて私を圧倒し、夢中にさせた。

谷沢永一がつぎからつぎへと買ってくる光晴の詩集を私は貪り読んだ。『マレー蘭印紀行』、『女たちへのエレジー』など、一頁一頁たどり読んでいると、白い紙のなかで活字が一箇一箇、みんな勃起してくるような気持がしたのである。武田泰淳の『蝮のすえ』を読んだときもそんな気持がした。いまの私にはそのような狂熱を湧かせる本というものがなくなった。なんともさびしいものである。自分の書くものは書きあげてから三日も酔いがもてばいいほうで、それがすぎると、もう、イヤらしいような、おぞましいような、胸にタバコのヤニのつまったような気持のすることばかりで、雑誌も新聞も、かたっぱしから押し入れへほうりこんでしまう。きっと私は自分自身とさしむかいになるのがこわいのだろうと思う。

金子光晴は全体として見わたすと、クラゲのような、ナマコのような、酔っぱらいのような、聖書のような、道化者のような、哲学者のような、バラの花をうたっているかと思うとウンコをうたいだす、ごろつきで大学者で、手に負えないカンシャク持ちじいさんで、強気と弱気、優雅と蛮勇、倨傲とひるみ、危機が肉迫すれば前世紀の恐竜のような背骨をもってたった一人で獅子奮迅するけれど、危機が潜在してしまうと豆腐のようにグニャグニャしてわけがわからなくなってしまうという、頭をかいて渾沌それ自体だとでも言うよりほかない人であるけれど、しかし、この『鮫』では、彼は、大旅行から帰ってきたスウィフトであった。肉声の批評がそのまま美になるという、しかもその、コクのある、バッチリとパンチのきいた、中野重治風に言えば〝もっぱら腹のたしになる〟ところで、現代日本では稀れな高さに到達したスウィフトであり、ヴォルテールであった。芸術家の命運と日本ファシズムの感性と帝国主義の国家交渉を、豊満さと痛烈さにおいて、みごとに解剖した。本能の聡明さに基くその無政府主義の衝動は凝視において徹底し、飛躍において自由であった。ササラのように繊細でありながらマサカリのように強固であるという、日本の文学界では永遠に（?）すれちがうばかりかと思いたくなる二人を、彼は、新宿のつれこみ宿の二階で貧乏ぶるいしつつ、やせっぽちの腕で、深夜にみごとに握手させたのであった。

（『本の手帖』三巻四号　昭和三八年六月一日）

三二　問え、問え

初雪のなだれおちる頃のモスクワで、ある日、中年すぎの知識人のおばさま〈ロシア人〉と文学的雑談をしているときに、私はたいへん暗示的な挿話を聞かせられた。

彼女が物心ついて手あたり次第に本をむさぼり読みはじめた頃、ある日、父親が、つぶやいたのである。もしこの世の人間を二つにわけることができたとしたら、ドストエフスキーの好きな人とチェホフの好きな人、この二つにわけることができるだろう。どちらがどちらよりすぐれているかということは誰にも言えないことだけれどね。

ドストエフスキーを尊敬はするけれど私にとって彼は好きな作家ではない。親密な作家ということになると私はチェホフが好きである。日本語に翻訳されたチェホフのものなら短篇、中篇、戯曲、手紙、日記、ほとんど全部を私は読んでいるが、ドストエフスキーについてはそれほどくわしくない。文学的な虚栄の俗物根性にそそのかされて何度となく私は彼の短篇や長篇を読みとおそうと努めたけれど、最後まで頁を繰った作品はわずかだった。退屈で、不自然で、最後まで追っていくことができなかったのだ。すべての作家が自分の体験に偏見を抱いて譲らないように私も偏見を持っている。ドストエフスキーにやられたという人があらわれるたびに、私はその人が果たしてほんとにどれだけドストエフスキーを最後まで読みとおしたのだろうかと眉にツバをぬることにしている。

チェホフは思想の大空位時代に生きた人で、たえまなく虚無の優しさと暴力のうえにゆれて迷っていた。シェストフは彼をしゃにむに虚無の淵にたたきこんでそのほかになにも考えず、思いやろうとしなかった。私はチェホフのニヒリズムにひきずりこまれてうなだれながら、シェストフが、チェホフの持っていた生来の本能の聡明な融和力(彼のユーモアの根源である)、それまでも一掃しようとするかたくなさを愚かしいものに感じたのである。私は自分を崩壊させるチェホフを憎みつつ愛し、愛しながら憎み、シェストフを傲慢なこわばった狂熱家だと呪っていた。

徒労と知りつつチェホフがなぜあのようにしつこくしぶとく生の渾沌の諸相に生涯を費して食いさがったのか、私は圧倒されるばかりで、その情熱の理由を、どう理解しようもなかった。チェホフの影響をうけたと思われる日本の作家たち、宇野浩二や広津和郎や井伏鱒二や太宰治などの作品を私はせっせと読んだ。ジョイスやプルーストやカフカやサルトルやロブ＝グリエにいまの人びとが水を浴びるように、この人たちはチェホフの水を浴びたと思われるのである。しかし、私の印象では、日本におけるチェホフのひそやかで広くて深い素人読者の愛着ほどには、これらの作家はおなじ日本人の素人読者の愛着を獲得するところまでいかなかったのではあるまいかと思えることがあるのである。これほどの名声をチェホフは持ちながら、まだ彼は自分の正嫡子を日本で生んでいないのではあるまいか。眼、耳、鼻、猫背、微苦笑、懊悩、語り口、いろいろな部分で日本の作家たちはたくみな消化をしたけれど、結局のところ、全貌において彼を模倣しつつのりこえるということは、できなかったのではあるまいか。

平易に、簡潔に、いきいきと、チェホフはおどけつつ、語りつづけて倦まなかった。ボルシチの温かい湯気から進化論にいたるまでの、あらゆる種類の問題についてたえまなく彼は問いつづけた。人が生活と物と言葉から分離してアメーバのようにただよってゆく、現代ではあくびまじりの常識となった危機の予兆と様相についても彼の鋭い眼は観察を怠ることがなかった。どんなささやかなことについても洞察のために感情のいかなる浪費をも惜しむことのなかった彼の、柔和さのうしろにかくされた、たじたじするほどの貪欲さに私はうたれるのだ。そして、たえず、土や道具や物品や意味に密着しようとしてたちもどる本能の存在を、けっして彼は、忘れなかった。

心が弱ってチェホフの本をとりあげる。かよいなれた散歩道をたどるように句や節や行の配置の中に私は入ってゆく。絶望して行き暮れて、すっかり力や熱を心から失いながら、しかもおちぶれた良心にあぶられて苦しみ、迷い、うろたえる人びと、なすところを知らない男や女の頽廃と呻吟……いや、そういうふうに言ってしまってはいけないのだ。どんなかたくななな心のねじくれた武装をもたちまちほどいてしまう、それとわからない自然な、やわらかいチェホフの指のうごきに私はいつとなく魅せられてしまう。そして、何頁か読みすすんでから、ふと感嘆しつつ思うのだ。どうしたら盗めるだろうか。澄んで、いきいきとして、気取りのない、簡潔なこの筆致を、どうしたら盗めるだろうか。手のひらに心をのせて傷ついた、傷ついたとあらわに訴えることを恥じらいながら、それでいていつまでも率直に〝嘘〟を語りつづけた彼の心の熱さを私はどうしたら盗めるだろうか。とりわけ虚無にたちむかうその貪婪な、しかもけっしておしつけがましくない、水のような微笑をまじえた意志の力、人の分裂した心を描きながらもつねに破片として人をとらえようとはしなかったその態度をこそ、私は学ぶべきなのではあるまいか。

未来性がない、という鉈で作品を一撃でブチ割ろうとしたがる人びとがいる。そう言わせてしまう作品に責任がないとは私はけっして思わないけれど、しかし、その傲慢なおしつけがましさにはどうにも我慢のなりかねるものがある。問いをだす作家もあれば解答をだす作家もあるだろう。問いだけしかださない作家が解答をだす作家におとるということが、いったいそんなことが誰に言えるだろうか。チェホフの好きな人とドストエフスキーの好きな人が世の中にはいて、だからといってどちらがどちらより劣るとも勝るとも言うことはできないのだとつぶやいたリヴォーヴァさんの父親の賢い観察を尊重しなければならないようにこの問題もわきまえておく必要があるだろう。たった一つのことは、問いが問いになっているかどうか。それだけであろう。問いが問いになっていないような、甘くも辛くもなければピンともしていない、あるいは、うわごとみたいな、そんな作品を書いていては、どうしようもない。問いである問いをだすこと。それだけだ。私にできることは。いや、私があらゆる精力を費すべきことは。問いになっている問いをさしだすこと。ただ、それだけしか、いまは望まない。いや、それだけでもすでに一生を費してもおっつかないたいへんなことだけれど!……

（『新潮』六〇巻八号　昭和三八年八月一日）

三三　広津さんの努力

広津さんの座談のおもしろさは定評があるけれど、じつにおもしろいものである。

松川事件のことで地方へ講演にでかけると、講演が終って宿へひきあげてからドテラに着かえ、床柱を背に、何時間となく氏はおしゃべりにふけった。文学、絵画、葛西善蔵、宇野浩二、小出楢重、氏の周辺に生きた多くの作家や画家の作品と生活ぶり、奇行と美質など、ときどきはエロがかった話もまじる。花札のトリックから、また、大正時代のグレン隊とケンカして、ふところ手したまま勝ったというような話もはいる。酒が飲めないのでジュースをちびちびとやりながらなさる。私はだまって聞いて笑いころげるばかり。口をはさむひまがない。

広津さんによると、寝床にもぐりこんで目をパチパチさせながらとりとめもない空想にふけるのがいちばん楽しいそうで、なまけもののおしゃべり屋さんというのが正体だということである。しかしあるとき私が聞きだしたところでは『中央公論』に四年にわたって「松川事件」を連載したときは、痛風の発作で寝床をころげまわりつつだった。発作が起って〝痛イッ！〟と叫ぶと、その〝イッ〟が関節にこたえてかなわないので、意味のないことを叫んだほうがいいと考え〝プップクプッ！〟と口走ることにしたそうである。あの厖大な実証記録と徹底的な考察は〝プップクプッ〟のおかげで生まれたのだそうである。

広津さんは自分の小説があまりおもしろくないという。詩というものがわからないともいう。氏の空前の大業にはうなだれるよりほかない私も、じつは、氏の小説はあまりおもしろくないと、こっそり思う。それは氏の中の批評家が作家を食ってしまったためではないだろうか、と考えることにしている。大正時代の氏の批評の鋭さと的確さを考えると、どうしてもそう考えたくなるのである。創作家のいたましい不幸である。しかし回想録は緻密さと柔軟さと生彩にみちていて、とりわけ苦労性で世話好きの広津さんの寛容さやデリカシーにうたれる。

チェホフの『退屈な話』に若い広津さんは苦しんだのだったと思う。この世のことはすべてむなしい。すべていつわりである。善も悪なしでは成り立たない。チェホフのその濃密なペシミズム、暗いぬかるみにおちて広津さんは悪戦苦闘をつづけられたのだが、老年にいたってめざましい転生を完遂された。ほとんどの日本の作家がペシミズムから出発して、やがて〝西洋〟から〝日本〟へ転回して円を閉じてゆくなかで、稀有な例外を氏は示した。チェホフの『サハリン紀行』をはるかにしのぐ力を発揮された。十年の歳月にわたって、たゆみなく……

広津さんの心の転生の秘密を知ろうと思わない。私はこちら岸にいて、まだ泥のなかに沈んだきりである。秘密が秘密のままでのこっているほうが、ひょっとしたらいつか自分にもそんなことが起るかもしれないと、大それた夢想で目をあげることができようというものだ。

ツボいじりやコイコイをして、いつまでも、あなただけは長生きしてください。

(『毎日新聞』「松川〝最後の判決〟下る」昭和三八年九月一二日夕刊)

三四　メタフォアの乱費

この時代の一人の詩人の命運といったようなものを小説にしてみたいと以前から考えている。金子光晴と田村隆一の二人のうちどちらかを書いてみようと考えている。金子光晴はもう自分でも小説や自叙伝に自分を描いているし、森三千代も描いているので、田村隆一にしようと思った。

小さな、暗い酒場のすみっこで私の計画と希望を聞くと、田村隆一は乱酔したまま特有の甲《か》ン高い声をたてて笑い、題が気に入ったといった。『青い廃墟』というのである。アメリカ俗語で〝二日酔い〟のことをそう呼ぶのである。私と彼は綿密な計画を練った。とりわけ、小説の各章の末尾に彼の詩を入れていきたいという私の考えに彼は賛成した。テープレコーダーを持ってオレの家へこい。これまでのことを全部話してあげる。彼は優しい感情に包まれ、端麗な顔、澄んだ眼、キツネのような笑声をたてて、やがていつもの癖で大儲けの話にふけりはじめた。もしその小説がアタって映画化されたら主役スターになって出演してやってもいいといいだしたりした。

日本では散文が詩を代行していると、いつか神西清が名句を吐いた。とりわけこの指摘は昭和期の文学作品の本質をえぐっていると思わせられた。作家たちはことごとく詩人であったし、いまでも、そうである。正しい意味での散文とその精神からかなり離れた場所に私たちはいつとなく漂着して暮しはじめたように見えることがある。〃教養主義〃が日本の作家を毒している。私たちは口語体で作品を書いているけれど、その本質は、よく見ると、文学文とでもいうようなものではないかと思う。新しい言文一致の精神にたちもどることが異常な意志力を必要とする文学革命であるかのように感じられるまでに二葉亭四迷以後の私たちは変貌してしまったように思えるのである。そして心理分析主義のために手も足もでなくなり、さらにおちぶれた良心に縛られて身うごきできなくなり、寝台のうえによこたわって細々と息をついているのが現状ではないだろうか。詩人たちもまたあえいでいる。小さな、小さな細胞のなかに閉じこもって、ふけっているのはメタフォアの乱費である。その作品から植物的にも動物的にも生命のうごきを察するのはほとんど不可能である。単語とメタフォアのゴミ箱とでもいうよりほかにどう表現しようもないようなものばかりである。散文作家はどんな色と音と匂いをも猥雑なまでの柔軟さをもって吸収し、定着しようとしてあせるのだが、彼はつねに意味の世界から離脱することができないのである。意味を離れた純粋な状態というものは彼が描くことのできない領域である。彼と詩との関係は、内心のある部分で、理論物理と応用物理の関係に似たところがある。しかし、それをいまの作家と詩人の関係にズラせ、ダブらせて眺めようとすると、望ましい状態からおよそ遠いところへ流されてしまうことになるだろう。

乱酔と乱酔のすきをねらって去年の暮に田村隆一が出版した詩集『言葉のない世界』は最近私を詩にたちもどらせてくれた、ほとんど唯一といってもよい例外だった。とりわけ彼が肉声と直喩で言葉を編んだことが私を魅了した。まぎれもない地上の肉声と、鋭く簡潔で鮮烈な直喩で彼は言葉をつづった。そういう精神は大半の〝現代詩〟のなかに発見できなくなった。それは博物館のマンモスや始祖鳥の化石みたいなものになってしまったのだ。田村隆一は羞恥心のカサブタを強引にひき剝がし、悩乱の現代の日に正面からたちむかったのである。その勇猛果敢さと正統さに私は脱帽した。彼が発揮したものは、詩の世界だけでなく、小説や絵やそのほか広い領域で日々衰弱し、血を奪われ、見失われつつあるものではないだろうか。

（『文學界』一七巻一〇号「現代詩にのぞむ」昭和三八年一〇月一日）

三五　含羞の人——山本周五郎

作者の顔も声音も知らないで、ただ文章だけをたよりに、ああでもあろうか、こうでもあろうかと想像をめぐらすのも、小説を読む楽しみの大きなものの一つだろうと思う。幾人かの作者と知りあいになって、飲んだり食べたりしたために、その人の文章がすっかりちがったものに見えだしたという経験がある。それで魅力を増した作家もあるし、魅力を失った作家もある。作者その人と作品とは切り離して考えなければならないのだけれど、どうしてもダブってしまうということがあって、むつかしいのである。

私は山本さんに会ったことがないのだけれど、文章を読んでいて、さまざまな印象のうちで、いちばん濃厚に感じさせられるのは、〝含羞の人〟という印象と、もうひとつ、女を書くのがひどくうまいという印象である。

この集には、聞くところでは、『青べか物語』が収録されることになるらしいが、この名文集を読んでいても〝含羞の人〟の気配がいたるところに感じさせられる。『月曜物語』を読者はすぐに思いだすことだろうと思うけれど、よく読めばツボ、ツボはちゃんとはずしてある。（『さぶ』は『廿日ネズミと人間』を想像させるが、これもツボ、ツボを心憎くはずしている。うまいものだ。うますぎていけないと思うほどうまいものだ。）

『青べか物語』は自伝的回想という形式になっているけれど、作者はちっとも、あらわに正面向いて自分を語るということをしていない。強力な経験の透明な濃縮がいたるところに閃光を放って輝いているのだけれど、作者その人はつねに人形芝居の黒衣の操り手のような位置に自分をおこうとしているように見える。すべての文章と句読点の背後にその気配がこめられているように見える。井伏鱒二の含羞もこれに似たところがあるが、山本さんは人形のうしろで頭をまっすぐもたげ、事物を積極的に直視して語ろうとしているようなのである。井伏鱒二はけっして、苦の世界だ、苦の世界だ、人生は苦の世界だと口走って暗い土手を走るというようなことはしないだろう。山本さんとの含羞の意味の相違がハッキリとそこにあらわれている。

オレはオンナを知っているのだぞといわんばかりにオンナを書きまくっている作家がいるが、私にいわせれば、夏目漱石のほうがよほどつめたいエロティシズムのいやらしさを持っている。山本さんは〝女〟については、どうやら、一人っきりのイメージを持っていて、それをつぎからつぎへと作品のなかで増殖させてゆくのだ。一人の女に多くの女を求める男もあり、多くの女に一人の女を求める男もあるが、山本さんはどうやら一人の女に一人の女を求めているように見える。そして、その描きかたが、じつにうまいのだ。山本さんの描きだす女には肉のふるえがあり、朝な夕なの息の匂いがあり、そのふるえぐあい、匂いぐあいがああまたこの女だなと思いながらも、作品ごとに魅せられてしまうのである。山本さんがとくに女性との経験に没頭したという気配がどの文章にも感じられないので、いつどこで、その一人の女が山本さんの内部に住みつくことになったのか、知りようがないが、ふしぎな鮮明さを帯びて彼女は話し、ふるまう。その鮮明さは、ほかにちょっと、例がない。この人のハイカラぶりや、峻烈さや、広大な知識や文学についての深い考察のあとでの簡潔な決意のことなどを書こうと思っていたのに、もう枚数がなくなってしまった。

（「山本周五郎全集」八巻月報四　昭和三八年一一月二〇日　講談社）

三六　『嘔吐』の周辺

『嘔吐』は離せない本の一つである。ここ一年ほどは読みかえしていないが、それまでは毎年一回か二回読みかえしていた。

はじめてこの訳本に出会ったのは戦後間もないころで、青磁社という出版社からだされたのだったと思う。赤い表紙になっていた。本文を読んでいくと、裏のほうに次の出版の予告があって、トロワイヤの『蜘蛛』だったか『いけす』だったかの名がでていたとも思う。

まだ私は中学生で、大脳の皮にニコチンやアルコールの汚点《しみ》がついていず、毎日毎日さまざまな本のさまざまな言葉に右往左往し、泥酔していた。『嘔吐』をはじめて読んだとき、活字が白い頁から一個ずつ勃起してくるのを目に見るような気がした。すぐれた作品ならなにを読んでもそういう印象が起きるものだ。『マルテの手記』をはじめて読んだときはとつぜん頁に窓がひらいて穴があいたような気がした。

人間が孤独の蒼いぬかるみにおちこんで、あがきがとれず、こわれてしまっているありさまは、それまでにいくつとなく読んで教えられていたのだが、この本の新しき戦慄は落下の果てに皮膚をやぶって人と物との限界を見失わせてしまうところにあった。ロカンタンが穴のような部屋から町へおりようとするとき、彼がドアのノブをにぎったのか、ドアのノブが彼に迫ってにぎらせようとしたのか、区別がつかなくなって苦しむ。そして無数の異変が発生するのだが、サルトルが編む言葉は一つずつ濡れて光っていて、異様に鮮烈な肉感をみなぎらせていた。私は頭からのめりこむよりほかにどんな態度もとれなかった。人はだれでも一つ以上の妄執を抱いて生きているが、私にとってはこの本がそれだった。

サルトルの歩みを見るとバルビュスに似ている。二人とも孤独から出発して悪戦苦闘のあげくに連帯の思想にたどりついた。モスクワの郊外の別荘でエレンブルグに会ったときにそういうと、エレンブルグが、バルビュスはつまらない作家で、当時は騒がれたが今となってみればどうということもない人間だ、サルトルのほうがはるかにすぐれた真実の作家だと答えた。この男には新物食《しんもの》いの癖があるのではないだろうかと私はエレンブルグを疑い、軽蔑したくなった。『地獄』『マルテの手記』『嘔吐』はおなじ系に属する三人のおなじ皮膚によって書かれたものである。そのうち二人がようやくのことで連帯と信頼の情熱を回復したが、二人とも傑作は依然として出発当時の作品である。そしてバルビュスは立派な作家で、当時騒がれ、エレンブルグ自身も騒ぎ、今となってみてもすぐれた人間である。私はおおむねそのように答えようと思ったのだが、くちびるのほうがさきにソヴェトの核実験再開のことに触れてしまったので、話はそのままになった。

　何年となく『嘔吐』を私はくりかえし読んできたのだから、作者の顔を見たいという気持は宝塚劇場へかけつける少女のそれに似ているといってもよいものだった。モスクワからパリへでてきて、ある十二月のつめたい正午にモンパルナス大通りの「クーポール」で、すごいヤブニラミの、呆れるほど背のひくい、地中海青の瞳を優しさと無邪気さで輝かせた、初老の小男に会った。彼は小男によくある精力を発揮してほとんど一秒のすきもなしにしゃべりにしゃべり、おびただしいたばこの吸いがらと、灰と、濃いブラック・コーヒーの澱《よど》みをのこして、よちよちと去っていった。たいへん愛想がよくて、いつもニコニコと上機嫌に笑っていた。驚きと満足と恐れにみたされて日本の小説家は、子供が外套をひきずって歩くみたいなそのうしろ姿をいつまでも見送った。

　白井浩司氏はいつ会っても酔っていて、しらふでいる氏の顔を私は想像できないのだけれど、執拗に誠実に脱皮をつづけていらっしゃる。青磁社の本のときからいったい何種類ぐらいの版になったのだろうかと思うが、氏は『嘔吐』が出版社を変え、紙を変え、版を変えるたびに、そのたびごとに訂正、改訳をする。そのたびごとに私は本屋へでかけて買ってくる。けれど一冊ずつ読みあわせてどこがどう変ったのかと調べることはしないのである。青磁社の本は友達が持っていったきりなので、その後私が手帖みたいにして頁を繰りつづけているのは一九五一年にでた人文書院の版である。そのあとがきで白井氏は初訳をしたのが十年前で、誤訳、悪訳があったということを反省していらっしゃるが、私としてみると、それがあまり気にならないのである。なにをしても許してあげたいというファン心理の寛容な偏執があるからだ。

ボーヴォワールの回想録がでたので『嘔吐』の書かれた当時の状況が手にとるようにわかり、ファンの楽しみはいよいよ深まった。サルトルがノイローゼにかかって、いつも伊勢エビがうしろから追っかけてくるという妄想に苦しめられていたというような小さなことから手がかりに私は二人の豊饒な渾沌の迷路をさぐろうとし始めたり、ハイデッガーの〝輝ける闇〟という言葉を犯行現場におちていた一本の髪として、この美わしき兇行がどのような情熱で遂行されたのかを空想しようとしたりする。

無人島へ持っていきたい本が何冊もあって選びだすのに困らされるが、『嘔吐』はいちばんさいごにのこった、目をつむってぬきとるよりほかない数冊のうちの一冊である。

（「世界の文学」四九巻付録一二　昭和三九年一月一二日　中央公論社）

三七　『ガリヴァー』の思い出

古典を少年少女用に書きなおしたものがたくさんあって、私たちはそれらをミルクとして吸収して育つ。この分野におけるわが国の出版社の啓蒙主義的情熱はとりわけ深く執拗であって、マス・インテリ社会をつくりあげることに大きな精力を傾注している。とにかく私たちは紙が好きなのであって、文字の印刷された紙ならなんでも食べずにはいられない衝動を持っているのだから、ただ出版社のソロバンずくとだけで片附けることはできない。買う人間がいるから売るのである。

この啓蒙主義は私たちを知識に対してあさはかに傲慢にさせる。『鉄仮面』も『レ・ミゼラブル』も『ガリヴァー旅行記』も、その他もろもろ、みんな子供のときに読んでしまったと思いこむものだから、大人になってからあらためて読みかえそうとしなくなるのである。酒を飲む年頃になってミルクが飲めますか、というわけである。早い話、私にしたところが、ほんとに『ガリヴァー旅行記』を読みとおしてその魅力にひきこまれたのは二十代も後半になってからであった。

この本は第三編と第四編がキメ手である。たいていの子供用のダイジェスト版にはこの部分が省かれているのではあるまいか。人間獣に対する徹底的な憎悪と憤怒と絶望が思いつくかぎりの言葉をつくしてたたきつけてあるこの部分に作品の心臓がある。素朴、苛烈、むきだし、そして奔放な想像力のうちに主題が展開されていて、心理分析主義の持ってまわった、しちくどい、単調で蒼ざめた、千遍一律の現代文学の〝絶望〟ムードにひたって痛風にかかった私たちを救いだしてくれるのがこういう作品である。現代の大人が『ガリヴァー旅行記』を読むことには一種の電撃療法に似た効果がある。複雑さに疲れきってネズミのような神経症におちこんでいる私たちの象皮病にかかった皮膚を裂いて放血をしてくれるのがこの作品である。スウィフトは発狂したが、今日、この本を読みかえしてみると、どこにも狂気が感じられない。むしろ、夏の苦しい夜に頭からはげしいシャワーを浴びるような爽快さと健康さを私はおぼえる。それだけ人間獣がスウィフトの想像をはるかに突破してヤフーに成り下ったのである。ナチスがサド侯爵を幼稚園の子守唄にしてしまった時代である。

私は外国旅行にでるたびに本棚からこの本をぬきだしてスーツケースに埋める。ゆくさきざきの国の都や村のベッドで夜ふけにくりかえし読み、なぐさめられた。そして、プラーハやワルシャワやパリやモスクワやイェルサレムで、なにかの話のたびに、なにを読んでるか、とか、どんな作家が好きか、などときかれると、待ってましたとばかりにスウィフトだと答えては、がっかりされた。あるいはバカにされたり、無視されたり、古すぎるといって憐れまれたりした。覚悟のうえのことであるから、なんともなかった。人山を見る、我川を見るである。

流行を追っかけてあくびをこらえながら教養ゆたかな、美しい、むなしい魚みたいな眼つきをしている進化論亡者の無学鈍感者流を我輩はひそかに憐れんだ。そしてホテルにもどるとパンツ一つになってベッドにあぐらをかき、さて、さて、とつぶやいて時流の卑小化を嘆いた。

さまざまな現代作家がスウィフトに影響をうけ、その散文精神に学んでいる。ジョイスがそうであったし、モームがそうであった。オーウェルがそうであったし、グリーンもそうであった。綿密にさぐっていけばもっとたくさんでてくるかも知れない。あるいは我輩もヤフーの一匹であるから件の無学鈍感者流とおなじく学識には著しく欠くるところあり、浅慮短見は自らに戒めたい。しかし、ちらりほらりと読むたびにこれらの作家の文章のなかに細流となったり底流となったりしてスウィフトが流れ、脈うっていることは、ありありと感じとれることがあるのである。夜ふけに一人でそれを発見して、しきりにびっくりしたり感動したりするのも小説を読む楽しみの一つなのである。

迷路にさまよいこんで不定愁訴し、ネズミのようにぶるぶる身ぶるいしてたちすくむばかりの私たちには、もう、暗い情慾とおなじくらいにはげしく熱い、狂わんばかりの理性を回復して哄笑や絶望を奔放鮮明なイメージのうちに素朴な言葉で語るというようなことはできないことなのだろうか。

（「世界文学全集」四五巻月報四九　昭和三九年四月三〇日　新潮社）

三八　武田さんの眼と舌

武田さんは自分の顔のことをときどき作品のなかで書いている。とりわけ眼がたいへん気になるらしいように書いている。

ネズミに似ている、とおっしゃるのである。私の拝見したところでは、それは丸くて小さく、眼鏡の底でいつも伏せがちになっている。人や言葉や物や風など、なんでもいいが、新しいものに出会うとそれは一瞬パチリとひらき、一瞥で対象の本質を見てしまい、つぎの一瞬、すぐ伏せて、何事もなかったような顔つきになる。

茅場町の薄暗い木造二階建に毎日かよって『洋酒天国』という小さな雑誌を私は正体のよく知れない憂鬱とヤケクソの気持にまみれて編集していたが、あるとき埴谷雄高さんに戦後派作家のお酒癖について原稿を書いてもらったことがあった。埴谷さんの荘厳詠嘆体はこういう軽い題材に出会うと奇妙なユーモアを発揮するのである。たいへんおもしろい原稿になった。そして、そのなかでも埴谷さんはやっぱり武田さんの眼のことにふれ、たくみな、鋭い観察を書いていた。似てはいるけれど別種の伏眼では梅崎さんの眼についても書いていた。

ある日、埴谷さんがジンの瓶を一本持って吉祥寺からでてきた。会ってみると、いつものように、明日地球が破滅するかも知れないというような顔をしていて、どうもこのジンは薄いような気がしてならないからとりかえてくれという。その要求を果たしたあとで近所のコーヒー屋へいった。いろいろ文学話をしているうちに平野謙さんにセックスの手ほどきをしたことやらナニやらカやらのことになり、武田さんのことについてもいろいろと聞かされた。埴谷さんは匙を投げたような恰好の苦笑をうかべ、愛するがごとく嘆くがごとく、

「……彼は人をケナしたことがないなア」

といった。そしてジンの瓶を抱えて薄暗い埃風のなかをヒョイヒョイと、思いつめた荘厳詠嘆の顔で吉祥寺へ帰っていった。

じっさい武田さんは説法がうまいのである。講演会でも座談会でもじつにうまく人をホメ殺すか笑い死にさせてしまうのである。いつか文学雑誌の座談会で太宰治のことを話しあったことがあるが、武田さんはじっと黙っていてから、やおら口をきき、一人一人列席者の名をあげていって、

「太宰もえらいが、みんなよくやってるよ。じつによくガンバッてるよな。それは、もう、よくやってる」

「武田さんの八方ホメ殺しの術がはじまったよ」

「いやいや、みんなよくやってる」

お酒に酔って黄いろい軽薄の声を私があげると、武田さんは丸い小さな眼をうっすらパチリとひらいて一瞥し、いそいで伏せ、あやすようにそういった。列席者一同、ホメられてニヤニヤしながらもなんとなくグタリとなり、座談会はおおむねオシャカとなった。

ネズミみたいだ、ネズミみたいだといって武田さんはいやがるけれど、よこで見ていると、パチリパチリと上下するその丸い小さな眼は武田さんの大脳よりも速く反射してしまうようで、二コの独立した生物である。そしてその反射の速さをときに持主がイヤがっているような、厄介がっているような憂鬱のいろが射していることもある。舌についてもおなじである。まわりの人を意のままに笑い死にさせたりホメ殺したりしながら、どことなくその舌の持主は暗鬱を味わっているらしい気配がある。

大きなことをさいごにチラリと書きたい。フランス、イギリス、ドイツ、イタリア、アメリカ、世界諸国の現代文学は、今、ひどく衰弱し、絶望の画一主義に溺れている。こわばり、おびえ、マヒし、知性と感性が生の渾沌に対して率直になれなくなっている。どこを見ても雨にぬれた荒野である。けれど日本文学は、この特異な早熟の老熟者は、まだまだなにごとかを果たせそうである。その特異さにおいて有望である。そして、武田さんは、つねにその予感を私たちにあたえてくれる作家である。

（「昭和文学全集」第二〇巻月報　昭和三九年五月　角川書店）

三九　魯迅に学ぶもの——その本能の知恵

一つだけあげると。

たとえば『朝花夕拾』である。

ここには魯迅のさまざまな回想が随筆風に、散文詩風に書きとめてある。のびのびと、しみじみと、緊張はしているけれどこわばることなく、いろいろのことが書いてあって、微笑したり、たちどまって考えこんだりしながら私は頁の上を漂ってゆく。

「阿長と『山海経』」の挿話が私を笑わせてくれる。これは作者が幼年期のお手伝いによせる回想である。チャン・マー・マーという名の、首すじにお灸の痕のいっぱいある後家のお手伝いと幼い作者のやりとりがさりげなく描いてある。あるときお手伝いは作者を長髪賊の話でこわがらせようとする。お手伝いの薄暗い頭のなかでは長髪賊は無数の土匪や強盗団などとごちゃまぜになっていて、とにかくこわいやつ、恐ろしいやつ、理不尽兇暴なやつの代名詞みたいになっている。

チャン・マー・マーは——この名がすでにのんびりして一種の風格を帯びているようだけれど——坊やにいろいろとこわいことを話して聞かせる。長髪賊は兇暴である。なんでもさらってゆく。家を焼く。畑をつぶす。誰でも殺す。見さかいがない。坊っちゃんでも嬢ちゃんでもかたっぱしからさらっていって、自分の子にする。彼らは恐ろしい、残忍な、わけのわからない言葉を喋るけだものである。うっかり腹がへったといおうものならいきなり血みどろの生首を投げてよこしたりするんです。

坊やのほうはいっこうにピリッとしないのに彼女は一人でこわがったり、おびえたりする。お灸の痕だらけの彼女の首すじを眺め、坊やは、いくら長髪賊だってこんなチャン・マー・マーはきれいでもないし役にたちそうにもないから見のがしてくれるだろうと思い、そういうおもむきの意見を述べる。すると、チャン・マー・マーは、子供に反撃されてにわかにキッとなり、おごそかな口調でさとしにかかるのである。

………

「滅相な！」

と彼女は厳粛に言った。

「私たちだって役にたつんです。やっぱりさらって行きますよ。城外から兵隊が攻めよせてきたら、長毛《チャンマオ》は私たちにパンツを脱がせて、城壁の上にズラリと並ばせるんです。そうすると外から大砲が打てないんです。もし打とうものなら、大砲が破裂してしまいますよ」

………

頁の上を漂っていた私はここで深夜もかまわず声にだして笑う。中国の田舎の薄暗い土間で女中が一人の少年になにごとかきまじめな顔つきで口とがらして説いて聞かせてやっているところがまざまざと見えるような気がするじゃないか。それから、また、こういう隠淫をそ知らぬ顔して、トボケをよそおって書きつづっている、なつかしさにいささか眉をひらいている魯迅その人の横顔も見えるような気がするじゃないか。うまいものじゃないか。枕の上でなごまずにはいられないではないか。

魯迅のユーモアの気質が私は好きだ。血臭むんむんの肝脳地にまみれた暗黒のなかを這いまわりつつ書いた文章にも、彼は行間の吐く息、吸う息のたゆたいのなかにユーモアをはさむことを忘れなかった人のようである。あんなおごそかな顔をしてと、ゴーリキーや漱石によく似た肖像写真を見てときどき思わせられるが、文章のなかにユーモアの閃きを見つけるたびに、私はホッと息をつくのである。底知れぬ苦しみばかりつづいたこの人の文章のなかで、ユーモアは、薄ら陽のように光っている。冬の凍てついたぬかるみの氷にところどころ落ちる薄ら陽のように光っている。

文学者の第一の資格はユーモアであると思う。近頃とくにそう思うようになった。この精神のないやつはほかにどんな才能が発達していても失格である。嘲罵の赤い笑いにせよ、絶望の黒い笑いにせよ、また、深い、浅い、持続的、瞬間的、賢い、愚かしい、さまざまな笑いがあるけれど、この本能の知恵を忘れたときから作家はニセモノになる第一歩を踏みだすのではあるまいか。

本邦の現代文学界においては〝笑い〟よりも〝皺〟が重んじられる。笑いのうちにこめられた知恵の閃きは見すごされ、メッキでもよい、苦悩の皺があればホメられる。皺は一流、笑いは二流とされている。笑いというものは表現するにあたっては皺よりもはるかに精神力を必要とするものなのである。ある時期のギリシア人は悲劇よりも喜劇を重視していた。正しく鋭い洞察力だというべきである。笑いは偉大な感情だけれど、これほどつかまえにくく、解説しがたく、定義しようのない、言葉の鋳型にハメこみようのない感情はない。チェホフやチャプリンのまわりを何人の批評家が歩きまわってレッテルを貼りつけようとして失敗したことか。笑いは一瞬のうちに現実を解体すると同時に綜合するものである。知識や教養主義や金利生活者じみた審美眼などでこわばった私たちをいきいきとよみがえらせるのがこの感情である。私たちをやわらかくし、澄ませ、あたたかくて率直な本能につれもどしてくれるのがこの感情である。見てごらんよ。現代文学のどこにそんな片隅があることか。私たちの生みだしているものは、栄養失調にかかったゴリラの呻きか、そうでなければ、規格外の粗鋼がつくった歯車のきしみではないか。しばしば私たちは思いださねばならないと思う。笑いは本能であり、したがって批評の最高の表現である。そして、ときに、弱いもの、追いつめられた者が最後の一隅でふるう最後の武器なのである。

上海にある魯迅の旧居や記念館を訪ねたときに私はいろいろな遺品を見せてもらった。小さなガラス張りの本箱のなかに『芥川龍之介全集』が入っていて、その紺の布地や背表紙が眼にのこっている。貧しい学生机や、つつましいというよりはむしろ哀れであった寝台や、いろいろのものを見た。そして、一隅に、錆びの出た錫の盃があって、説明文を読んでみると、これは魯迅が日本から留学の記念品に持って帰ったものだけれど、酒をついで飲むよりはむしろ手にとって眺めることのほうを楽しんだ、というふうに解釈できる文章が書いてあった。眼で楽しむにはあまりにもみすぼらしい安物であることが一見してわかって、やっぱりつらい〝物〟であった。

上海の魯迅の墓地は雨の日に訪れたせいもあるだろうけれど、植込みや芝生の緑が鮮やかで深く、なんの花か、赤や黄の閃きもあり、大きくはないけれど深さやつつましさを感じさせるものだった。錆びついた安物の錫盃や小さな寝台やみすぼらしい学生机のことなどを雨のなかで私は考えた。そして、また、その机の上で費消された汗まみれの夜のことなど、遠く考えた。想像力、苦悩、憎悪、権力と虚偽と非道に対する憎悪、人間の弱さに対する哀しみ、生の渾沌を恐れ警戒すると同時にひかれ吸いこまれていこうとする情熱、いろいろなことを考えさせられた。そして何年かたった現在、それらのことを思いだしつつ考えるのは、魯迅の口語体である。澄んで、いきいきとした、簡潔で、平俗、けれど鋭さと強烈さのある、ユーモアを忘れない、あの文章と、その背後にあるものである。つまり、本邦現代文学界に発見できないもののことを考え、かつ、うなだれたりする。

（改訂版『魯迅選集』八巻付録　昭和三九年五月二六日　岩波書店）

四〇　記録・事実・真実

去年の夏頃から週刊誌に私はルポルタージュを書いている。もう一年以上つづいていて、約束では今年の秋、オリンピックがすむまでつづけることになっている。本にすると上・下二巻になって、これまでに私の書いた数少ない創作のどれよりも長いものになる。

毎週毎週どこかへでかけていく。新しい場所に顔をだし、新しい物を眺め、新しい人と話をする。雲古の処理場を覗いた翌週に丸の内の工業倶楽部を覗き、田園調布の獣医に会った翌週に練馬の若い農夫に会うといったぐあいである。毎週二日から三日、取材でつぶれ、原稿を書くのに一日か二日つぶれる。

一年間この仕事をつづけたら首からしたがローラーにつぶされてノシイカみたいになってしまった。ときには締切日に間にあわなくて新聞社の編集室で書くこともある。へとへとになって一パイやろうと階段をおりてゆくと、輪転機の音が聞こえる。この一年に私の耳はさまざまな音を聞いたので、ハッキリと嘲笑の声を聞きわけるようになった。劇場にもいかず、音楽会にもいかず、古本屋歩きもせず、魚釣りにもいかず、避暑も知らず、温泉にも浸らない。文明社会にあるとも思えない蛮地暮しである。つくづくイヤになってきた。ほとほとクタびれてきた。字やペンを見ただけでジンマシンがでそうだ。

誰か読んでくれてる人がいるのだろうかと思っていたら、意外にたくさんの投書が新聞社やら家やらにきて、雑巾のようにくたびれた心にもそれらの字だけはジュウッとしみこむのである。右翼ともイタズラとも知れないドス声の脅迫電話がかかってくることもあり、ハガキにただ一行だけ「バカヤロ」と書いてくる人もある。去年の暮にハワイから未知の日本女性がクリスマス・カードを送ってきて、いろいろと感想を書いたあとで、あなたの文章の魅力はおおむねつぎのようでありますと番号入りで批評が書いてあった。

①新しい感覚の美文調。
②するどい批評とユーモアの精神。
③あふれるサービス精神。
④みなぎる清潔感。
⑤折目の正しさ。

アタっているところもあると思い、アタっていないところもあるが、全体としてクリーニング屋のキャッチ・フレーズみたいなのでそういう職業の人なのかしらと思ったが、どうやら本屋さんらしかった。クリーニング屋さんだろうと本屋さんだろうと、私は短い言葉と愛情に飢えているので、うれしかった。ぜひ一度ハワイへいってみたいものだと思いだした。

ずいぶんくたびれてきはしたけれど、私はこの形式の文章が好きになった。形式のないところが好きになったようでもある。この形式だと何でも織りこむことができる。短篇小説、批評、詩、諷刺、歴史、科学、何でも手あたり次第に持ちこんで煮こむことができる。料理でいえば寄せ鍋、ポ・ト・フ、カナッペ、ロシア式スープ、中国風おかゆとでもいうべきか。魯迅が自分の雑文集をフェイユトンだといいつつ創作とは別の位置と価値をあたえようとしている一節が文集にはあるけれど、私としてはこの形式の自由さと柔軟さと寛大さが何よりも好きなのである。創作には創作の内面律があって、しばしば作者はその〝必然の車輪〟とでもいうべきものに轢殺され、窒息してしまうが、この形式の文学は私をくつろがせ、解放してくれる。

ルポルタージュの独自性は作者の感性のなかにおける必然と偶然の操作、格闘、衝突にある。もちろん創作もそうである。けれどもし〝創作〟と〝ルポルタージュ〟をきびしく分類しようとしたら、現実に対して偶然性をどのように処理し、接するかということで二つは別れてくる。ルポルタージュの作者はおどろかなければならない。たとえ毎週ちがった対象に接して時間がトカゲの尾のように寸断されても、少なくとも切られた部分の尾はいつもピンピンと跳ねなければいけない。人生のささやかな意外さ、大きな意外さ、偶然性の不意うちに対していつも皮膚をやわらかくし、神経をそよがせていなければならず、とりわけすべてを説明しつくそう、分析しつくそうとする態度を捨てなければならない。自分の教養と趣味と性癖と感性のすべてを動員して語りつつも、事実を蔽ってはならぬ。ルポルタージュ作者も文字をつないで表現する以上、彼の書くものはすべてが再構成された虚構であるから、まぎれもなく文学であるけれど、文体の洗練が事実の持つ渾沌に及んではならないはずである。

航海をしていて仲間が怪物の呼声に誘われて食われてしまう。乗組員一同は嘆き、悲しみ、絶望におちこむ。けれどその夕方、乗組員たちは肉と酒を手に入れることができて、死者のことをそっちのけで歌い、舌と胃を楽しませることにふけった。ホメロスがそういう記述を書いたところ、二十世紀のイギリスの文学者はこのように強烈で鮮明な把握法はすでにわれらから遠ざかって久しいと嘆き、以後、今世紀の文学の衰弱を非難する言葉にしばしばその指摘があらわれることとなる。ルポルタージュ作者が持たなければならない眼、船のなかで彼がすわるべき場所、紙に向って言葉をまさぐるときの彼の見えない手もおそらくこうでなければならないのである。創作にもそれが必須のものとして求められていることはいうまでもない。じっさいのところ、すぐれたルポルタージュを読めば、創作とルポルタージュの国境がどこにあるのか私はよくわからなくなってくるのである。国境を設けなければならない理由についてはほとんどわからない。ただ結果的に見れば、ある歴史を説明しようとするときに人びとはルポルタージュを推論の根拠に引用しようとはするけれど、小説をそのように使うことはない。そこに両者相違点の一つがあることはたしかである。しかし、それとて、本質的には疑わしいことなのである。

毎週毎週新しい人と事と物に出会う私は一年もつづけているうちに妙なニヒリズムにおちこんだ。毎週私の接する対象はただ現代日本にたまたま共存するという以外に何の関係もたがいに持ちあわさないで存在しているものが多いのである。つまり、モザイクなのである。私はモザイクの一片一片をとりあげて仔細に吟味することに熱中しなければならない。そこで奇妙な二律背反が生れる。現実に対して私が真摯誠実になろうとすればするだけ私はそれから背離してしまうのである。この背離を拡大することになるのか、どこへ私を導こうとするものなのかはまったくわからないが、しじゅう私は、毎週書くのをやめて取材だけはつづけ、一年か二年ぐらいためてから、それらの素材の原形を原形のままのこしつつ一つの長大な創作にまとめあげたらどうだろうかと思うのである。なにか鮮烈な、新しい文学がそういう実験から生れそうな気がするのである。

（『新潮』六一巻九号「作家の眼」昭和三九年九月一日）

四一　サルトル『嘔吐』——一冊の本

好きな作家と作品は数多く、多様であるけれど、一群の人びとが私のなかではおなじ畑にたたずんでいる。たとえば梶井基次郎、中島敦である。チェホフもそうである。『マルテの手記』のリルケや、『地獄』のバルビュスや、『ファビアン』のケストナーもそうである。『オハイオ州ワインズバーグ』のアンダスンも列のなかに入る。

各人各様に彼らは砕ける小石の一片としての人と魂を描いた。孤立して崩れてゆく無名氏の叫びやつぶやきをこの人たちは描きだした。〝巨大な〟作家ではないかも知れないが私をときには絶望でこわばらせたり、やわらかい優しさや、深い簡潔さでなでたりしてくれた。とげとげしい懐疑と憂鬱の荒野からユーモアの小川沿いにはいでることを教えてくれたりもした。

そのような作家に親しんでゆれてかたむいていた私に異様な一撃をあたえたのがサルトルの『嘔吐』であった。人が崩れるとともに物もまたなだれを起して変貌するものであるという感覚と視点をこの作品は精緻で明晰で徹底的な肉感をもって示してくれた。古めかしい手法で書かれたその感情は鮮烈な衝撃を浴びせてきて、避けようがなかった。

書物で人生を知ることに没頭していた〃戦後〃の日本の極貧の大学生は朝から晩まで毎日ちょこまかと陋劣きわまる仕事をして暮しているのに頭と神経だけはこの戦前のフランスの金利生活者の孤独な呻吟をさぐることに、すっかり疲れてしまった。精神病理学と形而上学の境界にあたる薄明の無人地帯をのろのろと盲目のままゾウリムシのように歩きまわることに心をうばわれた。あばら小屋に住んでもプルーストの高貴なる腐臭に人は酔うことができるのだから、倉庫のなかで漢方薬をナタできざみつつル・アーブルの濃霧におぼれることもあながち奇怪な逸脱だとはいいきれない。活字の毒が頭へきてしまったのだ。

〃内なるものへの旅〃を肉体で生きることに私は没頭していたから、この本が内省の不毛を説いているはずなのに、首までワナにはまってしまった。そして、もうこれ以上文学作品を書くことはインクと輪転機の浪費にすぎないではないかということばかり思っていた。いまでもアンチ・ロマンの諸氏の仕事に私がまったく不感症であるのは、この本のためである。文学史のなかの一挿話としてしか私は彼らの作品を読むことができない。ハンマーがこわしたあとをポケット・ナイフでほじくっているだけのことではないかと思ってしまうのである。そしてこの本の主題は、孤立した一個人が救われるには芸術創作の狂熱があるばかりだということになっているのだが、自我を極度に収縮してしまうことの暗示をうけた私はそのような膨脹の狂熱に自分をゆだねることができなくなった。

何年もたってから私は創作の衝動を回復したが、この本をも含め、梶井基次郎も中島敦もチェホフも、すべて自分の好きな作家のどの作品にも似ないように書くことに努力した。影響のままに書くことは、なぜか、私には、幼稚園の合唱や、色情狂や、税務署の役人の仕事のように感じられてならなかったのである。未知の読者に向って財産目録をさらけだしてはばからないというような下司っぽい仕事をしたくなかった。どうあがいたところで私は私自身から自由になることはできないのだから、いくら〝私〟を殺そうとしたところで、手からもれるであろうし、においにもでてしまうはずである。けれど、どういうわけか、私は〝私〟を殺菌しつつ創作の猥雑な狂熱を楽しむという方向に作品を持っていきたくてならなかった。外国の作家がそういう操作をすると読者はよろこび、かつ、洞察力にみちて、ときには過度の想像力のため細部への執着におぼれてしまうものであるけれど、残念なことに私あてにくるファン・レターは私の羞恥心を察してくれなかった。つまり、芸が未熟であった。都は騒音にみちているから叫ばなければ聞いてもらえないというところもある。

つぎの瞬間に自分の心臓がどういう鼓動をうつかはだれにもわからないし、口にだしていえる性質のものでもないと私は思いたいのである。だから私は自分がまだ何者であるかもわからないし、どんな作品をつぎに書きたがっているかもよくわからないのである。けれど、『嘔吐』以後にこれほどの鮮烈さを味わわせてくれる作品に出会っていないということだけはいえると思う。

(『朝日新聞』「一冊の本」　昭和三九年九月一三日)

四二　私の小説作法

小説を書くのにこれまではあまりメモをとらなかった。書きにかかるまえにラフ・スケッチがわりに記憶を整理はするが、日ごろからためこむということはしなかった。もっぱら記憶にたよっていた。

人物や光景のイメージが体のなかでピクピク胎動しつつ待機しているのを感ずるのはたのしい。旅をしていて、部屋をでた瞬間とか、ホテルの玄関から町のたそがれのなかへ一歩踏みだした瞬間など、よく言葉が閃く。

小説は頭のなかであれこれ空想しているときがいちばんたのしい。書きだしたらさいご幻滅がペンのまわりで踊りだす。幻滅、幻滅。それに、なんでもかんでもすかさず目を光らせてメモをとるのは、いかにも高利貸がガッガッと金をためこむのに似ていて、イヤらしく思えた。かけだしの探偵のやりそうなことでもある。

イメージは火花のようであり、とつぜんの風でひらく窓のようであり、じわじわとにじみひろがるインクのようでもある。その群れを私は流れるものは流れさせ、はびこるものははびこらせる。消えるか。のこるか。いつか再生するか。苛酷な生の流れの少しはなれたところに体をおいてその動静に眺め入る時間が貴重である。たいへん好きだ。

　これらの群れは、いつも何か説明しにくい力である。たとえそれが、たそがれの町角にのこる口笛の一節でも、新聞の三面記事の六行でも、一帝国の興亡でも、私をとらえてはなさない力であることに変りはない。だから私はライオンの真似をすればライオンの爪や牙からのがれられると思いこんでいた原始人に似ているのではないか。身ぶりをして憑きをおとそうと小説を書くのである。

　神経衰弱からのがれようとして小説を書いたこともある。「日本三文オペラ」という作品がそうだった。そのころ私はひどい衰弱におちこんで、字が書けなかった。生来の躁鬱症と厭人癖を持てあましていた。暗く、陰惨で、冷酷、無気力だった。局面展開を計って私は対症療法的な作品を書いた。関西落語の手法を詩で支えつつ、ひたすら哄笑、嘲罵、汚濁、猥雑、狡智、悲愁、活力の歌をうたうことに没頭した。題材との幸運な出会いがあったので救われた。まったく心斎橋筋のゆきずりの偶然から私は救われた。

　なにげない新聞記事がよく空想に火をつけるものである。私の処女作となった作品はほかに安部公房と北杜夫も目をつけたおなじ新聞記事だったと奥野健男に教えられてヒヤリとしたことがある。一年半ほど以前に私は新聞の短い外電記事にショックをうけたことがあった。このときはイメージがインキ型にひろがった例であったが、やがて私は物語を一つ暗がりの花のように育てた。

ところが、その南の国に旅して帰ってきてみたところ、アタマで考えた物語は粉ごなに砕けてしまったことがわかった。訂正、削除、破棄、一敗地にまみれた。ふりまわされ、たたきつけられ、魅せられた。あらがいようなく一つの力につかまれてしまった。新しい、困難な、手のつけようなく困難な、明るい日光のなかの悲惨を主題にした物語を書く準備に私はふけりだした。これは、野心はいいけれど、ちょっと冷静になって考えてみると、とほうもなくむずかしい試みである。うんざりして匙を投げたくなる。いつできあがるのかもわからない。けれど観客の一人もない舞台での身ぶり、手ぶりに私は夢中になっている。

（『毎日新聞』　昭和四〇年六月六日）

四三　本質的な先生小田実

たしか彼が放浪記を出版して間もない頃だった。それまでまったく面識がなかったので、ある日、新宿の喫茶店で初のお手合わせを試みることとなった。

約束の時刻に約束の場所へいってみると、写真のとおりの大きな男がよれよれのレインコートを着て、猫背、もじゃもじゃ髪であらわれた。ひどくせかせかした口調で、待ったたか、わア、すまん、すまん、すまんといった。

ジュースを飲みながら、まず御挨拶にと思って、タバコをさしだしてみたら彼は手をふった。いきなり大きな声で、

「タバコは吸えへんねん。オレはそんな非本質的なもンとかかわりあえへんねん」

そういったあと、とつぜん発作的にケッ、ケッ、ケッと笑った。大げさなことをいう男だと思ったが、何となくその笑声を聞くと、これはかなりな躁鬱症だとも思わせられた。自分が日頃から苦しめられているから、つい、人にもおなじものの影を読んでしまうのかも知れないが……

安岡章太郎にいわせると、

「ああいう笑声をたてるのは絶望してるのかも知れんなア」

ということである。

小田には奇妙な忍耐の趣味がある。子供を教えるのが好きなのである。「代々木ゼミナール」というこの道では有名な浪人学校で英語を教えている。それも、生計を得るためというよりは好きでやっているのである。生徒はなかなか信望をよせているらしい気配である。

世田谷にこの予備校の寮があって、地方から上京してきた浪人生徒たちが、ムンムンねばねばした体臭をたちこめて暮している。小田はそこに一室をもらい、舎監として住みこんでいる。瞑想と沈思のための隠れ家なのだそうで、奥さんのところへは月に一度ぐらい顔をだすだけという、まったくうらやましい生活をしている。（この寮はいつでもその気になったら、精神病院に変えられるという奇妙卓抜な設計である。）

若いのに人に説教するのが好きだというのは妙な趣味だと思うが、小田先生は寮でときどき一席のまじめな講話を試みたりするらしい。頭がモヤモヤしてきたら素振りをやるのだといって枕のしたにすごい木剣をしのばせている学生が一人いたが、先生の評判を聞いてみると、

「いい先生ですけれど、よく知らんのです。こわいんじゃないですか。いつも廊下を考えこんだみたいな顔で歩いてますよ。ブーッとふくれてて、そばへ寄れないです。すご

く本を読むんだそうですね。トンカツが大好きだっていいますよ。トイレが長いって聞いたこともあるなア」

彼の小説は長すぎるので誰もめんどうがって読まず、いいかげんな批評しかしてもらえないので不幸である。トマス・ウルフの熱い饒舌、多様性の氾濫、あらゆる濫費を惜しまない放浪に魅せられたのが彼の光栄ある不幸のはじまりでもあった。

私自身は彼の時事論文よりも小説のほうが好きでもあるし、はるかによいと思っている。時事論文では腕力が空転している。明晰を欠くウラミもある。放浪記にあった、確実な抵抗感に出会う快感、発見に出会う魅力、単純な深さといったものを欠いていると思う。

それにしても多才な男である。大学で古代ギリシア語を勉強し、予備校では英語を教え、『アメリカ』という小説のつぎにソクラテスの弁明を小説にし、韓国へいき、沖縄へいき、横浜の水夫相手のチャブ飯屋でハンバーグを食べ、テレビにでて紀元節復活論者とバカ、アホと叫んでわたりあい、私がヴェトナム国へいって百日余して帰ってきてみたら、どこかの大学で『アメリカの政治外交史』の講座を受持っていた。へへエどこでそんなもの勉強したんだと聞いたら、例のケッケッケッ、発作的に神経質な笑声をたてた。

（『文藝春秋』四三巻七号　昭和四〇年七月一日）

四四　ルーマニア人と『ルーマニア日記』

ある年の、九月、葛飾北斎の二〇〇年祭がブカレストで開かれ、美術批評家一人と小説家一人が日本から招かれることになった。批評家は北斎の解説をするのだが、小説家は何もしなくてよいということであった。

やせて小さな二十五歳のマダム・マグダレナが通訳についてくれた。髪は金茶、眼は灰青色。ネズミのように敏捷で、ネコのようにイタズラが好きだった。陽気でお人好しだが、傷つきやすく、辛辣でもあった。

彼女はブカレストのパルフォン大学の文学部を卒業し、英語、フランス語、ロシア語、ドイツ語、ハンガリー語を自由に話した。ヒンドゥー語とアラビア語もかじっているらしくて、田舎を歩きまわっているとき、ひまさえあるとバッグからあのミジンコの踊りのようなアラビア文字の教科書をとりだして勉強していた。

彼女の読書好きはちょっとしたもので、全ヨーロッパ文学の古今の作品に通じていた。何を聞いても知らないということがなかった。アッといって手を拍《う》ち、たちまち枝さきのコマドリのように囀《さえず》りはじめる。プーシキン、ゴーゴリ、チェホフ、ドストエフスキーが好きで、同時にボードレール、ヴェルレーヌ、マラルメ、ヴァレリー、ルコント・ド・リールなども愛していた。林語堂《リンユータン》はソフィスティケイションとエキゾチズムで祖国を売りものにしたのはいけないことだわ、といった。サマセット・モームはすぐれた人生の観察家で検閲者かもしれないけれど人間的じゃないからほんとに創造的な作家であるかどうかは疑問よ、ともいった。

ハンス・カロッサの『ルーマニア日記』のことは黒海沿岸へでかける夜の自動車のなかで話しあった。わがパックは（彼女はあまりにお茶目でイタズラ好きだったので、学生時代、『真夏の夜の夢』の妖精のアダ名をつけられた）、その夜、いくらか風邪気味で、機嫌がよくないようであった。

「ルーマニアのことはハンス・カロッサの本で知っただけだった。戦争中、ぼくは中学生で、操車場のすみっこで読んだ。いい本だった。『ルーマニア日記』というんだ。知ってる？」

彼女は暗がりで鼻を鳴らした。

「読んだかもしれないけれど、もう忘れちゃった。なんだか軍医さんで、敵も味方も区別のないヒューマニストなんじゃなかったかしら。ほんとの自分の立場を現実的に理解しようとする勇気を持ちあわせちゃいないのよ。それはヒューマニズムじゃなくてセンチメンタリズムだわ。そうじゃなくて?!」

それまで風邪の鼻をこすりながらチェホフの『タバコの害について』をおどけて演説してみせていたのに、とつぜんマグダレナは痛烈、容赦ない、攻撃的な民族主義者となった。ドストエフスキーを賞揚し、ヴァレリーの『若きパルク』をうっとりと眼を細めて朗誦する文学愛好家の顔は消えた。霧の流れこむ暗がりのなかでも、ハッキリと、嘲弄で薄い唇をゆがめ、憎悪のつめたい光を眼にたたえている彼女の横顔が見えた。

「……ねえ、私の蚊。ドイツ人はこうなのよ。ドイツ人がやってきたとなるとね、なんでもかんでも持っていってしまうの。小麦だの、ジャガイモだの、そのほか土まで私たちの国からとっていったわ」

「土をとった？」

「そうよ、土をとったの。ルーマニアの土はいいからって、貨車に何台となく積んでとっていったのよ。ドイツ人ってそんなことするのよ」

「それは第二次大戦中のことじゃないの。カロッサは第一次大戦を描いた」

「ドイツ人はドイツ人よ。この話はもうよしにしましょうよ」

マグダレナは口をとがらして私の顔を凝視した。鼻さきで細い指をふりたてる彼女の顔はこわばった冷笑で頰がゆがんでいた。もしフランス人が武器を持ってルーマニアに入ってきたら、マグダレナはヴァレリーやルコント・ド・リールについてどういう表情を見せるだろうか。やはりいきいきと、うっとり眼を閉じて詩を朗誦するだろうか？

それとも、愛惜をこめて本棚のすみへおしこんでしまうのだろうか。

私は中学生のとき『ルーマニア日記』を読んだ。活力と生動では『西部戦線異状なし』に魅せられたが、静謐な内的圧力、純化された悲惨さの寡黙な雄弁、澄明なイマージュの開花など、カロッサも私を魅した。有名な箇所だが、小僧がネコを殺す描写はやはり私をうった。しかしマグダレナ、ドイツ人に侵犯されたルーマニア人には〝人類の悲惨〟として描きだしたカロッサのその態度がさらに憎しみをそそるのである。ルーマニアと何の関係もない私には、しかし、カロッサのその態度が、まず戦争を〝事実〟として教えてくれるのである。文学にもまた絶対普遍としての価値はないのか。人の立場によってどうにでも変貌し得る、ほかにも無数にある両棲類の怪物の一匹にすぎないのか？

（「世界の文学」三八巻付録三一　昭和四〇年八月一〇日　中央公論社）

四五　名訳と魔

私は秦豊吉氏の訳した『西部戦線異状なし』が好きである。あれは中央公論社から二種の版で出版されたが父が二種とも持っていて、戦後、焼跡の古本市でドイツ語の原本と英訳本が二日おいたぐらいでつづけざまに見つかったときはおどろきのあまりぼんやりなってしまった。その後、私はドイツ語は戸口でひきさがってフランス語へ移ったが、十数年たってから西ベルリンの或る親日家の機械商でたまたま若い頃の秦氏に兵隊用語を教えてやって翻訳を助けたという老人に出会ったときは、ほとんど旧知に出会ったような歓びを感じたものである。

中野好夫氏の『ガリヴァー旅行記』も名訳だと思う。スウィフトの原文を読んだわけでもないのに〝名訳〟というコトバを使うのはおかしい気がするのだが、読んでいてとにかくそう思いこんでしまうのだからいたしかたない。外国へ旅行にでかけるたびに私はこの単純で辛辣をきわめた本を持っていき、夜ひそかに愛読する癖がついた。オーウェルがやはりこの作品を愛していて、〝スウィフトは反動的気質の持主だが思想と文学は別である〟という意味の讃辞を送っている文章を読んだときは、さすが、と思った。

オックスフォードのパウエル学生が日本へ新劇の研究に来ていたとき、『ガリヴァー旅行記』が日本語になるのかというから、みごとな日本語になってるのだと私は断言した。私は中野さんの秘書役を給料ぬきでほぼ一時間ほど演じた。

白井浩司氏の『嘔吐』も稀な名訳だと思う。戦後はじめてなにげなく青磁社版で読んだときには、完全に粉砕された。もうこれ以後文学作品はいっさい無用だと思ったほどだった。白井さんは二十代であんなにマセた訳ができたのだからおそるべき人のように思う。銀座でも新宿でもときたま会うときはいつも白井さんはベロベロに酔っていて、まともな会話を交したためしがないので、私はさびしい気がするのだけれど、火花を散らしてしまった人はそうであっていいのだ。

白井さんは『嘔吐』の版と出版社が変るたびに手を入れて、たえまなく訂正しつづけている。戦後二十年のあいだにあの本はずいぶん顔と肌理《きめ》を幾つも変えた。クリーム色の真珠アートになったり、挿絵が入ったりした。三段組になってガクッと詩情がビジネスに堕してしまったこともあった。あの作品にふさわしい挿絵は私にいわせるとムンクの版画がいちばんなのだが、何だか甘いヘンなのが入ったことがあった。

この本はそのようにさまざまな扱われかたをしたが、白井さんは、「経験」を木と感じている人なのだ。一度蒔かれた「経験」の種子は根でその人をからみつつ伸び、茂り、はびこらずにはいられないのだ。三十年間白井さんは『嘔吐』を育て、凝視しつづけてきたのである。冷たい正訳が熱い名訳であるためには魔にかすめられることがあるかないかにあると私は思う。白井さんは若い或る日に魔を見たことがあったのだ。

（『講談社出版案内』　昭和四一年四月）

四六　もう一度、チェホフを

今年に入ってから私は家にこもって暮している。昨年を含めてここ数年は内外を歩きまわり、皮膚の外でばかり暮していたから、今年はひたすら収縮、収縮、何か〝経験〟のぶどうが腐って酒になっているものはあるかと、ペンさきでさぐることにだけふけっているのである。

もともとそうだったけれど、ラジオも聞かず、テレビも見ず、新聞は外電欄だけ読み、酒場にもでかけなければ、文壇づきあいもせず、パーティーも恐れて顔をださないという暮しかたである。他人《ひと》の書いた本は一種の恐怖があって、読むのがとてもおっくうである。自分が書いてるときは、他人の本が、ひどく重く感じられる。影響をうけたくないという気持からだけれど、そのうらには、病いがあるのだと思う。書くということは、やっぱり、何か病いか、絶望のようなものに犯されているときの反射なのではあるまいか。いま私が何か書きたがっているということは嘆息をつきたがっているということなのではないだろうか。どうさぐってもそう感じられるのだが……

佐藤清郎という人の『チェーホフの生涯』という本を読んで、洞察の広さと繊細さにおどろかされた。私はチェホフのことを書いた本などを読むとひどい影響をうけて、いま私がめざしている音楽がこわれてしまうのではないかと、恐れていたのだが、サンケイ新聞の岩崎氏にウムをいわさず送りつけられ、読んでしまった。そして、うたれた。

チェホフについて語る人は、ふしぎに、誰もが名言を吐くことになるようだ。あるとき私は広津和郎氏と話をしていて、チェホフはあんなに人生がわかってしまって、さぞつまらなかっただろうナと、氏がつぶやいたのを、鳥取か松江の夜ふけの宿で聞いたことがある。チェホフの暗愁に苦しめられてすごしてきた人だけにそれは至言だと思われ、私は粛然となった。

昂揚したいときにチェホフを読むと水を浴びせられた気持になる。心が濡れ藁のようになっているときに読むと、優しさ、柔らかさ、いいようもない。そしていくつも読んでいって、『退屈な話』や『六号室』などまでくると、語りくちが優しいだけに、異様な恐怖をおぼえ、頁を伏せてしまいたくなることがある。

佐藤氏はチェホフの終始ユーモアを忘れなかった心のたたずまいにふれて、〝弾《はず》み〟と呼んでいる。伊藤整氏はそれを〝芸による救済〟と考えていたと思う。そして鳴海仙吉物を書いた。たしかにチェホフが〝分析〟し、定義できないのは、ユーモアからくるのである。ユーモアは本能の知恵だから、分析することができないのである。ただその外周を歩きまわって味わうよりほか、どうしようもないものなのである。匂いのような、そのようなものが、率直さからたちのぼるそういうものが、いまの東西の文学のどこにも、あまりになさすぎるので、私たちは荒涼としている。こわばる愚かしさしか知らないで、さびしくなっている。

（『詩と批評』　昭和四一年五月一日）

四七　喜劇のなかの悲劇――漱　石

漱石の作品のなかで何が好きですかと聞かれて、『坊っちゃん』だ、『猫』だと答えたら、まずインテリとしては失格であろう。新聞社の学芸部、または文学雑誌の編集部からの電話やインタヴューに答える答としては、およそオカシなものとなるであろう。おなじように太宰治の作品で何が好きですかと聞かれて、『ロマネスク』『お伽草紙』などと答えたら、やっぱりうとんじられることと思う。

中島敦の作品ではとたずねられて、『山月記』とか『カメレオン』などと答えないで河童の沙悟浄さと答えたら、やっぱり相手はたちどまることなくすぎていくことだろうと思う。

文壇の主流からはほとんど相手にされることのないこうした落ち穂のような作品をひろって歩くことが私は好きで、いつからとなく私の頭のなかの書棚には特別の棚が一つできている。いわば評判にならなくて面白くてタメになる本ばかりを集めた書棚である。いま落ち穂と書いたけれど、ほんとのところはこうした作品こそ読者に清浄な愉悦をあたえ、血となり肉となるものが多いのである。

たのしい作品は文壇ではまるで人眼をはばかる情婦のように扱われる。批評家たちは愚にもつかぬ二流の苦悩の作品をアアだ、コウだと論ずるが、よくよく眺めればその文字のうらに看板とはウラハラなあくびの音が聞える。そして私的な場所で話しあうと批評家はとつぜん日頃のおごそかな倦怠を捨てて眼を輝かし、いやじつは、といって、太宰治は『ロマネスク』がいちばん完成度が高くてたのしいんだよと肩の荷をおろしたような顔つきで語りはじめるのである。

こういうばかばかしい気風はわが国だけではなく、どこにでもあるように思える。モームの『昔も今も』を読むとハッキリそのことが書いてある。これはマキャヴェリとボルジアの知的格闘を描いた作品で、政治を主題とした小説ではけだし出色の作の一つだと思う。その最終場面でマキャヴェリが友人と酒を飲みながら、そろそろおれもくたびれてきたので小説でも書いてみようかと思うのだという。友人は、それはいい趣味だという。すると友人はとびあがり、バカなことをするんじゃない、あんたのたのしみのために書いた小説なんか、どこの批評家にもとりあげてもらえやしないよと忠告にかかる。マキャヴェリはせせら笑ってヒバリを頬ばりつづける。

「あの連中はたのしんだあとで文句をつけるのが商売さ。考えても見ろ。古来傑作と称されるもので作者のたのしみのために書かれなかった作品があるかね。ペトロニウスの

『サテュリコン』は何のために書かれたのだ。いい例だよ」

漱石を論ずるときに『坊っちゃん』や『猫』をまったく無視してもっぱら『こゝろ』や『それから』に議論を集中する手口のどこかにたいてい文学スノッブの蒼ざめた馬づらが感じられる。これはどこかお湯を流すのといっしょに赤ン坊まで流してしまうことになっているような気がする。そのことに気がついていないらしい鈍感さがよこから見ていてばかばかしい気がするのである。

或るフランス人の青年の日本文学研究家と話しあっていたときにもそういうことが起った。青年は漱石をよく読み、よく愛していた。彼は同時にフランス人にしては珍しくトーマス・マンを愛していて、『ブッデンブローク家の人々』や『魔の山』に魅せられたことを語り、日本語が読めるようになってからはじめて漱石を読んだときはマンを発見したのとおなじ感動におそわれたということを告白した。そしてその夜はえんえんと、マンの話をし、漱石の話をし、またマンの話をし、漱石の話をした。私はマンについては短篇に好きなものがあるけれど長篇は苦手で、ただし『フェリクス・クルル』は例外である。これは悪漢小説としてもなかなかわるくないものである。その夜の話もくたびれてきて酔いがいささか泥におちた頃、とつぜん私はフランス青年に、『坊っちゃん』や『猫』は漱石がほんとにたのしみながら書いた作品なのだ、君はああいう作品のことを語ると人にバカにされるのじゃないかと思っているのではないか、警戒しているのではないか、そういうことではいけない、『猫』をよく読んでみろ、後年の作品のモチーフはすべてあそこになにげなく登場しているのだゾ……といった。フランス青年は近眼の眼を瞠って、何やらおっくうそうに、ソウデスネ、ソウデスネといったが、それきりであった。

じっさいそのとおりなのである。『猫』をゆっくり読みなおしてごらんなさい。後年作者が悲劇として扱うことになったいくつものテーマが太平の逸民の茶飲話として、喜劇として、いささかの苦味をまじえることもなく晴朗な笑いのうちに語られているのである。たとえば、或る日、胃弱の苦沙弥先生は、粗茶などすすりつつ誰にいうともなくつぶやくのである。明けても暮れてもわれわれはよるとさわると自分の話をしている。どうもこれは異常なのではあるまいか。大変なことだ。どうもそんな気がする。こんなにも自分のことばかり話していていいのだろうか。自分のことでわれわれは頭がいっぱいになっている。自分、自分で、ハチ切れそうになっている。これではいまにどうかなってしまう。どうなるのかわからない。この世が自分で爆発してしまうのじゃなかろうか。苦沙弥先生はそう述懐するのだが、誰にもとりあげてもらえない。寒月はそれを聞いてもいっこう馬耳東風で、やはり粗茶などをすすりつつ、いや、じつは、先日、妙なことがありました……、といったぐあいに無駄話を開始するのである。

苦沙弥先生は粗茶をすすりつつ、このとき、巨大な問題にふれているのである。密室に閉じこめられて燃焼の機会を失ってしまった現代の人間のエゴ、その行方知れぬ無限膨脹の悪夢にふれているのである。われわれはこのエゴのとらえようのない重量に深夜ひそかに苦しんでいる。苦沙弥先生はとほうに暮れて茫漠とした顔で、大変なことだ、大変なことだとつぶやくのだが、それは音なき洪水の轟音にかぼそく消されてしまう。現代の作家は東西を問わず一人のこらずこのつぶやきに浸されているのである。活字になったこのつぶやきの全重量、そのために使われた字母の全重量、そのすさまじい行列の長さを考えてみるといい。そしてその行列の果てにそれぞれ何が形をととのえてあらわれたことか。現代小説の一つ一つの最終場面を考えてみるといいのだ。漱石自身の後年の作品の最終場面を考えてみるといいのだ。

ときどき私は夢想することがある。漱石は『猫』を書きあげたときにペンをおいてしまったほうがよかったのではあるまいか。彼はエゴという巨鯨の体内にもぐりこんで悪夢に身をゆだねることとなるが、悪夢に形をあたえることでも自分を救う唯一の道としての芸は、ときには、『猫』のほうが、完成度が高いのである。悲劇としてはかならずしも充実しきれなかったところのある後年の作品よりは、おなじテーマが喜劇としては、初期のたわむれのほうにこそ、完成した形をあたえられているのである。蒼ざめた馬づらの文学スノッブたちはたちまち黄いろい声をあげて否定にかかるだろう。けれど彼らは喜劇のほうが悲劇よりはるかに強大な力を必要とするものなのだという初歩の原則に気がついていない。

（「漱石全集」一〇巻月報一〇　昭和四一年九月二四日　岩波書店）

四八　災厄の土地——わたしの作品論

ポーランドへいったのは六年前のことである。その年は私がはじめて外国旅行をした年で、中国へいったあと、一度日本へもどり、九月にふたたび出発したのだった。美術評論家の宮川寅雄氏といっしょにブルガリアのソフィアをふりだしに〝ヨーロッパの廊下〟、東欧の諸国を巡航した。

ルーマニアのカルパチア山脈では朱と金の秋が輝やいていたが、ワルシャワに入ったときはすっかり冬になっていた。空は毎日暗くて低く、氷雨が降り、人びとの顔は閉じて凍えていた。ヴィスワ川はひそひそと流れ、釣りをする人の姿もなかった。私はブリストル・ホテルに泊り、小説家に会いにでかけたり、文学評論家と話をしたり、若い言語学者のアパートで酒盛りの仲間に入ったりした。画家や詩人たちが集まり、にぎやかに酒を飲み、議論にくたびれるとみんなはお尻《しり》遊びをしてはしゃいだ。誰かがショパン通りにお尻をくっつけて、〝フレデリック・ショパンのお尻！〟と叫ぶと、誰かがつぎに〝ウラジミル・イリッチ・レーニンのお尻！〟と叫ぶのである。ワルシャワには有名人の名をつけた通りがたくさんあるから、キュリー夫人のお尻のあとにとつぜんパデレフスキーのお尻がとびだしてきたりして、ポーランド語のわからない私は黙って眺めているよりほかなかったが、みんなは腹を抱えて笑いころげていた。この遊びは早口につぎつぎとまくしたてるほど面白いのだそうである。しょんぼりしている私をなぐさめて或る詩人が自分の訳したガーネットの『キツネになった奥さん』のことをいろいろと解説してくれたことをよくおぼえている。

戦争が終って一六年たったはずなのにワルシャワにもアウシュヴィッツにもすさまじい顔があった。ワルシャワはナチスに破壊された当時のままの廃墟であった。崩壊したコンクリートや鉄骨や盲《めし》いた眼のようなガラスのない窓などが数知れず暗い冬空の下に散乱し、ひしめき、はらわたをさらけだしていた。アウシュヴィッツ、上部シレジアのあの湿地帯の松林の池には岸から底まで人骨のかけらがギッシリと埋まって、淡い冬の陽を浴びて貝殻のようにキラキラ輝やいていた。

アウシュヴィッツ、ユダヤ人のゲットー蜂起、ポーランド人のワルシャワ蜂起、ポズナン暴動、カチンの森の大虐殺など、この国には流血の事件がいくつとなくあり、知識人たちは記憶の影の下に生きていた。天候や料理や女や文学のことから話しはじめても会話はいつか、きっと、これらの事件のどれかに触れてしまう。カチンの森では大量のポーランド将校が銃殺されたが、誰が殺したのかということについては最終的な確証がない。ナチスを装ったソヴィエト軍がやったのだという推測もあり、ソヴィエト軍を装ったナチスがやったのだという推測もあった。いまだにその真相はわからない。将校は軍隊の大脳であるから、それを消去すればポーランドには軍隊は存在しなくなる。民衆の蜂起は軍隊や警察を味方にひき入れることで最終的な勝利を得る。だから、結果から推測すれば、カチンの森の事件はポーランド人のナショナリズムを恐れた人間がやったのだということになる。では、当時、誰がポーランド人のナショナリズムを恐れていたか。ヒトラーとスターリンである。この二人が直接、カチンの森でポーランド将校を消去せよという命令を下した確証はまだでていない。しかし、ゲルマンとスラヴの両民族に強姦《ごうかん》されつづけてきたポーランド人の深い憎しみを二人ともよく知っていたという確証はたくさんある。それは記録にのこっているのである。

この事件はワルシャワ蜂起の場合と共通した性格を持っている。一九四四年、ポーランド民衆は軍隊と一致団結してワルシャワ市内でナチスに対して蜂起し、五五日間たたかい、ついに下水道に追いつめられ、全軍二〇万人、ことごとく殺された。当時、ソヴィエトの赤軍はヴィスワ川の対岸まで進攻していた。ヴィスワ川はワルシャワを流れているが、都心への近さということからいえば隅田川と銀座よりもはるかに近いのである。眼と鼻のさきである。そこまで来ていながら赤軍は五五日間、ワルシャワ市民たちがドブネズミのように下水道に追いつめられてのたれ死していくのをただ傍観するだけであった。この蜂起の指令は当時ロンドンに亡命していたポーランドのブルジョワ政権が発したので、プロレタリアの軍隊である赤軍は協力ができなかったのだとポーランド人の半分は考えている。もう半分のポーランド人はいくらか技術的に考えて、当時赤軍はスターリングラード攻防戦の死闘を切りぬけたあとなので、疲弊しており、もしポーランド人といっしょになってたたかえば優勢なナチスの火力にあって共倒れになるであろう、だから涙を呑《の》んでポーランド人を見捨てたのだと考えている。或る文学評論家はブリストル・ホテルの食堂のすみで私にそう説明してくれた。

「どちらが真実なのです？」

「わかりません」

「なぜ？」

「証拠がないのです」

この蜂起は誰が指令を発したのにもせよ、軍民一致の蜂起であった。ポーランド人のナショナリズムの激発であった。はじめから勝てるあてはなかった。しかし、将校も少女も銃を手にしてたちあがり、みんなアパートのかげや下水のマンホールの蓋をこじあけてでてきたところを掃滅された。ナチスは道路の上で平気で集団処刑した。いまでもワルシャワ市内のマンホールの蓋やビルの壁には処刑された愛国者の名が刻みこんである。十一月一日はカトリックのウラ盆、〝死者の日〟である。たまたまその日に私はワルシャワに入った。道路の上にうつ伏せになって泣きむせんでいる老婆や寡婦の姿をたくさん目撃した。

人民が蜂起したときにはいかなる理由があっても援助せよと、レーニンはプロレタリアの国際的協同の原則を叫んだが、ワルシャワではこの原則は下水道のドブ水のなかにあえなく消えてしまった。パリにいってから学生街の下宿の一室で私は酒を飲みつつ、とつぜん、スターリンはポーランド人のナショナリズムを警戒して戦後処理のことをあのとき早くも構想していたのではなかったか。そして戦後ポーランドをモスクワの大いなる手の影の下で社会主義化するにあたって、あらかじめポーランド人のナショナリズムの勃起力を消去しておく必要を感じてあの無視の行動にでたのではなかったか、と感じた。それが正確な痛覚であるかどうかはわからなかった。しかし、結果としてはその説明は多くのことをさしているように思えたのである。

ワルシャワ蜂起のために一〇〇万人の都がコンクリートの荒野となり、二〇万人がのたれ死したが、これよりさきにユダヤ人たちはゲットーの壁のなかで死んでいった。彼らが壁のなかに閉じこめられて飢餓とたたかいつつナチスとゲリラ戦をやっているあいだ、大半のワルシャワ市民たちは刑務所の塀の外を散歩する人のようにゲットーの外を歩いていただけであった。おなじ運命をやがてたどるのならなぜそのときワルシャワ市民たちはユダヤ人たちといっしょになってナチスに抵抗しなかったのかという疑問を遠い場所にいる人びとは抱くのだが、けっしてそういうことは起らなかった。ポーランド人たちはこういう修羅場《しゅらば》が発生するのもユダヤ人がいるからだと考えた。彼らがそう考えたときヒトラーの政策、〃すべてはユダヤ人がわるいのだ〃というスローガンはみごとに成功したのである。一つの船が沈みつつあり、二人の乗客はたがいにそっぽ向いて助けあおうとしなかったのである。めいめい自分の流儀で一隻の船のおなじ甲板でおぼれ死んでしまったのである。ユダヤ人たちは壁のなかからSOSを打電しつづけたが、ついに誰も救援にあらわれず、ポーランド人たちは壁の外で闇にふけったり、情事におぼれたり、新聞を読んだり、あるいは文学、芸術のことなどひそひそ語りあったりしていた。人はけっして昨日に対するときほど今日と明日に対して賢くなり得ない。

ワルシャワやクラクフでポーランドの知識人からいろいろ聞かされたところでは、ポーランド文学の基調音は憂愁と激情であるという。時代や政治が変ってもその体質はまったく変ることがないということであった。私は作家同盟にでかけてポーランド作家の戦後作品で英訳や仏訳されたものをたくさんもらい、ブリストル・ホテルのベッドのなかで読みふけった。アウシュヴィッツからワルシャワへもどって一週間か一〇日ほど口もきけず字も読めない状態にあったのでウォトカやズブロヴカやハンガリー産赤ぶどう酒〃牛の血〃などの瓶を部屋に持ちこんでは倒すことにふけったが、パリへ移動すると、いくらか回復して、またポーランド文学に没頭した。ワルシャワで聞かされたところでは、アンケートをとったところ、映画で戦後いちばん愛されたのが『地下水道』、文学作品では『灰とダイヤモンド』だということだった。『灰とダイヤモンド』はいささかメロドラマティックなのが難だが、という但し書つきだった。けれど、私の読んだところでは、ユダヤ人のゲットー蜂起やイスラエル建国闘争を描いたレオン・ユリスの作品よりも『灰とダイヤモンド』ははるかにメロドラマティックではなかった。（イスラエルへいってからあの国の知識人たちと話しあったところ、大半の人はユリスがハリウッド的すぎるという私の非難に同意したが、ただ、彼のあのような作品群によってのみはじめて世界の読書人はユダヤ人の苦悩を知らされたのだ。その功績だけは認めてやらなければなるまい、という意見を述べた。）

タデウシュ・ボロフスキーという若い作家がいた。アウシュヴィッツ収容所でユダヤ人貨車の掃除をやらされたあと、戦後あちらこちら放浪し、ミュンヘンあたりまで流れてケチな闇屋をしていたこともあった。やがてポーランドにもどり、放浪中にアメリカ兵の持っていた文庫本のヘミングウェイやハードボイルド小説などの技法に開眼するところあっていくつものすぐれた短篇小説を発表し、戦後文学の旗手として迎えられた。エッセイや時事諷刺の詩などもよく書いていたらしい。彼は読書人たちに愛され、歓迎されたようであったが、とつぜん自殺してしまった。すべての自殺とおなじようにそれは謎だった。エセーニンやマヤコフスキーの自殺にたとえる人もたくさんあり、また、ただ妻との不和、家庭の事情によるものだという人もあり、いやその二つがないまぜられたのだという人もあった。しかし私にとっては、『みなさん、ようこそガス室へ』の一篇を書きのこした作家であった。この短篇はアウシュヴィッツで毎日送りこまれてくる老若男女のユダヤ人を迎えてはその貨車の掃除をやらされていた若いポーランド青年の果てしない嘔吐と泥酔の日々を鮮烈に描きだしている。

マレク・フラスコは『週の第八の日』や『雲の中への第一歩』で知った。これは社会主義とは何の関係もないポーランド市民たちのドブに浸ったような戦後生活をテーマにしたもので、そのみじめな暗さ、陰惨な幻滅、肥え溜《こだ》めのウジ虫のような暮しを簡潔で鋭い、敏感な詩のある文体で描きだしている。彼は資質も感性もゆたかな作家であるように私には思えたが、いささか時代より早く来すぎたために、祖国から亡命することになった。スターリン批判があった一九五六年からポーランドは急速に自由化され、カフカ、サルトル、カミュ、すべて当時の社会主義国では禁断の書となっていたものがいっせいに翻訳されて、他の東欧社会主義国のどこよりも自由で寛容になった。フラスコはいまとなっては亡命する必要がなかったのだという声をあちらこちらで私は聞いた。しかし彼はイスラエルでトラックの運転手をしているとか、西ドイツの或る映画女優とスキャンダルを起したとか噂されていた。私は彼の柔軟な感性を惜しむので、その亡命はポーランドにとって哀惜すべきことのように感じられた。現在のポーランドでなら彼の暗く鋭い批判の冷眼も許されることと思えるが、絶望からふたたび彼は回生することができないでいるようにも思える。

私の聞かされたところではポーランド文学者の眼は伝統的に二つの方向を見ていた。モスクワとパリである。ワルシャワの作家たちは日常会話をフランス語でしていた。若い作家たちは英語をしゃべっていた。『ヨーロッパ』という文化総合雑誌はフランス語で印刷され、旅券はモスクワよりもパリの方が発行されやすく、戦後は世界の田舎文学と軽蔑してかえりみることとなかったアメリカ文学が大歓迎され、ヘミングウェイ、フォークナー、コールドウェル、スタインベックなどがつぎつぎと訳された。チェコやルーマニアがモスクワと党幹部の鼻息をうかがってウヤムヤにごまかしているうちにサルトル、カミュ、カフカはどんどんポーランドで出版され、大流行し、そしてまもなくかえりみられなくなった。（これら禁断の作家はロシア、チェコ、ルーマニア、いたるところで現在読むことを許されるようになった。ポーランドは彼らよりずっと早く歩いていたのである。）

レーニンが激賞しているからという事情もあるが、或る年、ジャック・ロンドンの作品を訳してみたら、めちゃくちゃに売れて、ついに二〇〇万部に達したことがあるという。

さきの文学評論家が私にいった。

「その頃のワルシャワの青年にとっていわばロンドンはウォトカだったわけだけれど、まもなくレモネードになってしまった。カミュもカフカもサルトルもついこのあいだまでウォトカだったが、この頃はちょっと下り気味で、いまは高級読書人にとってはフォークナー、一般読書人にとってはヘミングウェイがウォトカだ。けれどこれもいつレモネードになるか知れない。われわれは思想の自由を尊ぶから、国は貧しいのにわざわざ高い翻訳権料を払って訳しているのだけれど、これではちょっと二日酔い気味というところだ。日本ではどうですか？」

チェホフが同時代に対してとったのとおなじ態度を現在の社会主義に対して作家がとった場合にその作品は出版を許されるだろうかということを各国で聞いてみたところ、ルーマニアでは、チェホフの客観的態度をこそ歓迎したいという答えであった。チェコでは、いまはチェホフが生れるはずはないという答えであった。それがポーランドにくると一蹴《いっしゅう》され、チェホフなんかまだまだ甘い、もっとペシミスティックでニヒリスティックな作品を若い作家は書いているけれど、その作品はいくらでも発表され、刊行されているとのことであった。

「外国の詩人では誰が読まれているか？」

「ボードレール、ランボォ、アポリネール、ヴァレリー、マヤコフスキーなど。象徴主義はポーランドでは伝統的に影響がある。戦争中および戦後に育った詩人は生活の経験が深く、社会に深い関心を抱き、政治を詩の主題にしたが、最近は芸術的にも成熟してきた。もっと若くて、戦争を伝統として感じている世代は社会主義に対して批判的で、暗黒面に眼を向けている。過剰な自己省察に陥っている」

「社会主義に対して反対だということか」

「ちがう。社会主義は認めているのだ。感謝もしているのだ。しかし、批判はするのである」

或る中老の作家と夜ふけのキャフェで会うと、作家は低い声で社会主義リアリズムを罵《ののし》り、あれは煉瓦《れんが》文学だといってのけた。あの種の本はたいていカサばっていて重い。誰も読むものがないから本屋の棚を埋めているだけである。内容も煉瓦そっくりでみんな同じだ、というのである。これは私が読み聞きした社会主義リアリズム論に対するもっとも簡潔で痛烈な評語であった。社会主義国でこのように奔放、自由な意見に出会おうとは当時の私には夢想もできないことであったので、しばらく感嘆のあまり絶句した。正確を期するためにいいそえておきたいが、この中老の作家は労働者や農民と作家が結びつくことはけっして非難してはいなかった。むしろ大いに歓迎さえしていた。ただ彼は作家めいめいが自発的にそれをすべきであって、けっして強制すべきことではないのだと考えていた。強制によっては反抗以外に何ものも生れないことをポーランド人として彼は骨にしみて知っていたのであった。

銀座や新宿の一区画を昔の遊廓のようにコンクリート塀で囲い、住民を一歩も外へでられないようにしてしまう。そのなかで機関銃が射たれ、自動小銃が乱射され、手榴弾《てりゅうだん》が投げられ、火焔放射器が焔《ほのお》を唸《うな》らせるとする。毎日毎日そうやって、たてこもった住民をみな殺しにする作業がおこなわれるとする。そのすさまじい物音を聞きながら塀の外を東京市民がぶらぶらと散歩し、応援にかけつけることを許されず、どうしようもなく手をぶらさげて、会社にかよったり、夕陽のなかを家にもどったり、赤ン坊をあやしたりというような生活しか許されなかったと仮定してみる。そういう状態に或る日、東京が陥《お》ちこんだとき、東京の知識人たちはどういう行動にでるだろうか。

よく私はワルシャワ・ゲットーのことを考えてそのことを想像しようと努めたが、むつかしいことだった。イスラエルへいったときに九死に一生を得てポーランドから脱出してきたユダヤ人に何人も会って話を聞いたが、率直にいって凄惨きわまる異境物語を聞いているというほかなかった。根本的にユダヤ人に対する憎悪というものが日本人の私には理解できようもないのである。知れば知るだけいよいよわからなくなり、人の心の迷路の深さに茫然となるばかりであった。

ユリスのゲットー蜂起を扱った小説はハリウッド的すぎるとしても塀の内側の人びとの死闘ぶり、その孤独や絶望の姿をとらえ、いくつものことを私に教えてくれたが、本書の『聖週間』で、やっと、永いあいだ心に漂っていた疑問、塀の外の人びとはどうだったのかという疑問に光が射したように思えた。この作品のなかでポーランド人の一知識人が登場し、宿を求めてさすらい歩くユダヤ人の女友達をどう保護したものかと誠実に苦慮するが、ほとんど作品の主人公とも思えるこの人物がいきがけに虫のように射殺されてしまう。そして作者は顧りみることなく物語をすすめる。この冷酷な処理ぶりに私はうたれた。すべてを知りながら何事もなし得ないと感じているこの知識人はほんとのところ何事も知ってはいなかったのだと作者はいいたがっているようである。また作者は動乱の現実にひそむ偶然性の奇怪さ、その力をよくよくわきまえているのである。文体が冷静、柔軟で、具体的なので、惨劇の深さがよくつたえられていると思う。

この作品はいわゆる大作品ではないが、注意深く読むと、さまざまな人物を登場させていて興味が深い。ユダヤ人が掃滅されるのを見物するワルシャワ市民、力なく苦しむ知識人、ユダヤ人を援助しようとする若い行動人、ユダヤ女を強姦しようとつけ狙う色情狂、あの異様な事件と状況に対して作者は外への眼と内への眼の成熟した均衡をとりつつ、一つの多様な展開のうちに怪物の土地を人間の土地に変えている。あれだけの凄惨な形相の災禍のなかで、よく文字を書く力が保存できたものだ。むしろ私はそのこと自体におどろいてしまうのである。ポーランド人の知力の不屈ぶりに感嘆するのである。

（「現代東欧文学全集」第七巻　昭和四一年一一月三〇日　恒文社）

四九　歌を忘れた作家

たとえば井伏鱒二の『黒い雨』である。これを読むと、原爆の閃光直後、数知れぬ人がボロ布と化したが、ミノムシは平気で首をだして霧島ツツジの新芽を食べるのにふけっていたという一行がある。

血と号泣の地獄変のありさまが淡々と、またくめんめんとつづられるなかにさりげなくそういうことが書いてある。私は感嘆して、しばらく本をおいた。〃見る〃とはこのようなことをいうのではあるまいか。

もともと井伏氏の作品はなにげない部分のさりげない一字一句の含羞の魅力が全体にたゆたうような決定をあたえるという手法で書かれてきたが、ここでそれが異様な迫力を生むこととなった。この作品の細部は放射能を発している。

小説を読むときの快感は文字の流れのなかでとつぜん固有なるものに出会うことからくる。その抵抗感が快いのである。ナゾや発見をおぼえさせられるのはそのときである。ミノムシは石や木に手でふれるように確実にそこにいるのである。このような具体物は形容詞のようにたやすく腐ることがないのではないか。

川のなかにかたくなにうずくまる岩のような実体感のあるイメージに出会うということは現代文学ではほとんどなくなってしまった。どの作品もこの作品も、塩をかけられたナメクジのように人と物がぐずぐずとけ、手ごたえらしいものが何もないのだ。粉末状になったコトバがもうもうとたちこめるばかりである。紙のなかから活字がたってくるということがまったくない。

マイ・ホーム時代の作家たちは書くことがなくて茫然としている。もともと小説家とはなにやらいかがわしいところのある社会の異物であった。それは仙人、乞食、不良少年、ゴロツキ、山師、香具師、詐欺師、テロリスト、狂人、落語家、ろくでなし、禁治産者などの群れの一員であるはずだった。永遠の野党であるはずだった。それがいまや文部大臣から賞をもらうというケッタイなことになってしまったのである。これではまるでよい子の作文教室ではないか。

ジイドはヘタクソな小説家であったけれど死ぬまで自分にナゾをおぼえて実験しつづけ、けっして安住することがなかった。〝新手一生〟であった。武田泰淳氏は目下休暇中のようだけれど、ちょっとまえまで手あたり次第にノタうちまわっていた。未来小説、私小説、中国説話、ルポルタージュ、政治小説、歴史小説と、その放浪のとめどなさは見ていてじつに豊饒であった。平談俗語でノミのキンタマから宇宙問題をぬきだしてみせる手口は手品とでもいうよりほかなかった。万物に対して多情多恨なのだった。

なぜかしらこのような気風が無菌化されてしまったのがいまの時代である。作家たちは明治以来、小林多喜二の方向へいこうが、芥川龍之介の方向へいこうが、小林秀雄のほうへいこうが、つねに時代に胸を貸してもらって文章を書きつづってきた。ところがたった二十年の平和で時代が粉末化してしまうと、作家たちは無重力状態におちこみ、手も足もでなくなってしまった。胸を貸してくれる相手がいなくなると自分でたっていられなくなってしまったのだ。

内外ともに痛苦や怪事にみちた時代なのに東京の紙のなかに漂うこのけだるさ、ものうさ、だらしなさはどうしたことなのだろう。だれも彼もがうたうべき歌がないとつぶやいている。うたうべき歌がないという歌もないとつぶやいている。小手先のコトバのやりとりがあるばかりで、痛覚させる実体がどこにもない。血も土もなく、虚無も閃光もない。文学は生の多様、広大、無限定の確認のいとなみであったはずだが、生らしい生は紙のなかのどこにもない。赤貧や乱世につよいわれわれは同時に調和の天才でもあるので、ちょいとラクになるとたちまちゆるんでしまうらしい。そしてわれわれの調和美には、いつも、なにかしら、湯を流すのといっしょに赤ン坊まで流してしまうというところがある。

社会の異物でなくなった作家、自己にナゾをおぼえなくなった作家、好奇心を失った作家、時代の触手でなくなった作家、書斎の外へでなくなった作家、本と議論しか知らない作家、直覚力を失った作家、白熱も凍結もない作家、金を貯めるように知識を貯める作家、自我を捨てることを知らない作家、賭けない作家、コトバだけしかない作家、地図のない旅をしない作家、本能を失った作家、何かを弁護しかしない御用作家……そのような作家に私はなりたくない。どこを切ってもついに円周でしかないというようではありたくない。近ごろ私は文学という徒労がようやく好きになってきた。私は作家になりつづけたい。

（『朝日新聞』昭和四一年一二月六日夕刊）

五〇 踊る

ショッキングな御質問ですが、どういうことなのでしょうか。アジアの町角に寝ころんで起きられないでいる子に『源氏物語』をさしだしたらどんな反応が起るかと、おたずねなのでしょうか。インドの裏町に倒れている父に『白痴』を見せたらどうなるだろうかと、おたずねなのでしょうか。

人が寝床のなかで死ぬことができないというか、それとも寝床のなかに死体があるというか、そういう国を歩きまわっているときは私もおなじ問いを自身によく感じました。そういうところでは自転車のパンクの音がライフルにそっくりなので思わずとびあがってしまうし、並木道を歩いていても眼のすみではたえず電柱やゴミ箱など、その場でとびこめる地物があるかないかをさがしつつ歩いていました。言葉を短く切りつめて操る癖がついてしまって、徒労だ、文学は徒労だと何度思ったか知れません。徒労を深め、徹底的に深めることよりほかに文学の存在理由はないのだとも思いました。銀座を歩いていておなじ意識が滴下することがありますが、質が違います。全然、違います。短く言葉を操る癖でいいますと文学は原始人の踊りであるような気がします。ライオンの真似をして踊ったら逃げられる、または強くなる、たたかえる、その力や風や迅《はや》さがのりうつるのだと信じて踊っていたあの人びとの体内にあったもの、その本能がいまだに息絶えないでいるのだと思います。肉体はかいま見られる瞬間に空中にライオンを現出し、明滅してやまない波ですが、リズムというか気迫というか、ただそれあるのみ。私にとってはそうです。ライオンにもう一度登場してもらうと、ライオンという言葉がつくられるまではそれは捉えようのない恐怖であったが「ライオン」という言葉がつくられてしまうと、それは恐しくはあるけれどただの四足獣となってしまったのだという有名な洞察があります。これもまた文学の核心ではないでしょうか。さまざまな像が捉えようのない力をもって迫ってくるので私は原稿用紙を汚すことにふけり、言葉を編みにかかりますが、飢えた子をそれでどうしてやることもできません。徒労、無益、無駄です。原始人は芋をさがし、鹿を射ることをしたでしょうが、同時に飢えた子のまえで踊ってもいたはずです。

恐しくはあるがただの四足獣にしてしまうためにさまざまの像に言葉をあたえ、言葉の檻に閉じこめることに私は熱中しますが、書きあげてから三日もたつとたまらない嫌悪をおぼえます。自分を強化したというよりは瀆《けが》した気持に襲われます。だから自分の書いたものが雑誌や本になっても読みかえしたことがないし、それが書店に並んでいるあいだはまえを通るのもイヤです。なぜそんな気持になるのか、なかなかうまく説明できないのですが、「ライオン」はライオンではないことを知っていてやましくてならないのかもしれません。何カ月も押入れや本棚にさらしておいてから、ちょっと埃がついた頃におそるおそるとりだしてきて読みかえすと、ギラギラした生《なま》なましさが消えて、かなり漉《こ》されたところがあって、「ライオン」を「ライオン」として接することができるようになっているかと思えます。

サルトルは『嘔吐』を錯迷だ、詐術だといいますが、やっぱりそれが傑作であることはうごかないところだと思います。今後どんな作品を書くかわからないのだから黙っているべきでしょうが、私にいわせると彼が政治的ポレミークとして奔走するようになってからの作品はどうもよくない、神経症に溺れて海でろくに泳ぐこともできなかった時代のほうが豊沃だったのではないかと思えてなりません。部屋の外と内と、二つの分身に彼が同時に誠実になろうとしていることは疑えないところですし、アルジェリア戦争末期のパリで会ったときは小さな体でだぶだぶのオーバーをひきずるようにして、ひどいガチャ眼をまじまじ瞠《みは》り、機動隊警官の殺人的ブラック・ジャックのしたを逃げまわり、《アルジェリアに平和を！》と叫んでいました。何もしないですごした前半生に対して《メア・クルパ》（わが謝罪）として徹底的に後半生を消費しようと覚悟を固めているかと見え、その年齢を思いあわせて、私はうたれもし、また反省もさせられました。巷の哲学者として彼は行動していましたが、それは女一人の妊娠に手も足もでなくなってパリを彷徨するだけだったマチウの、あるべきであったもう一つの像を足で書こうとしているようにも見えました。人生そのものを作品と感じているのではないかとも思えました。作品そのものが衰えて、乾いて、こわばり、昔日の閃光を喪ってきてもふりかえっていられないという衝迫に駆りたてられている横顔がまざまざ見られるようでした。

「……革命文学者が風雲をまき起しているところなどには、じつはけっして革命はない」と喝破したのは魯迅ですが、サルトルが何かひとこと洩らしたばかりに大騒ぎするのはよほどそれらの都が革命から遠いからだと思えます。サルトルはそのことをよく知っていて或る悲しみをおぼえ、反語的に言葉の爆弾を投げたのではあるまいかと私はニューズを読みました。その後にひらかれた討論会の記録を読んでみると彼はおなじ言葉を二度と繰りかえしてはいず、むしろまともすぎて拍子ぬけがするくらいまともな文学論を声低く、柔らかく、或る静かな諦観をさえまじえて語っています。

「……すなわちもし一瞬のあいだ、彼が――書物を通して――疎外や圧制の力からまぬがれ得たとすれば、彼はそのことを忘れぬであろうことを信じてください。文学にはこれができるのです。あるいは少なくとも或る種の文学にはこれができると、私は信じるのです」

サルトルのことはしばらくおきます。

学生の頃、一切を否定した結果、ひたすら〝純粋〟をめざしたことがありました。木や石に触れるように堅固で、腐らない、膿みも汁もにじまないで、いつもそこにおなじ質と光沢をおびてあるようにある、そういうものを言葉に求めていたのです。しかし、あらゆる言葉は触れるあとあとから指紋がついてにごり、脂でにちゃにちゃし、見るたびごとに顔が変り、何よりも凝視に耐えられない。あばら家の古畳のうえで夜ふけに本を読み、頁の任意の箇所でたちどまり、任意の言葉を選んで眺めていると、何度もまばたきもしないうちに言葉は薄膜がやぶれて液を流出し、意味と輝きを喪い、ただ数本か十数本かの線の組合わせとなってしまう。「木」をなぜ「キ」と読まねばならないのか、それがわからないのです。あの形をした或る種の植物になぜ「木」という字をあてねばならないのか、それがわからなくなってしまう。壮烈な本も可憐な本も一度その遊びをはじめると、一切が解体し、粉末になってしまい、あとにはただ息苦しい、朦々として蒼暗の靄があるだけとなります。『嘔吐』のロカンタンが鏡に向いて自分の顔を近づけていくと眼も口もぐにゃぐにゃになり、とけてしまい、輝いたり、皺があったりする穴の何個か、そしてさいごには何かひとかたまりの青白い暈《かさ》が漂うだけとなる、という経験を記述していますが、私はそこを読んだときのはげしい衝撃を忘れられません。また中島敦が文字についてユーモラスな短篇を書いていますが、それを読むと、やはりおなじ解体の経験を、ただし彼は老成したゆとりの筆致で提出していました。ずっとあとになって私は短篇に書いてみたことがありましたが、みすぼらしい失敗でした。

言葉は影であると同時に実体でもあるという中島敦のなにげない一行がほんとに体感されるまでには貧乏や乱酔や愚行で私を疲れさせ、鈍磨させなければならず、いまふりかえってみると、何とも顔が赤くなるようなことをかさねていたのですが、自殺も発狂も戸口まではいったが、遂行はしませんでした。漠然または強烈、燦爛または朦朧とした意味の果汁がこぼれおちないよう、薄膜がやぶれないよう単語を組みあわせていって文章というとらえどころのない波をつくりだすには猥雑にも陳腐にも厚顔に耐えねばならない。不動なるもの、純粋なるものは私の求めていたような条件においては散文に探してはならない。散文にそれをしいて探すとなればそのもの自体のなかにはなくて、複雑怪奇な無数の組合わせのなかに一瞬閃く、その瞬間をとっさにつかみ、つかんだらすかさず眼をそらし、断じて凝視したり、そのまえに佇んだりしてはいけない。一瞬を感じ、感じたら一瞬に反転してそれを内に妊娠して立去らねばならない。またくどくどした内省なる汚水の蜜で自分をみたしてもならない。それは私を自分の足で自分の体をはこぶことができないまでに肥満した厚皮動物にしてしまう。

外は内の母体であり、内は外を繁殖させます。像は外から侵攻してきて内で蘇生させられます。内で真空培養された像の群れは苛酷で気まぐれな外の検証を一度うけておかなければ母基となって燦爛も衰頽をも生みだすことができなくなるのではないでしょうか。ジョイスもカフカもどれほど野蛮な自然主義的〝描写〟にみちていることか。カフカの長篇を重くしているのは野蛮なまでの徹底的な、微細をきわめた、狂疾的な倦怠をさそいだす確固とした描写の無限の長壁ではないでしょうか。それが彼の目的意識喪失にやりきれない肥満の重量をあたえているのではないでしょうか。率直にいって私は彼の短篇をこそたのしく読みますが、長篇には息切れがしてきます。いつわりの実体があまりにもとめどなく連鎖されてあって、耐えられないのです。やっぱり私は破墨山水の国の民であって曼陀羅のような無限の反復や充満に耐えられないのかもしれません。ただ、あそこにある描写の精神、外へ向けっぱなしの眼の強さだけはかすめとりたいと思うのですが……

言葉は陽炎《かげろう》であり肉でありますから、作品からうける感動はどれほど強烈で圧倒的でも、いつも或る朦朧と柔らかさを含み、ちょうど食べ頃に腐った肉のように漠然としていますが、無意識に書かれた箇所にはしばしば閃光の瞬間が宿されていて、消すことのできない指紋を捺印されます。それが悪魔と握手した瞬間なのかもしれません。現代の作家はあまりに意識的であるために一行「風が吹いている」と書くことができない不幸に陥ちこみ、言葉も物語も美わしい脂肪過多でぶくぶくになってしまっています。或る広大な掌からとびたつ自由を持つことができず、ひたすら自身と読者の胸郭を狭く、硬くすることにのみ没頭し、それで、成れり、としています。文学が多様であらねばならないのなら、いま一つ必要なのは繊弱ではなくて簡潔な野蛮さではあるまいかと思うことしばしばです。内への錨をひきずりながら外へです。

標題へ野暮にもどるとします。

飢えた子と文学を並列するのは一脈通じあいつつも徹底的にめちゃくちゃな設問です。飢えた子を救うのは一椀のお粥が毎日つづくことです。徹底的に書物ではない。たしかにサルトルがいうように或る種の書物があって読む人に稀れな、忘れられない一瞬をあたえることがあるでしょう。しかし、子に一椀の粥をあたえるために部屋をでていくときはその一瞬もしばしば寝床のなかへおいていかねばならないし、ときに青血にまみれて戸外から帰ってきたときには人はすっかり変貌してしまっていて、一瞬はひからびた、美しい、優しく、また激しい昆虫の標本となってピンで止められているかもしれない。必要なのは一椀の粥であり、米であり、それを生みだす雨であり日光であり、それを正直に流通してくれる村役人です。農民が自発的に働きたいと思うことであり、その農民の借金を減らし、税金を軽くし、働き手を兵隊にとらないことであり、何よりかより自分の田を配給してやることです。一切の手段を行使してもこれらのことが開始されなければ地主殺し、村長殺しがはじまる。演説、煽動、説教がはじまる。私にいわせれば田がすべてであってイデオロギーは長い目で見れば苛烈きわまりないけれどついにはその場しのぎのものでしかない。イデオロギーは田を起爆剤にしなければ発火しようのない主体的附属物とでもいうべき性質のものではないでしょうか。

そうして革命戦争は子をさらに飢えさせつつも農民の体内にある核エネルギーを解放しながら陰惨きわまりなく天国めざして行進していく。石器時代からヒトの社会をつらぬく上・中・下の体系は言語に絶する極限状況とわきかえる情熱と至福千年の白昼夢のなかでしばらく姿を消す。聡明、清浄、不屈、徹底がとめどなく開発される。けれど革命成り、凱旋行進のお祭り騒ぎがすむと、何日もしないうちに体系は混沌のなかから陰鬱な勤勉の顔でクッキリと起きなおってくる。たとえば北ヴェトナムではディエン・ビエン・フーから二年後にホー・チ・ミンの生れ故郷の農民、それも食うや食わずのはだしの貧農たちが棒きれ一本を手にして蜂起し、それを一師団所属の全部隊が出動して弾圧するという地獄図絵のような事件が発生した。六千人の農民が処刑されたり、連行されたりした。農民は税制、ノルマ制、階級分類法など一連の土地改革に結びついた行政の強行に耐えかねて抗議の行動にでたのだが人民軍が武力で人民を粉砕するという破廉恥罪を犯したのだった。知識人は粛清され、党員同志が藪かげや畦道で殺しあいをし、ホー・チ・ミンは泣いて謝罪し、名誉回復と誤謬修正を誓った。無気味なチュオン・チンが責任を問われて党第一書記の神位から去った（けれどしばらくしてふたたび強力に咲きかえる）。

或る全学連の反代々木派グループのうち最激烈といわれるグループの一人の学生にこのことを話すと彼は愕然としながらも、ああ、またか、という顔つきだったが、しばら

く考えこんでいてから、

「いまのヴェトナム戦争が永遠につづくといい」

といった。もしおなじことがふたたび発生して革命の堕落を見るくらいなら果てしなく戦争をしているほうがマシだ、どっちみち死ぬことに変りはない、というのだった。真摯に、純潔に、ひたすら彼は思いつめているらしい顔つきであった。

どちらを向いても狂っている。狂気の光景ばかりが見える。文学は不具になるよりほか一片のリアリティもつかめない。文学は徹底的に狂気、徒労を深め、立証しつづけ、一人の読者もいなくなるまでにそれを遂行していくしかほかにないのではあるまいか。内への航海も不毛、外への航海もあてどなしとあれば、残るところは文体と破滅だけなのでしょうか。最近私は島尾敏雄氏の、世間で〝家庭の事情小説〟と侮蔑的に呼ばれている一連の作品をまとめて一度に読んでみたのですが、痴愚また痴愚のとめどない連鎖にすっかり毒されてしまいました。痛惨の迫力がそこにはあって戦慄の文学である事実は隠しようがないのです。私は十五、六年前から島尾氏の小説を読み、神戸に住んでおられた頃に自宅へでかけて話を聞いたりしていたのですが、文体、構想、テーマ、アトモスフェール、手法においてさまざまな放浪をしたあげく氏はとうとうこんなアリジゴクのどん底へ辿りついてしまったかと、眼を瞠りつつも暗澹となってしまいました。その暗澹はあれらの小説を占めるほとんど狂者の独白に近いもの、いやまさにそれ自体だという要素からくるのです。

『痴人の告白』という外国の小説を子供のときに読んで茫然となってしまったことがありますが、翻訳小説はたとえどれほどの猛毒があっても、やっぱりスーパー・インポーズで映画を見ているようなところがあり、それはそれでいいのですが、島尾氏の小説は微細をきわめた練達の、膚にしみついてはなれない日本語で書かれているので、骨がらみでくるその迫力はどうかわしようもない。冥々。濛々。晦々。暗々。かつはおびえ、かつはうんざりとなり、うんざりとなりながらかつはおびえ、勇をふるってつぎつぎと読みすすむうち、私はとりとめもなくあれを考え、これを考えし、とどのつまり現代で文学を書くとなればここへくるよりほかないのではあるまいかと思いつめさえしました。たしかにそれは一つの網の絞りです。それは疑えないところです。

どんなオクターヴでかは作家めいめいの選ぶところですが文学はとどのつまり「助ケテクレ！」という叫びではないでしょうか。救いの手が何もさしのべられないことを知って発する、ひたすら自分のための叫びではないでしょうか。または峠の一本松のかげにある風雨で顔も肩も丸くちびて眼を喪ってしまったお地蔵さんのようなものではないでしょうか。作家は生の諸相に驚きつづけなければ作品を書く衝動は生れてこないし、ただひたすら自分のために書くといったところで文字そのものがすでに作家の掌からはみだして漠然とながらも強力な外延性を持つ物体である以上は他者の意識の侵攻をさまたげられません。文字を書く人に絶望はありません。とことんの絶望者は文字を書かない。どれほどの暗澹を書こうが文字を書いているかぎりその人は非情冷酷のかずかずの工夫にもかかわらずざんねんながら、ヒューマニストであることをまぬがれられず、ただ表口から入るか、裏口から入るかの別があるだけです。悪魔の最大のトリックは悪魔がいないと信じさせることにあるそうですが、悪魔ぶりに作家が身をやつしているかぎり彼はひょっとしたら親しくなれる隣人です。何かの音楽を聞いていると、ときどき名状しがたい、どうこえようもない冷酷な遮断を感じて凍ってしまうことがありますけれど、文学が紙のなかから投射してくる氷凍にはどんな最上のものにもそんな無残なものはありません。ただ作家はとめどなく踊りつづける。死、絶望、破廉恥、痴愚、朦朧、無気力、淫猥、光耀、一瞬を、身ぶりつづける。ひたすら言葉を粉末化しつつ身ぶりつづける。原始の本能にさらされつづける。飢える子を眼で貪ってでもしてそれを身ぶりつづける。

（『三田文学』　昭和四三年五月一日）

五一　南の墓標

　今年は四月の末に本をだすと、六月、パリ、七月、ドイツ（東と西）、八月と九月はサイゴンにいた。この都を見るのは三年ぶりのことで、前回は一九六五年の二月末に引揚げた。北爆開始後であり、米軍の大量直接介入の直前であった。その頃のヴェトナムは日本人にとってはふいにあらあらしい顔つきであらわれた、ほとんど未知の国であった。四月にだした本には『輝ける闇』という題をつけたが、これはハイデッガーから借りたのである。ある日、一人の友人に作品のテーマを説明して、もしうまくいったらこういう感覚を表現してみたいのだといった。何でも見えるが何にも見えないようでもある。すべてがわかっていながら何にもわかっていないようでもある。いっさいが完備しながらすべてがまやかしのようでもある。何でもあるが何にもないようでもある。

　友人はウィスキーのグラスをおき、それはハイデッガーだといった。ハイデッガーにその観念がある。彼は現代をそういう時代だと考えた。それを〝輝ける闇〟と呼んでいる、と教えてくれた。たしか梶井基次郎の作品のどこかには〝絢爛たる闇〟という言葉があったような気がする。どちらをとろうか。しばらく迷ってから私は『輝ける闇』として、家にこもり、書きおろしの仕事をすすめた。

この作品の舞台はヴェトナムである。私は小説の取材のためにあの国へいったのではなく、アジアの戦争の現場に立会ってみたい、つづめていえばそういう気持からいったのだったが、結局は小説を書くこととなった。そしてそのことに何やかやで、三年かかってしまった。サイゴンの知識人や作家たちは貧しい食事に私を招いてくれ、別れしなに、よく握手しながら、

「よい収穫を」

といった。

私はそういわれるたびに、いや、小説を書きにきたのじゃありませんと、弁解をつぶやいたものだったが、彼らはいたましいような、鋭いような微笑をうかべていた。《並木道と売春宿をさきにたててフランス人は植民する》といわれていて、サイゴンも例外ではなく、火炎樹のすばらしい並木道があって、涼しい、深い影に道を浸していたものだった。朝はウドン売りのおばさんが「フォ！　フォ！」と呼びつつ歩いていく。正月（テト）になると道いっぱいに花が売られ、祭の行進のあとのように花びらが散り、木の梢には毎日、たそがれどき、まるで炎上する劇場のような、壮烈な夕焼け雲が輝くのである。しかし、この八月にいったときは、木という木がことごとく刈られ、切られ、また倒されるのもあり、ひどい顔になっていた。まるでどこか知らぬ国へはじめてきた

みたいだった。何度道をまちがえたことか。

赤貧と活力がまるで湯けむりのようにもうもうと暑熱がたちこめるなかにひしめき、サイゴンは憂愁と精悍のみなぎる都であるが、墓地、ことに軍の墓地へいってみて、墓標の数があまりにふえているのを目撃し、声を呑んでしまった。ここでも私は道をまちがえたのではないかと、何度か眼を疑った。以前私が知っていた部分はたしかにそこにあったが、いまは広大な敷地のごく一部となってしまっている。三年間の変化は何を聞かされるよりもこのとめどない墓標の群れと影にすさまじく語られていた。ふつう北ヴェトナム兵や解放民族戦線兵の死体は戦闘の現場に穴を掘って埋められるのだが、それを一体ずつ掘り起し、また、すでに三万をこえる米兵の死体をも加えて、一体ずつ墓標をたてたら、どうなるだろうか。サイゴンの面積の大半が墓地になってしまいはしないか。それに無名のおびただしい老若男女の死体を加えたら、サイゴンは完全に墓地と化してしまいはしないか。

ときどき酒を飲んだり、話をしたり、情報を洩らしてもらったりした昔の知人を一人、二人と訪ね歩くが、消えてしまった人が多い。誰も行方を知らない。死んだのか、殺されたのか、ジャングルへいってしまったのか、引越したのか。ハイ・バ・チュン広場のふちにある小さなダンス・ホール《ミ・フン》も錠がおりたままで、戸口にはゴミがたまるままになっている。二月の攻撃につづいて五月に解放民族戦線のロケット攻撃があり、一二二ミリＲＰＧ（ロケット推進榴弾）が落ちてこのあたりは〝ひどいこと〟になったのだと教えられるきりである。いっしょに踊ったり、指角力《ゆびずもう》を教えてやったりした一人の娘の行方など、誰も知らない。彼女も、また、消えてしまった。

夜ふけにベッドに起き、砲声を聞き、掃滅爆撃で窓ガラスがびりびりふるえるのを聞きながらウイスキーをすする。ねっとりした汗に全身を浸されると、言葉という言葉、観念という観念がことごとく乾いたチョウチョウの羽のようにこわれていく。指で一触れしただけで音もなく散ってしまう。汗に犯され、酸っぱくなり、べとべとよごれ、私は眼をあける気力もない。ここのじめじめした暑熱は湿性のライのように音もなく私を分解してしまう。とろけながら私は形のない暗さと苛烈さに浸されていく。

文学は徒労である。

そうと知りながら言葉を編まずにいられない。のしかかってくるものがあり、追いつめられたと感ずるからである。それは原始的な本能である。ライオンの身ぶりをして踊れば自分がライオンになった、またはライオンから逃げられるものとしてむだに踊りつづけた原始人の情熱が小説を書かせる。充実しきったむだごとが小説である。いまさら何をいうことがあろう。さらにサイゴンには墓標がキノコのように発生しつづけ、いつかまた私は言葉を排泄にかかる。

（『産経新聞』昭和四三年一二月二一日夕刊）

五二　吉行淳之介の短篇

この短篇集に『寝台の舟』という一篇がある。掲載誌はたしか『文學界』であったと思う。かなり以前のことである。発表直後にたまたま読んで私は脱帽した。これは〝あぶら〟で書かれた作品だと思った。童謡の挿入法がじつにたくみで、燦めきながらものびやかなリズムにはなれずつかず雰囲気が乗り、中分ない。作者は才でもなく、徳でもなく、知でもなく、感でもなく、〝あぶら〟で書いているのだと思わせられた。つまり、そのとき彼は苦吟しながらもっとも上質のものをつかんでいたのである。一生に一度しか〝あぶら〟の乗らない作家もあれば、何度も乗る作家もある。この作品の前後たしかに彼は乗っていて、単語に照りや光沢《つや》がみごとにでていた。よく私は彼の短篇を読んで、ぬかるみにおちた油滴が夕陽をうけて輝いている光景を感じさせられた。

彼の短篇や中篇には、よく、ストーリーという点から見れば頭もなければ尾もないといえるものがある。しかし、文学の生理は不思議で、ストーリーがあっても文学になり、なくても文学になる。フィクションであっても文学になるし、ノンフィクションであってても文学になる。詩であってもなくても、散文であってもなくても、文学になる。そういう不思議さがある。文学の立場から見ればすべての記述はフィクションであって、ノンフィクションなどというものは存在しない。これは言葉が影でありながら同時に事物でもあるということからくる。「壁に画がかかっている」と書きつけた瞬間に壁も画も選択されてしまったのだから、虚構《フィクション》となる。これはもっと多くの言葉を費して究明されねばならないところで、そこから出発すれば、いわゆる私小説論争に新しい展望がひらけてくる予感をおぼえるが、ここは文学理論の教室ではない。

　吉行淳之介の作品を読んでいると、一人のモラリストを感ずる。内容のアモラルやイモラルにもかかわらず、彼は核心においてモラリストである。そしてどうやら、あれだけ微細に女を描きつづけながら、女嫌いであるらしくも見える。女好きの女嫌いということになるであろうか。どれくらい無道徳や反道徳を書いても、自身の原像である、いくつかの言葉についての一貫した偏執、それから、色彩、匂い、光、気圧の微変などについてのあの神経叢の細緻なさざめき。人がセンチ単位で感ずることをミクロン単位で感受する潔癖と誠実を読みたどっていけば、モラリストのほか誰の顔も浮んでこなくなる。この感性は不幸への意志を帯びるよりほかに生きのび、切りぬけようがなくなる場所へ自身を追いこんでしまう。彼の作品がしばしば外柔内剛の気配を帯びてくるのはそのためではあるまいかと思われる。深刻な破綻を書きつづりながらしばしば彼はおとぼけやユーモアを漂わせる技に長《た》けているが、それがユーモアであってウイットでないのは、体質で生きているからであろうか。(極限という状況は知性を拒むから、その嘆息はウイットでなくなる。ユーモアになる。それがあるか。ないか。発見する眼があるか。ないか。ここでおびただしいことが左右される結果となる。井伏鱒二氏の『黒い雨』はその最高の例である。)

世のなかには〝読書法〟という奇怪にして荘厳なるものがあり、なかにはそれだけをテーマとしてベスト・セラーになる本がある。一冊の本をとりあげ、全心身それに浸りきってしまった体験がよく綿密に語られている。しかし、私にいわせると、そういう体験というものはたしかにしばしば味わわれるけれど、もっとしばしばは、たった一行、たった一句だけが読まれる。数百頁、数千頁の大冊であろうと、数十頁のつつましい小冊であろうと、そのうちのたった一行、たった一句だけが脳皮にきざみこまれて、忘れられないものとなり、あとあとまでも生きのこって、触知され得ない根をのばし、朽ちない花を咲かせる。そういうものがじつにしばしばあり、そうでない大傑作もまたじつにしばしばある。数千頁の大作を読んでも数十頁の小作を読んでもあとに残ったのがたった一行、またはたった一句というのは、はなはだ心細い気がしないでもない。しかし、もし一句が残るのならば、すでにそれは名品なのである。

この本に納められた吉行淳之介の諸短篇には作者がそれぞれを書く初発の動機となった童謡がつけられている。なかには、一行、二行だけ作中の人物に喚起されるにすぎないものもある。しかし、作者は一言半句を核として薄明のなかに細胞を分裂させ、繁殖させ、茂らせ、咲かせようとするのである。読者は巻頭に掲げられた詩を読んで楽しみ、それが作品にいかに肉化されるかをも楽しむこととなる。一人の作家の創作メモ（しかも完成された形式の）と、その実作を、あわせて同時に読むということになる。こういう形式の文学書が出版されたことは、いままでに例がない。これが、私としては、手品をやるまえにタネを明かしてしまうということになりはしないかと、危懼する。作家と作品の魅力は謎があるかないかにかかることが多いのである。こうも公平、赤裸に秘密を明かしてしまっては、とおそれるのである。しかし、それにもかかわらず読む人が、何でもいい、一言半句をこの本から濾過しのこすことができたなら、いよいよ名品である。読み終って本をおいたあとで、しげしげともう一度ふりかえられ、まさぐられる。

そういう試みの本である。

（『現代文学の実験室六　吉行淳之介集』　昭和四四年三月五日　大光社）

五三　チェーホンテ

気力を失ったときは、夜など、ただ寝ころんで鳥・獣・虫・魚のことを書いた本とか、失われた大陸のことを書いた本とか、マンガ本などを読むのが私の習慣で、文学書や現代小説などは、ただれて腐った傷に塩をぬりこまれるようである。よほど精神の水位が昇ってこないと、読むのがつらいし、第一、本がそこにあっても指をのばすことができない。

しかし、チェーホフが若いときに即興と才気にまかせ、〝脾臓のない男〟とか、〝わが兄の弟〟などというペン・ネームで書きなぐり、書きとばしたショート・ショート群は、泥のようになった夜でも読むことができる。そのいくつかは現代でもいきいきしているし、閃きや、笑いが、いささかも衰えていない。よく感心させられる。後年、深淵的な作家になってからの作品にない気楽さ、軽快さが、上質のにがい笑いを提供してくれるので、私は好きである。『吾輩は猫である』や、『ロマネスク』や、『風博士』が心愉しいように愉しいのである。

チェーホフは生存中に、ある作品について〝これこそロシアだ！〟という意味の激賞の言葉を贈られているが、ロシア人の心を知りたければチェーホフを読めとはいまだに専門家が口にしている言葉であるらしい。あの深い簡潔さや、たじたじとなるような率直さや、広大な森を風がわたっていくような口調、口のなかでくぐもってコトバにはなりきっていないが鮮明な感触をあたえる暗示、透明な洞察など、無残さのよこに佇《たたず》んで何もかもを目撃しながら途方にくれたおだやかな茫漠さで分泌するあの笑いの味といっしょに、この人の魅力にはちょっと類のないものがある。

死んだ広津和郎氏は座談の名手で、オレンジ・ジュースを飲みながら、つぎからつぎへと、とめどなくおしゃべりをつづけ、しかもけっして聞き手を倦《う》ませることがなかったが、チェーホフの暗い手の影のなかですごした若い頃の憂鬱については、ごく軽くしか、ふれようとしなかった。しかし、あるとき、山陽本線で岡山のあたりを過ぎるとき、窓のそとを眺めながら、ひとしきりチェーホフの話をしたあと、

「……けれど」

とつぶやいた。

「あんなに人生がわかってしまってはつまらないでしょうね」

名言である。

いっぽう、しかし、チェーホフと一つ屋根の下で住んだらどうだったろうと想像する癖が私にある。よくそういうことを想像する。評伝や伝記や手紙類や彼についての回想

記などをいくつか読んで、彼の日常人としての態度を知らないわけではないが、まったく自分勝手に私は想像してみるのである。そこからでてくるチェーホフは、ときどき眼に激しい、狂気のような鋭さを閃かす。そして、たえまなく、とめどなく、朝から晩まで、たずね、問いつめ、迷い歩きながらも食いさがってはなれない議論をしかけてくる。小さな家に同居するにはあまりに熱くて、圧倒的な、息苦しくなってくるような人物である。

どうしてそういう人物を想像するようになったのか。『退屈な話』からか。『六号室』からか。私には何が核になっているのか、よくわからない。柔軟で簡潔で透明な文章を編んで果てしなく問いつづけ、まさぐりつづけていく彼の作品にはやがて蒼茫と昏《く》れかかった荒野がひろがりはじめる。秋のたそがれのなかで混沌をのぞきこんでいた男や女が、ふと顔をこちらに向け、何か短い、激しい言葉を叫ぶ。短くひとこと叫び、そして沈黙してしまう。何もかもを賢く、敏《さと》く目撃し、洞察し、読者にすべてを知らせておきながら、じつは何もあたえようとしないかのような、あの明晰な混沌ともいうべき雰囲気がある。明晰を求むる精神それ自体を明晰に求めることは不可能だという二律背反のなかで私たちは混濁したまま右往左往を繰りかえしているが、チェーホフほど明晰もまた迷妄《めいもう》の情熱であること、その不幸と悲惨を、あざやかに示した人はいなかった。

スターリン時代にチェーホフの作品がずっと禁圧されていたということがあったが、

それにふれて広津氏は、こういう意味のことをいったことがあった。

「私は若いときにチェーホフを読んで、ひどく影響された。そのために生きるのがむつかしくなり、不幸になった。そのことを思うと、新しい生活をしようとして政府がチェーホフを発禁にしても、いちがいに責められないという気がしてくる」

けれど、チェーホフは、〝ロシア〟も生きぬき、〝ソヴィエト〟も生きぬいた。革命も独裁も彼を埋没させることができなかった。ソルジェニツィンの作品がこのことをじつによく明証している。

《伯父さん、もうこんなふうには生きていけません！》というカーチャの叫びをチェーホフが書きとめたばかりに私たちは新しい不幸を知らされた。知らなくてすませられたらすませたかった悲惨と息苦しさを知らされた。優しく温厚なチェーホフを読むには異様な気力を必要とするのである。不幸への異様な意志を必要とするのである。チェーホフをうかつに論ずるのは恐ろしい気のすることである。〝小さなことを書くチェーホンテ〟がどれくらい広大で深かったことか。時間がたてばたつだけ、小さな時代になればなるだけ、このことはいよいよわかってきた。


（「新潮世界文学」第二三巻月報一八　昭和四四年七月二〇日）

五四　タマネギスープと工場

しばらくぶりで出会ったとき、握手をして、さてそれから、その後いろいろなことがありました、という意味のことをいうのに、

「橋の下をたくさんの水が流れました」

という。

そういう挨拶のしかたをすることがあると、あるイギリス人に教えられたことがあったが、去年の夏、パリのある部屋で、つれづれのままジャック・プレヴェールの詩集を読んでいたら、ある詩の冒頭にこのことばがそのまま据《す》えてあるのを発見した。おどろいたり、なつかしかったりして、しばらく頁を眺めていた。

近年、といってもここ十年ほどだが、私は旅ばかりしていて、それが涼しくて豊かで静かな国もあるけれど、没頭するのは暑くて貧しくて殺しあいにふけっている国が多いものだから、血を体に含んで帰国してみると、喋っても書いても、いっこう他人に感知されることがないので、それは少年時代からとっくに覚悟をきめていたはずのことなのに、やっぱり反応がでてしまう。読みたくもなく、喋りたくもなくなってしまう。心は

ずむのは釣りの話を書くときぐらいなものである。プレヴェールの詩も昔はむさぼるように読みあさったものだが、いまはなつかしさばかりで、すっかり遠くなってしまった。橋の下をたくさんの水が流れすぎたのである。

ところで、私は小説家である。出国したり入国したり、あわただしく遠心と求心にふけっているが、《経験》という果実が熟して熱を抱きはじめると、机にむかってすわり、小説を書きにかかるのである。作家仲間のあいだでは、詩は理論物理、散文は応用物理ということが、ほぼ定説となっている。詩は実験室でおこなわれ、散文はそれを工場に移すものだと、理解されているのである。実験室でおこなわれているような散文もあれば、工場に移されたような詩もずいぶんあるが、やはり両者の関係ぶりは本質において定説に沿っていると考えておいたほうがいいように思われる。

詩は認識するが、小説は叙事する。小説は散文で書かれるけれど、詩も含むし、新聞も含むし、そのほか、哲学、医学、性学、陳情文、宣言書、民俗誌、風俗考、何でもかでも、アメーバのように、風呂敷のように包みこんでしまい、その猥雑さで魅力をかろうじて確保している。しかし、日本の小説の本質としては、その猥雑としての散文のたくましさが避けられ、ただ散文の形式をとった詩が書かれているにすぎないのでいつまでたっても栄養不良なのだと叫ばれることがある。無数に出版されてときに巨富を招くこともある小説群が詩群にほかならないとすれば、ずいぶんこれは詩人にとって不公平なハナシで、盗まれ、吸われ、奪われているばかりだということになる。じっさい、紙芝居のような抒情小説を書きまくって豪美邸に住むパルプ小説家は、師の詩を水割りして大量に特価販売しているのだから、地下の師はいまさら何をいうこともなく、ただ眼を閉じておくしかあるまいと思われる。

あるとき詩人と、詩と小説のちがいを議論していて、はじめは深遠、高踏のところから意見を交換したのだが、やがてくだけていくうちに下降しはじめ、とうとうどん底に落ち、小説では食えるが詩では食えない、というむきだしの定説に、やっぱり落着してしまって、おたがいウンザリし、御飯を食べようかということになって、部屋をでていってしまったことがある。しかし、これもよく考えてみると、わが国に固有のことであって、たとえばフランスではペン一本で〝食べ〟ている小説家は十人いるかいないかであり、あとはたいてい新聞記者、教師、図書館員、その他もろもろの雑職についてかつがつタマネギスープをどんぶり鉢からすくっているのである。まず平均して純文学作家は三年か五年に一作書き、その印税ではとてもビフテキなど食べられず、しかたなくタマネギスープをすすってすごす。出版部数はせいぜい三千部から五千部止り。随筆文学の伝統はわが国のそれとは異るから気楽にうまいものの話を書いて食べるということもできない。この点、おそろしく古めかしくできていて、そのきびしさ、頑固さには眼を瞠らさせられるものがある。

そういう作家の苦渋の作品がわが国に到来すると、ちゃッとイタダかれちゃって、水増しの特価セールとなるから、これまた〝応用〟物理と申せるか。詩人にもたとえばアングラ劇を書いている某詩人などのものを読むと、盗句、イタダキの類《たぐい》をいっさい消したら何がのこるだろうかというほどのものであって、それがパロディーに仕立てる才覚、努力の跡も見られないので、太いのにおどろいちゃう。（彼を〝詩人〟であるとして書くハナシであるが……）

散文がアメーバであるかぎり、たとえその本質が散文の形式をとった詩であるとしても、それもまた散文の一つの質なのであるから、それ自体をとがめてもしようがないと思われる。じっさい、他のもろもろの何を含んでも、どこかに一行、詩を含まないことには散文は鮮烈の魅力を入手できないのであるから、作家はある意味では詩業の錬金、洗滌にこそ没頭すべきではあるまいか。それが不徹底であるからこそ詩にもなれず散文にもなれないでいるのではないかと思わせられるのである。梶井基次郎はボードレールぬきでは考えられないだろうし、サルトルの『嘔吐』はシュールレアリストの諸家をぬいては考えられないだろう。二人ともかつて私をふるわせ、凝固させた作家であるが、影響の波のなかから、かろうじて頭をもたげて、痛切な一行を寄与できたのである。その一行にこそなみなみならぬ苦渋がある。

また私は金子光晴が好きだったし、田村隆一も好きだった。いま私が彼らの詩からどれほどの遠近のところにいるのか、まったくまさぐれないでいるけれど、たとえば光晴の詩と生涯を考えると、あれだけの長年月にわたる放浪、おちぶれ、めちゃくちゃ、ふてくされ、やくざの徹底のなかから帰ってきて、それでもふたたび詩を書きはじめたという、そのことにおどろかされるのである。彼は〝危機〟が迫ってくるとにわかに直截な腕力を回復できる詩人で、だから一切拡散の戦後には無重力状態に陥ちこんでしまった観がないではないけれど、政治を日本語の詩に昂《たか》め定着できた稀有の一人であろうかと思わせせられる。比喩が比喩を増殖するばかりで、一閃、鉱石を斫断《しゃくだん》するような具体の本質の鮮烈と恐怖を明示できないでいる現在の諸氏の詩群をときとして読むことがあると、渇《かっ》えをおぼえずにはいられない。

（「日本の詩歌」第一七巻付録三〇　昭和四五年三月一五日　中央公論社）

五五　眠れるウマと孤独なアブ——小田実『大地と星輝く天の子』

「アテナイは民主主義の母である。そして自由のうちに法と富とそして美さえもの秘密を発見したということの不滅の光栄はあくまで彼のものである」

「はじめてこの世界に、その一切の成員が平等の市民であるような社会、そこではすべてのものが最も高貴なものから最も賤しきものに至るまで、最も富めるものから最も貧しきものに至るまで、政治に参与し、共和国が真に万人のものであるような一つの社会が出現する」

林達夫氏の昔のエッセイ『ユートピア』を読むと、ギュスターヴ・グロッツという人の『ギリシア史』にそういう言葉があるそうだ。この人は現代における古代史の権威で、たいへんな学者だそうである。

私は古代ギリシアのことはほとんど知らないけれど、中学生程度の知識でもその時代には奴隷がたくさんいて〝ものをいう道具〟としてのみはたらかされたのだとは知っているから、〝最も賤しきもの〟、〝最も貧しきもの〟にもそんなみごとな社会でギリシアがあったとはとても信じられないのである。一代の碩学がこういう言葉をのびのびと吐くのはまったく奇異な印象をうけて、とまどうしかないのだが、これは林氏によれば、西洋近世の民主主義国家ではギリシア史研究は何らかの形でアテナイは近世民主主義の擁護か讃仰かであることからくるのだそうである。つまり古代アテナイは近世民主主義の総本山なのだから、後代は自身の時代と国家がどれだけ正嫡であるかを、どれだけ直系であるかを実証したい。御先祖様は立派だったといえば現在自身がどれだけおちぶれていてもいくらか気は晴れるだろうし、現在のおちぶれぶりを〝アブ〟となって一刺ししてめざめさしてやる効果もあるかもしれない。たとえ巨大なウマは眠りこけていてもアブはアブの本分を果しておくべきだ。そういう心理が吐かせる言葉かもしれないのである。

林氏はその博識を駆使して古代アテナイの特質を分析し、その〝民主主義〟の特質を浮彫りしている。それによると、その時代の人口のほぼ半数は奴隷であって、政治的、市民的、いっさいの自由をあたえられず、切捨御免、芝居を見ることも許されない。だからアテナイの民主主義は人口の半数を完全に除外したもののうえにあった。のこる半数の自由民の投票有資格者二万五千人のうち、現実に人民議会の討議に〝参加〟したのはたいていの場合四千人そこそこ。この〝市民意識〟を持った人口のうちで政治に熱心だったのはアテナイ市民というよりは郊外の農民であり、市民のうちで〝参加〟したのは中流商人が多く、その〝参加〟の〝心情〟は半ばひまつぶしであったと推定され、〝ルンペン的、冒険的人員〟もたくさん野心家に買収されて投票にでかけたのではないかと推定される。そして、現実をうごかしたのは議会というよりは銀行家や経営者、およびそれと結びついていた自由民の労働者たちであり、彼らは議会を公然無視してこっそりと、しかしたくみにアテナイを支配したと推定される。「アテナイの民主主義も結局は勢力ある比較的少数者の支配、一種の寡頭政治だったと言われなければならない」

奴隷の底知れない低賃金労働をかかえこむおかげで金持はいよいよ金持になり、貧乏人はいよいよ貧乏人となり、両者は手段を選ぶことなく流血闘争をやった。そしておたがい勝てないとわかるとためらうことなく隣国の援助を借りて殺しあった。両者の残忍はとどまるところを知らなかった。ヘラクレイデスという人物が書きのこしているそうである。

「貧民は富者ともはや協調できなくなって、攻勢に出で、これらを追放し、これらの亡命者の子供を納屋の中へ集めて、これを牡牛の足下に蹂躙、粉砕せしめ、そしてこのように最も恐ろしいやり方で命をとった。ところが富者は、今度は彼らの方が貧民よりも強力になったので、その子供を捕え、松脂をこれらに塗って、生きながらにして焚いた」

闘争の結果として社会は疲弊し、富者はいよいよ富み、貧者はいよいよ飢え、失業者が増え、危機が昂まる。そこで解決が戦争に求められる。土地、資源、奴隷、市場を求めての戦争が開始される。ペロポネソス戦争がじつに二十七年間にわたって続行される。

しかし、戦争によって富者がかならずしも富むとはかぎらない。アテナイは崩壊する。

林達夫氏は結語している。

「むしろ、プラトンによって、哲学が占める場所のない、無知と俗悪との無政府状態と呼ばれたところの民主主義政体——ペリクレスは偉大なデモクラットであった——が、その多くの未熟と欠陥とにも拘わらず、あの西洋文化の華、いわゆる『ギリシアの奇蹟』を生みだす母胎であったことは、これも歴史の皮肉の一つであろう」

『大地と星輝く天の子』はいかにしてソクラテスが葬られていったかを主として告訴者の心理と行動からめんめんと描きだした、現代日本では稀な冒険慾で遂行された作品である。それは古代ギリシア史の一ページ——とめどないものだが——として読むこともできるし、戦後日本の心象風景史として読むこともできる。異端者にたいしてはただ〝異端〟と嗅いだだけでも容赦ない抹殺の行動にでることをためらわなかったこれまでの宗教革命や社会革命、その他あらゆる名における革命、または社会の個人にたいする制裁についての寓話と読むこともできるし、また、「人ハ人ヲ裁ケルカ？」という永遠のテーマについての新しい表現と読むこともできる。

作品についての最良の解説者は作品そのものなのであるから私は言葉数を少なくするよう努めなければならない。また、解説というものはしばしば解説であるよりはむしろ他人の作品を介して自身の明智を誇示したい誘惑に陥ちやすいものなのであるから、いよいよ私は言葉数を少なくして、同時にそうすることで著者のために一人でも読者がふえるようにしなければならないのだから、こんなむつかしいことはないわけである。アテナイは〝民主主義の母〟でもなければ〝真に万人の共和国〟でもなく、むしろ、〝哲学が占める場所のない、無知と俗悪との無政府状態〟であり、〝アブ〟であるソクラテスを葬った〝眠れる巨大なウマ〟の足であり尻尾であった告訴者たちはこの作品のなかでそれぞれ状況が進行すればするだけ自身がついには何かの足にすぎず、尻尾にすぎないとさとり、それゆえ、いよいよアブが孤独をきわめてはいても完成した一個体であることをさとらされていく。その劣等感に傷つくか、それとも倨傲に居直るか、それとも強烈きわまりないがかりそめでもある〝祖国のために〟の大きな影の下にとびこんでしまうか、反応はさまざまである。「最後の晩餐」の一つのテーブルについた使徒たちの姿態がさまざまであるように、さまざまである。ソクラテスであろうと、キリストであろうと。主役が誰であっても。彼の意見が何であっても。

その圧倒的な印象を生んだことについて作者はかならずしも意図を明示してはいない。終末で、ソクラテスが死んだ午後に二人の男がアテナイの町を歩き、むこうからやってくる酔っぱらいの唄を聞いて、一人はアテナイ人が自身を見失っていてその日暮しで、だから不幸なのだというと、一人は、ゆっくりした語調で、

「アテナイ人たちは幸福でも不幸でもないと思いますよ」

と答える。

そこで作者がいいたかったのは、鬱蒼とした思弁の展開のあとで、「人生トハコンナモノダ」ということなのか、それとも、「変レバ変ルホドイヨイヨ同ジ」ということなのか。あるいは、すべて徒労だ、ということなのか。そのいずれかであるか、または一つであるかは明示されているように思えるけれど、長大な一巻を通読してきたあとの読後感の効果としては、かならずしも明示されているようには感じられない。一つの事件、一つの体験を通過したあとの一社会にただよう、死に似た平穏のたゆたいそのものを示して作者はアンチ・クライマックスの手法で、ドラマなどないのだ、といいたかったのかもしれない。けれど、もし、そうなら、アンチ・クライマックスはクライマックスの一変形なのであって、クライマックスというものがなければ、またはそれを予期する心理か、それを予期させるはこびがなければ成立し得ないのだということを考えておかねばならない。これは逆説がどれほどシャープで洒脱でも野暮な正説がなければ生れようがないのだという宿命に似ている。逆説を生むにはまず正説がなければならず、アンチ・クライマックスが効を奏するためにはクライマックスを用意しておかなければならないのだ。博識、能弁、散文と、詩と、ときにはむきだしの陋劣も添えて開く効果や閉じる効果をまじえ、膂力のかぎり、あらゆる細部とあらゆる人物におなじ密度で接しようとしつづけてきたことが、かえって一篇を弱めてしまうこととはならなかったか。いかにアテナイが〝無知と俗悪との無政府状態〟であったとしても無知者は無知者、俗悪者は俗悪者なりに一つの生を生きようとし、生きていたのだということを実証するため作者はクロかシロかと断定したがる安易を峻烈にこばみ、その結果として作品をこんなにも膨脹させてしまったのである。生きることの手のつけようのないむつかしさを実証するためにいささか書くことに不手ぎわだったのではあるまいかと思われるのである。誠実が過度すぎたのである。これは彼の『アメリカ』や『現代史』にも共通してあらわれているアトモスフェールである。たちどまらないのだ。

アテナイ人はその民主主義政体と晴天のためにおそらく古今東西のどの国の民よりも議論好きであったに違いないからこの作品の登場人物たちもたえまなく議論している。その数かぎりない言説のなかに好色男や、好色女や、男色者や、戦中派や、戦無派や、太陽族などを読みとるのはやさしいし、現代との対比を読みとっていくのも愉しみの一つではあろう。どんな時代小説も現代小説として読まれるのは避けられないことである。けれど、この小説がいかに現代小説であるかないかよりも、作者がヒーローのソクラテスをどう扱ったか、その処理の苦心をこそ見るべきではあるまいか。ソクラテスの痛罵するところではロバ、サル、タカ、トンビ、ミツバチなどになるよりほかないような連中にはセックス、二日酔、飲酒、痴話喧嘩、昼寝、取引など、あらゆる肉体性をあたえておき、その旺んさ、渾沌ぶりは『トリマルキオの饗宴』を読むようなのに、台風の眼であるソクラテスその人には顔の表情と声の描写のほかにはほとんど肉らしきものを何もあたえず、滔々とした痛罵を吐きつづける抽象体としてのみ登場させている。彼は真空のなかで散る火花なのである。このイメージは鮮烈で、群を抜いて独立している。けれど、つぎに、もし作者の計算違いでないとするなら、長すぎるフィナーレがおかれている。ヒーローは出現し、閃き、消える。ドラマは出現し、展開し、消える。ヒーローは肉体を持たず、ドラマは昇華を起さないのである。この小説と作者の中心思想は全頁に充塡してある議論にはなく、構成そのもの、ヒーローの処理のしかたそのもののなかにあると見られる。この寡黙の部分がこれまでの無数のソクラテス解釈に一つの独創を加えたのである。そこをこそ読みとらねばならない。そこを模索するのがこの作品を読む愉しみである。そろそろ解説屋は姿をかくさねばならなくなってきた。

作者は何をいいたかったのか？

私は一つ深い絶望を嗅ぐのだが。

（小田実著『大地と星輝く天の子』講談社新版「解説」　昭和四五年一一月二〇日）

五六　乱読、また乱読

私は昭和五年の十二月三十日に大阪の上本町五丁目で生れ、小学三年生までそこで暮した。現在このあたりは、ことに高津神社の周辺は御同伴ホテルが満開で、うっかり、あのあたりで生れたのだと口にだせないようなありさまと化しているが、その頃はひっそりと静かな寺町であった。西鶴の墓のある寺も遠くではなかった。お寺の墓石は苔《こけ》に蔽われ、イチジクやビワの木のしたには深くて気味のわるい陰暗がいつもよどみ、大きなヒキガエルが金いろの眼を光らせていた。よどんだ古池のうえをたけだけしいオニヤンマが黒と黄を光らせてゆっくりと飛び、お化けや人魂があちらこちらに棲《す》みついていた。

私は病弱で本好きだがおどけて人を笑わせることが好きな子だったから、いちばん得意だしたのしかったのは紙芝居の真似をすることだった。紙芝居屋は自転車でやってきて、紙芝居をし、酢コンブや、飴《あめ》や、スルメを子供に売って帰っていくのだが、それが衛生にわるくてバイキンだらけだといって両親は私に駄菓子も買わせず紙芝居を見ることを禁じた。それにおびえ、紙芝居屋のおじさんのこわい眼におびえながらみんなにまじってこっそり盗み見するのはわくわくするようなことだった。家に帰ると画用紙に黄金バットやノラクロの画を描き、ガラス障子のこちらに母や叔母や妹をすわらせておいて、自分はあちらにまわって、おしゃべり、口真似、声色《こわいろ》を使って思いつくままストーリーを話した。そして、きっとさいごには、「また明日はどうなることでありましょうか、それは明日のおたのしみ」というのだった。

大阪の南郊に引越してそこから中学校にかようこととなったが、教室にきちんとかよって、体操をして、カレーライスを食べて、勉強をしたのは、一年生のときだけで、それからあと、三年生の夏に敗戦となるまでは、勤労動員でめちゃくちゃにこき使われた。おとなにまじって防空壕掘り、貯水池作り、操車場の突放し作業、山中の横穴壕作り、そのほか、じつによくはたらかされた。私は手や足を使う仕事が好きだったので仲間が口にするほどイヤではなかったが、ただ、空腹がどうにもこうにもつらかった。このつらさは骨にしみた。敗戦後もまた苦しめられることになるのだが、空腹も〝飢え〟といいたい状態になると、全身が燃えるように熱くなったり、いてもたってもいられずにころげまわったり、ふいに悪寒《おかん》がぞくぞくと波だってかけぬけたりする。クヌート・ハムスンの『餓え』を読むと、もっともっと底なしの凄さがあるらしいので茫然となったことをおぼえているが、その本を持っていられないくらい手がふるえた。

空腹、空襲、重労働、買出しと、本など読んでいるひまがないはずだが、この頃、手あたり次第の乱読で日も夜もなかった。あらゆる家庭が疎開でがらんどうになるが、本は残されるので、書店はガラガラなのに、明治、大正、昭和の三代にかけての小説、詩、戯曲、翻訳、雑誌、単行本、全集、さては秘密出版の春本まで、読もうと思えば何でもあった。かたっぱしから読んでいき、読んで読んで読みつづけた。そして新潮社の世界文学全集のバルビュス『地獄』は何十回読んでも鮮烈、痛切であった。そして書棚においてある本の背文字を見ただけでも勃起してくるのである。豆八分に米二分というようなのを一食に茶碗にたった一杯しか食べられないありさまだのに一日に四回も五回もつづけざまに射精する。眼がくらみ、足がふるえてくる。あまり消耗がはげしいので日曜日にひまで家にいるときは空恐ろしくさえなってきた。それでもついつい指をのばさずにはいられなかった。

いつか吉行淳之介氏とこの本のことを話しあったら、ことごとく回想が質において一致してしまった。氏は笑いながら、

「あれには膏血《こうけつ》をしぼられたなあ」

つくづくという口調でつぶやいた。

爛熟しきった西欧の文学作品に首まで浸ってゆさぶられるままに私はゆさぶられつづけていたのだが、そして、日本が戦争に勝てるなどとは頭から信じていないのに、同時に、もし命令が下されたらナチスの少年親衛隊のように地雷を抱いてパットン戦車のキャタピラのしたへとびこんで玉砕しようと思いつめてもいた。むしろその機会があたえ

られないのをくやしいとさえ思っていた。

やがて焼跡と闇市がくるが、私はパン焼工や旋盤見習工をし、学校にいかないで町工場から町工場へ転々として歩いた。そして乱読、また乱読を、ひたすらつづけた。大山定一訳『マルテの手記』、堀口大學訳『沖の小娘』、杉捷夫訳『テレェズ・デケイルゥ』、白井浩司訳『嘔吐』などは茫然となるしかない諸作であった。『嘔吐』はそれから二十何年間か、版や紙質がかわるたびに読みかえし、新しく買い、読みなおした。戦前の作家では私は中島敦や梶井基次郎などが好きだったのだが、戦後の作家では大岡昇平氏と武田泰淳氏をとりわけ愛読した。この頃の読書は飢えに出会ったり、人に殴られたりするのとおなじような、ほとんど肉体的といってよいような経験であった。活字が肉や脂をつらぬいて骨に食いこみ、ひびいてくるのだった。頁を繰ったとたんにとつぜん紙のなかに白い窓がひらくようであったり、読んでいるさなかに紙から活字がむくむく起きあがってくるようなのを何度となく味わった。ある文章をピリオッドまで読まないうちに、それが体内に浸透しきらないうちに、本質が花ひらくのだった。活字がたってくるような作品は、何が、どのように書かれていようと、そのことだけで恐るべき作品であると、頭や心よりさきに眼が教えてくれたのである。白い窓がひらいたり、活字がたったりするのは、眼で見ることなのである。そうさとらされた。

（「新潮日本文学」第六三巻『開高健集』月報四〇　昭和四六年一二月一二日）

五七　字毒と旅と部屋

中島敦という人は愉しんで作品を書いているということがいきいきと読者につたわるような短篇をいくつも書いたが、そのうちの一つにアッシリアの古代の学者をあつかったものがある。その学者は文字に精があるのだろうか、ないのだろうか、文字は形象なのだろうか、実在なのだろうかと研究をつづけていくうちに正体にさわられることをいやがった文字の精に復仇され、ある日、雪崩《なだ》れおちる数万枚の粘土板の下敷となって死んでしまうのである。

酒を飲みすぎたためにでてくる症状を昔の人は〝酒毒〟といったが、私にいわせると〝字毒〟というものもある。これは文字の精たちが指紋をベタベタとつけられることをいやがって起す叛乱である。字を書きすぎても、読みすぎても、また、字をじッと眺めすぎても字毒は発生する。部屋のなかに本をたくさん積んでおくと発生することもある。字毒にかかって起る症状は人によってさまざまで、なかにはハッカ入りのチョコレートみたいな小説がやたらに書けて家が建つという結構なケースもある。私の場合には小説も書けなくなり、エッセイも書けなくなる。原稿用紙を見るのもペンを見るのも苦痛になってくる。

　明治以来の戦争や軍隊を主題にした作品を検討して、それぞれの作品の質のなかでヒトはどうやってヒトを殺し、殺されていったか、またヒトはどうやってヒトをいじめ、いじめられてきたかということの研究をしようと思いたち、『紙の中の戦争』と題して連載をはじめた。『文學界』の編集部と事前によく相談し、討論し、連載がはじまってからも毎号あれやこれやと練りあった。資料にする本をたくさんとどけてもらい、コピーをとったのもとどけてもらい、机のうえに積みあげて、仕事をはじめた。私の気持と計画では日本の明治以後が終ったら、つぎに日本の古代や中世、それが終ったら外国の作品に移るつもりであった。文学作品だけではなくて宗教書にもふれてみるつもりであった。

　けれど、しばらくすると、字毒が全身にまわっていて、ひどい抑鬱症を分泌していることがわかってきた。読むこと、書くこと、すべてが耐えられなくなってきたのである。この症状は子供のときからで、私の宿病といってよいものなのだけれど、何度おそわれても慣れることができない。なだめることもできないし、いなすこともできないのである。さからう方法がないので、あらわれたと知ったら敗北したと知るしかないのである。ブランクとかスランプとかで無重力状態に陥ちこむのと酷似していて、第三者にはけじめがつけにくい性質のものなのだが、私にはある気配がわかっている。私は字が書けなくなり、紙のうえにペンを投げだしたきり、窓ぎわにすわりこんでウイスキーを飲んだ。毎日毎日、ただ飲んではねむり、起きては飲みした。このまま頭から腐っていくのではないかという気がした。黄昏がしみだしてくる時刻には畑で拍手の音がするようであった。

私は休戦することにした。年末、冬、春と無重力ですごし、そのあいだサケのことを書いた本だけ読み、六月になるとアラスカへ釣竿を持ってでかけた。原民喜の作品集もリュックに入れておいたが、これは偶然そうなったのだけれど、深夜の太陽が水銀のようにキラキラ輝く荒野の木賃宿の二階で読んでいると、これまでのどのときよりも原民喜の文体がよく体にしみてきた。この彫琢されたつつましい狂気の文体にたちこめる透明な朦朧は白夜そのものであった。白昼なのに深夜だという荒野の時刻の膚《はだ》ざわりがこの文体そのものであった。ふいに私は何事かをさとらされたように感じたのだったが、氷雨また氷雨を耐えぬいてキング・サーモンを仕止めたあとであったので、重力がもどってきたこともわかった。どうにか人まじわりができそうになった。それから地球を半周して日本に帰り、二階の部屋にこもって、連載を再開した。

字毒にはそういう症状もある。

（『新刊ニュース』昭和四七年三月一五日）

五八　衣食足りて文学は忘れられた!?

前略。久しくお目にかかりませんがお元気ですか。奥さん、お嬢さん、奥さんの腱鞘炎、大兄のイボ痔、なべて事もなきや？

小生、久しく家にたれこめたきり。バー遊びをやめ、パーティーにも出ず、散歩もせず、パジャマを着たきり書斎でごろりちゃらり。黄昏になると一人で酒を飲み、夜ふけに起きだしてまた一人酒を飲み、胸の磊塊《らいかい》を持てあましています。磊塊ですゾ。

昼寝のあくびのはずみに質問を一つします。近頃のわが国の文学。創作、批評、短文、匿名欄、投書、いっさいがっさい冷めた雑炊のようにしか感じられないのですが、私が老化したせいでしょうか。純文学も濁文学も、老も若も、男も女も、よくこれで大きな顔してゼニがとれると感嘆したくなるようなお粗末のメッキ物ばかり。自分の書くものはナイショ、ナイショで棚上げにしといて口幅ったく罵るのでありますが、これほどの活字の氾濫にもかかわらず、右も左も、感じられるのは枯渇だけです。

これがもし衣食足りて文学を忘るということであるなら、おなかがくちくなったら寝そべっていたいというだけのことであります。かつて人類は頭で立ったことはないと言ったのはヘーゲルか、青年ヘーゲル派か、いま朦朧としてさだかに思いだせませんが、日常を非日常に生きるのが作家なのですから、今こそいよいよ頭で立って走らなければならないのではありませんか。頭で立たねばペンも立たないのではありませんか。衣食足りても心は高貴な乞食でなければ一言半句は得られないのではありませんか。大兄、どうお考えになります?……

(『すばる』昭和五四年七月一日)

五九　私の一冊

　私にとって決定的に痛切だった一冊の本について知れるところを書けという出題である。しかし、そういう本がけっして一冊だけではないし、二十代、三十代、四十代と年齢が進行するにつれて変わっていったということもあるので、どの本をとりあげてよいのかわからない。それも、身辺からけっして手放すことができない本、何年おきかにきっと読みかえすことにしている本という点から眺めると、さらに冊数がふえる。サルトルの『嘔吐』のように深刻な本もあるし、イリフ＝ペトロフの『十二の椅子』のように軽妙かつ辛辣な本もある、というぐあいになる。ここでも混沌に出会うこととなる。

　けれど、こういう出題があるたびに『嘔吐』について何度となく書いてきたので、今回は触れないでおくことにする。いつ頃からともなくなじみはじめて、手放せなくなり、遠い国へいくときにはきっと持っていくことにしている『旧約聖書』についてほんの少し書くことにする。そういう本も〝座右の書〟、〝枕頭の書〟ということでは痛切な私の一冊といえるだろうと思うからである。たとえ頁順を通って読まないで、その場その場で気まぐれに開いた頁から読みにかかるという習慣であるとしても、である。

私は信仰という点から見ると大多数の日本人とおなじく〝神〟もなければ〝仏〟もない人間である。とことんの破局に陥ちこんだときに、何をどう祈ってよいのかを知らないでいる人間である。しかし、毎日、寝るまえにはきっと何かを読まないことにはいられない文字中毒の人間である。遠い国へ汗まみれの苦しい旅行に出かけることが多いけれど、夜になると『小倉百人一首』か『旧約聖書』かをちょっと読んでから泥睡におちこむことにしてある。夜ふけに目がさめたらいつでもその場ですぐさま続きが読めるようにスタンドの灯はつけっぱなしのままにしてある。

漢文脈という硬骨を持ったふくよかな和文脈、それと欧文脈の結合ということでは旧約は比類ない傑作である。蒼古の青銅に彫りこまれていながら言葉がつねにいまだに肉となって生きている。人間学についての異様なまでに鋭敏で、深遠で、しかも精緻をきわめた洞察力と観察眼にはつくづく脱帽させられる。それも修身・斉家・治国・平天下、肉親との交渉から国家間のそれにいたるまで、極微と極大をあまねく一冊の本のなかで尽くしているので、あっぱれとしか、いいようがない。兄弟殺しに没頭している東南アジアやアフリカの町で夜ふけに銃声、砲声を聞きつつこの本のあちらこちらをひろい読みしていると、その日の昼間に耳にした情報や噂の本質がズバリといいあてられている章句を読んで愕然となったことが何度となくある。

この本を解説するための本もまた厖大・複雑であるらしい。たまたまその一冊の一章を読むと、古代における報復は猛烈・凄惨・過度の極であったから、〃眼には眼を、歯には歯を〃というマキシムは等価交換なのであって、当時にあっては信じられないくらいつつましやかで理性的な、おおらかな、優雅でささやかとさえいえるような観念であり、寓意であったのではないかと、説いていた。ここでまた眼からウロコが落ち、同時に、この一冊を味得するためには今後何十冊の聖書学書を読まねばならないことかと思わせられた。ただ日本語を忘れたくないという心から読むだけでもヘトヘトの思いにならされるのに……。

（『東京新聞』　昭和五六年九月七日）

六〇　作家の生き方、書き方

われわれ作家仲間には、「話がうまくなると小説が下手になる」というジンクスがあります。小説家はあまりお喋りするな、講演なんか引受けるな、という教訓ですね。ですから今日のお喋りがへたなのは日本文学のためです。

《小説》という言葉はもともと中国から来た外来語です。中国人は四千年におよぶ歴史を持っていて、その歴史を記録する方法を無数に試みてきた。歴史の表街道に通ずる正史、裏面を描く秘史、外史、野史など無数に。でも、歴史としては扱えないが、どうしても他人《ひと》に伝えたい人間・世間の機微というものがある。中国人はそれを《小説》と呼ぶ別種のジャンルを考案して掬い上げた。歴史の《大説》に対して《小さな説》という意味でね。明治以降日本人もこの言葉を使うようになった。戦前、「小説は芸術か?」という論争が行なわれたときに、小林秀雄さんが「文字通り小さな説を書いて飯を食うのが小説家だ」と言ってケリをつけたことがある。ところが、われわれの先輩がひとつの誤りを犯した。それは、小説という単語のほかに《文学》という言葉を作っちゃった。「文を学ぶ」と書いたのですね。ミュージックのほうは「音を楽しむ」と書いて《音楽》

とした。不幸にして《文楽《ぶんらく》》なる言葉が先にあったために《文学》としたのでしょうかね。小説は小さな説であると同時に文を楽しむものであったのに、それを「学」と書いたために、何か立派になりすぎて、士大夫のものであるかに感じられるようになった。そういう文学の本質はあるけれども、それが強調されすぎるとこぼれ落ちていくものがあった筈です。もし、「楽」の字を当てたならば、日本文学史は相当に違ったのではないでしょうか。

われわれは、明治以後百年間、西洋式食卓マナーを学んで、スープを飲むとき音をたててはいかんとか、ゲップはおならよりいけないとか聞かされて、諸外国を旅行し、外人を呼び、呼ばれてパーティを開いてきた。西洋人または中国人と日本人が正式の晩餐会をやったときの、最も顕著な違いは、日本人はナイフもフォークも使えるし、箸も使える、中華料理もビフテキも食べられるが、いつも鞭声粛々で食べることです。この鞭声粛々が私に言わせれば最大の誤りだった。向うの連中はえらいにぎやかに食べる。みんな次から次へと小話をし、笑わせて食事をする。あっちがこんな話をするとこちらからこんな話を返す。招いた方も招かれた方も笑わせてやろうと虎視たんたんと待ち構えている。その点が大いにちがう。

私は一昨年七月、私よりもはるかに年下の息子ぐらいの青年を五人連れて、アラスカを振り出しに、カナダ、アメリカ、メキシコ、ベネズエラ、コロンビア、エクアドル、ペルー、チリ、アルゼンチン、マゼラン海峡を越えてフエゴ島まで約九カ月間、南北アメリカ大陸を、北極圏から南極圏まで、釣竿を片手に旅をしました。その模様は、朝日新聞社から最近出版した『もっと遠く！』『もっと広く！』を御覧いただきたいのですが、その若者たちを連れて焼肉《アサド》パーティに招かれ、食事がはじまると、このヤングスが全く鞭声粛々なんですね。私は日本を出る前、小話《チステ》の一つもできないのは失礼になるんだから、殊に南米はラテンの血が熱く、食事と色事を楽しむ国なんだから、必ず小話を要求される、そのときのために一つか二つは覚えておくように教えたのですが、全員それを忘れて、お通夜に行ったみたいに黙々と食べている。ですから私一人が、こちらから話がくると、ナイフとフォークを置いて、「実はですな」と小話をやる、それが終ると「そこはですね」とジョークを返す。私は食ったのやら飲んだのやらさっぱり分らない。どういう話が出るのかと言えば、森羅万象ですが、政治の話と男女の話が多い。例えば私が、ブレジネフが誘拐された小話を御披露して、「或る日、ソヴィエト共産党中央委員会に誘拐犯から電話がかかってくる。《ブレジネフ書記長をあずかっている。百万ドル準備せよ》。一時間後にまた電話がかかってくる。しかし中央委員会は論客が多いので意見がまとまらない。するとと誘拐犯はしびれを切らして、《それでは、書記長を釈放する》と言うと、中央委員会がただちに百万ドル準備した。あなたの奥さんが誘拐されたらあなたはどうするか？」と尋ねる。敵はすかさず、待ってましたとばかりにアルゼンチン大統領の悪口で答えるといった具合です。下ネタ、ばれ話の応酬もある。あるとき突然、「おまえは女のあそこを舐めるのが好きか？」とやられ、一瞬たじろぎましたが、咄嗟に、自分の鼻を撫ぜつつ、「どうして俺の鼻がこんなにちびて丸くなったか御存知か？」と反問すると、オッサンは哄笑して、〃アミーゴ〃と叫んで抱きついてくるといった寸法です。《食卓は笑う》ですな。この焼肉《アサド》パーティは、アルゼンチンの最高のもてなしで、一頭の牛を開いて切りとった肋肉《バラニク》まるごと一枚をカタカナの「キ」の字型の鉄串にぶらさげ、岩塩とコショウをまぶしただけで、じわじわと炭火で焼くバーベキューパーティです。金色の汁をしたたらす、はんなりと甘く柔らかい肋肉とワインを交互に食しつつ小話を交換、交歓する。当地の格言では《肉は骨に近いほどうまく》、私の経験では《食事は大地に近いほどうまい》。そしてこのパーティには女が一人もいないというのもありました。奥さん《セニョーラ》だろうとお嬢さん《セニョリータ》だろうとオンナが入ると男たちに緊張が生れて、自由が消え、味覚が失われ、肉もチステも一度に味が落ちてしまうというんです。およそ《文学》は、昔、人類が猿のごとく毛深くて、洞窟に暮していたころ、焚火を囲んで、先祖伝来伝わってきた小話やら思いつきを、みんなで笑いながら語ってきた〃食卓の文学〃からはじまったのではないでしょうかね。風雪に堪えた小話が民話となり、神話となり伝説となって行く……

でも今日は少しまじめな話をしましょう。小説家はいったいどのようにして書くのか？　というと、私の場合は、終始酒を飲みつつ書いている。焼酎であろうと、ウイスキーであろうと、ウォトカであろうと、国産某社であろうと、スコットランド某社であろうと構わない。余り飲むと頭が燃えすぎて、どんどん書けてしまうが、文章のどこかに、おれは偉いんやなどという「アホ」な考えが現われてしまう。明くる日目が覚めて、書き散らしたものを読み直すと反吐の出る思いで、クシャクシャポイです。また次の日、酒をチビチビ飲む。燃えすぎず、覚めすぎず、しかし水ではなく、このブレンドの具合いと兼ね合いがむずかしい。マッチの生いぶりみたいな調子で心をあぶり立てていかないと書けない。酒のほかに安たばこも吸う。体内から妄想とアドレナリン、プトマインが分泌されて、胃袋ががさがさになる。小説を書いていると「楽しむ」どころかもうヘトヘトヨレヨレになってしまいます。発達するのは邪推と妄想だけ。おれが小説を書けないのは、世の中が間違っているからだとか、無限の口実が湧いてくる。しかしなんとか短篇小説を書き終えて、原稿用紙の最後に丸を打って、編集者に渡してしまった途端、もう二度と読む気がおこらない。その原稿がしばらくすると雑誌になって出版される。その雑誌が書店に並んでいる間は恥ずかしくて書店にも入れない。たとえがえげつなくて恐縮なんですが、自分が出したものをしげしげと眺める心理は誰にでもありますけれど、書店に棚ざらしになっている自分の精神の吐瀉物を見る気にはとてもなれない。雑誌に発表した短篇が五、六篇集まると一冊の短篇集が編集できる。そして短篇集のゲラ刷がとどけられる頃には、いくらか他人の眼で自分の作品が読めるようになっていて、「なかなかええこと書いてあるやないか」と考え出し、まだちょっとは世の中に生きていけるんじゃないか、という気になってくる。それも飲んでいないとだめですが。それが単行本になるとまたぞろ恥しい気分になってしまう。二、三年後に押し入れから本を出してきて、夜ふけにチョロチョロ読み直してみると、「なかなかいけるじゃないか」と思ったりする。だいたい出版社の人は次の作品がほしいから、甘い蜜のような言葉ばかりを注入してくださる。ほめることがないと、句読点の打ち方がうまい（笑）とおっしゃる方もいる。「お前の作品はだめだ」ということをそういう表現で現わすわけです。私は、女房と税務署と編集者の目におびえつつ、夜中に酒を飲んで、幾らかうぬぼれ、自ら励まし、神経性下痢に悩みながらコソコソ書いて行くのです。小説家など少しも恰好のいいものではありません。この十年来、新潮社の《闇》シリーズ（『輝ける闇』『夏の闇』）の第三部『花終る闇』がいつまでも完成しないで、日夜書斎にたれこめて、とらえようのないイメージと言葉のお粥のなかを、ねばねばぐずぐずと漂い暮していた。少しずつアルコールを注いで火を落さないように燃やし続け、作品に仕上げようとするんですが、私の気質から、書斎のなかに朝から晩までたれこめていると、《字毒》に冒されてくる。酒には酒の毒があるように、字には字の毒がある。文字の持っている匂いや味、肌ざわり、舌ざわりが稀薄になって拡散と分解が起ります。これではいかんというので、鬼のような編集者の目をかすめて外国に出発するんです。そうして生れたのが『オーパ！』（集英社刊）と、今度刊行した『もっと遠く！』『もっと広く！』です。これは、いわば浮気から生れた子です。

私は三十代はじめから四十代前半まで十五年位、諸外国の戦争や準戦争状態を取材して転々と書いてきました。小説としては、『輝ける闇』『夏の闇』『歩く影たち』（いずれも新潮社刊）がそこから生れ、ノンフィクションとして『フィッシュ・オン』『ヴェトナム戦記』（新潮社刊）などを書いてきた。そしてフィクションとノンフィクションの違いは何か？　を考えてきた。仮にノンフィクションの場合でも見たもの全てを描くわけではないから、言葉を選んで、取捨選択して書いている。この点では全く区別がない。ただ一つ、ノンフィクションの場合は、自分の想像で物を書いてはいけない。想像で書くときには、自分の想像であると断わらなければいけない。これがノンフィクションの最低の約束ですね。ところが最近のノンフィクションには、自分の想像をあたかも事実であるかのように書いたものが多いですね。駆け出しの頃、私は諸外国を旅しながら綿密にノートを採って歩いた。帰国後、それを本にすると、きちんと枠にはまった正確なレポートが書けているが、仏つくって魂入れず、正確ではあるが何やらもうひとつ足りないものがあるとわかりました。それ以後は、カメラもノートも持つのをやめました。もっぱら、どうしても忘れそうな固有名詞、人名、地名、数字だけを、ポケットのマッチのふた、レストランの紙ナプキン、手のひらに書くにとどめ、自分の目と心に残ったものだけを再現するように努めた。たとえば、サイゴンでは毎日のようにプラスチック爆弾が破裂して、職業軍人や政治家も死ぬけれども、大半はその場に居合わせた無告の民が死んで行くわけですね。その時目撃したキャバレーの女性のバラバラの肉体、血まみれの腸《はらわた》、目玉、太ももを忘れようとしても忘れられないけれども、日本に帰っていざ書こうとすると、意外にもその悲惨な光景が消えて、道端のハイビスカスの花がどう揺れていたかがよみがえってくる。ハイビスカスは東南アジアからアフリカ、中近東にかけてどこにも咲いている雑草にすぎません。じゃあなぜその花が私の心に残ったのか？その意味がいまだに私にはつかめないでいるが、とにかく死体が後景にしりぞき、ハイビスカスが前景に咲いている。後ろにころがっているものも、前に咲いているものも、私の心に残ったものをまとめて書けば、全体の意味が再現されるのではないか、と私は思うようになりました。以来、ノートを採ることに怠け者となりました。

私が《文学》から逃れて、いささか放蕩のようにしてはじめたアマゾンの魚についての記述や南北両アメリカ大陸縦断記などが、はたして広い意味でのナチュラリストの文学という新しい地平を切り拓いているかどうか？　自然と人事のコレスポンダンスを描きだす、文章を楽しめるものになっているかどうか？　《文学》と名付けたときにこぼれ落ちたものをもう一度拾い上げているかどうか？　これは読者の判断に俟つ以外にありません。しかしとにかく私は、再び自分の書斎に立ち戻って、ひたすら、雑誌《新潮》の一挙掲載と《闇》シリーズの完成にいそしんでいるわけです。本当に！

（開高健氏の講演を編集部の責任で整理しました）

（『波』　昭和五六年一一月一日）

六一　小さな顔の大きな相違

力士やレスラーの見事な、または奇怪な巨体が右に左に躍動するのを眺めながら、ときどき、指だろうなと考えることがある。足と手の指。人体の最先端。ここがマヒしていたらどうなるだろうか、と思うのである。頭の閃き、胸の激情、腹の知恵、腰の忍耐、すべてが指さきに、人目には見えにくい端末に、集中的に発揮されることがしばしばであるはずだと、小説家は猫背で想像をめぐらせるのである。

＊

昔、ウイスキー会社のコピーライターをしていた頃、明治、大正、昭和と三代の新聞を繰ってみて、〝時代色〟がもっとも生彩を放っているのは論説欄ではなくて広告欄だということに気がついておどろいたことがある。これは私がコピーライターとしてズブのカケダシだったからで、当然すぎるくらい当然のことなのである。これに匹敵するくらいの本文記事は何だろうかとさがすと、これまた論説ではなくて、小さな部分である。指さきである。川柳、俳句、投書、コラム、こういった端末である。これらが時代の微震計になる。氷山の露出部分である。くどくどいうまでもあるまい。毎日あなたは新聞を開いてまずそのあたりから読みにかかっているはずだから。(……そしておそらく、あとの大半の記事は見出しを読むぐらいですませていらっしゃるはず、と思いたいが。)

＊

雨の降るけだるい土曜日の午後にときどき白想の一つとして、明治以後の新聞のコラムのいいものをピックアップして三冊ぐらいの選集をつくったら、面白い時代史になるのでは、と思うことがある。明治なら正岡子規だろうし、大正なら薄田泣菫《すすきだきゅうきん》、昭和なら、戦後なら……あれこれ考えているうちに、名手中の名手の薄田泣菫の『茶話』が三巻本(冨山房百科文庫)になって出版された。谷沢永一と浦西和彦の編集で、『大阪毎日』その他のたくさんの新聞や雑誌に書かれたものをことごとく網羅している。二人の名だたる完全魔のシラミつぶしの仕事だから、当分これを読んで雨の午後のけだるさを消せることとなったのは何といってもありがたい。

薄田泣菫とその『茶話』についてはすでに丸谷才一と谷沢永一の二人がいうことなしの顕彰の文を書いている。さらにそれらを紹介しつつ向井敏がこの三巻の下巻に精密で親愛の解説を書いているので、ここで私がつけたすことは何もない。せいぜいのところ今の新聞を見わたしてこれくらいの人物が一人もいないことを嘆くだけである。博大な素養と厖大《ぼうだい》な見聞をさりげなく総動員し、誰にでもわかる平明な、雅俗混交の文体で、時代と事物と人を語って飽かせないその話術は今でも生きている。その時代に生まれても育ってもいないのになつかしさを感じさせられるのだから、やはりこれはなかなかのものである。諷諫《ふうかん》の針と嘲罵《ちょうば》の赤い笑いがしばしばあるのに毒々しく感じられない徳はその博雅のユーモアからくるものであろう。こういう短文が常設コラムになっていた当時の『大阪毎日』の読者は、おそらく、毎日、新聞を開いて、このコラムだけ一字一句を追って読み、あたたかくホッと一息ついたり、クスリと笑ったり、ソウダ、ソウダと呟いたりしてから家を出ていったのであろう。

＊

短文を書くのはむつかしい。長文を書くのもむつかしいが、短文では別種の苦労で背中が痛む。言葉を煮つめ、蒸溜《じょうりゅう》し、ムダをことごとく切って捨てながらしかも事の本質をつかまえて伝えなければならない。これが容易ではないのである。明晰でなければならないのにサムシング・アンセイド（語られざる何か）を背後に含ませねばならない。私的偏見を語りつつフェア・プレイでなければならず、百語を一語に縮めながらものびしていなければならない。しばしば最小を述べつつ最大を感じさせなければならない。語らなければならず、説いてはならず。過去を現在と感じさせ、茶飲み話なのにどこかに啓示の気配もそえなければならない。これらのないないづくしの難問に泣菫氏はたいていの場合やすやすと成功しているかと感じさせる。

（……もちろん時代と風俗のズレがあるために現代人としてはカンが働かなかったり、

判断に迷ったり、鍵のない錠を見せられるような文章がときどきあるけれど、これをしも著者の責任とするのは、ちょっと酷すぎると思われる。）

＊

ニューズの報道や解説はどの新聞も似たり寄ったりになる。論説もこの点あまり変わるまい。広告もまたおなじものが各紙に出る。というぐあいに見ていくと、新聞で個性らしい個性が発揮できるのは傑出したコラムだけであると極言したくなるほどである。もし傑出したコラムがあれば、それは敏感にまさぐる指でありながら同時に顔でもある、といえる。日本には新聞はあるけれどジャーナリズムはないというのは有識者のあいだでは久しくアクビまじりの毒舌となっているが、その最大の論拠の一つは、新聞に〝顔〟がないという一点である。泣菫氏は長年月にわたって〝顔〟でありつづけ、その万年筆のインキは切れることがなかった。この三冊本を読みかえしてみて、あらためてその異才ぶり、異能ぶりを痛感させられる。コラムは小さいけれど、小さな相違が大きな相違をつくるという鉄則は時代によって変わることはあるまい。

つまり来週あたりから本紙のどこかに、傑出した、小さな〝顔〟が登場し、売り上げが大きく変わるということになるのでありまする。

（『毎日新聞』　昭和五九年四月一三日夕刊）

六二　『衣食足りて文学を忘る』ふたたび!!――〈発言〉文学の現状について

以前、この雑誌で『衣食足りて文学は忘れられた!?』という短文をモノし、その中で「近頃のわが国の文学。創作、批評、短文、匿名欄、投書、いっさいがっさい冷めた雑炊のようにしか感じられない」と書いたところ、いろいろなご批判をいただいた。しかし、それから五年。思わず知らずそう言いたくなるような現象は、その後も続き「ますます衣食足りて、いよいよ文学は忘れられた」と言い直さねばならぬ次第ではありますまいか。

まず。

近時、若者が活字離れしていると即断する向きがあるが、小生はけっしてさようには思いませぬ。日本は、これだけの工業国、これだけの人口、これだけの中産階級意識を持った国民、これだけの教育水準、と、これだけこれだけというものを数えあげ、そういう資格のあるほかの国の青少年と比較してみると、はるかに日本の青少年の方が活字離れしていない。読みたがっている。

だが、彼らは自分が何を読みたがっているかを把握してはいない。それは当然。いかなる時代にも、若者は自分に溺《おぼ》れているのだから。一方で、写真・映画・音楽・芝居といったものに表われる同じ世代の感受性の冴えや飛躍といったものを見ると、同じ冴えや気迫が活字にも向っている筈であると考えざるをえない。現今、これは困る、これでは嫌だという若者の拒否反応の感覚は鋭い。遅れているのは、執筆者と出版社だけではないのか。

いったい日本全体で、出版社がいくつあるのか、一年間に出版される本がどれだけの数に上るのか、そのおびただしさをチラと考えただけで（若者だけが、それを支えているわけでないにせよ）、若者が購読せずして、これだけの出版社がメシを食い続けてゆくという現象は起こりえない。ヨーロッパやアメリカでは、出版社がどんどん併合・合併・消滅・霧散しつつある時代なのに、日本では、今日も新しく出版社が一つできる、二つできる。かくして、神保町界隈《かいわい》のラーメン屋と屋台は殷賑《いんしん》を極める。文運隆昌。誠に結構。

しかるに一方、近時、純文学雑誌を廃刊になさった出版社がある。赤字、黒字なるソロバンからのみいえば、発刊する前から出ている結論。文学雑誌が売れぬのは昔からのこと。小生、二十七年前にデビューして、小説家として登録されて以来、文学雑誌ではメシは食えない、これはボランティア活動の一種、その原稿料は御布施に似たものと考えてきた。この一点では、僧職出身、故武田泰淳氏との意見の合致はいち早く、御布施と言った途端、彼の目が生き生きと輝いたのを覚えている。

ひとたび純文学雑誌に手を染めたのなら、最後までやり続けて頂きたい。純文学雑誌はやめないで頂きたい。ボランティア活動家としては、かく申し上げたい。

それにしても。

純文学は何故にことほど読まれぬのか。明白な答え一つ。おもしろくないからである。当然ながら、これは困る、これでは嫌だという拒否反応に遭遇する。新宿や銀座の大書店は今日も若者達でこれ又殷賑を極めているが、彼らの目は純文学の棚に走ることは、あまりない。読みたがってはいるが、読めるものがない。かくして彼らの足も目も心も興味も別のものへと向うのである。

だが、絶望は愚か者の結論であるというのは、この場合にもあてはまるのではあるまいか。時たまではあるが、そしてそれは残念なことに、まことに稀であるといえるが、良質の純文学作品が、大量に読まれるということが生じる。若者の迷っていた心、満たされぬ餓えが、そこで一部ではあれ、充足せしめられたと言えるのではあるまいか。

詩と純文学は常に実験物理学であり、大衆小説は応用物理である。純文学者が実験室で実験したことを工場で拡大再生産・大量生産するのが、今までの方程式であったが、拡大再生産された応用物理の小説もあまり多くの読者がついているとは思えない。きわめて品質が劣悪なるが故に。

人間性を知りたければ、一流の文学作品を読め、国民性を知りたければ、二流の作品を読めという原則があるが、人間性を知るための一流の作品もなく、国民性を知るための二流の作品もないとなれば、いかがいたすべきか。

文学作品は何をテーマにし、いかなる文体によるものであれ、何らかの意味での反抗・復讐・批判・謀反・反乱、ひとえにこの情熱から書かれてきたが、今やそれらの敵を見事に見失ってしまったのではなかろうか。過去の禁圧時代に、反乱・復讐の情熱から幾多の名作が書かれたのに対し、今のソフト・オープン・リッチの時代に、その数少ないこと著しい。作家達は情熱が霧散し、自我が拡散し、どこへどういってよろしいのやら五里霧中。行方不明。

そして。

一方では、ノンフィクションの勢いたるや、瞠目《どうもく》に値するものがある。以前ならば、純文学あるいは大衆小説、おしなべてフィクションの世界へ行ったと思われる才能や感受性がノンフィクションの世界へ、どんどん流れ込みつつあるといってよろしい。十五年前には、『菊池寛賞』唯一つ。今では、大きな出版社はほとんど隈《くま》無くみなノンフィクションの賞をお持ちになっている。石を投げれば賞に当る。そしてラジオ・テレビ・映画、ありとあらゆるジャンルで、昨日も今週も来月もと、発表され続けてゆく。おかしなことに、自由主義国・社会主義国・発展途上国・アジア圏・ヨーロッパ圏を問わず、一貫してノンフィクションが求められている。同時多発現象。時代の特質であるといえるが、この世界でも、グッド・ワンズ・アー・フュー、良いものは稀であるという原則に変わりはない。

取材された現実それ自体はなかなかみごと。経験もいい。しかし、表現が追いつかない。経験と表現の間にギャップがあり、それが奇妙な空白感を生み出している。言語体験、自分自身の内部と外部における言語体験の貧弱さ。若い世代について言えば、国語に対する不感症と無知。もちろん言語と個人との闘争は絶えまなく永遠に続いてゆく問題だが、彼が自分の表現を持っていない、もしくは甚だ貧血質のものしか持っていないのは、つまるところ彼の精神生活・内面生活の問題である。

いつの時代でも、才能というものは、人口の中にごく僅かしかいないということを思い浮かべておく必要はある。うかつに人の持たぬ才能を持ってこの世に生まれて来れば、それればかりではないにしろ、苦しい人生を送らねばならない。しかしそのような気配ある才能に、小生はここ久しくお目に掛らぬ。小器用さには出会うが、それは便利大工の小器用さ。大才・奇才はいない。大才扱い、奇才扱いされている者はいるが、それはコマーシャルであって大才でも奇才でもない。今の書き手は、自分自身に対して野心をお持ちにならぬのか、はたまた持ちようがないのか、小さな成功に甘んじているようにお見受けする。

文学は、そもそも初めから社会に無用のもの。無用のものであるからして貴重なのである。それ故、文学はそれがなければ暮らしていけないという程のものでなければ、なに程かの意味もない。

しかるに。

小説家は敵を見失い、ヒーローを忘れ、嘘をつく気力を失い、物語りする才能を捨ててしまった。残るのは身辺雑記のみ。嗚呼《ああ》!

されど、行きつくところまで行かせるもよし。新しい文学の創造には、古きものが、とことん消耗しつくされ、新しい情熱で、新しい文体で、新しい作品を実現することが必然になるまで、馬鹿馬鹿しいものを、退屈なものを書き尽してしまう方がよいのではありませんか。今はまだ過渡期の後半期。やがて一人の芭蕉が出て、コロンブスが輩出すれば、あまた亜種変種が続々と発生してもこよう。今までの文学概念と違う、新しい文学観とそれを表現する文体が発見された時に、ふたたび文学は蘇る。

外的な条件の中に敵が見つからぬので、無重力状態で空中遊泳だと言われているが、敵は自らの中に発見されるものである。文学が敵を見失ったと言う時は、作家が自分の内部に敵を見失ったという訳だ。無限に敵を再生産しつづけていくのが芸術家の創造意欲なのであって、敵を再生産しつづける最大のきっかけである外的条件が、ソフト・オープン・リッチに軟かくなったのなら、自己の中に敵を再生産しつづけるべきである。

その意味では、創作態度の面からすれば、今日ほど純粋な時代はなかったとも言える。外的条件に触発されて作品が書かれる時代ではなくなりつつあるのだから、純粋に内的な条件のみで作家は自分を処理していかねばならぬ。そうなればどれほど自分の中に敵を見つけつづけることができるか、どれだけ敵を増殖しつづけることができるかが問題となろう。何がしかの意味で、文学は常に同時代の微震計であり、晴雨計でありしてきた事実を考えてみれば、言語媒体による表現活動というものは絶えることがあるまいから、やはり文字や言語に情熱を燃やす若者は後続部隊として続く筈だ。

かく愚考する次第でありますが、いかがなものなりや。

（『すばる』六巻六号　昭和五九年六月一日）

六三　〝神〟を失った欧州の孤独地獄　その視点と視野を肉感で定着

――開高健さんと『嘔吐』をよむ

同主題では傑出作

六〇年代初期。

ある年の冬、大江健三郎君と二人で、モンパルナス大通りのキャフェ・クーボールでこの人物と一時間ほどをすごしたことがある。あらかじめ質問状をつくって秘書にわたしておいたところ、彼はそれを手にしてクーボールにあらわれた。会ってみるとこれは子供ぐらいの背しかない小男で、ひどいガチャ眼であった。右の眼を見てムッシュウといっていいのか、左の眼を見てそういっていいのか、ちょっと迷わせられるくらいだった。そして予想に反してひどく愛想がよく、終始ニコヤカに微笑しつづけた。これは彼の文体からはちょっと想像しにくいことであったので、呆気《あっけ》にとられる思いでその眼と義眼を見守りつづけたものだった。

その短くない生涯の彼の文筆活動は多彩で広大であった。実存主義が風俗であることを終わり、時代の主潮でなくなってからも、つねに彼は〝時の人〟でありつづけ、その言動や記述はいつもニューズとして報道されつづけた。哲学者、劇作家、小説家、美術評論家、時事評論家、社会運動家、ときにはグレコのためにたわむれに『ブラン・マントォ街』などというシャンソンを作詞してやったり。小男は精力家だという古今の原則を生きぬいてみせた。『嘔吐』はその処女作といってよい作品だが、同時にみごとな完成度を持つものでもあった。後年の『自由への道』は華麗で開いた多性格ロマンだが失敗作であったし、短篇も『一指導者の幼年時代』をのぞいてはみな流産だったり、未熟だったりした。晩年近くになって彼はこの作品を否定してみたり肯定してみたりしたが、すべて作品というものは書きおえた瞬間から一人立ちし、他人のものになってしまうのだから、作者がそれをどう評価しようと、あまり意味がない。『嘔吐』にはストーリーらしいストーリーは何もない。一人の独身男の金利生活者の内面の崩壊過程が描かれているだけである。めだたない男の孤独地獄というテーマはこの作品の以前にも以後にも数多くの作品を生んだが、この一作はやはり今世紀前半に登場したもののなかでは傑出している。観念として孤独を描いた作家にはたとえばドストエフスキーがあるが、『嘔吐』は卓抜で明晰な比喩を駆使し、暗いが煌《きら》めく詩情と、圧倒的な肉感で、ちょっと類のない地獄を提出したのだった。〃心〃をひとところにたちどまって徹底的に凝視すると何事が発生するか。自己の眺める自己は存在できるか。このテーマは短篇の『一指導者の幼年時代』でもしぶとい、執念深い低声で内的独白として語られているが、『嘔吐』は事物の反乱（そして氾濫）という新しい形相を導入した。

物自体が生となる

人が解体してゼロになれば、そして他者との関係という関係が一切断たれてしまえば、事物だけがのこされる。しかし、人が事物を使うという関係も消えれば、事物はそれ自体の生となって呼吸をはじめることとなる。人がドアのノブをにぎってひねってドアをあけるのではなく、ノブが人にそれをにぎらせひねらせるように強制したと感じられることになる。これが事物の反乱であり、やがて、視野を埋めんばかりの氾濫となる。街は恐怖にみちていると主人公は呟くが、やがてその呟きは叫びとなる。山川草木ことごとくに霊があり歌があるとする古いアジアの認識からはこのような孤独は生まれにくいが、〝神〟を失ったヨーロッパではこの地獄が出現する。

『嘔吐』はこの視点と視野を観念であるよりは肉感で定着してみせたことで、それ以前の孤独文学を一歩、傑出してしのいだのだった。それまでに乱読また乱読でドストエフスキーやチェホフの孤独におびえていた二十歳前後の私はこの作品をはじめて読んだとき、ひめやかに、しなやかに圧殺されるものを感じ入らせられて、おびえる以上に立ちすくんでしまった。その後、かなりの長年月、ときどきこっそりこの作品を読んでは、そのたびに自分をヤスリにかけて、のこるものがあるかないかを計量しつづけたものだった。

この作品に図書館の本を内容におかまいなくアルファベット順に読む貧しい独学者が登場する。主人公のロカンタンはこの独学者と声をかわすようになり、話しあうようになる。ある日、この独学者は第一次大戦で捕虜になり、ドイツの暗い収容所でギュウ詰めになって暮らすうちに他者の存在にめざめたのだと打ち明ける。ロカンタンはその言葉に偽りと虚飾を感じて内心にはげしい反発と反感をおぼえるのである。

しかし、『嘔吐』が発表されてからしばらくして第二次大戦が勃発し、サルトルは兵役にとられ、捕虜になって収容所へ入れられる。やがて戦争が終わり、サルトルは〝参加の文学〟を唱導することになるが、そのとき、収容所で他者の存在を知覚するようになったのだと述懐する。つまり彼は自分の処女作ではからずも未来の回心を予言したことになり、その的中ぶりにはおどろかされるものがある。

「回心」はポーズか

芸術家と作品にはしばしばこういうことが発生するものだが、そのあざやかな一例ではないかと思う。ただし、その後におびただしく彼の発表したエッセイや作品を読んで、私としては、もっぱら文体からたちのぼるものだけをたよりにしていうことだが、この一点については疑わしさをおぼえさせられる。いつまでも疑念が晴れないのである。何かの〝義理〟でサルトルはそういうポーズをしているのではないかと感じさせられてならないのだった。この点を彼の死後、『嘔吐』の訳者の白井浩司氏と対談して、問いただしてみると、白井氏も同感だとのことであった。

しかし、そんなことはあるにしても、『嘔吐』そのものの価値には何の影響もない。もう一つ、付言しておくと、この作品の訳は訳者とともに樹木のように育ってきた稀有のものだということ。チャンスがあるたび、そのたびごとに白井氏は版を変え、紙を変え、出版社を変えして手を入れつづけてこられた。そういう懇篤な仕事ぶりはめったにあるものではない。この作品の日本訳について第五元素となっているものはそれである。

（『朝日新聞』　昭和五九年一一月二五日）

六四　眼を見開け、耳を立てろ　そして、もっと言葉に……

テレビは劇映画かプロレス中継のみ。新聞や雑誌は、自分の書いたものが載っていようといまいと読まない、見ないという生活をつづけて久しくになる。この情報化時代にナニヲバカナコトヲと思われてもよろしいが、これで用は足りるし、約三十年間、世の中が見えなくなる不安を感じたこともなかった。茅ケ崎の家の書斎にたれこめて訪ねてくる編集者、友人、知り合い諸兄姉の言に耳を傾けているだけで、私の情報生活は充分なりたってしまうのである。

それにつけても、同じニュースが話し手によってこうも違った相を帯びるものかと半ばあきれ、半ば感心させられることがしばしばである。情報というものはこの世の中に話し手の数だけ存在するものなのではないかと、深夜にふと呟きたくなる。極端であると知りつつも。

＊

ドキュメントとしての写真については他の選考委員の方が書く機会があると思うので、文章に限っていうと、私見ではノンフィクションもフィクションも最終的には言葉で人に訴えるのだという一点では変るところがない。ノンフィクションは〝事実〟にそって書き、フィクションはすべてから自由だという大きな違いがあるように見え、事実そこには哲学的な認識論議の巻き起こる余地はあるのだけれど、そうした議論の淵に迷い込むよりも、ファクト、イマジネーション、文体、単語の選択行為であるという一点でこの両者は薄皮一枚の差であることを痛切に考え抜いた方がいい。この一点についてハラの底まで言語生活を重視し、狂わんばかりの精度とヴォキャブラリーを動員し、かつ、精溜しようと試みることで、自分の知覚した〝事実〟に応えようとすることだ。

その上であえて言えば、ノンフィクションも話し手の数だけ存在し得る。まだまだ無数、多彩な方法が手つかずのまま残されている分野だと感じられる。見る眼ひとつ。感じる心ひとつ。「おなじことをするにもいろいろな方法があるというものですよ」というチェホフの何気ない言葉も、そういう意味に読めないだろうか。

＊

『アンネの日記』（文春文庫他）
『コン・ティキ号探検記』（筑摩叢書）
『反乱するメキシコ』（筑摩叢書）

まだ無限にあるけれども、ノンフィクションの傑作として、とりあえずこの三つを推薦したい。もう読んだ人はもう一度。まだ読んでない人はすぐ書店に走って、熟読玩味されたし。そして熟読も玩味も終ったら、それを水煮にする。味の素もコンブもマギーも入れずに、水だけでグッグッ煮る。そのスープを夜ふけに畏怖《いふ》をこめてすすること。まだ残っていたら、ヤカンで煎じて飲むこと。

＊

以上三冊を煮たスープをすすってみて、辛かろうと苦かろうと、そこにユーモアの後味が感じとれたなら、キミの舌はなかなかのものと申し上げてよろしい。ノンフィクションとユーモアに関してあまり言う人が多くないが、自身のささやかな実作体験からしても、この両者は奥深いところで支え合っていると思われるのである。
「現実は、考えることのできる者にとっては喜劇、感じることのできる者にとっては悲劇である」

笑いのない現実というものはあり得ない。いかに悲惨なものにも、見方を変えれば笑いがある。それがあるかないかは、書き手に見る眼、感じる耳があるかないかだけの問題ではないか。『フィガロの結婚』の中でボーマルシェは「泣くが嫌さに笑い候」と言っているけれど、これは何事かを表現しようとする者にとってわきまえておかなくてはならない精神生理である。キミの前に、キミが見たと信じている現実があるとする。その〝見た〟という信念がキミに悲しい歌を歌わせようとするかも知れない。しかし待て。そしてよく眼を開き、よく耳を立ててみたまえ。そこに「泣くが嫌さに笑」っている人間が、いはしまいか。自分をも含めて。

＊

かつて某出版社の某重役に頼まれて、編集社員の精神作興のために心得書を書いてみたが、よく考えるとこれはそのままドキュメンタリストにも通ずるものだと思われるので、念のためもう一度これを左に再録する。国内にあっても国外にあっても、拳々服膺《けんけんふくよう》あらせられたい。

ドキュメンタリスト・マグナカルタ九章

一　読め

二　耳を立てろ

三　眼をひらいたままで眠れ

四　右足で一歩一歩歩きつつ左足で跳べ

五　トラブルを歓迎しろ

六　遊べ

七　飲め

八　抱け、抱かれろ

九　森羅万象に多情多恨たれ

補遺一つ　女に泣かされろ

（『PLAYBOY』一一巻一号　昭和六〇年一月一日）

六五　北の、小さな国の、明澄

六月のフィンランドはよく晴れ、日光は淡いけど麗《うら》かである。陽射しはきついのだけれど、蒸暑さがまったくないので、澄みきっていると感じられる。この国ではアラスカやカナダとおなじで、〝冬〟と感じられる月が一年のうちに五カ月もある。春も短く、夏も短く、たちまち秋へ、そして冬へ日はかけこんでいくのである。六月十八日から三日間、ここで世界じゅうの作家を集めてのミーティングがあったので、前後十日間ほど私は滞在したのだが、ちょうど夏至祭のときだった。この一週間がここではもっとも晴れた一週間だとされているらしく、ミーティングが終って夕方に木のかげでウォトカをすすっていると、となりで飲んでいたフィンランド人の作家が、来週から秋だなァ、とつぶやくのが聞えた。六月の下旬に入るか入らないかで、まだ七月もある、八月もあると思いたいのに、もう秋だというのである。いささか愕然とさせられる呟きであった。

このミーティングは首都のヘルシンキから一時間ほどのラハティという小さな市、そのはずれの湖畔で開催される。スポンサーはラハティ市とフィンランド政府。出版社や新聞社それぞれの寄附もある。一九六三年からスタートし、二年に一度、開かれるのである。わが国でも名を知られている人物としては、ロブ＝グリエ、クロード・シモン、エンツェンスベルガー、ジェイムズ・ボールドウィン、バルガス・リョサ、ギュンター・グラスなどがこれまでに出席している。わが国からは安部公房、加藤周一、中村真一郎などの諸氏である。今回は小生のほかに白石かずこ、矢川澄子の二人の女流詩人が出席した。広大なアジア圏から日本人だけが出席というのはいささかさびしい気持がするが、フィリピン代表が欠席したので、残念であった。小生は七年前に『夏の闇』がここでカイ・ニエミネン氏の訳で出版され、文部大臣賞を与えられたという事情があるので、かねてからヘルシンキにはいってみたいと思っていたところなので、好機であった。ヘルシンキで大使をしておられた人見鉄三郎氏のすすめがあったので、国際交流基金の派遣ということで出かけたのだった。

湖畔の林のなかにテントを張り、芝生にベンチを並べ、淡麗な日光を肩にうけて、戸外での討論会である。世界じゅうどこでも小説家は服装がきちんとしていず、ヘヴィー・スモーカーで、大酒飲みで、と相場がきまっているが、ここでもTシャツ、革ジャン、Gパン、ジャンパーなど、てんでんバラバラである。シラフで水を飲んでスピーチをするのもいるし、イッパイ召上ってから登場するのもいる。女の作家となると、これまたざっくばらんであって、マタニティ・ドレスにハダシという恰好であらわれるのもざらである。集会に出たければ出るがよろしい。出たくなければウォトカを飲んで昼寝でもしてなさいといった、まことに好ましいアトモスフェールである。ここのウォトカは、「フィンランディア」が日本で売られているけれど、たいへんよく磨かれていて口あたりが澄んで冴えているから、ついつい度をすごしてしまう。

私はキー・スピーチを命じられたので後掲の原稿を書いて、持っていった。短い時間のうちに外国人にわかりやすいように、翻訳しやすいようにと気を使って書かねばならないので苦労したけれど、かねてから抱く感想を整理して基本的なイデェだけを並べてみるとそういうものとなった。今年与えられたテーマは"Seriousness... in crisis ?"といい、読みかたによっては幾通りにも解釈できるというひねくれたものである。三日間にわたって、つぎからつぎへと誰が立ち、彼が登場し、まことに活潑な議論が展開された。テレビやマスメディアの俗悪の弊害を訴える人とユーモアの必要を訴える人が多かったと見るが、やはりどこでもおなじ事情になっているのであろう〝南北問題〟となるとカメルーン出身の作家が——この人はフランスに亡命中らしいが——母国での投獄、拷問、処刑という悲惨を訴えた。いっぽう〝東西問題〟となるとポーランドの作家が、やっぱり、同国での検閲、投獄、抑圧の状況を訴え、西側の世界と作家はこの問題にまったく冷淡、かつ無関心であると、結んだ。

（……けっして冷淡でもなければ無関心なのでもない。くわしくは知らないけれど、知ってもいれば、気になってもいる。しかし、あまりに東西南北でおびただしすぎるのと問題が巨大すぎるのと方策のなさとで茫然となっているのだ、というのが私の内心の力弱い呟きである。)

電卓をつついて効果が数字で割り出せる問題もあれば、そんなことはできないけれどおなじかそれ以上に切実だという問題もある。形で発現することにだけ注意と精力と金をつぎこんでばかりいると、形のないことの切実さがわからなくなる。その頭と心はいずれ形のある切実もつかまえることができなくなるはずと思われる。小説家が集って三日間、まじめに議論しあったところで、この地上では木の葉一枚うごくまい。小説家の最善なるものはその作品にあるはずだから、それ以上に小説家がどんな名論卓説を吐いても、やっぱり木の葉一枚の色も変るまい。このラハティの集会はバベルの塔に似ている、とする批評が、かつてはあったらしい。しかし、ラハティ市とフィンランド政府は無視して、二年に一度、毎回、切実でおびただしい費用を使ってこの集会を開催しつづけている。その態度と見識にはつくづく感服させられた。金の切実な使い道はこの北方の小さな国には無限にあるはずと思われるのにあえて無視して、この一見も二見も徒労と無駄以外の何物でもあるまいと思われる行事に知性と精力を傾けることをやめない態度には、うなだれるしかない。小さな、澄んだ、高いひとつの国を私はのぞいた。その明澄はちょっと類がないと思われる。

"Seriousness...in crisis ?"

列席の紳士淑女諸賢。

短いスピーチをこれから始めますが、そのまえにもっと短く私個人のことを自己紹介しておきます。私は五四歳の日本人の小説家であり、本を書く生活をするようになってから約三〇年になります。その間に文学賞をいくつか与えられました。このフィンランドでは作品の一つが翻訳され、一九七八年に文部大臣翻訳賞を与えられ、深く感謝しております。ふつう私は昼寝て夜起きる癖があり、原稿を書くときはウォトカをストレートでちびちびすすります。これはやめられない私の癖であります。スピリットの力を借りないことには文章に飛躍がつくれないのであります。いろいろなウォトカをためしてみましたけれど、ここ二、三年はアメリカのスミルノフか、フィンランディアの五〇度を飲んでいます。フィンランドへ来たから、お世辞で申し上げているのではありません。もっといい文章がもっと速く書けるウォトカがありましたら、後程、私の耳にこっそり吹きこんで下さいまし。

夜ふけに起きて文章を書くほかに、ときどき私はリポーターとして海外へ出かける癖もあります。三〇代の一〇年間は戦争を報道することに没頭しておりました。ヴェトナムには三度行きましたし、その他にビアフラ、中近東などの最前線も観察し、リポートしました。四〇代に入ってからは血と死体を描写することにくたびれましたので、ナチュラリストになりました。釣竿を手にしてアラスカやアマゾンへ行き、それを本にするようになったのです。戦場と川岸が中年になってからの私の書斎外での仕事場となりました。ここで一言つけくわえておきますと、小説家はウソを通じて真実を語る人であり、釣師はしばしばホラ吹きであります。古いロシアの諺には〝魚釣りの話をするときは両手を縛っておけ〟というのがあるそうです。したがって小説家でもあり釣師でもある私は、ウソつきであると同時にホラ吹きでもあるかもしれませんから、これからのスピーチもそのつもりで聞いて頂きたいのであります。

さて、私に与えられた演題は"Seriousness...in crisis ?"というのであります。これはこの文学祭の主催者から英語で送られてきました。この演題は考えようによって二通りに解釈できます。一つは現代において作家の真摯さは危機にあるのかと問うている、という解釈。もう一つは、危機が何であれ、そのなかで作家の真摯さはどうなるのか、と問うているという解釈です。問題の設定のしかたとしては、たいへん手のこんだ小憎いものと思われます。フィンランド人は無口であると聞かされてきたのですが、こういう問題をつくる背後にあるものはけっして無口ではありません。

現代の社会は百年前にくらべると、少なくとも言論や思想の自由が認められている諸国においては、タブーがどんどん撤廃されつつあります。それはソフトで、オープンで、リッチ、かつ軽い社会です。いつ頃からかわかりませんが文学は本質的に反抗と復讐の衝動から書かれるようになりました。それは真、善、美、どの形にもせよ、底に叛逆の情念を秘めています。しかし、柔らかくて開かれた、タブーのない社会においては、またはタブーのいちじるしく少なくなった社会においては、作家は何を敵にしていいのかわからなくなります。叛逆の情念は甘い生活のなかでは無重力状態に陥ちこみます。作家は真摯さをどこへぶっつけていいのかわからなくなります。古い文学そのものを敵とするにしては発想と文体においてすでにありとあらゆる冒険と実験がおこなわれてしまい、あとは白紙のままの本を出版することだけが残されているきりだと思いたいのですが、これすらすでにおこなわれてしまいました。社会的なタブーで作家の最大の敵の一つはセックスでしたが、これすら現今ではぶつかれる壁ではなくなりました。現代の作家は百年前の作家にくらべて精神的に不能になりつつあると申上げてもさほどの極論にはなりますまい。しかし、読者はつねに何か新しい物語を求めてやみませんから、フランス語で〝ディヴェルティスマン〟、つまり気晴しと呼ばれるものが提供されることとなります。スパイ小説、ミステリー小説の大流行であります。これはアメリカでも、フランスでも、日本でも、まったくおなじ洪水時代であります。私たちはパルプ小説とパルプの洪水のさなかに生きている。そういえます。

しかし、ごく短く要約し、定義してみると、人間は矛盾のかたまりであり、矛盾の束でありまず。根源的に人間は情熱的存在なのであり、かつ、自己解放を求めつづけずにはいられない。社会からどれだけタブーが消滅しても、人はつぎに自分からタブーをつくりだして自身に負わせ、ついでそれを破ろう、もしくは高めよう、深めようという努力にふけりたくなるものと見られます。したがって社会から戒律、法律、習慣、伝統などのタブーが、仮に一切消滅する日が来たとしても、そのなかで個人はめいめいにタブーを負わせて生きつづける。そうせずにはいられないのです。愛もタブーになり得るでしょうし、正直もタブーになり得る。友情も家庭も例外ではありますまい。してみると、いかにたくさんのタブーを自分自身に負わせることができるか——それによってその作家の感性なり力倆《りきりょう》なりが問われることになるはずです。どれだけたくさんの空気という抵抗を翼でうけとめることができるか。それによって鳥はどれだけ遠く、長く、高く飛べるかがきまる。〝自由〟について古代ギリシア人は鳥と空気の関係を考えましたが、タブーの問題も同様でありましょう。ここにはまぎれもなく作家の真摯さがからんでいます。むしろ、それなくしては何もあり得ないと思われます。真摯さだけが重要なのではありませんが、それがないことには火がつかないという一点では、現代の作家も百年前の作家も、さほど変るものではありますまい。

危機における真摯という問いを考えてみます。ニーチェは、かつて、〝男が熱中できるものは二つしかない。すなわち遊びと危機である〟といったことがあります。これは男の本質をいいあてた数多くの名言のうち、筆頭にあげられていいものかもしれません。

遊びのなかにも危機はあるし、危機のなかにも遊びはある。甘い生活をしようが、辛《から》い生活をしようが、もし男が熱中しているのであればそのなかにはきっと遊びか危機があるはずです。もしくは遊びと危機の二つが二つともにどこかに含まれているはずです。おそらくそれに熱中しているときには感知しにくくて、他の言葉で表現されるものにとらわれているかも知れませんが、事後になって追想し、省察してみれば、〝遊び〟と〝危機〟、どちらかの単語が浮上してきて、その手の影の下に状況をおくこととなるでしょう。これはゲーテがたしか『西東詩集』のなかで別の言葉で早くにいいあてたことです。——火にたわむれて体を焼かれる夜の蛾のように死を介してはじめて生は全きものとなるのだ。これを体得しないかぎりあなたはいつまでも地上の夜のかなしい客人にすぎぬ、という有名な託宣です。ゲーテはペルシアの詩人に触発されインスパイアされてこれを書いたのでしたが、これをかならずしも〝死の崇拝〟ととることはありません。十全な生を求める感性と胆力を探索すればそういう言葉になるのだと考えておくべきかと思います。ずっと後代にニーチェはこれに遊びと危機という言葉を補足いたしましたが、感知するところはおなじものです。ちょっとはなれた道を通って一つの目的に達したまでであります。以上の意見のうち、〝男〟となっているのを〝作家〟とおきかえればいいことです。真摯な作家はその真摯さゆえに、地上の夜のかなしい客である状況からはなれたい一心で危機を求めずにはいられますまい。真摯さのゆえに遊びを求めずにはいられますまい。

しかも作家は夜ふけにひとりで目をさましてウォトカをすすりつつ知らず知らずのうちに危機をペン先から分泌している。その危機はアフリカで飛行機ごと大きな滝へ墜落することや、闘牛士になることだけをさすのではなく、自身の心のうちにあるものでもあります。遊びの様相はたくさんありますが、してみれば危機の様相も多様であるでしょう。書斎から出なくても心に危機を発見し、感知して傑作を書きあげた作家の例は古今東西、無数にあります。真摯であるがゆえに作家は危険人物にもなり、遊び人にもなるのです。いかに倦怠の死病にとりつかれ、人間とこの世界に罵倒を投げつける作家がいたとしても、彼が文字を書き、文章を書き、作品を書いているかぎり、彼は絶望者とは呼べないのです。もし彼が心底から絶望しているのであるなら、そもそも作品を書くという行為そのものを放棄しているはずと思われます。たとえばセリーヌは糞便の大洪水ともいうべき作品を書きつづけて、人間を憎みつづけましたが、けっして彼は絶望者ではなかったと私は見ます。ただ彼は一つの家に入るのに逆立ちして、そして裏口から入っていったまでのことです。

以上が私の短い意見です。とくに傑出して新しい独創的な見解はありませんが、そして私の感じていることよりも言語の数のほうが圧倒的に少ないために、こんな結果になりました。これからホテルへもどって夜ふけにフィンランディアを飲めば、一人でもっと長いスピーチがやれることでありましょう。
キートス！（フィンランド語で「ありがとう」）

（『ちくま』一七四号　昭和六〇年九月一日）

六六　ミステリーの面白さを語ろう

小説の文体で書かれたニューズ

――まず「今夜も眠れない」ほど面白い本から……。

毎晩、眠る前に何頁であれ、小生は本を読まないことには眠れない。朝日マラソンを略して朝マラ、アルコール中毒を略してアル中というならば、活字中毒だから活中《かっちゅう》というほどの文字中毒なんですね。

ところが、眠れない本というのがなかなかない。いわゆるミステリー小説というものも氾濫はしてますけど、要するに殺人がらみの風俗小説というところでしょうが。それで、しばしば読むのは、エスピオナージュというジャンルのスパイ小説です。で、国産ものも時には目を通すけれども、続けて五頁と読めませんな。だから昨今ははなから読まないことにしてますが、和ものと洋ものと比べてみると、洋ものの場合は競争激甚というか、読者の目の高さが違うというか、よく勉強し、調べ、足でかせぎ、会話にウィットがあり、ストーリーはドンデン返しが二つも三つもつくってあったりし、風景描写、風俗描写といった「付加価値」がたいへんに魅力があり、味になってますから入っていけるんですが、和ものの場合はこの付加価値がほとんどゼロに近いといっていいぐらいガサツで、駄目なんです。誰の作品がどう駄目であるかを罵っていないから、皆さん自分のことではないと思ってくださってけっこうです。「悔しかったら書いてみろ」という一語があるだけです。読者は王様です。王様は気まぐれだからなんでも言えます。

さて、「スパイ小説とは何か」ということをときどき考えるんですが、そういう言い方があるかないか知らないけど、これは情報小説というものだろうと思います。

新聞に国際テロ事件やら、局地戦争の事件やら国連での罵り合いやらが、いろいろ報道されるけれども、たとえば、いま世界の悪玉になっているリビアのカダフィ大佐、彼がどんな性格で、どういう暮らしかたをしていて、そのものの考えかたがどうなっているか、専門家であるはずの日本の新聞記者はスクープすることが出来ません。一体、わが国には新聞はあるけれども、そして雑報記者はいるけれども、ジャーナリストといえるものはいないというのが小生の短見なんですが、新聞のクォリティがそのように貧しいものだから、したがってそこから分かれて枝葉になって出てくる情報小説というものもやっぱり貧弱にならざるを得ないではないかと思うことが多いね。

新聞の成熟度と推理小説、スパイ小説の成熟度は、起源、歴史がほぼ一致しているので、パラレルに議論することが出来るでしょう。つまりスパイ小説は、新聞の欄外に書かれた、小説の文体で書かれたニューズであると考えてもよろしい。ところが日本にはジャーナリストがいず、ジャーナリズムと言えるほどのものがない。元木がそうだから、そこから出てくる枝や、葉や、花というものも、当然たかが知れているということになるのかもしれません。

スパイ小説とは、推理小説の一つの分枝ですが、昨今それが局部肥大と言いたいぐらいに膨脹、発育してきた。本家の推理小説はどこかにいってしまって、警官小説やら、風俗小説やらになってます。これはトリックのタネがつきたからだということがあるけれども、それでスパイ小説が大手を振ってはびこっているわけ。

推理小説で近代度が測れる

――スパイ小説は推理小説の鬼子だと?

さかのぼって、「推理小説とはなんぞや」「探偵小説とはなんぞや」ということを考えてみると、推理小説というのはあきらかに近代と呼ばれる時代の産物だろうと思われます。バイブルにさえ推理小説的要素はある、そしていろいろな物語は推理小説的要素を含むのはもちろんですが、「推理」ということがメインになって押し出されるようになった小説というのは産業革命以後です。いわゆる市民階級の形成と平行してるのさ。

何が「近代」であるかということについては諸説紛々、実に定義が難しい。しかし逆にいい推理小説があるかないかで、一国の近代度が測れるという考えかたに立ってみると、それですべては言えないとしても、必要なことはかなり言える。十分条件は満たすことは出来ないかもしれないが、必要条件は満たせると思うんですね。アジアは広大でいくつもの国があるけれども、古くから推理小説が産出されているのは日本だけだという事実ひとつを挙げてみれば、小生の言わんとするところは何かのみこんでいただけるんじゃないやろか。つまり日本のように、明治以後曲がりなりにも議会制民主主義、民主主義といえるかどうか、とにかく議会制があり、複数政党があり、その背景に工業があり、そのために警察、軍隊、官僚組織があり、そして膨大な数の中間層と称される小市民階級があるところでなければ、推理小説というものは出てこないように思われるんです。

推理小説というのは、誰が殺されようがかまわない、何が盗まれようがかまわないが、いつ、誰が、どうやって、なんのために、殺したか、盗んだか、ということを理詰めで解明していく小説でしょう。そうすると、論理というものが社会習慣として大手を振って通用する社会でなけりゃ駄目やということになる。よらしむべし、知らしむべからずという政治体制をもっている固い社会においては、これは不可能だということになるわな。

シャーロック・ホームズは不世出の名探偵だが、それはイギリスのロンドンの霧の中から出てきた。世界でもっともよいかどうかの判断は別としても、経験をもっとも多く積んでいる新聞『タイムズ』、それから産業革命、市民社会、議会制、司法・立法・行政の分立ということがおこなわれているイギリスから出てきたんです。そしてそのイギリスの嫡出子であるアメリカで拡大発展をみるのも、まことにむべなるかな、でしょう。

他方、人民はとっくの昔に推理小説的思考を楽しんでいるが、それをおおっぴらに口にしたり活字にしたりすることが許されない国が、右翼国であれ、左翼国であれ、宗教国であれ、なんであれ、いっぱいある。だから、ヨーロッパでも、イギリスと同じ条件を満たすことの出来なかったイベリア半島、つまりスペイン、ポルトガル、そしてドイツ、広大なるロシア、東ヨーロッパ諸国、このような国々ではほとんど見るべき推理小説がないというのもうなずけるんじゃないか。

——社会主義国では推理小説は絶対に出ない、と。

現在のままなら、愛国スパイ小説しか出来ません。彼らの基本体制は、よらしむべし、知らしむべからずなんですから。論理のトリックが楽しめない。それは不謹慎だということになり、犯罪扱いされる。何が不謹慎かというと、たとえば共産党書記長に女がいて、ダイヤモンドをプレゼントして、それを賄う金をどこから融通してきたかというふうな話を、かりに事実でないことを書いても、自由主義国なら許されるんだが、社会主義国なら「シベリア行き」ちゅうわけね。

権力に対する諷刺の力を弱める最上の手は、権力者みずからがその諷刺を広めることである、と言います。ゴヤは「カプリチョス」という諷刺画を描いた。女が鏡をのぞいたら猿の顔が映っているというふうな絵を描いて、自分のパトロンである女王さまを徹底的にからかう。彼はそれを描いている時は、俺は精神界の帝王なんだぞ、芸術家なんだぞと楽しかったが、彼は宮廷画家にすぎない。描きあげて女王さまのところに持っていく。女王さまはそれを見て激怒する。これをどうしてやろうと思って、顔面蒼白、ぶるぶる震えだす。すると、口のうまいやつが女王さまの耳元で囁く。認めてやりなさい、買いあげてやりなさい、そして世の中に広めてやりなさい、そうすれば権力に対する諷刺の力は弱まります、誰もあなたが諷刺されているとは思いません。そこで女王さまは、ぶるぶる怒り心頭に発するけれども、よく出来ましたね、と言ってこの画を買いあげてやる。この話はフォイヒトワンガーのゴヤ伝に書かれています。で、社会主義国の党書記長は、こういうことが出来るやろうか。出来んとするなら、はるか昔の権力者よりもよほど自信がないか、脅えているか、ということになるね。

名探偵は群集のなかの孤独者だ

――目を転じて新大陸ではなぜ私立探偵なんでしょう？

市民社会という言葉がすたれてくると、次に大衆社会ということが言われ、大衆社会という言葉が出てきたとたんに『孤独なる群衆』（リースマン）という、十年ぐらいの間に古典扱いされるような名作がうまれました。

小説というのは嗅覚が鋭くて、大衆社会の到来をいちはやく告げたのが推理小説だ、名探偵だともいえます。警察、軍隊、官僚組織、会社、おおむねこういうもので市民社会は形成されていると先に言ったが、それらはすべて位階秩序のある身分社会、体制である。人々はそのなかに組み込まれないことにはやっていけない。だが、人間には「一寸の虫にも五分の魂」で、俺の主人は俺なんだぞ、俺以外の誰の命令も俺は受けないんだぞ、と言いたい衝動が一生くすぶり続けている。それが爆発するか、炎になるかはわからないとしてもね。

さて私立探偵というものは何者か。彼は孤独者である。どの体制、どのシステムのなかにも組み込まれていない人間である。彼は体制内の犯罪を扱っている。インズ(ins)＝すなわち体制内者のプラスの情熱かマイナスの情熱かの結果としての犯罪を扱うアウツ(outs)である。インズを解明するアウツである。インズの情熱を解明するアウツ、つまり群集のなかの孤独者、これが名探偵である。定義としてはいかがでござろうか。かつてこのような定義があったか、なかったか、小生は関知するところではないぞ。それかあらぬか、名探偵はみな詩人肌であります(笑)。いちばん顕著な例をフィリップ・マーロウくんに見るだろう。

アメリカでこのジャンルの開祖はご存じのように、エドガー・アラン・ポーですが、アル中の濃霧のなかに閃く彼のアイデアがヨーロッパを撃った。ポーの書いたものを読んでいると、アメリカ人なのかヨーロッパ人なのか、よくわからない感じがする。アメリカ人でもない、だがイギリス人でもない、誰でもない。情念としては、彼はヨーロッパ人だったのかもしれません。ですから、ヨーロッパの申し子であり、近代の申し子であり、その予言者でもあるボードレールが、ポーに夢中になって、彼の作品を翻訳・紹介するために、アブサンとアブサンの隙間をねらってペンをすすめたというのもむべなるかな、なんです。

ポーはデュパンを生みだし、それで一連の短篇推理小説を書きました。そのあとを追って名探偵は続々と登場してきますけど、いずれも大衆社会のアウツ、詩人肌の孤独者であるということでは一致しています。ハードボイルド小説が出てきて、青白いコカイン中毒の名探偵から、こんどは拳骨と脚の強いアクション・スターとしての名探偵が登場する。けれども、彼らも結局のところは大衆、群集のなかの孤独者という基本的なところは変わらない。むしろそれがいよいよ深くなるばかりです。

警官小説が氾濫したのは、探偵が登場するためのトリックのタネがつきたので、推理小説が風俗小説に転化する、そのきっかけとして出てきたのだと思いますね。ハードボイルドというのが何かというと、究極のところ、叙情だ。社会の既成のモラルや価値観をいっさい否定するアウトロー、先の言葉で言うならアウツ（体制外者）としてのフィリップ・マーロウくんには、行動の原理というものが「自分」しかない。自分の情念しかない。それがまことに古めかしい勧善懲悪主義であるということを隠すために、断片的なセリフをつぶやき、レインコートの襟を立てて、ニューヨークの深夜を歩きまわる。彼は叙情詩人である。叙情小説となるよりほかにハードボイルドの生きようはないのかもしれないんです。だからこそ、その極端の反対物である暴力が導入されてくる。もちろんそれは、アメリカ社会の特性であるということも手伝っていますがね。

ただし、ハードボイルド小説になってアクション専門になってきたが、それでもやはりストーリー以外の付加価値——文章がいいか、会話がおもしろいか、洒落《しゃれ》ているか、人間洞察力があるか、すべての物語に要求されるものが大事であることは言うを俟たない。むしろ一にも二にもこれが酸素なんです。

脅えとひいきと

——「和もの」は読まないと言われましたが……。

戦前の日本の大衆小説家と比べて、戦後の日本の大衆小説家のガサツ、無学、無教養はまったくお話になりません。自分のことを棚にあげて言うんですぞ。いったいこの知的水準の低落はどういうことなのか、首相に聞いてみたいところです。

日本では、昭和期に江戸川乱歩という一人の「芭蕉」が出てきて、この道を拓きました。日本に限ったことではないが、映画であれ、SF小説であれ、なんであれ、新しいジャンルが拓かれると、そのごく初期のうちに、一人の「芭蕉」がでてきてたちまちすべてをやってしまうという傾向があります。無声映画、トーキー、大画面映画、立体音響、それぞれ考えてごらんなさい。それが開発されたごく初期に、以後の作品を真青にさせてしまう天才が必ず登場してきます。推理小説の世界では、コナン・ドイル、SF小説ではH・G・ウェルズ。彼ら天才は興のおもむくままに、倒叙もの、密室もの、何やらもの、かにやらもの、何ものでもない新しいもの、すべての発想法を試しつくしてしまう。あとはその亜種、変種、拡大、膨脹、これがあるだけです。

わが国の推理小説がたどった道をみてもおもしろい。江戸川乱歩が登場して市民権を得ると、たちまちたくさんの探偵小説家なるものが登場して、エログロ・ナンセンス時代を華やかに彩った。今ではその名前を挙げることすら出来ないまでに忘れられてますけど。そしてミリタリズムの軍靴の高き足音と同時に消えていく。乱歩はと言えば、たちまちトリックが尽き、『パノラマ島奇談』だとか、『大暗室』とか、エログロ小説ふうなものに転化して、戦争中は当然のことながら筆を折ります。

わが国では、推理小説は、乱歩以後なかなかの発達、早熟な、急速な発達を見せた（また蹌踉《そうろう》と落ち込んでいく）んですが、スパイ小説のほうは全然駄目でした。軍事探偵の名探偵、本郷義昭がいるだけで、それも少年読物の中の英雄だった。山中峯太郎は、いわゆる欧米列強の資本主義に対抗するための、アジア同胞を救えという大東亜共栄圏思想に燃えたっていた国士的気質をもっていた人物なんで、おとなには絶望して、青少年の教育に一所懸命はげんだんですね。そのための『亜細亜の曙』であり、『大東の鉄人』であるわけですが、この愛国スパイ（その原型はおそらく明石大佐かと思われる）、これあるのみです。

戦後は、百家争鳴、百花斉放の言論自由の時代がきたはずなのに、久しきにわたってスパイ小説は書かれることがなかった。それはなぜか。小説のなかで仮想敵を作ることが出来なかったからです。コミュニズム、ソヴィエト、赤い中国、それらを仮想敵にするのがはばかられた。そうすることは不謹慎であり、反動修正主義者と罵られ、右翼といわれることに、進歩派でもない物語作者が脅えた。それは妙な時代であったといえようし、日本の言論の自由というもののいかに貧弱なものであったか、今にして悟ることが出来るというものでしょう。人殺しなどを小説にするのは不謹慎でございますというPTA的発想が、どこかの文化圏にはあり、したがってそういう国々では人殺し小説は書かれない。あたかもそれと同じごとく、もうろうとした左翼主義に脅えて、仮想敵をつくることが出来なかった。だから謀略小説は書かれなかったわけね。左翼が減退するとともに、一挙に出てきた。けれども、悲しいかな鍛練と経験を経ていないから、現在みられるがごとき貧果ばかりなんですよ。今後のことはわかりませんがね。

来るべき大地震がくると、左翼が一時期、また伸びるでしょう。資本主義に内在する基本的矛盾が暴露されたのだという論理で跳梁跋扈《ちょうりょうばっこ》をきわめるでしょうし、それについていく人もたくさん出るでしょう。地震がなければ出てきようのない論理なのに、地震があったばっかりに、地震を忘れてたちまちそれが独り立ちして、推理小説家、スパイ小説家の首を絞めにかかる。そして復興と同時にそれは消えていくでしょう。これで言論の自由というものがどこにあると言えるんですか。

これをジャーナリズムに置き換えてながめるなら、こうなります。『ニューヨーク・タイムズ』は欄外に、

“A journal without fear and favour”

「脅えもない、えこひいきもない新聞だ」ということを謳《うた》いあげているわけね。ここです、違いは。日本の新聞もテレビも週刊誌も月刊誌も、百花斉放、百家争鳴のように見えるけど、fear and favour ばかりではないですか。日本のジャーナリズムというのは、弱いやつを叩くスキャンダルにはえらく威勢のいいところを見せるが、タブーだらけではないのか。fear, favour にみちみちているのではないのか、こう小生は思うんだけれども、どうだろう。たしかに世界的には大ジャーナリスト時代というのは終わっていますけれども、取材方針は without fear and favour です。日本では、田中角栄を叩いていいとなれば、寄ってたかって田中角栄だけを叩き、それ以外のこと

には頬《ほ》っかぶり、「一犬虚に吠《ほ》えて万犬これに和す」というやつですよ。
このえこひいきのジャーナリズムとスキャンダリズムしかないなら、その私生児であるかもしれない推理小説、スパイ小説もいつまでも未熟な月足らずなものばっかりが産まれていくのではないかと思わざるを得ませんね。

情熱が読者を打つ

——読者の目の高さについて審査員の目から……。

サントリー・ミステリー大賞の審査員を五年間やってきました。ご存じのように、これは審査員五人が壇上に、読者五十人が会場に坐っていて、読者は読者でめいめいが投票する、審査員は審査員で投票する。審査員の投票で受賞する作品と、読者の投票で受賞する作品がある。五年間やって、読者がどういう作品に投票するか、審査員がどういう作品に投票するかを見てますと、読者の投票する作品はストーリー性にあるように思われます。ストーリーが華やかであるとか、きらびやかであるとか、けれん、ペテンがあるとか、こういう作品はしろうとの読者の票をもらいやすい。審査員はもの書きのくろうとだから、作品の付加価値に対して投票しているような気がします。
ただし、読者もいろいろですぞ。交通費もホテル代も自分持ちで地方からただ一票投票する楽しみだけでやってくる人たちで、この人たちは地の塩です。こういう人たちと話しあってみると、なかなかに優れた読み手がいるということを発見してギョッとなることがありますよ。いつぞや名古屋の貸本屋のおばさんがやってきて、これが審査員にくってかかったことがあった。この貸本屋のおばさんは職業がら、内外を問わず推理小説を読みまくっていて、おそるべき博学だった。そして受賞作なり、候補作なりをこてんぱんに叩いた。勢いあまって審査員までを叩きあげた。見事な論理を展開してみせて、審査員は目を白黒させていた。つまり、この分野でもどうやら遅れているのは執筆者です。編集者です。読者に脅えている間はまだいいんです。でも、読者を馬鹿にして、大衆とはこんなもんだ、こんな線でいいんだというふうな考えかたをしたとたん、読者は素早く察知して背をむける。なぜか。銭を払うからです。批評家はなぜあまいのか。銭を払わないからです。銭というものには魔力がある。馬鹿にしてはいけませんよ。

——これまでは社会論ふうに話していただきましたが、小説論としてミステリーをみるとどういうことになりますか。

昔から言われている通り、純文学というものはなにかというと、これは実験物理学、実験室での物理学です。エンターテインメントというのはなにかというと、応用物理です。実験室で完成した論理なり設備なり発見なりを工場へ持ち込んで大量生産にかかる応用物理です。両者の違いは応用物理と実験物理の違いだというわけね。したがってヘミングウェイが純文学の分野でさきがけて、ハードボイルドをつくりだすと、チャンドラーにしてもハメットにしてもそれに刺激され、文体が大衆社会へ還元されていった。ヘミングウェイは実験物理としてその文体をつくり出したけれども、特許を申請するわけにはいかないから、エンターテインメントが何百万冊という単位で大量に刷られても、元は俺なんだがと深夜につぶやいて、バーボンかジンを飲んでいるしかないのね。

最後に——サマセット・モームはインテリに警告を発しています。インテリはライダー・ハガードの『ソロモンの洞窟』などを大衆小説だと軽蔑するが、ひとつ間違っていることがある。プルーストが『失われし時を求めて』というのを書いたのと同じ情熱をこめて、ハガードは『ソロモンの洞窟』を書いているのだ。その情熱が読者を打つのだ。ここのところを忘れるな、と。

（『中央公論増刊号〈ミステリー特集〉』一〇二巻七号　昭和六二年五月二五日）

六七　E・ヘミングウェイの遺作『エデンの園』を語る

感じやすい魂、節約した文章

わたしたち昭和ひとけた世代の読書体験は、子どものときから小学校、中学校と、ずっと乱読・雑読だった。小さいときほど大人の本を読みたがるという癖が人間にはあるけれども、わたしはとりわけその癖が強かったものか、やたら読みまくったものである。折しも、太平洋戦争がはじまっていた。じゃあ、なぜわたしみたいな小さな黄色いくちばしのヒヨコが、物資欠乏の、紙もない、本も出版されないという時代にそれほど読めたかというと、戦前に出た本を手あたりしだいに——つまり、戦争が激しくなるにつれ、大都会・軍需施設の近くにあった都市の住民は、アメリカ軍の攻撃を避けるために〝疎開〟と称して、家財道具ごと田舎へ移ったんだけれども、その際、本はしばしば重荷になって捨てられるという憂き目にあったわけ。その中には、昭和の初期に新潮社から出版された世界文学全集もあり、日本文学、無数の円本《えんぽん》全集もありして、外国文学にもふれることになった。

同時に一方、戦前のエログロ・ナンセンス時代に出版された内外の春本、地下文学のたぐいもたくさん読めた。オヤジやオフクロは、家財道具を荷づくりして田舎へ送るのに夢中で、むかし自分ら夫婦が和合のために（？）読んだ春本を置いてけぼりにする。それを息子がみつけて、持ってくる。「うちの親はこんなん読んどんねん」といって、みんなで回し読みする。「うちにもあったわ」と、あっちからもこっちからも出てきたものだ。『青ひげランドリューの公判廷記録』というフランスのエロ本、それから『安江という女』――これは芥川龍之介が書いたんじゃないかという説があった――、その他いろいろあって、じつに宝庫だったと思う。そういう本を灯火管制の薄暗い灯の下で、あるいは勤労動員でかりだされた国鉄の操車場の横で、むさぼり読んだために奇妙にませた子どもになっていたんじゃないか。

しかし、新潮社の世界文学全集は、主流がヨーロッパ文学で、アメリカ文学はといえば新参者・田舎者というような感じで入っているていどだった。世界文学全集ではなくても、専門に研究している人も当時いなかったせいがあったのかもしれないが、よほど有名な『風とともに去りぬ』のような本を別として、アメリカ文学は要するに辺境扱いで、わたしの記憶にあるのはエドガー・アラン・ポーとマーク・トウェイン、ストー夫人の『アンクル・トムズ・ケビン』、それにビッキー・バウムの『グランド・ホテル』ぐらいだった。ついでにいっておくと、『グランド・ホテル』はその中にテロリストもいる、百万長者もいる、自殺するやつがいる、恋人として結ばれるのもいて、ひとつの場所でいろいろなことが起こったり、消えたり、人生の縮図を描くのに非常に便利なので、このスタイルはたちまちハリウッドを席捲《せっけん》する映画方式になった。

アメリカ文学が音をたてて流れこんできたのは、戦後のことである。戦後もしばらくは紙がないし、空白状態があったけれども、アメリカの進駐軍の兵隊がペーパーバックを持ってきて、読みおわるとどんどん捨てていく。それが大阪の難波《なんば》の古本屋――東京だと神田の古本屋に、山積みになっていた。『エスクワイア』とか『ライフ』とか、雑誌も山積みになっていた。

そういうペーパーバックの一冊で、ヘミングウェイを初めて読んだ。短篇集。『男だけの世界』だったか、たんなる『ヘミングウェイ短篇集』だったか定かではない。が、その中に『異国にて』とか『殺し屋』とか『不敗の男』とかが含まれていた。それを読んで、じつに新鮮だった。目を洗われる思いがあったものだ。

ご承知のように、ヘミングウェイの英語は簡明で率直、中学三年生ぐらいの英語の読解力しかなくても、なんとか齧ることができるので、その後も彼の短篇集を探して『われらの時代に』や『勝者にはなにもやるな』などを読み、つくづく感心した。それまでいっぱしヨーロッパ文学――フランス、ドイツ、イギリス、ロシアの文学というようなのでヤワなおつむを養われてきた感覚でいきなりヘミングウェイの短篇にふれると、本当にフレッシュな読後感がえられたのだが、壊れやすい、傷つきやすい、感じやすい魂を極端に節約した文章で書き、そして会話が見事に生きていて、いまも頭にしみついて離れない。

AUDIBLE.
VISIBLE.
TANGIBLE.

短篇とはなにか――という問いに対して、「瞬間の人生である」という定義のしかたがある。したがって、短篇は〝切り口〟でみせなきゃならない。その点、ヘミングウェイの短篇は一言一句ゆるぎなく鮮烈で、長い、煩わしい、暑い、汗みどろの夏の午後の果てに、氷のように肌を刺す冷たいシャワーを頭から浴びたような感じがした。

後になってから、ヘミングウェイが高校を卒業すると新聞記者になり、第一次大戦に赤十字要員に応募した後、パリで小説を書きはじめたことを知ったが、小説を書く上で彼は audible, visible, tangible という要素を自分の文体に求めたそうである。オーディブル、聞こえる。ヴィジブル、見える。タンジブル、触知できる。なるほど、いわれてみれば、ヘミングウェイの文体はじつに即物的だ。聞こえ、見え、触《さわ》れるのである。それこそがハードボイルドの文体なのだといえる。

これを日本語でいえば〝手ごたえがある〟という言葉になるのだろう。といって、手ごたえという言葉は手ごたえとしかいいようがなく、その実質を分解してみると、聞ける、見える、触れる——というようなことにもう一度もどってしまう。文字を媒介にして、聞く、見る、触るという感覚が起ることを指すわけだ。確かに、そのとおり。わたしなりにパラフレーズしてみると——偶然でも構わないし必然でも構わないが——小説の中に固有のものが見事に定着して描かれていて、われわれが読んでそれと衝突する、意識がちょっと立ちどまる。これが、手ごたえというんだろうと思う。ぶつかるわけだ。言葉でもいい。会話でもいい。風景でもいい。叙情でもいい。何でも構わない。ぶつかる——その抵抗感覚なんだ。それが読者にとって楽しいんだ、抵抗感が。

そういうわけで、わたしは一方でサルトルやらに夢中だったけれども、ヘミングウェイの短篇でいわばアメリカ文学の洗礼をうけたわけ。いまでも、三年か五年おきぐらいに彼の短篇は読みかえしている。再読、三読にたえる作家なんて、世界にもそうはいるもんじゃないんだ。

ところが、短篇に感心して、その後で長篇を読んでみたら、『日はまた昇る』も『武器よさらば』も『誰がために鐘は鳴る』も、わたしにはあまりおもしろくなかった。感性の純粋抽出という点において、はるかに短篇のほうがすぐれている。彼は本質的に短篇作家だというのがわたしの見方で、トルーマン・カポーティもやはり同じような感想をもらしていたな。

「今から百年後もヘミングウェイは——私が個人的に彼のことをどう思うにしろ——残ると思うが、それは彼の短篇小説のほうであって、長篇小説のほうではない」(『カポーティとの対話』文藝春秋社刊)

ただし、カポーティはそれにつづいて「私は『老人と海』が大嫌いだった」といっているが、わたしはこれには異論がある。『老人と海』はいい。オーディブル、ヴィジブル、タンジブルで、初期の短篇の持っている美質がもう一度、現れているといっていいんじゃないかな。おそらく世界中でもっとも熱心なヘミングウェイのファンで、かつ鑑賞眼も鋭いフィデル・カストロがこんなことをいっている——。

「傑作だと思う。数日間、一艘の舟に乗った一人きりの人物をえがいて、あれほど迫力のある小説を創造するというのは、なみ大抵のことではない。この人物も自分自身に語りかけている……実は、わたしにとってヘミングウェイの魅力の一つは、彼がよく使うモノローグなのだ。モノローグをこれほどみごとに使う作家を、わたしはほかに知らない……」(『ヘミングウェイ　キューバの日々』晶文社刊)

『老人と海』――わたしには鮮烈な思い出がある。あれは初め『ライフ』誌に一挙掲載されたんだ。『ライフ』はニューズのグラフ雑誌だけれども、アメリカが誇りにする文豪の久しぶりの新作を、ドンとばかりに載せた。アメリカの出版人には精神の大バクチをやる気力、美徳を持ってるやつがいるんだな、これがジャーナリスト精神というものなんだな、とわたしは感激したな。

その『老人と海』の解説を、たしか、エンターテインメントの大家ジェームス・ミッチェナーが書いてた。彼は当時、朝鮮戦争に従軍していて、どこやらの塹壕《ざんごう》の中でロケット弾やなにかが降ってくる下で震えていたんだが、そこへ『ライフ』の東京支局からゲラを持ったやつがもぐりこんできて、解説を書けというわけだ。で、彼はケロシン・ランプの影で読み、感心してタイプを叩いた――という話が伝わっている。いい話じゃないか。

ともかく、というわけで『老人と海』は認めるけれども、他の長篇は必ずしも褒められない。すべての文学作品は自伝的である――とよくいわれるんだけれども、ヘミングウェイという人物は個としては自分の内側に語りかけつつ、対社会的にはオレを見てくれ、書いてくれ、触ってくれといわんばかりに派手で、闘牛はする、アフリカへハンティングに行く、飛行機で落っこちる、ボクシングはする、ハリウッドの映画女優のだれと寝た、これと寝たとかいうことを吹聴《ふいちょう》して回ったりしてたわけだ。こういう自己分裂を彼は書いてもいて、「紙の外のオレは支離滅裂だ、まともに二つの自分が合一できるのは紙の中だけなんだ」なんて呟いたりしてるんだけど、どうも合一できたのは主に短篇においてであるといえそうだな。

アブサンと食事と水泳とファック

さて。

そこで遺作の『エデンの園』になるわけだ。第二次大戦直後から書きはじめて、'61年に自殺するまでに作品にまとめられなかったものを、有能な編集者が見事に整理し、刈りこみ、統合した……という。が、わたしの読んだかぎりでは、ヘミングウェイがまとめられなかった混沌がそのまま残っていると思う。

主人公の小説家が結婚後三カ月の若妻と、スペインやら南フランスの夏の午後、書斎から出てきては酒を飲み、めしを食い、ファックして、水泳をして、そこへ若い女の子が登場して、これにまた手をつけてファックする。そんな自分を反省しつつ、小説を書きに書斎へたてこもる。まあ、ストーリーとしてはそうなる。

篇中、しばしば『キリマンジャロの雪』を思わせるところがある。この名作の短篇は、若い小説家が壊疽《えそ》におかされて死に際にウツラウツラしながら自分の修業時代を思いだし、金持ちの女につまみ食いされて男めかけ同然の生活をはじめ、パンと水だけで精進していたころの苦悩を忘れて、一生を棒にふってしまう——という話。今度の『エデンの園』にも、金持ちでおしゃべりの女が、酔っぱらって「私があなたを買いとったのよ」といったりする。男も自己分裂を起こしているけれども、女のほうも自己分裂を起こしている。

この自己分裂は、女の中に男と女の要素がある、男の中にも女と男の要素がある——ということだ。これは、むかしから文学やら芝居の中にしょっちゅう扱われてきたし、近代の神経症時代に入ると深刻なドラマになってきた。自己分裂と呼ぶほか、ドッペルゲンガーとか、人格分離とか、人格剝離《はくり》とかいったりするけれども、小説の中で女主人公がこれにとり憑《つ》かれていることが、会話の中にみてとれる。女は「自分は狂ってる」などといいだしたりする。

しかし、自己分裂の中の男と女が格闘するドラマになっていない。一人の人間の内部における二元闘争——ジキルとハイドのような二元闘争が追求されないまま、女は自分の狂気ぶりにサジを投げて去っていってしまうわけ。だから、ドラマにならないで、エピソードで終わっちゃっている。残念だけれども。

ただ、気がついたことをいうと、会話はやはりうまい。歴然と、むかしの自分にもどろうとしているな。が、地の文が軽いのはいいとして、よくいえば風通しがいいかもしれないが、悪くいえば緊密さに欠けている。あっさりはいいんだけれども、しかし同時に深くなければならない。シンプル・アンド・ディープ。『エデンの園』は、シンプルだけが目立っちゃってる。ディープまでいってないんだ。

もちろん、こういう感想はわたしがいうまでもなく、ヘミングウェイ自身が一番よく知っていたことだと思う。自分で自己批判もしている。あっさり書かなければならない。しかし、深さがないといけない。それがなかなか出てこない。それで、ヘミングウェイは完結させないまま、投げだしちゃったんじゃないか。だから、彼が草葉のかげで『エデンの園』の出版をよろこんでいるのかどうか、わたしにはわからないといっておく。

筋肉質の文体

ヘミングウェイはデビューしたころ、〝毛むくじゃらのリアリズム〟といわれた。ヘミングウェイ・リアリズム。つまり、徹底的に言葉を削っていく。形容詞らしい形容詞も入れず、どんどん削っていって、筋肉質の文章をつくった。で、ヴィクトリア朝の荘重な文章、心理分析主義というような唐草模様の無限のつながりみたいな言葉のアヤになれた人たちからすると、いきなり毛むくじゃらの拳骨をつきだされた感じだったらしい。

しかし、なるほど拳骨をつきだしたような簡潔さかもしれないが、感じやすくて、傷つきやすい魂を描くには、ムダな形容句など要らない。あの文体は見事だし、その文体で書いた短篇は二〇世紀文学の宝なんだ。

いま、世界にはヘミングウェイの文体の後裔《こうえい》、亜流、模倣が氾濫している。文体家として、彼は実験物理学者だったけれども、それは鮮やかに応用物理学のもととなったわけだ。そのおかげで、実験室がともすれば忘れられてしまう。だから、ときどき読みかえさなければいけない。湯わかしの蓋が湯気をたてて躍るのを見て、機関車に思いをよせるようなものだ。すくなくとも、わたしは彼の短篇を読みつづけていく。

（『PLAYBOY』一五巻二号　昭和六四年二月一日）

II

六八　伊藤整『氾濫』

はじめの百五十枚か二百枚くらいはおもしろかった。会社や学閥などの組織内における人間の力関係の絵図、縦横の糸とその交叉点に対する作者独自のライトのあてかたが興味深かった。

中年をすぎてから接着剤の発明でとつぜん成功して一介の技師から重役になった真田佐平を中心にさまざまな人物の心理が配置されている。漁色家の大学教授や出世欲にとりつかれた青年や姦通する有閑マダムや家庭をあこがれる未亡人、元貴族の酒場のマダムその他、駒数は多種多彩である。種村恭助というジュリアン・ソレルをのぞけば、登場人物のほとんどが上層支配者グループ、もしくはその周辺部に住む人間である。

この作品はこれまでの伊藤理論の集大成である。秩序、生命、性、我欲、権力欲、平衡、衝動などに関する伊藤公式のすべてがある。全篇をつうじて私たちは作者のひくい、よどみのない、陰湿で執拗で勤勉な声を聞く。二十一章から成っているが、どの章も思考の密度は均質で、重さもまた手ぎわよく全体に配られ、力点や偏向がどこにもない。果てしない心理の唐草模様の連続である。生命と性に関する伊藤整氏の思考のパターン一式はどの章にもきちんと納められてあるから、読者は任意の一章を読むだけでよい。諸人物の心理の継起に先行するものはいくつかの伊藤理論であり、その思考の、型の組合わせのヴァリエーションである。何枚かの切札が表になったり、うらになったりするが、その配合にはついに新鮮な異変が起らない。読後感のものたりなさの最大原因がそこにある。私には伊藤氏の論文のほうがはるかに緊迫力に富んだ構造美をもっているように思われた。幾人かの人びとがすでに表現したように伊藤整氏はこの作品のなかでタマネギの皮をむくように、氏の公式にしたがって諸人物を一枚一枚と剝がしていくわけだが、どの人物についてもその結論がどうなるかということはわかってしまっていることだから、私たちは伊藤氏のタマネギのむきかた、その手ぎわ自体を眺めるよりほかにしかたがない。《小説》としてはわびしい読みかたである。私は心理主義小説のあまり熱心な読者ではない。どのように精緻な構図と技法を駆使したところで、目的が動物的エゴイズムの剔抉《てっけつ》だけでは、いまさらしかたがないではないかという気がする。それは誰がやってみたっておなじことで、個々の作品の相違はレトリックとポエジーの鮮度の若干の相違にとどまり、いずれは末端肥大症におちいる。この作品も伊藤整氏の精力、勤勉、計算のうまさ、分析のおもしろさなど、さまざまな美質に一行、一章、フム、フムそうでしょう、なるほどと、うなずかせられながらも、さいごまでついていって、ウン、それで？　と聞きかえそうとすると、そこで終ってしまったというようなものである。この作品だけで心理主義を断罪してしまうには日本の文学史は若くて未熟すぎるが、私自身はもうたくさんである。なんとかつぎの方法や打開策を考えなくては、という気持のほうが、さきにたつ。

この作品のなかで種村恭助という人物がでてくる。私学の化学研究室の助手である。金もなければ閥もなく、独創的な資質にもあまりめぐまれていない。この青年がいかにして精液にまみれながら上層階級のなかにもぐりこむかという過程が描かれている。彼にはあらゆる欲望が裸のまま殺到する。物語の設定からすればこのみすぼらしいソレリアンこそ伊藤氏のいわゆる性と生命の原衝動それ自体すなわち氾濫の主犯とも目さるべき人物である。しかし彼がどこを通過しても破壊は起らないし、彼が野望をとげて自己満足のうちに上昇をストップし、結婚式のおびただしい式次第に身をゆだねてしまう結末を読んでも、窒息の胸苦しさはいっこうに感じられない。もともと彼は性でもなければ生命でもないのだ。すべての他の人物とおなじく将棋の駒にすぎないのである。「性」や「生命」というカードをつけた、役割そのものにすぎないのだ。

といって、そのことでこの男なり作者なりを糾弾する人はこの作品の大前提を忘れた約束違反ということで、たちまち作者から礼儀正しい薄笑いをうけるのがオチだろう。もともと伊藤氏は実体など考えてはいないのだ。が、私にはよくわからないことがある。というのは、もし伊藤整氏がほんとに徹底的に人間を型や機能や意味だけで認識し理解しようとし、そのことを信じきっているとしたら、この作品は全く質の別な陰惨な迫力にみちて私たちのまえにあらわれたのではないだろうかという予感がするのだ。ところが、この作品のあちらこちらには奇妙に甘くものわかりのよい、低い温かみのようなものがあって、思考のつめたい緻密さと対照をなしており、私の理解がさまたげられる。ひょっとしたら伊藤整氏は氏の理論の動脈硬化を早くも感づきはじめたのではないだろうかという気がしたりもする。

この作品は伊藤整氏の帰着点であろう。綿密な考察、資料と経験の駆使、明晰で執拗な分析力などいたるところに全身的な労力の投入がみとめられる。が、それにもかかわらず、読者は、ひらいたイメージをあたえられない。はげしい下降もなければ、するどい上昇もないのだ。活力を求める人はもとよりこの作品と無縁だし、実体感覚をのぞむ人は拒まれる。ほんとに伊藤整氏はなにをいいたかったのだろうか。私にはよくわからない。

（『日本読書新聞』九七五号　昭和三三年一一月三日）

六九　大江健三郎『われらの時代』

一つの環境がある。閉じていて、どこにも逃げ道がない。しかし一度はその壁が破れかける。けれどつぎの瞬間にはふたたびそれが閉じてしまう。どうしようもない。絶望だ。

……というのが大江君の処女作のときからの発想法らしい。どの作品を読んでもすべてこの式が使われている。ちがうのはそのときどきによって場所や人物や職業だけで、項は変化しても式そのものはすこしもかわらない。

この『われらの時代』もそうである。主人公の東大仏文科の秀才は逃げ道を探している。日本から、外人相手の娼婦から、その性器から逃げだそうとあせっているが、どこにも逃げ道がない。日本の青年はすることがないとつぶやいている。たまたま懸賞論文に当選してフランスへ行けそうになる。が、これも結局、民族主義者のアラブ人とどんな意味でも一度は握手したということがフランス大使館に知られて、だめになる。テロリスト気取りの弟は自殺し、コミュニストの友人とは別れ、女とは手を切り、いっさいがっさいなにもかも閉じてだめになり、あとはただ自殺するばかりだが、それもできないという設定になっている。

英雄、革命、女陰、ファシズム、男性的行動、日本、アジア、アラブ、フランス、ジャズ……つぎからつぎへ無数のファクターがでてくるが、ヴォキャブラリーとキャッチ・フレーズの連鎖反応にすぎないのではないかという気がする。大江君はときどきそれに気がついてブレーキをかけようとするが、言葉の洪水はとまらない。それらのファクターのとびだしかたはたいへん情緒的、衝動的であり、しばしば目をおおいたくなるような子供っぽさや、思いあがりを露呈している。

……というようなことは、書きあげてペンをおいてから二、三日もしないうちに大江君自身気がついたことだろうと思うから、いまさら私としてはなにもいうことがない。

（『読売新聞』　昭和三四年八月六日）

七〇　J・オズボーン他著『若き世代の怒り』

イギリスのいわゆる〝怒れる若者〟と呼ばれている人たちの文章を集めたものである。八人が寄稿しているが、オズボーンとウイルソンとウエインの三人のほかは日本でまだ知られていない人ばかりである。この世代のチャンピオンとしては、あと『ラッキー・ジム』を書いたキングズリ・エイミスと『年上の女』のジョン・ブレインの二人を欠かすわけにはゆかないのだが、ここには見えない。が、彼らの発生してきた背景はこの八人でだいたいの見当がつく。

ジャーナリズムは彼らを十ぱひとからげに〝アングリー・ヤング・メン〟として興行しているようであるが、立場はこまかく見るとみなばらばらである。第一次大戦後には世界各国でさまざまな芸術上のエコールがおこり、やはり若い人たちが既成の芸術と社会に対して怒りを投げつけるべく激しい運動を展開したが、その多くは共同のグループ活動としてそれぞれのスローガンの下に結束していた。が、この〝アングリー・ヤング・メン〟の場合はそういう共通の芸術運動というよりはむしろ〝ひとりオオカミ〟である。ロンドンのあちらこちらにちらばってひとりひとりがばらばらにほえている。ほえながらしばしば仲間にかみつく。

新旧を問わずあらゆる時代を通じて芸術活動になんらかの意味で〝怒り〟が伴うのは当然のことで、いまさら彼らを、怒っているからといって特別扱いするのは的外れといわなければなるまい。何に対してどのように怒っているのかが問題である。八人のなかでいちばんカン高い声をあげているのはオズボーンであるが、彼がもっともオクターブをあげてののしっているのはイギリスの王室と国教教会、およびそれをとりまいている上流階級の堕落ぶりである。これに対して彼は活字が震えるほどの怒りをぶちまけている。コリン・ウイルソンの対象は沈滞しきった市民社会一般、福祉国家の微温にぬくぬくとひたりきった小市民文化で、これまたケイベッとバトウのインフレーションである。

しかし、オズボーンも、ウイルソンも、ついに方向を知らないでいる。旧秩序と階級制度のおろかしい圧力とそれが生みだす不毛の感性一般に対して彼らはときにはゴミ箱をひっくりかえすように、ときには成金趣味的なペダンティズムをふりまきながら告発の叫びをあげるが、その怒りはゆきあたりばったりで、ウイルソンにいたってはとうとう、芸術家こそは諸王の王、新しき宗教の教祖、救いは超人の出現をおいてほかになし、などとナンセンスな金切り声をあげるのだから、やりきれなくなる。なんでもよいから酔うことこそ必要だとボードレールは反語的にいったが、こんないい気な観念にいまごろ酔えるのはまったくうらやましいかぎりといわねばなるまい。のみならずそれはファシズムと皮一重なのである。ヨーロッパ人のくせにこのあいだまでの戦争をどう考えているのだろう。

これに対してドリス・レッシング、ケネス・タイナン、リンジー・アンダースンの三人は小説、戯曲、映画のジャンルの相違はあるが、それぞれ社会主義への冷静で地味な観測と希望から現状のゆきづまりを分析し、かつエイミスやオズボーンやウイルソンたちを手きびしく批判している。この人たちの声は金切り声ではないのでマスコミ受けはしないかもしれないが、いずれ遠からずサロンのブルドッグとなってしまうかも知れない一群のヒステリー患者とくらべれば、ハッキリ一線を画していてもっと耳を傾けるべきではないかと思われる。

しかし、イギリス社会を構成する階級制度の強固な圧力から彼らの声は発生してきたので、それぞれ実体的な抵抗感が意見に反映されているが、日本の社会はドロのようにあいまいな階級区分で構成されている。したがってかりにそこにジャーナリズムが〝怒れる若者〟と安手なレッテルをはりたがる声があったとしても母胎の質がまったく異なってくるのだから批判の観点もおのずから異なってくるはずである。安易な俗受けの国際的同時性は警戒したい。体制への埋没と傾斜はこちらの場合、ほとんどお話にならないくらいひどいのである。

（『北海道新聞』　昭和三四年一〇月一四日）

七一　小田実『何でも見てやろう』

外国旅行記がたくさん出版される時代になった。よい傾向だと思う。国を離れたほうがよく国の姿が見える。日ごろ〝ニュアンス〟だの〝ムード〟だのでゴマかして暮しているのが外国へいくとゆるされなくなる。言葉も不自由になるから、いいたいことのもっぱらギリギリのところまで自分を煮つめていかなければならなくなる。そういう場所で自分と、自分の属する国のことを考えるのは思考の鍛練にとって非常によいことである。外国旅行にもいろいろあって、どんなに滞在日数が短くてもその国のなにごとかの本質をつかむ人もあれば、ただ小便だけしてなにやらワッハッハと腹かかえて笑ってまわるだけの代議士もある。羽田へつくまで真剣に考えて、その後もずっと姿勢を変えず、そのため苦しんだり痛んだりしている人もいれば、羽田を出たとたんに変り、行くさきざきで変り、羽田へ帰ってきたとたんにまた変ってもとのモクアミになってしまう人もある。けれど、それでも外国旅行はしないよりしたほうがよいのである。

この本の著者の旅行はルンペン旅行である。ハワイをふりだしにアメリカ本土から北欧、英国、フランス、スペイン、ギリシア、エジプト、インドなど、もっぱら入国税の安そうな国をねらい、木賃宿に泊り、インドではハンセン病人の「不可触賤民」といっしょに道路で寝たりしている。そのギリギリの汚泥のなかによこたわりながら、不思議に生き生きした楽天主義をもって日本とアジアとヨーロッパの三点を自分のなかでどのように結合し、位置づけ、批評し、将来づけようかと努力するのである。そのための大小、強弱さまざまな挿話と経験が全頁に動員されている。彼は主題によってアクセントをつけ、取捨選択をして語るというよりはすべてを語ってしまおうとあせる。その気質としての早口がこの本の難といえば難である。力点が薄れてしまうからである。

しかし、この本はほかの旅行記では得られない率直さと親しみ深さをもって読者に〝経験〟をあたえてくれる。そして、アジア諸国の凄惨な貧窮と、過去の悲痛な植民地主義支配の残像と、その数世紀におよぶ暗黒から抜け出して歴史と文明のなかへおどりでた彼らの、切ったばかりの原鉱石の断面のように新鮮な情熱の姿を教えてくれる。著者が今後どんな道を日本でたどることになるか、そのことにもまた多くの期待がかけられる。これもほかの旅行記では感じられないことである。〝日本〟を位置づけ、知るための、高低さまざまな、興味深い視点の経験を高く評価したい。

（『北海道新聞』　昭和三六年三月二二日）

七二　李英儒『野火と春風は古城に闘う』

作者を個人的に知っていると、その作品を批評することがむつかしい。作者の声や、皺のうごきや、体温などがよみがえってきて、私の眼をくもらせてしまうのである。友人の個人的な手紙が批評しにくいのとおなじである。そして、その眼のくもりを、私は拒もうとしない。

著者の李英儒氏とは中国へ旅行したときに知りあいになった。彼は心臓を病んで、すこし苦しそうにしていた。昆明湖のうしろの巨大な築山をのぼるときは、その苦痛をかくそうとしなかった。

しかし、彼は、四十日か五十日ほどの旅行中、はじめからおわりまでまったく私たちと寝食をともにし、議論したり笑ったり、考えこんだりしていた。最後に国境で別れるときは、彼は、人を殺したようなすごい顔をして涙を流した。

その後、何度も外国には旅行したが、このような友情には出会わなかった。ふたたび出会うこともないだろう。〝頭〟にはウンザリするほど出会えるが、〝心〟に出会うことはまれである。

この作品の私の読後感は訳者のあとがきにほとんど一致するので、書くことが何もないといってよろしい。欠点も美点も、まずまず、訳者の指摘のとおりである。

これは抗日戦中の物語である。私たち日本人にとっては読むのがつらくて恥かしい本なのである。重い気持で頁を繰りにかかった次第である。作者に対するなつかしさと同時に。

ところが、読むにつれて、伝奇小説作家、李英儒先生が紙のうしろに登場し、スリルにつぐスリル、サスペンスにつぐサスペンス、なに食わぬ顔の笑いもあり、波瀾万丈。いまにつらくなるか、いまにつらくなるかと、覚悟していたのだが、その点はホッとした。まずまず助かった。

上海の「和平飯店」で食事のときに、李英儒が、私に、いま見てきたばかりの映画『青春の歌』の感想を求めた。私は感想の一つとして答えた。あなたがたの苦闘はよく見せられたと思います。けれど、当時の現実の暗さがすこし説明不足のようです。彼がしばらく考えてから答えた。あなたの言うことはわかります。けれど、私たちの気持にしてみると、あの頃の暗さはみんな骨身にしみて知っているし、どの家でも誰か一人は血を流しています。だから、そういうことはいまさら描きたてないでちょっとでも明るく描きたいと思っているのです。私が答えた。わかりました。けれど、明るさは暗さがあってこそわかるものではないでしょうか。李英儒氏はだまっていた。（この対話は竹内実が通訳してくれた。)

三国志や水滸伝以来の〝風流人士〟(英雄豪傑)の文学伝統に李英儒氏が沿いすぎたことを私は残念に思う。この作品はテキパキして、小股が切れあがり、明るすぎる。なぜそうなったか、作者の意図の一端は、いまの会話のなかにもあるとおりだ。

あの広大な大陸は日本が通過したようにはヨーロッパとその近代を通過しなかった。だから、ヨーロッパ文学に養われた眼だけでこの作品を読もうとする人には失望があるだろうと思う。その失望も一面の正しさは持つ。それは事実なのである。この作品にある伝奇小説の非現実、という要素はすでに中国文学界でも指摘されている。しかし、かつて彼らに塗炭の苦しみをあたえた日本人としては、また別の読みかたも、ひそやかに準備されるべきものだろうと思うのである。また、いまの日本文学が見失いすぎているものを示される、ということがあるとも思うのである。

(『日本読書新聞』一一四四号　昭和三七年二月二六日)

七三　長谷川四郎『ベルリン物語』

東ベルリンに四十八時間、西ベルリンに四十八時間滞在したことがある。長谷川四郎がいたときよりちょうど一年後ぐらいのことである。去年の十二月だった。

大江健三郎が三十分おきに、早くパリへ行こうよ、をくりかえしたのでこちらもその気になったのと、パリではサルトルと会う日取りもすでにきまっていたりしたので、結局、それだけしかベルリンにはいなかった。東西ともに四十八時間にしたのは公平の精神からである。

この町は秋の空のように顔つきが変りやすい。長谷川四郎の本を読んでいると、東西ともに自由に行ったり来たりの模様が描かれているが、去年はそうではなかった。例の政治的緊張があって境界線にコンクリート塀が築かれていた。東西の往来が禁じられ、ただ西ベルリンの観光バスだけが東に入ることを許可されている様子だった。コンクリート塀の両側には武装した兵士がたち、西側には特車まで出動していた。東から西へは境界線のところの三百メートルほどを、いくつかの関門でパスポートと通過許可証を見せつつ、両手にトランクをさげてよちよちと歩いてゆくのである。いわゆる西の圏内に一歩踏みこむやいなや、その焼跡の壁のギリギリのところにまで、コカコラの赤い玉の看板がかかっているのを見た。縄のところに野次馬や観光客やらがおしかけてこちらをジロジロと眺めた。なかにはカメラや映画撮影機を持って待ちかまえているのもいて、東側から這いだしてきた私たちをいっせいに写しにかかった。

たしかにベルリンは奇怪な町である。西ベルリンは西ドイツの国境から百七十キロも離れた、東ドイツ領のなかの、池にうかぶ破片である。東ベルリンは東ドイツの首府ではあるが、首府として一国の経済力や文化を集約的に表現しているとは思えない。そして東西の政治上層者のそのときどきの雄弁の投げあいによってコンクリート塀が消えたりあらわれたりはするが、巷の人びとは、たいてい、この本に描かれているように平静に暮している。政治的〝理想〟は、人びとの日常意識のなかでくっついたりはなれたりしてただよっている。あらためて開きなおって意見を叩けば東西の人びとはなにがしかの〝理想〟を口にのぼせるかも知れまい。しかし、じっさいの生活のなかではどうであろうか。

長谷川四郎のこの本のなかではそれが眺められている。ある人なら〝無関心〟と呼び、ある人なら〝常識〟と呼び、ある人なら〝自信〟と呼ぶかも知れない、どこにいてもいつも人間が示す日々の横顔といったものがスケッチされている。少しトボけた西ベルリン在住の反共主義者、少しトボけた東ベルリン在住の〝無関心〟なお婆さん、若い東独作家ヴァルター・カウフマンとの町歩き、そのほかさまざまな人物があらわれては消えてゆく。簡潔で、透明な、よくおさえた、ほのかな、少し苦味のあるユーモアをまじえた文脈でデッサンが描かれている。批評しにくいといえば批評しにくい本である。とらまえようがないからである。生活の色や音や匂いのにごったまじりあいを濾過してしまい、自分の位置をどこにも固定しようとすまい努力から書くからである。風が吹いているようなものだ。愛する人には方向と行方がわかるように思えるが、愛さない人には、ただ風が吹いた、とよりほかにいいようがあるまい。そのこと自体、じつにむつかしいことなのであるが。

（『文藝』一巻二号「文藝読書」昭和三七年四月一日）

七四　黒岩重吾『どぼらや人生』

作者は株屋で大もうけしたことがあった。そこで女道楽、食道楽の限りをつくし、ネズミやイモ虫やミミズを食う競争をしたりする。あるときくさった肉を食べ、全身がきかなくなる。大人の小児麻痺という妙な病気にかかって三年間、棒のようによこたわったきりになってしまう。そのあいだに株では大損、モトのモクアミとなり、ようやく病院からでても、その日の暮しに困ることとなる。万策つきて、釜ケ崎にころげこみ、町かどにたってトランプ占いなどをする。釜ケ崎に住んだときに、自分のまわりで見聞したあれこれの男や女のことを主として、作者は追想して書きつづっている。

道ばたにすわってサルがシラミをとるマネして食っている男がある。一回五十円、雨さえ降らなければ一日に二、三百円にはなる。すると上には上、下には下があって、この男に毛ジラミをとらせる女がでてくる。女がシラミをとられているうちに体をゆだねてもいいという気持になってきて、そのことをつげると、意外に男はたじろぐ。北満で兵隊だったときに急所が凍傷にかかって以来不能であると告白し、逃げだしてしまう。

自分が遊びたいばかりにコールガールをしている二十一歳の女。会社の総務課につとめていて失恋の痛手をいやすために町へでているうちに課長を客にしてしまうOL。詐欺師をしていて自分にだまされた男が、娘三人をのこしたきり自殺してしまったのを知ってからは、釜ケ崎に身を沈めてパチンコばかりしてる仙人のような男。泥棒市場。いんちき業界紙。男をだましたりだまされたりのキャバレーのダンサーたち。売春酒場。一億の金をにぎってみせると言いながら、客の金を使いこんだあげくにサーカスの呼びこみになってしまう京大出の株屋。ゲテもの食いでクモを食うにわか千万長者の青年。それが株で大もうけしてキャバレーをつくったかと思うと、また株でスッてしまったり……いわば現代の「世間胸算用」ともいうべき挿話集である。それらさまざまな無明の哀歓の汗まみれ、ほこりまみれのなかをかいくぐるうちに、どのように作者の女性観、人生観が変っていったかを作者は書きたかったのである。一つ一つの挿話がえげつない苛烈さや悲惨さを持っているので、それをこんな随筆形式で書き流すのは作者のためにもったいないことだと思われる。ガスは押えたほうがつよくなるのだ。達人のモームも回想記を書いたのは、年をとってからであり、そしてそのことで効果をあげた。作者のために惜しむ。

（『週刊朝日』　昭和三八年二月一日）

七五　きだみのる『単純生活者の手記』

本田椋助は八王子の山中に住んでいる。パリ大学卒業という経歴を持つが、戦争中に学生をつれて疎開したのがきっかけとなって、そのままいなかの廃寺に住みついた。

彼は自分では自分のことを、「本棚より本を愛し、装釘より内容を尚び……。論理より直観に頼り、人間に於ては頭の好さより性格に興味をひかれる」男だと感じている。したがって、いなかに住んでも、村民といっしょにバクチをし猥談を好み、ヒキガエルを食べ、葬式があれば旗をかついで行列の先頭にたつ。新聞は読まない。ラジオ、テレビはくそくらえ。冷蔵庫、掃除機、洗濯機は台所の散らかし場所がふえるだけだからごめんこうむる。ついでにいえば、オシッコは雨戸のすきまからおもらしになるらしい。これでいっそのこと、税金を納めることまでことわって牢屋へほりこまれたらアメリカの詩人哲学者、ソーローとそっくりになる。ここまで単純化に徹底しているのに、それをおやりにならないというのはファンとして一まつの惜しさをさえおぼえるところである。

しかし、本質主義者、本田椋助は、徹底的に単純にラッキョウの皮をむくように生活のいっさいのピラピラや虚飾を排して暮しながらも、のほほんと、オオ、自由ヨとうたいあげているわけではない。彼には一つの信条がある。知識人は一度は現実の現場に立会わねばならぬ、と感じているのである。東京とパリで得た人文社会学の教養を村落生活の諸相の解明にあてようと、不断の観察をつづけるわけだ。村民の義理人情やおつきあいや政治などについての椋助の簡潔な文体による結論のさまざまは、ときに急進的合理主義者のそれであり、ときに保守反動派のそれでもある。ただ彼は、つねに、現実的に自分の結論が有効であるかそうでないかをながめようと努めているのである。

おなじ作者によって、おなじ観察録がすでにある。『気違い部落周游紀行』から出発して『日本文化の根底にひそむもの』で作者の現実に対する責任は頂点に達したと考えられる。この本はそうしたいくつかの仕事の、いわばエピローグに相当する。結語にあたって、「自分の位置は旅行家というよりも、むしろ、祖国を失った例えば白系露人、政治的発言を奪われながら、他国で暮している連中の自由に似ているのではないかとも感じるのだ」と、ハッキリ、書きつけている。自分を切るこの批評によって、この本は、誠実という一方の錘《おもり》を持ったと思う。

（『週刊朝日』　昭和三八年二月一五日）

七六　三島由紀夫『愛の疾走』

諏訪湖のこちら岸に若者が住んでいる。ワカサギをとって細々と暮す、たくましい漁師。むこう岸に娘が住んでいる。モダン日本の象徴のようなカメラ工場につとめるキー・パンチャー。湖のむこうに角砂糖のように白く見える、あんな工場ではたらく娘さんはどんなふうなのだろうと、目のすずろやかな若者は夢想する。美しい心がたくましい体にからくも支えられる。娘のほうは工場ではたらく小利口なシャレた若者よりは、雨にも負けず風にも負けず自然とたたかっている人に出会いたいものだと憂愁に沈みがちである。

中年者の無名作家がいて、ある日、二人を知って、たがいに近づけてやる。二人のあいだに恋がめざめ、公園でオハジキを拾いあって、雨にけぶる湖を見おろし、狂おしくも爽やかなくちづけとなる。無名作家は、見たこと聞いたことをなんでもかたっぱしから文字にせずにはいられない小説家の下司根性から、これをネタに「愛の疾走」という小説をモノしようとかかり、あれやこれやと演出したり失敗したりする。

この無名作家の手記と作者（三島由紀夫）の説明とが、たがいちがいに、ネガとなったり、ポジとなったりして、お話をすすめてゆく。篇中、漁師の若者は徹底的に漁師の若者のようでなく、農村出のキー・パンチャーは徹底的に農村出のようでない。都会の若者と都会の娘の恋である。金棒引きのばあさんも、わけ知りのじいさんも、あの人物もこの人物も、すべて東京住民である。読者がそれを非難しようとすると、作者はサッと身をかわしてトボケ、作中の無名作家に責任を肩代りする。

この無名作家は、〝地方主義〟をめざすことになっていながら、方言をひとことも書かないという珍しいウカツ者なのである。ビフテキにはコショウ、オシルコには塩コブがいるように、純愛牧歌ロマンにはぜひとも〝生活〟のニガリというものをきかさなければいけない。作者の命をうけて無名作家はせっせとはげむ。けれど、なにしろウカツ者なので、作者の真意は達せられず、お茶づけサラサラというようなことになってしまう。ハッピー・エンド。作者は舌うちする。ちょっとワサビを入れよう。若者と美少女はひしと抱きあいながら、工場の窓からだれかが飛降り自殺するのを見つめる。

ときに小説は米の飯ではないかも知れないが、すくなくとも酒ではあるだろう。とすると、これは薄荷酒《ペパーミント》の水割りみたいなもので、二日酔いをしないことだけは絶対、保証できる。酒カスの匂いをかいだだけでポッとなる人におすすめする。映画化決定。

（『週刊朝日』昭和三八年二月二二日）

七七　アクショーノフ『若い仲間』

作者のアクショーノフとは東京で会ったことがある。いっしょに座談会にでたり、ヤキトリ屋へはいったり、ストリップを見にいったりした。肩の肉の厚い、まなざしの柔らかい、ゆっくりした口調で謙虚な意見をはく青年であった。

三年まえにモスクワへいったとき、かれは詩人のエフトシェンコたちとならんで若い世代のチャンピオンであった。おそらくいまでもそうなのだろうと思う。ある大学生は、かれの作品には賛否両論いろいろあるけれど、よかれあしかれ、ぼくらの気持をいちばんよく代弁していることは事実です、といった。

エレンブルグの意見はつぎのようだった。

「……とにかくかれの作品は声が低い。それが喜ばれるのは、あぶらっこい料理のあとには黒パンに塩がいいというのとおなじだ。そしてそういうことはチェホフがやったのです」

こんどはじめて訳がでたので、やっとかれがどんな処女作を書いていたのかということがわかった（発表は一九六〇年）。

ここに三人の大学生がいる。医者の卵である。大学を卒業したので職場を選ばなければいけない。マキシモフ、カルポフ、ゼレーニン、この三人の若者が大学を卒業して、いかに〝実社会〟と衝突して幻滅におちこむか。純真さを嘲弄されるか。ペシミズムのぬかるみに足をとられるか。また、いかにしてその幻滅と懐疑とシニシズムを克服し、五里霧中の現実のなかに足場を発見して、他人のために働くことをとおして自我を主張しつつも、同時に社会と握手する心境にいかにして到達するかというのが、この本のテーマである。

抒情的だが、清新で、簡潔で、ユーモアをよく知り、テンポが速い。十一章にわかれているが、それぞれの挿話と章の嚙みあいは流暢で、なめらかである。この作者は率直な気質の持主だが、なかなかの技巧家でもある。戦争をくぐりぬけてきた世代と戦争を知らない世代との対立、傲慢な官僚主義者、汚職役人、人妻との恋、都会気質と農村気質、兇暴な浮浪者、さまざまな問題がつぎつぎと描きだされる。憂鬱でシニカルな懐疑家、スポーツ好きの陽気で善良な楽天家、誠実で直情的な、善意から突飛な行動にでることのある献身家、この三人の若い知識人がソヴィエト社会をそれぞれのやりかたで横断してゆく。

三人は三人とも性格や趣味、癖などがちがう。けれども、まぎれもなく、ロシア人である。ソヴィエトになってから生れた性格と、昔からのロシアの性格とが交錯し、そして、ロシア人である。〝ウマでも哲学するロシア〟である。顔をあわせると熱い議論をはじめる。道徳的羞恥心にあふれ、恋にははげしいが、セックスについては臆病である。現代西ヨーロッパの、一部の、画一的に絶望する暗黒文学とくらべてみたら、まるで幼稚園みたいだ。そのウブなこととくると、読んでいてムズムズしてくるくらいである。

懐疑家と献身家はたえまなく〝調子の高い言葉〟をめぐって苦しむ。教条主義的な、説教坊主的な雄弁のむなしさと、偽善と、その硬直からくる悪を二人はたえまなくののしり、警戒するのである。スターリンの巨大な手の影からようやくぬけだした社会にあっては当然のことである。けれど、かれらはつねに自分を革命家だと感じている。平穏無事なように見える市民生活の表皮をはいで矛盾をえぐり、改革しようとすることに十月革命を遂行した人びととおなじ情熱をつぎこもうとしている。その点では三人ともまったく一致しているようである。

この本を読んでいると、ドイッチャーが指摘した、〝祖父と孫との握手〟という言葉がそのままあてはまるように思った。孫は作品中では祖父と対立、口論するが、やがて両者は歩みより、握手しあう（この歩みよりの場面もテレくさくてムズムズした。日本風にいえば、メデタシ、メデタシなのである）。

教条主義を嗅ぎつけることについては、かれらはたいへん敏感である。けれど、お湯を流すのといっしょに赤ン坊まで流すな、というのがかれらの本性である。かれらの真摯さ、誠実さ、情熱、羞恥心はすべて、そこからくる。人間的な、人間的な、真に人間的な人間を描こうと作者は意図したのである。けれど、作者は、その意図の美しさにもかかわらず、全体としては黒パンに甘酸っぱいマーマレードをなめらかにぬりすぎてしまったようである。なにもかもうまくいく。うまくいきすぎる。ハッピーエンドで文学作品が終ってはならぬという規則はどこにもない。けれど、おなじことをやるにも、いろいろな方法があろうというものだ。わるい作品でないことはたしかだが、もう一歩でミルクづけのシュークリームみたいな〝青春〟小説に堕しかねない脆さがある。アクショーノフ君。もっとヤスリの目をたてるわけにはいかないだろうか？

（『朝日ジャーナル』六巻四三号　昭和三九年一〇月二五日）

七八　安岡章太郎『ソビエト感情旅行』

旅をするということは酔うということで、出発するということは霧の中への第一歩を踏みだすことである。体がぞくぞくしてきて、何度味わっても新しい。それに旅をしていると単語の数が減ってくる。少ない短い言葉で人と物をとらえ、味わい、考えようとする。国家トハ何ゾヤとか、人生トハ何ゾヤとか、日ごろあまり考えないことを考えこみたくなってくるのである。旅行中の日記と帰国後の言動をくらべてみると、あまりの相違にガク然とさせられることがある。

この旅行記は平明で柔らかい。よく水や風が文章のあいだに流れている。いく枚ものはにかみのフィルターをこした率直さでロシアと人と制度をとらえようとする工夫が凝らされている。著者はたえず〝平常心〟という錘でバランスをとろうとし、酔いや衝動を避けようとする。どんな現象に出会ってもアメリカや日本や、普遍的人生経験を呼びおこして、思慮深い反省と比較のヤスリにかける。題のとおりにもっと感情的になってもいいと思わせられるのだけれど、いや旅をしていて平常心を保つのはこれはこれでまたなかなかむずかしいことなのだとも思う。（日記体になっているけれどこれは帰国後に書かれた旅行記です。ほんとに、あなた、こんなに乱れなかったのですか？……）

過敏症と善意とが奇妙に入りまじったロシア人の気質に作者はとまどいながらもゆるゆるととけこむが、万民平等であるべきはずの社会主義国においても優等生の子だけが保養地にきていたり、レニングラード攻防戦で兵士も市民も同一条件の地獄にさらされながら市民は餓死し、兵士は餓死しなかったという事実にたちどまって考えあぐねる。けれど田舎の婆さんがアッパッパ姿でジェット機にのって旅行したり、熱海とは似ても似つかぬヤルタの保養地の閑雅さと庶民性にこの国の制度の基本的な底厚さと豊かさを感ずる。一カ月の旅行ののちに作者は一つの結論的な予感にたどりつく。やがてソヴィエトはアメリカに追いつくだろう。意外に短時日のうちに追いつき、そして、追いこすだろう。そのときソヴィエトはアメリカとどう違うことになるのだろうか。社会主義国と資本主義国の違いは実生活の実感のなかでどのようにあらわれるのだろう。

この疑問と予感を作者が通訳に告げると、それまでことごとに愛国心を発揮してソヴィエトの弁護にやっきになっていた大学生が、にわかに元気を失ってぼんやりし、そうでしょうか、ほんとにそうなるでしょうかと口重くつぶやくあたりは、なにかしら的確な表情をとらえていると感じさせられた。

潜在する未解決の大きな問題を平明で柔らかい文体と、ユーモア、公平さ、淡々とした断念と愛着をないまぜた平常心で描きだしたところにこの旅行記の特徴がある。難をつけるとしたら、団体旅行であったこと、期間が短かすぎたことだろうか。

（『東京新聞』 昭和三九年五月二〇日夕刊）

七九　小田実『戦後を拓く思想』

ヤマト民族の内なる薄明のなかには幾匹かの魔物が住んでいるが、その一匹が〝純粋〟という手ごわいやつである。これはヤマト人すべての肩にのっかっていてああ感じろ、こう震えろ、そう動けと指図を下す。

タウトが日本へきて発見した桂離宮はこの魔の神殿であった。この魔の性格とチョウリョウバッコぶりを日本人としてもっとも緻密に分析したのは明敏きわまりない伊藤整氏の『小説の方法』であったが、実作においては氏はかならずしも敵を克服することができなかったように見える。氏の作品は日本でよりも外国で歓迎されるという不運な(?)光栄に浴することとなった。

魔が肩にのっかると、ヤマト人たちは眼が血走って、こわばる。もっぱらギリギリのところを描け。どんづまりを表現せよ。裸になれ。ヘソを見せろ。ウソをつくな。極北を探求せよ。悽愴な裸形。いろいろなことを叫びだし、作家をひっぱたき、あぶらをぬく。作家たちは純粋がいっさいの外界の汚濁なる属性との交渉関係においてのみ生動しうるものであることを忘れ、必死になってラッキョウの皮をむき、自分の毛をぬき、皮膚をむしることにふけりだす。あげくできあがった作品は悽愴なるカイセン病みの衰弱の美でトコロテンのようにあえかに戦《おのの》く。

右手に美、左手に力。どんな悪人でもどこかで〝きれいなところ〟を見せるツボを心得ていたら、法的にはイザ知らず、ヤマト人の心のなかではたちまち許される。あるいはギリギリ、トコトン、どんづまり、ヘソのすみずみまで何事かに徹するならば、たちまち許されるのである。無限に膨脹するのもよろしい。無限に収縮するのもよろしい。過程中の〝無限〟なる努力の気配をかぎつけて世人はたちまち拍手を送りだす。わが国での最大のホメ言葉は〝美シイ〟と、〝えねるぎいガアル〟の二つである。この二つさえ心得ているならば、めざすものが何であってもよろしい。許される。〝純粋ダ〟というわけである。

ドリュ・ラ・ロシェルという作家がフランスにいた。頽廃の熱を病んでいた。こまかくふるえるペンで美しい泥沼ともいうべき世界を描いていた。彼は誠実であった。不断の新陳代謝を求める作家的良心に迫られ、彼は自分の世界に飽きたらなくなって、〝近代の超克〟を試みた。ナチスの〝新秩序〟に跳躍したのである。ナチスの渾沌の魔力の哲学は新しいニヒリズムの淵であったけれど、ドリュはなじみきってしまった解体から脱出したかったので、黒森に吠える華麗なる金髪の野獣や豚たちの群れに入ったのである。彼は自ら信じてそのように行動した。自ら信じて行動したので終末にもそれにふさわしい処置をとった。ナチス崩壊を告げられた日、彼は自殺した。私はこの作家の感性がたどった道をたいへん興味深く眺めている。

〝近代〟の懐疑の毒気に犯されて〝超克〟を試みた作家は日本にも無数にいた。その〝近代〟はどこかクラゲに似ていた。足が細く、頭だけ大きく、透明で、ぶるぶるしていた。どんな色にでもたやすく染まるのもクラゲにそっくりであった。昨日ヴァレリーと叫んだのが今日はミソギと叫んだ。純粋の魔が叫んでいた。美しく死ぬことは美しく生きることであるとおごそかに書きたてて無数の若者をそそのかし、自分はちゃっと火の粉のかからぬところによけ、新秩序が八月十五日に崩壊しても自殺しなかった。イモを食べながら口のなかで何かブツブツといい、ペンをとりあげて、またしても〝純粋〟と書きだした。ヤマト人たちは彼らを許した。戦前も〝純粋〟、戦中も〝純粋〟、戦後も〝純粋〟。もはや戦後でなくなるといよいよ〝純粋〟。ヤマト人たちは純粋と聞かされるといつでもたまらなくなり、トメドなくなる性質を持っているので、責任を問うことなど、ヤボではばかられた。責任は限界である。純粋は無限である。どんな時代にも通用する。

小田が時代おくれの戦犯追及をしたり、抒情詩小説に体当りしたり、なにやかや、七転八倒、そのすべて、あげて〝純粋〟思想や〝純粋〟感性を敵とするためである。彼にとって多頭の蛇は〝純粋〟なのである。このエッセイ集はさしあたって彼の〝公約〟というところであろうか。内なる道の純粋と外なる沼の汚濁とを同時に再現し、肉化し、対話の精神という、ヤマト人にとってははなはだ苦手な活力と知恵をよりどころに、新しい散文精神を発揮したいと彼は悶えているのである。孤軍奮闘、まず拍手を送りたい。キレイになりたいという連中のさなかでキタナクなりたいと叫んでいるのだ。つねに新しい文学は新しい活力をつかむ方法を発見したときに創られてきたのではなかったか。日本には小説がなくて抒情詩だけがあったといいきってもよい本質的状況があるから、小田よ、やれ。君の小説が長すぎて誰もさいごまで読んでくれないなどと泣きベソをかくな。ただし小田的人物ばかり登場しては諸性格の格闘という正統派ロマンの妙味が薄れるから、その点だけ気をつけて頂きたい。

なお、そのエッセイ集のうち、沖縄のアメリカ人との対話は非常におもしろい。よく脳膜を刺戟してくれる。いままで何人の日本知識人があの島へいったか知らないが、こういうことを書いたのは彼一人である。ここはよく読んでもらいたい。注意深く読んでもらいたい。これは独白の記録ではない。ヤマトに氾濫する独り相撲のルポではない。

（『日本』八巻八号「新刊図書館」　昭和四〇年八月一日）

八〇　渋川驍『議長ソクラテス』

凱旋将軍が会議一つで戦犯になる……この作品の主題の一つはそこにあるようだ。政治に巻きこまれることをきらって孤立しているはずの哲学者もいつのまにか同時代の現実に巻きこまれる。そして人の生死に直接立ち会い関係を持ち、手をよごさないではすまされない。そういうことも作者はいいたがっている。賭けずにすまされるにこしたことはない。しかし人はこの世に生れると結局のところ賭けずにはすまされまい。

アテネ海軍とスパルタ海軍が戦闘をしてたまたまアテネ軍が勝つ。しかし海におちた兵隊を救うのに時間がかかり、多くのものが死ぬ。このことをめぐって会議がひらかれる。ソクラテスはほこりっぽいアテネの町角で青年相手に哲学を説くことに専心して政治から遠ざかっていたいと考えるが、たまたまクジがあたって議長にさせられる。権力欲や、責任のがれや、付和雷同の大衆や、蒼白なユダや、さまざまな人間の右往左往と叫びのあげく将軍たちは死刑となり、毒杯をあおぐ。ソクラテスはそれをよそでながめ、いつか来たるべき自分の運命を予感する。

作者は会議制にあらわれる人間の悪や弱点を綿密に追及している。民主主義を批判している。けれど独裁制を推薦しているわけではない。弊害は人間の弱さにあるという透明な洞察と諦観において制度の弱点をえぐる。右手にある批判の毒が左手にある洞察の愛で相殺される。しばしば私はモームの『昔も今も』に展開されるマキャヴェリとボルジアの、独裁制と共和制の功罪についての対話を思いださせられた。

小説の作者は登場人物たちに彼のエゴをしみこませずにはすまされない。すべての男女に彼は影を投げる。この小説に登場するギリシアの将軍や哲学者や青年や妻たちも、おそろしく日本人くさい。すべて渋川氏のエゴの投影である。堀田善衛の小説に登場する外国人（日本人も）がすべて堀田善衛くさい。小田実の小説のアメリカやギリシアの登場人物たちもすべて小田実であった。これはむつかしい問題だ。〝人物を書きわけ〟なければならない。小説を読む快感は固有なるものと偶然に衝突するときの抵抗感から生れるのである。それが〝発見〟の喜びである。渋川氏の果敢な野心に敬愛をおぼえ、事件と人心の祖述の綿密さにうたれながらも、実体ある〝発見〟にふれることのできないのを残念に思った。寓話の簡潔な迫力と時代史の複雑な細緻さとが相殺してしまった。惜しい。惜しい！

（『東京新聞』　昭和四〇年八月二五日）

八一　遠藤周作『沈黙』

島原の乱以後に日本へ潜入したポルトガル宣教師が弾圧にあってころびバテレンとなる非運を主題にした作品である。幾人かのポルトガル人たちがあまりに日本人くさいことに疑いをおぼえながらも休まずにさいごまで読まされた。

バテレンを描こうとする作家はきっと芥川龍之介が短文であざやかに暗示してみせた問題で苦しめられる。島原の乱を書いた堀田善衛もそうだし、遠藤周作もそうだ。〝神〟という西欧の虚構の精神は草や木のそよぎに至純、至高なるものをおぼえる日本ではかならず風化して敗退するのではあるまいかという認識である。この難問をどう処理するかに切支丹小説の成否がかかっていると思う。

棄教したフェレイラとロドリゴの教義問答や、異端糾問官井上筑後守との対話などに「日本と申す泥沼」との争闘が暗示的な定言としてあらわれる。「日本人は人間とは全く隔絶した神を考える能力をもっていない。日本人は人間を超えた存在を考える力も持っていない」「日本人は人間を美化したり拡張したものを神とよぶ。人間とは同じ存在をもつものを神とよぶ。だがそれは教会の神ではない」……

ロドリゴは苦しむ民衆に神が答えないことを責めぬいたあげく彼らを救うために棄教し、二重否定による肯定をうちだして必死の回生を図ろうとするのである。フェレイラや筑後守を彼は沈黙の権威によって超克していこうとする。

山、川、海、子守唄、風や光のたたずまい、ものうくしっとりとした日本の老年期の温和な自然はロドリゴの希望や絶望にかかわりなくまったく変貌することがない。彼は予定された自然のなかに登場し、予定された自然のなかに消えてゆく。その調和のニュアンスは冒頭から終末まで変らないのである。自然はつねに彼を救済している。内に超越者を抱くために血みどろになる人が破墨山水を呼吸しているのはどうしたことだろう。

自然がつねに調和し救済してくれるのなら異物の格闘であるドラマの契機をどこに見いだせばいいのか。『カインの末裔』や『野火』ではこうではなかった。この点についての疑いをのぞけば作者の熟練、成熟は疑いがなかった。うまい小説である。

(『東京新聞』 昭和四一年四月二〇日夕刊)

八二　吉行淳之介『星と月は天の穴』――玩物喪志の志

吉行淳之介はオンナが好きだと書いたところでどうしようもないが、あれぐらいマメな人物もめずらしい。近頃はあまり酒場へいかなくなったので見ていないけれど、以前ちょいちょい酒場で会うと、きまって彼は細い腕をむきだして喘息止めの注射をうち、チョコマカと姿を消し、しばらくするとまたどこからかあらわれ、どこへいってたのとたずねると、イエ、ナニ、野暮用デシテといったりするのだった。

けれど彼の作品を読むと、きまって一人の女しか登場しないのである。あれだけはげんでいるのに彼は一人の女しか書いていないのである。ローランサンの画のようにその女は朦朧とした華麗さのなかに漂っているので全身はよく見えないのだけれど、小柄な、首の細い、けれど腰のあたりは意外にたくましい、乳房の固くしまった女である。不良がかった蒼白い女で、少女でもなく女でもないが、ひとことでさすとすればやっぱり〝青い麦〟といえる。けっして彼は〝黄いろい麦〟を書いたことがない。女くさい女を書いたことがない。白身の魚の蒼い澄みばかり書いて、けっしてトロのにごった豊熟を書こうとしないのである。

いつか彼は『寝台の舟』という短篇を書いた。それはとてもいいものだった。才能で書いたのでもなく、習練で書いたのでもない。何かしら〝アブラ〟とでもいうしかないようなもので書いた作品だった。それが潮のさしかけで、しばらく彼はいい作品をつづけて書いた。その本をもらったとき私は手紙を書こうと思いたち、ずいぶん考えてから、スタンダールはドン・ジュアンを知性、カザノヴァを感性として分類しているが、あなたは腰から下がカザノヴァ、腰から上はドン・ジュアンというところなのではないかと書いた。アテたつもりで得意だったものだから、つぎに都内某所の酒場で出会ったときに、どうでしょうとたずねると、彼は口をすぼめて笑い、何やらウム、ウムとうなずいた。『星と月は天の穴』という今度の作品にも、いつもの一人の女が登場する。スティヴンソンを読んでいる女子大生ということになっているが、やっぱりいつもの蒼白な〝青い麦〟族である。しきりに主人公が中年男になったことを呪い、総入れ歯を気にしているところがいままでとの違いである。それから、ランデヴーがはじまるかはじまらないかに女が自動車のなかでオシッコをするという奇想天外な仕掛もある。物心ついた頃から私は数千、数万の恋愛小説を読んできたけれど、こんなのははじめてだ。しかもそれが沈々とした文体で描かれているので、思わず本をおいて哄笑してしまった。

谷崎潤一郎の若い頃の作品には母をうたっておかあさん、おかあさんといいながら突如として天ぷらが食べたいようと叫ぶ作品があったが、老師は末期までそういうユーモアを忘れず、瘋癲老人が女の足に夢中になるところでも奇妙なユーモアがでていた。性を徹底させていくと、或る瞬間、無償のバカ笑いというものに逢着する。性を笑いの対象と感じられなくなったところに現代作家の一つの大きな不毛と愚かな硬直とがある。〟笑い〟そのものが掃滅されてしまったのだ。ぎりぎりの、どんづまりの、末期の眼の、虚無の極北の、裸の冷眼の誠実のといってるまにお湯を流すのといっしょに赤ン坊まで流されてしまったのである。喜劇は悲劇よりはるかに精力と知力と豊饒を必要とするものなのに、すっかり忘れられてしまった。

吉行淳之介くらい悦楽の事情に有無通じている人物はあるまいと思えるのに、作品を読むと、いつでもストイックである。探求し、凝縮し、結晶しようと苦闘する心のストイックばかりが登場し、なぜかしら開き、溶け、浸りきりに浸り、ゆがみなりにゆがんでいこうとする意志は登場したことがない。登場人物は情事のあとで、きっとけだるく、また、はげしく、反省し、分析し、収斂する。女のほかに港はないと感じているのにけっして投錨しようとしないこの焦躁がある。だから私は惜しいと思うことがある。浸りながら浸りきれず、味わいながら解釈しようとするその努力はいたましい。なぜもっと楽にできないのです？……

この作品にも戦争の大いなる手の影が射している。主人公の小説家は日本帝国の戦争によって未来を見るよりも過去をのみ見るようにならされてしまったと感じている。それはこの作品にあってはつつましやかな述懐で、熱い主張でもなく、痛い反省でもない。主人公は痛惜の情をもって橋の下を流れていった水の日々を思いかえしているが、けっしてあらわに叫ぼうとせず、掌に砕かれた自分の心をのせてサア、見テクダサイとわめくような愚かしい稚気もない。彼の知性と感性は匂いのようなもののなかに住んでいる。事物の核心は事物そのものよりもしばしばそのまわりに漂う匂いのようなもののなかにこそあると感ずる熟知からである。私はその実体を尊重する姿勢に賛同する。繊細さと老成のふしぎな結合からそれはでてくるように思える。

彼は体のどこかにあいてしまった穴を埋めるために女をまさぐり、投げこむけれど、いつもみたされなくて、吐息をつき、机の前にもどってゆく。一ミリの空白ものこさずに皮膚で生きたはずなのに、コノ世ノ外ナラドコヘデモという古い痛惜の言葉を彼は菌糸をからめるように書きつらねていく。けれど人びとは、今日の時代では、言葉の表皮を読みとるだけだから、真に痛切なものはしばしばかくされるということも忘れて、モラルがないの、志がないのと、自分を棚に上げたもののいいかたで彼を非難したり、嘆いたりする。そのためにどれだけのものが指のあいだから洩れおちてしまったかにはいっこう気がついていない。また、〝志〟という言葉を初めて使ったのがこの玩物喪志に生ききろうとしている人物であったことも忘れている。これは何とも皮肉な現象である。

（『文藝』五巻一二号「書評」　昭和四一年一二月一日）

III

八三　ネズミの習性を調べて――「パニック」

昨年『新日本文学』の八月号に「パニック」という作品を発表するまで、私は小説が書けなかった。それ以前に『近代文学』に習作を発表することはしていたが、自分では絶望していた。他人の書いた作品を読めば、これではいけないということがわかるが、いざその否定を動機に自分で作品を書こうとすると、手も足もでなくなったのだ。これはいまでもおなじことである。

ところが、あることからヒントを得て野ネズミの習性を調べているうちに、私は微動を感じはじめた。私はある予感を抱きながら、鼠害に関する農林学者の著書や報告書、自然科学の文献などを集め、いろいろと読んでみた。数字と表と習性報告文の山から這いだしたとき、私は漠然とながら、これなら書けると思っていた。

ネズミを主題にした作品ではカミュやガスカールのものがすでにあるし、カフカも書いているということだ。私はそのためずいぶん迷ったが、結局、自分の内部でネズミが大繁殖をはじめたので、圧力にたえられなくなり、原稿用紙にむかうこととした。私は自分なりの追求をやろうと思っていたので、何年かまえに読んだカミュやガスカールを読みかえそうとせずもっぱら数字をたよりにすることとした。おそらくできた作品は彼らの作品の部分的追補のようなものになるだろうと自分では思っていた。私がどれくらい自分のものを加え得たかは読者の判断に待ちたい。

このときの経験ではっきり教えられたことがひとつある。事実性、記録性の重要さである。これは小説の原型的要素だが、私自身にとってその再発見は貴重だった。ネズミの習性を調べているとき、私には科学者の叙述がどんな小説よりもおもしろかった。彼らがもし虚構性や造型意識などをその緻密な追求力のなかへもちこんだら、小説家など、お払い箱である。（あまりいい例ではないし、すこし古くもあるが、シェンチンガーの『アニリン』があげられよう。）

おそらく彫刻家は石塊を発見したときはじめて、その肌理《きめ》や量の奥にイデエを感ずるのだろう。そしてインスピレーションという肉体的混乱をノミと石質の関係において制し、それらの抵抗の枠内においてもっとも自由奔放、かつ規律正しく、思想を行為によって構築してゆくのだろうと思う。私にはまだ訓練がたりないので、なかなか言葉を道具としてあつかうことができない。ややもすれば言葉が素材そのものであるかのような星雲状態に陥りやすい。なさけない話である。現実という、材料に対する劣等感がまだまだつよく病巣をつくっているからではないかと思う。言葉が美しく、つよいのは、言葉の背後にあるものの構築が緊密な迫力をもっているときだけであって、けっして言葉そのものではない。こんな初歩の約束に私はいまだにおびえているのである。「裸の王様」を書くとき、ネズミとおなじように私は文献や報告書を読み、画塾の先生と会ったり、精薄児の画を調べにでかけたりしたが、そのときのイメージは非定形でも毒をふくんでいて楽しかった。ただ、私はこの作品でひとつの誤算をやったような気がしている。物語がやっと導入部をおわって主題に入りかけたときにおわってしまったように思えるのである。そのため、用意しておいた毒が消えた。私はそのことを長篇の素材を無計算に中篇に仕立てようとしたためと考えたがっているが、ほんとは毒のある作品を書き得ない日本人の特質から私もまぬがれることができなかったためかもしれない。

現代社会ではすでに衰弱しつつある形式かもしれず、また将来においてはごくせまい場しかもてない表現媒体かもしれないが、それにしても小説はむつかしい。書けば書くほどわからなくなるという常識に私もまた陥りかける。そしてさいごに、やはり、書きながら考えよという智慧に一縷の希望を感じて紙とペンにしがみつくのだ。

（『日本読書新聞』九三五号　昭和三三年一月二七日）

八四　抽象化への方向――「パニック」「巨人と玩具」「裸の王様」

ぼくはまだあまり多くの作品を書いていない。二十九年の『近代文学』に書いた「円の破れ目」という短篇が、市販の雑誌にのったはじめてのものである。もちろんそれ以前にも、二、三年ガリ版刷りの同人雑誌をやったりしていたが、どちらかというと散発的だった。翌三十年にはやはり『近代文学』に「二人」という短篇を発表したが、この頃も生活におわれていてほとんど書けなかった。ぼくが本格的に書きだしたのは「パニック」を書いてからである。だから自分の気持としては、これを処女作としたい。「パニック」は『新日本文学』の三十二年八月号に発表したもので、図式的にいうと個人の文学ではなくシチュエーション（状況）の文学というものを意図して書いた。これは野ネズミがササの実をたべにやってきて、山林、穀物、人間、家畜に大危害を与え、恐慌をまきおこしてゆくのだが、このネズミはたとえばサイパンの集団自殺とか、放射能は無害であるとかなんとかいっているアメリカの原子力委員会の情報統制活動などがイメージになっている。それをネズミの習性の特殊性と人間の官僚主義の関係でとらえようとした。ただこの小説は長篇の素材であったため、ネズミは書けたが、人間の格闘までは書ききれなかった。シニシズムが強くあって、残念でならない。

つづいて『文學界』の十月号に発表した「巨人と玩具」も、「パニック」と似かよっている。これは商業資本の機構のなかで、その反応をみようとしたのだが、これも、背景と素材の羅列にとどまったのではないか、という不満がある。機会をみて、もう一度書きなおしてみたいと思っている。

「裸の王様」(『文學界』十二月号)は、そこから動いている。どう動いたかということはなかなかうまく説明できないが、ここでは子供の家庭というものをふくめたさまざまな現実的・社会的な力を子供の心理を通じて分解しようとした。そのためとくに子供の心理の入口を、一枚の子供の絵から入ってゆくようにし、そこにあらわれている子供のさまざまな反応をみるようにした。

しかし、この小説ははじめの意図とは少し違うものになった。いま世界的な現象として、十歳以上の子供は完全に絵が描けなくなるといわれている。つまり十歳は、子供が成長して幼時期から大人の世界に入ってゆく境界で、ここに達すると描けなくなるというのである。はじめはそこをつきたかったが、これをつきつめてゆくと巨大なものに発展してとても百枚ではかけないことがわかったので、予定を途中から変更したのである。

社会通念として、子供は一生懸命に絵を描いていると思われているが、実は子供は一生懸命絵を描いてはいない。絵はひとつの手段にすぎないのだ。だからできた絵を外からながめるのは無意味だし、展覧会などをひらくのは完全にナンセンスだと思う。のみならずいまの大人はお手本によるぬり絵式の図画教育をうけてきたのだから、よほどの人でなければ子供を批判する力はないのではないだろうか。

以上がいままで書いたぼくの作品の意図だが、今後はいままでの方法からはなれて、別のさまざまな形を実験してゆきたいと思っている。はなれるということは、思考の型が定型化することをさけたいためだが、しかしまたもとに戻ってゆく予感もある。

ところで、文学を書く場合の実験の態度はふたつあるのではあるまいか。ひとつは結果はともあれ、日本の文学的風土（社会的風土をふくめた）を完全に絶したという意識のうえで実験をやる態度である。いまひとつは、日本の文学的風土とか伝統、約束などをのみこんで、日本文学を一歩すすめるという態度である。もっとさまざまな実験をやりたいといっても、ぼくは後者の態度ですすみたいと思っている。またイメージとしては、何らかの意味で抽象小説になると思う。ぼくはいま武田泰淳の小説にいちばん興味をいだいているが、これは武田が私小説の場にたって呼吸をしていながらそれでいて猛烈に抽象化しようとする反撥があるからである。日本的な自然主義を、ぼくはこういうやり方で克服してゆきたい。（談話筆記）

（『文章クラブ』「新人作家の文学観」第二回　昭和三三年二月）

八五　『裸の王様』

私の最初の本は文藝春秋新社からでた『裸の王様』である。昭和三十三年だった。これはたまたま芥川賞について大江君と競争することとなり、マスコミが宣伝してくれたので、よく売れた。

本がでたら何を買おうかと思った。パイプがほしかった。それ以前に、友だちが、おれは断然禁煙する、禁煙してみせる、マーク・トウェインの警句を突破してみせると叫んだことがあって、父親ゆずりのダンヒルを泣く泣く私にくれた。それはずっと愛用していて、大事にしていたのだが、とうとう吸口に穴があいてしまった。あまり歯で噛みすぎたのである。妙なところから煙りがでるようになったし、また、パイプも三代目になると、ほとんど火皿が炭化してしまって、吸ってると熱いったらない。そこで、これは停年退職させるとして、新しく一本買いにでかけた。銀座の「菊水」へ？——ちがう。御徒町のアメ屋横丁である。あそこは近頃は不景気風が吹いて、なかなか値切らせてくれないが、その頃はまだ値切れた。つまり、買物のたのしさというものがあった。私の理解によると値切る値切らないはケチンボというよりは趣味の問題である。そのこと自体のたのしみというものが、ある。（ケチンボも経済上の必要というよりはそれ自体、目的となってしまって、大いにたのしみつつやってる連中も多いけれど——）

そこで、いくらかたのしんだ結果、（結局は商人のほうが勝っていると信ずるけれど、——）スリーBのパイプを一本、手に入れた。パイプ立てを買って来て、まえのダンヒルとならべてたてた。その後しばらくは増す混みの奇怪な波に翻弄されてノイローゼ（半真性であった）になり、作品も何も書けなくなったので、いつも、部屋にこもり、苦しくなるとパイプに逃げた。タバコのやにが、かすかな音をたてながら火皿の木目にしみこんでゆく気配を聞きつつ、ただそれだけで何時間もボンヤリとバカのようにすわっていた。

このときの本はあちらこちらでときどきお目にかかったが、いちばんうれしくはずかしかったのはパリでだった。週刊誌『レクスプレス』につとめているシュザンヌ・ロッセ夫人（年の頃は三十四、五歳。食べ頃盛りのマダム——）は、中国語とロシア語と英語と日本語ができる。ワルシャワからパリにでて来て、ある日、遠藤周作の義妹の岡田正子さんに会うと、ぜひシュジーに会うようにと言って紹介された。セーヴル街の小さなつれこみ宿のロビーで指定の時間に待っていると、革のコート、純白のトックリ首のセーターを着たパリジェンヌがあらわれた。見当をつけてたちあがり、ニッコリ笑うと、彼女はハンドバッグのなかから私の本をとりだし、口絵の写真と私を見くらべて、

「――おお・ら・ら」

とつぶやいた。

　くやしくなったので、

「本人と写真と、どちらのほうがよろしいか？」

たずねると、彼女はだまって肩をすくめて笑い、私を夜のパリの人ごみのなかにつれだした。

　ボン・マルシェ百貨店からちょっと行った町角のキャフェに入り、ヴェルモットを飲みながら、Tête-a-tête で話しあった。彼女は私の作品をフランス語に訳しているところだと言った。何とかいう名のイタリア作家が“Les rats”（ねずみたち）という小説を書いたけれどそれは全くあなたの作品そっくりだったとも言った。日本の作家はどうして政治のことを書かないのかと言って叱ったりもした。そのうち彼女が、私をシュザンヌと呼ばないでシュジーと呼んでくださいな――というあたりまで漕ぎつけた。それからあと？――それからあとは、オホホホ。


（『本の手帖』九号　特集「処女創作集」昭和三六年一一月一日）

八六　「三文オペラ」と格闘

さしあたっては『文學界』に連載をはじめた「日本三文オペラ」という小説を完成することと、ほかに書きおろしを一つ、書きあげること。なお、いままでのいくつかの中短篇を集めたうえにもう一つ新しい中篇を加えて一冊の本にすること。

「日本三文オペラ」という作品には手こずっている。文体や発想法や主題などいろいろな面で私は自分のカラをたえず破りつづけていきたいと思っているのだが、そのきっかけのひとつがこれである。これは泥棒の集団を描こうとしている。最下層の人間たちのうめきとはげしい力と、笑いを私は描きだしたい。それもきわめて単純明快で簡潔な文体で彼らの混沌を描いてみたいと思っている。インテリの青臭い自己省察や内面下降、また私小説伝統の実感主義というようなもの、すべてうそそうとしたものを一掃した作品世界をつくりだしたいと考えている。どこまでやれるかわからないが、とにかく書くこと。〝三文オペラ〟というのはジョン・ゲイの〝乞食のオペラ〟以来さまざまあり、いちばん誤解されているのはブレヒトのものであるが、これは政治、商業資本、官僚、ジャーナリズムなど社会の全機構にたいする痛烈な罵倒の作品であった。いまのところ私にはそれほどの力がないので残念なことだが、泥棒を描くにとどまる。が、インテリを描くよりこの方がよほどエネルギーを要することである。思いきって古典的発想と手法にもどって書こうかと考えているのだが、これがまたたいへんな仕事だ。まずことしの上半期はこの格闘についやされてしまうにちがいない。

書きおろしはこれに平行させてやっていけたらと思っている。方向のちがうものなので、どのように力を分散させないでやっていけるかと、頭が痛い。

いずれにしても、ことしは悪戦苦闘である。酒をつつしみ、孤独身軽でよくたたかいたい。

（『岐阜タイムス』「ことしの抱負」　昭和三四年一月二七日）

八七　大阪の〝アパッチ族〟

去年の夏頃、ぼくはくたびれきっていたことがあって、その憂鬱から逃げるために、関西方面に旅行をした。たまたまその旅先で、この集落のひとびとのことを耳にして、なんということなく調べはじめたのだが、その頃は、小説にするためというよりは、屈した気持を晴らすためといったほうが近かった。実際に書いてみようと思いだしたのはそれからずっと後になってからのことである。

この集落のことについて原則的な事実はだいたい『文學界』の連載小説に書いておいたとおりだし、今年になってからようやく東京でも二、三の週刊誌や新聞紙がとりあげたから、すでにごぞんじのかたも多いことと思う。が、集落のひとびとは外来者を極度に警戒するので、容易なことでは知りようがなかった。

担当の警察署の刑事や、二、三の新聞社の記者にも、会うだけは会ってみたが、おおざっぱな現象のほかにはなにもつかめなかった。刑事の調書を見せてもらうと、冒頭の書きだしが、〝集落ノ内部ノ詳細ハホトンド確認ノ方法ナク〟となっている。新聞社にしても同様だった。

で、しかたなくぼくは、じかに現場におりてみるか、当事者自身に会うかするよりほかにないので、いくつかの工夫をした結果、どうやら、アパッチ族の〝青年行動隊長〟とでもいうべき人物に出会うことができた。この工夫そのものや、件の人物そのものについては前後の事情から他聞を憚かることが多いので、伏せておくのが礼儀だと思う。

ぼくはその後、毎月、大阪へでかけて彼および彼らといっしょに飲んだり、食ったりして話を聞いたが、まったくサケッティの諸作品や、『リンコネータとコルタディーリョ』などの頁を繰っているような気がした。乾いて、陽気で、放埒な活力があって、二言めにはなにをしゃべりだすのかまったく見当がつかないのである。

人物とその友人たちは手荒い悪食趣味をもっていて、少からず舌と胃に影響を蒙らせられたが、全体としてふりかえってみると、旅としてはこれほどおもしろい旅はなかった。

この集落のひとびとはみんながみんな泥棒や殺人犯や金庫破り、スリ、空巣、かっぱらい、置引き、立ちん坊、川太郎……というわけではけっしてない。なかには善意無過失の市民もたくさんいて、それぞれの方向の暮しをたてようとして血眼の悪戦苦闘をやっているのだが、その力はまったく報われることがない。ここは最下層のレ・バ・フォン、ひたすらどん底である。

そこからなんとかして這いあがろうとして、やむを得ず三十五万坪の荒漠とした廃墟に放置されたままのスクラップにしがみつくわけであるが、これは法律によって〝国有財産〟と指定されているので、窃盗罪となる。その苦痛の逃げ道を彼らは無主物占有観念と〝廃品資源回復〟に求めるが、これは弁解としてうけつけてもらえない。

取締りは苛烈になるいっぽうである。ぼくが行った頃にはまだ〝精鋭〟が集落に踏みとどまって敢闘をつづけていたが、その後しばらくして、件の人物から全滅と放散の知らせを手紙で聞かされた。過日、新聞を見ると、警官がついに発砲して一人死人がでたというニュースがでていたが、これは思うにさいごのあがきである。新聞にはいちいちでないが、ぼくが聞いたところでも、ずいぶん死傷者の話がでた。ここの生活はまったく惨憺たるもので、ひとびとの死にかたも、ほとんど正視できないくらいの悲惨さと愚かしさにまみれている。

社会集団として見るとこの集落に出入りするひとびとはなんの連帯組織ももたぬ、アナーキスティックな単独行動者であり、そのエネルギーは否定的媒介として描くしかないのだが、ぼくとしてはただの社会小説のリアリズムで作品に額縁をつくるよりは、むしろ思いつくままの手段を借りて、四方八方から額縁を破ることでなにがしかのリアリティーが定着できないものか、と思った。

だから、ときには記録体、ときには説話体、あるいはファルス、あるいはフィユトンなどと、さまざまな苦闘をした。連載の途中で病気で寝こんでしまったので、これらの操作はかならずしも計算どおりにはならなかった。もう一度、書きなおしてみようと思っている。が、ぼくとしては、いろいろな意味で、せいいっぱいの放浪がしたかったのである。いまは文学的になにもない時代である。あるいはすべてがありすぎるようにも見える。が、いずれにしても、手に入る道具はなんでも手にして飛躍を試み、自己破壊をおこなうことに一度、賭けてみたかったのだ。

東京に帰ってきて何ヵ月かたってから小説を書きはじめたので、件の人物に雑誌を送ってみたところ、「まだまだしゅぎょうが足りないようにおもいます。しょうせつなど、くだらん」という返事がもどってきたので、すっかり頭をかいてしまった。

（『日本読書新聞』昭和三四年六月八日）

八八　『日本三文オペラ』――舞台再訪

大阪城のしたに公園がある。大阪城公園というのだが、ずいぶん広大なものである。土曜の午後や日曜日には若いサラリーマン、学生、工員などが隊をつくってあらわれ、自動車にコーラや弁当を積みこんで野球をしに乗りこんでくる。

九年前、小説を書くために私が観察にきたときは、見わたすかぎり草ぼうぼうの赤い荒野だった。あちらこちらに煙突がくずれのこり、錆びた鉄骨がころがっていた。草といっても竹のように太いススキが茂り、青大将がたくさんいて、夜になると大工場跡の鉄の林のなかでフクロウがポウポウ鳴く、ということであった。大都会の中心でも自然は不屈であってちょっと輪をはずしてやりさえすれば、たちまちよみがえるものらしい。

ある人びとからこの赤い草原は〝杉山鉱山〟と呼ばれていた。町の名が東区杉山町で、そこにおびただしい旧陸軍の兵器工場の鉄がうずもれていたからである。戦後のある年には年間わずかに三十万エンの労賃で二千万エンのスクラップが回収されたことがあったから、たしかに〝鉱山〟といってよかった。

かつてここにアジア最大の兵器工場があった。明治十二年に建設され、昭和二十年八、月十四日に白昼の大空襲で全壊した。工場だけで十二万坪、敷地全面積が三十五万六千五百坪という広大なところへ一トン爆弾が二百数十個投下されたのである。七万人の人間がそのころはたらいていたから、おそらく数千人の人間が死んだはずである。その一週間前にポツダム宣言受諾はすでに決定されていて、政府はただいつ発表しようかとグズついていただけなのだから、この日死んだ人々は徹底的におろかしい死をしいられたのだった。その翌日に終戦宣言という大ドンデンがあったためか、だれも遺骸をさがしにあらわれず、何人死んだのかもわからず、その後だれ一人調べようともしなかったのは、奇怪なことだった。

　人骨といっしょに厖大な量の鉄が埋没し、雨風にさらされるままになった。それをめざして、やがてたくさんの人びとが集ってきた。朝鮮人（南系も北系も）、沖縄人、内地人、七百人ともいわれ、八百人ともいわれ、ドン底におちこんでどうしようもない人びとであった。鉱山は国有財産で財務局の管理となったので、そこの鉄を〝笑う〟（ぬすむ）ことは窃盗行為となるのだが、人びとはけっしてそうは考えなかった。〝粗茶役人〟どもにまかせておいては鉄が土になるだけだからオレたちがちょいと手を貸して資源を回復してやるのだといい、隊伍を組んではたらいた。警官に草むらのなかを追われ、エイ、エイ、ホッ、ホッと声をあげて鉄塊をかついで走り、異常な精力を発揮して〝ゴト〟（仕事）にはげんだ。はげみにはげんだ。ほかに生きようがないので、のんのんズイズイとやった。

この人びとにアパッチ族というアダ名をつけたのは城東署の刑事だということである。精悍老獪。統率力。神出鬼没。背景の広大さ。その掛声。刑事は取調べのときに、〝おまえらはアパッチそっくりやぞ〟といった。西部劇を見たことのないドン底人たちは何をいわれたのかわからなかったが、刑事にいわれて映画館へでかけアパッチ族の抵抗ぶりを見てあべこべにすっかり感動して帰ってきた。自分たちがそう呼ばれることはきらったけれど、〝アパッチはなかなかやりよるやないか〟ということになった。

ここに本田良寛さんというえらいお医者さんがいて、京橋の〝アパッチ部落〟の近くに住み、ケガをしたり病気をしたりしたドン底人たちを診察しつづけ、信愛されていた。彼はドン底人たちから診察料をとらなかったので苦しい暮しに追いこまれたが、こらえて不言実行した。いまは釜ケ崎でおなじことをやっている。いっさいの政党や宗教団体に愛想をつかし、すべてからズッこけおちてしまった気の弱い人びとのめんどうをみている。カミュの『ペスト』に登場する医師はナポリにペストがはやってみんな逃げだしたあとに一人踏みとどまってせっせと貧乏人を介抱したスウェーデンの豪傑、アクセル・ムンテを原像としているらしく思えるが、本田さんもその種族の一人である。〝赤ひげ〟である。ムンテはサン・ミケーレに別荘を建てることができたが、本田さんは私に、イザとなったらお好み焼屋をやりまんねン、といった。

私はアパッチ族の〝番頭〟をしていた朝鮮人の詩人に案内され、教えられ、手ほどきをうけて作品を書いたのだが、そのころおちこんでいたひどい内閉症と憂鬱症から脱出したくてひたすら字を追ったのである。頑健な実践人で、精細な観察家である本田さんに会うのが気恥ずかしかった。私は虚像家だから実像家に頭が上がらない。八年、九年たって今度はじめて会い、やっと年来の敬意を果すことができた。本田さんは快活に笑い、雑誌連載当時アパッチ族の親分の一人に読ませてやったら、ここもちがう、あそこもちがうといって赤鉛筆で線をひいてまっ赤にしてしまいよったデ、といった。事実は事実、小説は小説やないかといっても親分は断じて納得しようとしなかった。

城東線（いまの環状線）に沿ってよどんでいた猫間川が消えた。草原も消えたし、アパッチ族も消えた。いまのこっているのは南森町にある市交通局の鋼材置場となった鉄骨の林だけである。この巨大な無機物の林がいまの日本にあるさいごの〝焼け跡〟なのかもしれない。ある人は北朝鮮に帰り、ある人は土建屋に出世し、ラーメン屋になる人もあれば、ただ消えてしまった人もあった。そういう人のほうが多い。いつとなく、どこへともなく、フッとあらわれ、フッと消えてしまったのである。北朝鮮の記録映画の『チョンリマ』を見ていると、日本からの引揚船が入ってくる。港へそれを出迎えにでてきた群衆の顔がクローズアップされたら、あっちにも一人、こっちにも一人となじみの顔がみつかったので、本田ドクターはアッと声をだしてしまった。

〃アパッチ部落〃も代替りしてすっかり顔が変ってしまい、いってみたらマッチ箱のひしめくようなその季節のない町のまんなかにサーチライトつきのゴルフの練習場ができていた。兵器工場の跡は公園になり、若いタクシーの運転手は〃砲兵工廠〃という言葉も知らなかった。ただ平野川だけがどぶドロのまっ黒、どんよりネトネト、永遠の形相でよどんでいた。けれど、アパッチ族は消えたとしても、ドン底はけっしてなくならないのである。上があればきっと下があるのだ。アパッチ族は釜ヶ崎へ流亡しなかったが、釜ヶ崎はいま人口過剰になり、周辺の町のあちらこちらへジンマシンのようにはみだし、ひろがり、しみこみつつある。貧困は租界のように、インディアンのレザヴェイション（保留地）のように一ヵ所に集中され、濃縮され、壁のない強制収容所となるのだが、それでもじりじりとふえて境界線をこえていくのである。

釜ヶ崎へいってみるとたそがれのなかを大の男たちが女もつれずに影のようにぞろぞろと道をさまよい歩き、一人一人ばらばらで、ただ数が多いというだけのようでもあり、もうもうと行方知らぬ力がたちこめているようでもあり、とことん空無でありながら充満するものがあった。そのなかをのろのろと歩きながら私は新しいテーマが芽をもたげてくるのを感じた。すべては変り、何も変らず、苔のように錆のようにこの町はやっぱり生き、うごめきつづける。

（三笠書房編刊『舞台再訪——私の小説から——』昭和四六年七月一五日）

八九　『ロビンソンの末裔』　その1

――よく調べられましたね。

「いや、おはずかしい。現地には春夏秋冬とそれぞれ一回ずついっただけです。北海道を旅行中、たまたま移民のひとりに会って、話をきいたことから書く気になりました。北海道の移民は、明治以降ちっとも変っていませんね。移民じゃなくて、棄民の政策です。二代目、三代目が耐えられず逃げだしたあとに、新しい移民が入れられ、また逃げだすという繰り返しでね。大半が、農林省でなくて、厚生省の保護の対象になりかけているのにはおどろかされました」

――『日本三文オペラ』と同じ〝残酷物語〟というわけですね。

「いや、自分としては、小説のゆきづまりをなんとかしよう、という気でした。いままで、頭の人間の世界ばかり描いて食傷したから、こんどは手の人間の世界を書いてみよう、というわけです。『三文オペラ』を一枚のカードの裏、マイナスのエネルギーとすれば『ロビンソン』はその表、プラスのエネルギーというつもりでした」

――が、その結果はおなじように？

「そう、おなじマイナスのエネルギーで終ってしまったと思います。自分でいちばん不満なのは、あこがれとしての手の人間、つまり、地についた人間の活力を書くつもりが、結局インテリくさくなってしまったことです」

――『三文オペラ』も『ロビンソン』も、十七、八世紀のヨーロッパ文学にちなんだ題名ですね。

「ええ、やはりぼくは、あのころの文学、とくに悲惨な中にも不敵に明るい活力に満ちた、ピカレスク小説にひかれるんです。ちかごろは、みなさんのいわれる〝トリス節〟の宣伝文と、小説の二つを割り切って書きわけるのがむずかしくなっちまって――抵抗感のある文章がやたらに書きたい」

(『朝日新聞』昭和三六年一月二七日)

九〇『ロビンソンの末裔』その2

奈良のちかくにある俗称〝白い共産部落〟に興味を持ったことがあって、いろいろ調べているうちに北海道のある人からこの集落のことについてさまざまな助言をうけるようになった。

ところがこの人と文通しているうちに、私は〝共産部落〟よりも北海道の開拓民のことのほうに興味をひかれるようになり、その人の手紙にさそわれるまま何度か北海道にわたった。その人自身もかつては開拓民であったので、ルンペン・ストーブのよこに寝そべって聞かせてもらう話はおもしろかった。

この人につれられて大雪山のなかにある開拓村へもいってみた。腰ぐらいまで雪のなかに浸りそうになるところをかきわけかきわけしていくのである。やっとたどりついた農家の小屋では、冬のさなかなのに子供が馬小屋の藁のなかにもぐりこんで顔だけだし、もの憂げに眼をパチパチさせてこちらを見た。ふとんがないからそんなことをしているのである。夜になって寝ることになったが、このときはアンカのかわりに河原の石を抱かされた。河原の石をストーブであたためるのだが、何年となく熱したり冷やしたりして人間の皮でみがいた結果、すっかり色が変って、一種異様な光沢を帯びていた。〃貧苦〃という字を鉱物にしたらこうなるのだろうと思わせられた。

その石を抱きながら、毛布にくるまって主人と花札をひいた。主人は花札をひきながら、むかしなら指のあいだに札をかくしていくらでもあんたをダマしてやるところだが、こう畑仕事で荒れたのでは指がすきまだらけでどうにもかくせない、と嘆いた。カボチャしか食べないものだから頭（ペテンと言った）もにぶくなっていけない、とも言った。嘆きながら主人は大いに点をかせぎ、私から金をまきあげた。見うけたところ彼のペテンはまだまだしっかりしているらしい様子であった。

私は頭や神経の人間を書きたくなかった。そのときは〃手〃の人間を書くことだけに専念したかった。

ロンドン大学の東洋・アフリカ研究所のチャールズ・ダン氏が読んで、直接的でユーモラスなスタイルと心理分析主義に犯されまいとする拒否がよろしいとほめてくれた。うれしくなった結果、その翌日、ひどい二日酔いに悩まされた。水を飲んでいるうちに、大雪山のあの小屋では深雪のしたの小川の水をバケツで汲んできていたな、ということを、その背骨をゆるがすつめたさといっしょに、しばらくぶりで思いだささせられた。

（『週刊読書人』 昭和三七年四月一六日）

九一　『片隅の迷路』のこと

あのようなことは、マスコミの発達した東京ではないんですが、地方、つまり日本の片すみでは、しばしば起こるんですね。日本の裁判の特殊性について書きたいと思ったんですが、それが成功しているかどうか。

小説とプライバシーの座談会があって、日弁連に行ったとき、この徳島事件を担当している津田弁護士に会って、偶然、話を聞き、興味を持ったのです。

徳島まで取材にいき、渡辺さんをはじめ、いろいろな人に会って話を聞きました。だから、事件の推移については、だいたい、事実をそのまま追っています。(談)

(『週刊読売』　昭和六〇年八月二九日)

九二　私の近況　その1

三年かかって『輝ける闇』という小説を書いた。脱稿して新潮社に原稿をわたし、ゲラに手を入れ、何もかも終ったら、すっかり虚脱してしまった。ひどく衰弱して、朦朧となり、原稿用紙もインキ瓶も鼻について、やりきれなくなった。

そこで『旅』の編集部の人といっしょに徳之島まで魚釣りに走った。これは奄美大島のまだ南に浮かぶ島なので、珊瑚礁の水の清澄さったらないのである。磯は二千年前か二万年前そのままの清潔さ、静寂、強健。磯釣りにはまだ早いと教えられ、漁師の船にのって沖へでて、三角波の東シナ海をあちらこちら十一時間流して歩く。この島で二日、奄美大島で二日。島尾敏雄氏の家族といっしょに朝の四時まで焼酎を飲んだり、蛇皮線で歌《うた》ッ衆《ちゅ》の老人がうたう島唄を聞いたりして遊んだ。

今度の小説のまえに私は『朝日ジャーナル』に「渚から来るもの」と題した小説を連載している。東西に分裂した「アゴネシア」（苦しむアジア）という架空の国を設定し、そこを旅人が縦断する物語である。私としてはオーウェルの名作「動物農場」に迫る寓話を書いてやろうという意気込みであった。しかし、約一年、九百枚書いてみると、それが寓話から比喩に転落してしまったことを認めないわけにはいかなかった。イマージュが醱酵不全だったのである。惨敗であった。

そこで原稿用紙もインキ瓶も新しいのを買ってきて、もう一度机に向った。一年間家にこもり、ほとんど人に会わず、酒場にもいかず、コトバの昏れた荒海を漂いつづけた。新潮社の沼田氏に脅迫されたり、お世辞を並べてもらったりしながら、ダメなのじゃないか、まちがってるのじゃないかとおびえおびえ、よちよちと書きつづった。精神衛生上でいちばん苦しんだのはこの日本という温帯のネオン咲きみだれる楽園にあって亜熱帯のヴェトナムのあの窒息的な濡れしとった暑熱や貧苦や砲声や草むらの死体の匂いなどを体内にどう保持しつづけるかということだった。

私は小説の取材のためにあの国へいったのではなかったが、どうさからいようもなくて、やっぱり書いてしまった。十年したらもう一作書きそうな気がする。そういう予感がしてならない。戦争の爪はかかったらさいご、ぬけようがないのではあるまいか。

一人のサイゴンの小説家は貧しい夕飯のあとで「グッド・ハーヴェスト」（よい収穫を）といって握手してくれた。それにどれだけこたえられたか。

（『新刊ニュース』一九巻一一号　昭和四三年六月一日）

九三　作品の背景──『輝ける闇』

『輝ける闇』はできるまでに三年かかった。旅行から帰ってイメージをまとめるのに一年。それを寓話の形式で『朝日ジャーナル』に連載して約一年。これが早計だったとわかって九〇〇枚近くになったのを全部捨て、まったく新しく最初の一枚から書きおろしにかかって、また一年である。

週刊誌に連載したときは、架空の国を設けてアジアについてのきわめて現実的ではあるけれど本質的には寓話である作品を書くつもりだった。しかし、書きはじめて間もなくして醱酵も不十分なら蒸溜も不十分だということに気がついた。それに、兵士の死体や内臓や足が手に手をとって行進するというエンドはブレヒトにもあるし、フォークナーにもあるし、ボルヒェルトにもあったと書き終わってから気がつき、くちびるを嚙んだ。

それに、想像の材料を私はインドシナ半島や朝鮮半島やインドネシアなどの現実からとり、自身の空想をそれにプラスして書いたつもりなのだが、読者からもらう手紙などを読むと、みんなインドシナ半島のことだと思いこんでいる。ヴェトナムのことだと思いこんでいるのである。そのことにも責任をおぼえさせられたので、この作品は形式的には完了したけれど本として出版はしないことにした。今後もしないつもりである。

書きおろしの仕事をするのははじめてだけれど、たのしかった。家にたれこめたきりでだれにも会わず、孤独ですごすのはつらいことだが、連載とちがって週や月で音楽が切れるということがない。強弱、高低はあっても一貫してつづいていることがよくわかるのである。それに、この形式で進んでいくと、まんなかあたりで遊ぶことができる。連載だとそれができない。連載は余裕をあたえてくれない。何かしら論文を書くような、ビジネスをしているようなところがある。どんな精密な歯車にも〝送り〟というものがあってわざと不精確に作るのだが、それがかえって歯車に耐久力と精度をあたえるのだと、昔、老旋盤工に教えられたことがあったが、小説についてもそういえそうである。

何でも見えているが何にも見えないようでもある。すべてがあるが何にもないようでもある。いっさいがまやかしのようでもある。いっさいが完備しているがいっさいがまやかしのようでもある。信愛している友人に某日、作品のテーマを説明していると、それはハイデッガーだ、彼は現代をそう定義づけている、〝輝ける闇〟というのだと、教えられた。梶井基次郎の作品には〝絢爛たる闇〟という言葉があったと思う。どちらをとろうかと思って迷ったが、しばらくしてから前者をとることとした。

港に陸揚げされたばかりの遠い国の果実の匂い。ほかに何もつたえられなかったらせめてそういう一行だけでもと思った。ヴェトナムは遠い。じつに、遠い。どういいようもない。

（『東京新聞』昭和四三年一二月二〇日）

九四　紙の中の戦争――連載を終るにあたって

こうして何年か戦争を紙の中で追ってきたが、今回が最後である。ちょっと休憩してから外国文学では戦争がどう扱われているかを眺めてみたいと思うので、〝最後〟といっても中間合計みたいなものである。

私は連載の執筆者としてはかならずしも勤勉ではなかった。これを連載しながら六九年の春に抑圧症の発作が起き、どうしても散らすことができないのでアラスカへサケ釣りに走り、それからまわり歩いてビアフラの最前線や中近東のスエズ戦線へいったりし、秋おそくになって右足の甲の骨を二本折って帰国した。そのあいだずっと休載していたわけである。帰国してからふたたび連載を再開した。こういうわがままをおおらかに黙許してくださった編集部の寛容にはどう感謝していいかわからない。

いわゆる〝戦争文学論〟というものを書きたくてこういう連載をはじめたのではなかった。いちばん大きな執筆の動機を書くとなると、ペンと紙をあらためて長篇を一つ書かねばならないことになるが、最近六年間の私にしぶとく巣喰っている一つの渇き、一つの飢餓感である。経験は超えるのが難しい。または、不可能である。そういいたくなる感想である。あらゆる文学は作者の自伝であるという説があるが、そうなれば、あらゆる作者の執筆動機はこの感想であろうと思われる。ありとあらゆる種類の経験が、少女の髪の匂いから核の一閃にいたるまで、あらゆる経験が、一定の質量を持たないで、たえまなくアミーバのようにうごめき、流れ、変形していくコトバというものでぎごちなくつたえられるしかない以上、どれくらい痛切に、深遠に、華麗に、また軽快に表現されようとも、つねに核として沈黙があるはずだと思われる。コトバはブーメランのように沈黙からとびたって何かをうち、そしてまた沈黙へ還っていくはずのものと思われる。最良の作品はどれほど雄弁であるか寡黙であるかを問わず、コトバの隊列の背後にある沈黙をチラとでも感知させてくれ、覗かせてくれるはずのものである。

つたえられにくいすべての経験のなかでもとりわけ〝戦争〟ぐらいつたえられにくいものはないのではないかと思われる。一度爪を肩にたてられたら一生それにかかずらわることになる。かかずらわずにはいられない人が――作品を書くか書かないかはべつとして――じつにおびただしく見いだされる。大岡昇平、長谷川四郎、田村泰次郎、伊藤桂一、その他、たくさんの諸氏が現在進行形の感情でいまなお書きつづけてやまないし、ヘミングウェイもフォークナーも生涯をそれに蕩尽したといってよい生涯だったと察せられる。敗戦はわが国にとっての空前の体験であったが、いっさいの言論と表現の自由が許されたあとで〝戦争〟というものをふりかえってみればいかにそれが数知れぬ顔を持つ怪物であるかが、やっと、おぼろげながらも、知覚されたのだった。これは巨大な『藪の中』だった。ある人は憎み、ある人はなつかしみ、ある人はなつかしみつつ呪い、ある人は戦術がまちがってたといい、ある人は戦略がいけなかったといい、ある人はやりかたによっては勝てたはずだといい、ある人は徹底的にダメだったといい、ある人は憎み、なつかしみ、呪いつつ、ああしたからいけなかったので、こうしたらどうだったろうかといいつつも、いや、やっぱり負けてよかったといい、ある人はやりかたによっては原住民はわが方についてきたこともあったと主張し、ある人はそれを聞いてたったひとことバカモンとつぶやき……というぐあいだった。歴史としてのそれが語られ、私記としてのそれが語られ、歳月にわたるそれが語られ、瞬間におけるそれが語られた。歴史としてのそれが語られ、私記としてのそれが語られた。かつて明敏をきわめた伊藤整氏が戦後に、あらゆる職業と年齢の日本人がそれぞれに私小説を書いたとして、それを綜合して一冊の作品としたら、どんな作家も歯のたたない、おそるべき本ができることだろうと感想を書いたことがあったが、『藪の中』は相異なる見解を集めれば集めるだけ、つまり不分明になればなるだけその本質がいよいよ明晰になるはずだという暗示なのだから、戦争について伊藤整氏の発言を考えてみれば――実現不可能だが――卓抜な指摘であった。

桜井忠温の『肉弾』や、水野広徳の『此一戦《このいっせん》』――連載には掲載しなかったが――そこから明治、大正、昭和、昭和戦後期と、この約百年間に発表された戦争または軍隊についての諸作品を読んでいくと、筆者において執筆当時にその戦争の政治目的、つまり、何故闘ウヵということが、どれだけ肉化されているかいないかということで、戦争はどうにでも書かれ得る、どうにでも知覚され得る、ということである。戦争こそは最悪の事態なのだとはしょっちゅう口にされ、叫ばれるコトバだが、これはかならずしも正確ではない。最悪だというからには、これ以上の悲惨はないと考えなければならないのだが、ある種の条件、戦闘員各個人にどれだけ政治目的が深く体感されているかということ、それさえあれば、山を蔽い野を埋める屍も、情熱と呼ばれ妄信と呼ばれる感情から眺めれば、越えて走らねばならない何物かでしかなく、むしろ、いよいよ闘争衝動を昂揚してくれる媒介物なのである。この情熱者または妄信者からすれば、最悪になればなるだけ最善の事態が発生してくるのである。戦争を終らせるという情熱においていよいよ戦争を迎えなければならないのである。つまり戦争はその当事者において〝絶対悪〟と罵られつつも情熱のあるなしで他の無数の悪とおなじ〝相対悪〟と感知される、ある実践行為であって、それが悲惨でしかないと知覚されるかどうかは、論者が事態についてより当事者であるかないか、ただその一点にある。当事者にとっては殺すか、そうでなければ殺されるかなのであり、そのことを実践するについて、殺されたくないから殺すのだという情熱か――これも情熱である――それともそのかなたにあるなにものかに不惜身命《ふしゃくしんみょう》の情熱を抱いたうえで殺すか、二種があるだけである。当事者にとっては〝悲惨〟などということはしばしば知覚されない。どの当事者も〝正当防衛〟の理由を持つからである。そして双方ともにたずねてみれば、雄弁か寡黙か、昂揚か冷淡かのうちに、どのような質であるかはべつとして〝平和のために〟、または〝自由のために〟と、断言するか、つぶやくかで背を夕陽に向けて去ることであろう。

だから、ある戦争を眺めて、あなたが当事者でないのに〝平和〟を口にしたい衝動をおぼえ、そして、もし考察の結果、どちらかにたたねばならないと考えるのなら、誰かをそのことによって殺さねばならぬ決意をしなければならない。誰を殺す決意もなくどちらか一方を支持するのは当事者ではない。歴史の事態を決定してきたのは死体の山であり、その山のかなたの遠くに至福千年があるとする幸福幻覚であった。

『肉弾』や『此一戦』には屍山血河が事実として報道されながらさほど悲惨としてそれがつたわってこないのは作者たちに国難意識が煮えこぼれんばかりになっていたことと、これが勝ちいくさであったせいだろうと思われる。ここに氾濫している幸福幻覚と戦闘意欲を後代になってから帝国主義の盲目的膨脹衝動と定義することは易しいが、あまり説得力がないように思われる。むしろこの挙国一致の昂揚がどれだけ急速に褪色し、枯渇し、変貌していったかを大正期に入ってからの芥川龍之介の『将軍』などに読むほうが興味が深い。これはわが国のナショナリズムの特質を語る何よりの好例であるかもしれない。それがそうであるのはこの百年間の戦争がつねに遠い海外の異土で遂行されたものだったということからきているものと思われる。あらゆる諸国のナショナリズムの性慾にも似た執念深さ、〝ゼノフォビア〟（外国人嫌い）の衝動の底知れなさを眺めていくと、自国の土の上で自民族の血を流して異民族と争った経験のこだまを聞かずにはすまされないが、わが国の場合は海外から引揚げてきた帰還兵の口や新聞・雑誌を通じて表現されるにすぎなかった。つねに安全な〝銃後〟があった。大後方があった。戦争は清潔な抽象であった。それは紙の中にしかなかったのである。

軍隊が堕落し腐敗する原因はいくつもあるだろうが、もっとも大きなものは、やっぱり、兵に政治目的が痛覚されなくなったときと、外国へ派遣されたときではあるまいかと思われる。外国へ派遣されても短期戦で終るならまだしも、だらだらといつ果てるともしれない長期戦となると、音もなく全組織が崩れ、朽ち、関節をゆるめてしまう。兵が目的を痛覚せず、とめどない長期戦に投げこまれ、外国へだされて根を失ったと三条件が整ったときに帝国軍隊はどうなったか。その絶妙の症例を安岡章太郎氏の『遁走』が教えてくれると思う。ここにある怪奇なまでの滑稽は名状するのに苦しめられるが、殺戮や破滅など、絶望の激情を描いた作品がともすると風化しやすいのに、このとめどなくだらしない作品がいつまでも絶妙さを保っているのは、作者の手腕をべつとして考えると、これ以上風化しようのない世界を描いた結果であるかもしれないのである。これは一つの強力な文学的方法として考えさせられる。

激情を描いてしかも風化していない作品としては石川達三氏の『生きている兵隊』があった。この作品の、たとえば従軍僧が数珠《じゅず》を片手に巻きつけ、その下にシャベルをにぎり、逃げる中国兵を追いつめてかたっぱしから頭を割ってまわるという有名な挿話はいまでもヒリヒリと生きている。この僧が僧でなくなるのは戦場につれてこられて戦友が死んでゆくのを目撃するという経験があってからで、それ以後は〝宗教も国境を越えられない〟というコトバを口にするようになり、殺人鬼としてふるまうこととなったという解説がされている。しかし、それはむしろおぼろな背景で、私としては一人の人間の不定形で朦朧とはしているが容赦ない苛烈の、憎悪の、原形質そのものとしての衝動がよくコトバに置換されたのだと考えたい。ひとことで〝盲目的〟と片づけられやすい行動なり感情なりがじつはそうすることでどれだけ盲目的にしか観察されていないものであるかという例をあまりにしばしば私は読むので、この作品のこの挿話のリアリティそのものにはたちどまらずにはいられない。

戦争ぐらい大声で論じられると同時に沈黙されてしまうものはない。これくらい悲惨を叫ばれながら同時に人を昂揚させるものはない。これほど〝わかってる〟とされながら同時につたえにくいものはない。これ以上に単純でありながら同時に複雑なものはない。論ずる人が当事者であるかないか、戦場にいるのか後方にいるのかで事態は千変万化するのである。それがそうであるということもまたともすれば忘れられがちである。何が何でも戦争は最悪だと断定できるのなら一つの足場ができることになるが、むしろこのままならいっそ戦争をして死んでしまいたいと叫びたくなるような事態もまたいっぽうに存在する。戦争は憎まれるのとおなじ程度に歓迎もされるのである。その生理の秘密は当事者にしか知覚できず、当事者もまた内奥ではめいめい一人一人にしか知覚できないもの、つたえようのないものを抱かせられてしまう。それは遠い海外でおこなわれても、眼前でたたかわれてもである。しばしばわずかに一ミリや五センチの差で事態が一変してしまうので、これくらい人間をとけあわせるものもないと同時に個別化してしまうものもないといえるようなのである。

最近百年間の日本の戦争は現代日本人の多数者にとっては年表や、教科書や、歴史書や、文学作品のなかにしかない。紙の中にしかないのだ。それは遂行されているさいちゅうでも場所一つでそうだったのである。最前線よりも後方にいる人間の数のほうが圧倒的大多数であるというタイプの戦争ばかりだったから、つねに日本人の過半数以上の人口にとって戦争は紙の中にしかなかった。〝総力戦〟の本質としての惨は核の一閃で一挙に正体をあらわしたけれど、それすらちょっとはなれた場所ではにぶい歯痛ぐらいにしか知覚されなかったようである。

だからこの連載にこういう題をつけたのは私が思っていたほど皮肉でもなければ反語でもなかったと、おいおい、おぼろにわかってきたような気がするのである。そこで、つぎには、日本人以外の民族がどのように殺し、殺されてきたかの研究をしてみようと思う。

（『文學界』二五巻四号　昭和四六年四月一日）

九五　『オーパ！』をめぐって

雑木林の小径の奥に白い家があって、呼び鈴を鳴らすと、越後の山の湖で聞いた、懐しい大きな声が迎えてくれた。玄関には魚拓が掛り、開高さんは釣り用のポケットのたくさんついた暗緑色のズボンに、ノルマンディーの漁師が着ているような、未脱脂のセーター姿だった。こういうセーターは雨をはじくんだ。――偉大な釣師はブラジル、アマゾンをわが庭のごとく語る。その声は森林の野猿の叫びのように、高く低く限りなく続いた。


――釣り好きが『オーパ！』を読むと、ピラルクーを竿でヒットできないでニガイ顔、そして黄金魚《ドラド》を征服して、溶けた角砂糖みたいな甘い顔、この二つが目につきますね。

ドラドのときはもうゆるみっぱなし、それからピラルクーのときは歪みっぱなしやね。

これはひどいでーおい、ともかく。普通漁師は船の上で待っているんです、ヤリを構えて。それで、プウーッと潜水艦みたいに浮いてきたピラルクーに、スパーンと投げるんですが、私のは、あなた木の上からやねえ、座ったまんまで、下とおりかかるやつを、ブスッと突け、いうんでしょう。上野の水族館へ行って見たら鉄の鎧でしょ、ピラルクーは。水槽にぶつかるとタイルが剝げる、いうんですもの。――それを座ったままでプサッなんてできるもんじゃありませんよ、あなた。

しかも頭上はアフリカバチの花瓶ほどもあるハチの巣が、ズラーッと並んでる、下はピラーニャでしょ。落ちたらどうなる？　こっちはピンガで二日酔いでしょ。赤道直下の日光がギラギラギラ、さあ三時間も木につかまっていたけど、こう、フッとなったらドボン、ピシャンとなって白骨や――。それにハチがズーッとね這うんですよ。ピシャリッとやったらその瞬間プサッと刺されるから、やっちゃいけない。ハチは日本人の体臭なんて珍しいもんだし、肉食ってビール飲んでサウナ入って揉まれてるから松阪牛と同じやろ思おて、ペロペロ舐めるのよね。

これは辛かったなあ、もう俺は魚釣りやめようと思ったな、あの時は。「木ニ縁《よ》ッテ魚ヲ求ム」っていうやつよ。――だからもう、歪みっぱなし――。

ところがボリヴィア国境へ転戦して、パンタナルでドラドを釣った――このドラド釣りもね、なかなか大変だわ、というのはね、当時すでに雨期にかかっていたの、魚がドンドン上流へ移動して行く、ものすごい大群組んじゃいるけど、群に当ったらすごいけど、当らなかったら一尾もいませんからね、本当。熱帯で釣れないとなるととことん辛いぞョ。

ドラドどこだ、ドラドどこだっていって、あちこち飛んで歩いていくわけよ。ようするに魚の群れのあとを追っかけていくわけ、セスナで……。それでやっと追いついて釣ったんですけどね。それで面目ほどこしたのよ。

――ドラド釣った時はいい顔してますね。

いい顔もするわ。しかもその間大草原でね、ピューガラガラドンドーンといってね、カミナリさんが来るの。そしたら魚釣り道具のリールが金属でしょ、金属なんて見渡す限りなにもないわけ、さあ、エライこっちゃとカメラマンと顔面蒼白。ヴェトナムで生き残った俺が、ブラジルのカミナリに当って死ぬ――。だから黒い雲が向うからくると、リールばあっと投げてしまって、木の下入ってやね、しらん顔してなきゃいけない。命がけですよ。原住民が真蒼な顔しているもの。

そんであそこはカミナリさんと稲光りとゴロゴロと雨と風が、いっぺんにくるんや、四大ことごとく、だからアッと気付いたらギラギラ空は真っぷたつに割れる、バシャッとカミナリが落ちる。その音がまた凄いわ、大草原に落ちるカミナリというのは。そいで怒濤のごとき雨が降ってくる。――それがパタンと止むんだ、これが……、女のヒステリーみたいな奴や。これが夜中に気が付くと船は漂流してる、波は怒濤やで、日頃は鏡みたいなアマゾン川が……強風が吹くと寒いわ、雨は吹き込むわ、濡れるわ、カミナリは鳴るわ、イナビカリは光るわ、どうなんのか――。それでまあ二、三十分、一切が一時にやんでしまうの。そしたら満月、お月さんが煌々と照っていてさ、アマゾン川はピーッと鏡みたいにキラキラ輝いてる。不思議なとこやね。

——アマゾンは最初だったんですね。

そうです。写真のとおりだったけど、実物みると皮フ感覚が圧倒されちゃってね。

——何故、アマゾンを……。

だからさ俺が驚けるような場所、アマゾンしかない。驚きを忘れた俺はもうダメだ。「窓のない部屋みたいなもんや」——ええこと言うやろ、——それでただ驚きたいというだけで行ったわけや。

だって考えてごらんあなた、ことごとく人間に飼い馴らされてしもうたで、ナイル河もヴォルガも揚子江もミシシッピーも——。全流域のどこにもやね、橋がないダムがない土手がない。それからもう一つ、石コロがない。アマゾンには石コロがない。どこまで行ってもサラサラの砂ドロやね。——ずっと内陸部入って行くと岩がでて来ますけどね。

アマゾン平原という広大な面積、これは海底がそのまま隆起したの。おそらく岩底の海底でなくて砂底の海底だったんですね。それと同時にその海に棲んでた魚が、そのまま、「もう私このまま居直って、ここに住まわせていただきます」いうてやね、居住優先権を主張しましてね、それで海水魚がそのまま淡水魚になっちゃったの。

だからあそこの魚釣りというのは、不思議な感覚がいつまでもあるの。ドラドとかピラーニャとかトクナレとか釣っているじゃない。そこにフグ、ヒラメ、カマス、こういう海の魚がねどんどん釣れてくる。それとエンジェルフィッシュとかテラピアだとかの熱帯魚。——ミクロからマクロまである。エンジェルフィッシュからピラルクーまでいる。

土手のない川という概念がないでしょう。揚子江、アムール、ヴォルガ、ドン、セーヌ、ナイル河——数えられる河川全部思い浮べてみてごらん。少なくとも土手はある。これが切れたとか切れないとかいって騒いでいるわけや。アマゾンには土手がないね。巨大な中華鍋なんだ、あそこは。だからジャボジャボ川の中に入って行くと遠浅や。ということは魚の居場所を見つけるのが実に難しい、ということなのだ。

——釣師開高健大いになやんだ。

ここ、ここらへんから、釣りの解る人はそうだろうなあといいだすだろうね。

——ポイントが……。

ないの。結局ジャングルの淵のほど良いところを見てですね、ジャングルが鼻になって河に突き出ている岬、それからワンド、大ざっぱな見当つけて行くんやけど、これが行けども行けども万里の長城でしょ、ワカンネー。

ただ一つ救いがあるの。アマゾン川は乾期と雨期と比べると十メートルから所によっては二十メートル位の落差があるの。凄いよ。だからジャングルの樹見上げるでしょ、首から下に前の年流れてきた藻が枯れて、ザァーッとヒゲみたいになってんの、頭まで水に漬ってそれから一年かかって首の分だけのびたのね。それがあの川の威力を語る訳。その氾濫を防ぐ土手というものが全六千キロ流程の間、一メートルもないのよ。街の周りだけねコンクリで岸壁造ってある。街を囲ったの。ブルグや、城や、ちょっとそれも岸壁の程度。そうすると氾濫した水がですね、乾期になると引く訳ヨ。魚は雨期の時にジャングル、牧場、時には街にまで入って行くのよ、魚はそこで卵を生んだり子育てたりする。で乾期になって雨が止んで水が引くのと一緒に、本流へ帰ってくる。その時あっちこっちに物凄い湖ができるのよ。この湖がまた底が中華鍋なのネ。魚どこにいるか分んない、しかもその湖っていうのがずーっと向うまで見えないの。

それがやね、湖から本流へ吐き出し口がある。ここは必ずもう万国共通、魚が集まるの。それで吐き出し口見つけては船を止め、投げると、ここには天国みたいに魚が群がってるの。行き場がないんやな、湖入ったって平べったいだけで壁も何もないんだもの、みな落ち口に集ってくる。イワシやニシンだとかもね、熱帯性のヤツ、淡水産で。それをピーコックバスというバスが追っかけてる。それでピョンピョンとニシンが飛び出す訳。「ソラ来た」、パーンと打ち込むともう、ワン・キャスト、ワン・フィッシュやね。それでカヌーでやってもう無我夢中でやってるの、もうそこらじゅうイワシとニシンでこんなんなって沸き立ってる。バスが追っかけ廻わしてるんだから――。

ヴボォー、という声が突如として聞えるの。何だと思うとこれが、イルカなんだよな、河イルカ、二種類ある。灰色のとピンクのと。ピンク色のは獰猛で人間を襲うっていうの。――不思議な釣りだなあー、不思議な川だ。本当にこりゃもう新鮮だわ、鮮烈だよ――。だって〃水溜り〃っていうのが向うの先が見えない、それでニシンやらイワシがいて、バスが追いかけ廻わしていて、そのバスにあなた、イルカが襲いかかっている。

しかもや、その漁師がやね、ボソボソボソと櫂を漕ぎながらやね「もう一週間したらこの湖は牧場になる」っていうている。それが牧場になるんだって、一晩で草が生えるっていうような数え方できないくらい広いのョ。それが牧場になるんだって。そんな琵琶湖の何倍っていうの。「そしたらずーっと向うの高台に追い上げてある牛を降ろしてくるんだ。それで俺は、エスカドール――漁師から、バケーロ――カウボーイ、ガウチョですね、ガウチョになるんだ」と、そんなこと言ってんのョ。この広大無辺の湖が一週間で牧場になる、これがまた解からない。実感がこない。――よかった、あの旅は。

それから現地人ね、ルアーみてもぜんぜん驚かない。彼等自身ルアーを使う。竿もリールもなし、糸に直結するの。鎖鎌みたいにこう振り回してヤッと投げるの。糸、足で押さえておくの。ヒュルヒュルヒュル、ジャッポーンと飛ぶでしょ。こうしてたぐって――うまいよう。ドラド釣りのスプーンなんてこんなにあるの、五寸クギたたき付けたみたいな一本バリで、これがユウラユウラユウラ、こんなロープで引っぱって歩く。そしたらドラドが、ガバッと嚙みつく。あれは激しい魚だけどね、そしたら五寸クギがズボッ。それでドラドはバッバババ、跳ね狂うんだけどたまったもんじゃありゃしない。グウッググググひったくって獲るわけよ。高く売れる魚だからね。これが美味い。赤道の鮭です。

これがまたおかしいんだよなあ、赤道下で鮭が釣れるって感覚が――。こういうミステリアスな感覚はアマゾンでない限り味わえない。ブラジルでないと味わえない。

ポルトガルからシベリアまで、スカンディナヴィアと中国東北部、満州やね、これを含めてそこに棲む淡水魚数がだいたい百五十種類とされているのよ。ところがアマゾンは判っているだけで千五百種ぐらいある。ピラーニャも二十種類ぐらいいるという説がある。一番大きな黒ピラーニャ、あれ釣った時俺もギョッとなってね。もうよう川で泳ぐのやめたな。恐ろしくて。あんなんに齧り取られてごらん、一発やで、俺の小さいのなんか。かぶりがいがないいうてボヤくんじゃない「なんだこれ」って、あのプレタはあなた、ルアーの三本バリね、どんなヤクザな三本バリでもですね、あれハリが三本ハンダ付けしてあるんですよ。それをパッシーンと嚙み切るんだからねコレ、歯でよ。信じられなかったなあ。

――バクのペニスに顔が映り、という辺りがいかにも開高らしくて楽しいと『週刊文春』の風氏は書いているけど、ピラーニャにも老化があり、夫婦で生きている――ですね。

そんなに俺はワイ談ばかりしていると思われますか？　あの物凄いピラーニャが、そういう生物の悲しみも書いているじゃないの、ねえ。でもソコを指摘する人はやっぱり、釣師やな。あのピラーニャでさえ一人で暮らせないんですねと、こういう含蓄のあることという人もある。だけどだいたいがバクのチンポコがどうのと、そんなことばっかり言っていやがる。しかもあれはねえ、二つ言葉があって学者はあの動物をパピーニョと呼ぶの。ところが普通人民はアンタっていうの。日本語のアンタの発音と全く同じよ。だから日本人会で飲み食いしましょうって呼ばれるでしょうが、それでショウチュウ飲みながら話してる。だんだんこっちもトロンとなってくる。で、向うもリキンでくる。で驚かしてやろう、笑わしてやろう、凄ましてやろうと思って、もう次から次へと太い話ぶつけてくるんや。それで「サンパウロで聞いたんやけど、アンタのアレって大きいらしいですな」というと「何言ってますあなた、アンタのたいしたことありません」って、こっちは酒飲んでるもんだから「そうです僕のはたいしたことありません」「いやいやあなたのことじゃない、アンタのことだ」という。もうこんなんなって何が何だかわからない——。

——ミミズを獲って家を建てたミミズ獲りの巨匠がいるそうですが、二メートルのミミズ、どうやってハリにつけるのですか？

抜い刺しです。こううつでしょ、返してもう一ぺんこうしてまた返して、それで上へ押し上げていくわけや。二メートルのがこうダンゴになる。そしたら五十キロ位のが釣れる。ナマズ類、美味しいです。白身淡白。それでそんな大きいの釣っても面白くないと、〝私小説〟位の短篇がよろしいという人はですね。横にして置いて赤錆の包丁でポツンポツンとチクワみたいに切っていくのや。そして切ったのを掛けて、ポチャンとやると五キロ位のつつましいのが釣れてくる訳。——俺の話はそういうサイズなの。だけど少なくなってきたって、特に街の周辺では。——アマゾンは毎年毎年そんなに大氾濫を起しているんだから、物凄い新陳代謝をやっているわけやろ、それでも魚は少なくなってきた。いたるところで聞かされる——。

——釣竿を持っているがゆえに見えること、入れる世界がありましょうか——。

それは非常にたくさんあります。それから彼等は心を開いて話をしてくれる。釣師だから遠慮もしない。正直者でちょっと間の抜けたお人好しくらいに見えるのでしょう。釣れなかったらイヒヒ、と笑って同情するけどもいろんなこと話してくれる。他の旅行で行ったんじゃ答えようとしないこともね。

ヴェトナムですらあの戦争の真最中でも、俺は釣りに行った。最前線まで。もし人が生き死に、殺し合いしてるところにお前は、魚釣りなんてふざけやがって、といわれたら、その場で帰ってくるつもりだったんだけど——大歓迎やったね。大歓迎、日の丸の旗を持っていったときより歓迎された。今後、どんな旅行するときでも、携帯用のな、簡単な竿持っていこう。——もう竿もいらん、スプーンと糸だけあればいいな、鎖鎌のようにやればいいんだから——。

——何かの中で今回の『オーパ!』の取材旅行は三蔵法師と孫悟空たちの旅に似た、とありましたけど、すると竿は悟空の如意棒?

そうだ、釣竿は正に如意棒だ。それからやっぱり人々の心の中に入るのにはいいね。釣竿は……。

俺もなあ、アマゾンで皆苦労して日本人は四苦八苦でどうやら今日に到ると、そういう所へですよ、「実は私、日本から魚釣りに来ましてね」なんてアホなこと言えなくてねえ。

だけど彼等は違ったな、むしろ歓迎してくれた。「皆さんの苦労話を聞きたいが、一晩や二晩聞いたんでは分るもんじゃないし、それで分ったような気分になることは、皆さんを侮辱したことになりかねない。したがって、鳥獣虫魚の話やジャングルの話をしていただきたい」と……たらね、苦しかった時の話というのはねえ、他人に大声でできる性質のものとできないものがあると……、俺もそうだね貧乏時代の話はね——。

ところが、鳥獣虫魚の話だとみんながあどけなくなる。「先生、アマゾンは凄いんだ。ジャングルだ。こんなクモがいる」——事実です。タランチュラというの、全身毛むくじゃらで毛ガニ位もあるの。やっぱりカランゲージョ、カニってアダ名がついてますけどね、そのクモがねえ、電信柱によじ登ってやねえ、電信線に網張ったっていうの、ね。そこへ雨期がきて雨が降ってきた。するとクモの網に雨がかかって重くなってやねえ、電信線が切れましたんやあ——こう言うんや。それで、「セニョール、いくらブラジルの電信線が弱《やわ》いか強いか知らんけど、ちょっとばかりおっしゃり過ぎではございませんか」というと、怒ってさ、ではそうでない証拠がありますかとこういうわけや——。

ところが翌日、翌々日、またまた翌々々日、毎日毎日森と水ばかり眺めてくらしているとやねえ、そして聞こえてくるのは猿の吠え声だけやろ、行き交う船もない、そうすると、こんなゴッツイ森だから、ひょっとしたらこんな横綱みたいなクモがいてね、それがワイヤーロープみたいな網かけてさあ、電信線ぶっち切るかもしれんなあ、っていう気に、なってくんのよ。それで日本に帰ってくるやろ、それで人がやってくるでしょ。「なにしろあんたブラジルではクモの網で電信線が切れるんだからねえ——」と、こう見て来たようにしゃべるんだ——、かくて神話っていうのができるんだわねえ。

——『フィッシュ・オン』から九年、今年は『オーパ！』を超える南北アメリカ大陸縦断の旅行取材をご計画とか、釣師・開高健、スケールがデッカイですね。

ありがとう。そのうちにヘミングウェイを追い越しますからね。——ただ俺はねえ、カジキを釣る趣味はないの。やっぱり俺は山師なのよ。時には海にも行きますよ、それは。だけど基本的には山師と思ってる。
海を愛するのは賢者であり、
山を愛するのは聖者である。（文責・鮭）
（『五〇冊の本』一二号「著者インタビュー・自作を語る」昭和五四年四月一日）

九六　渾沌のメア・クルパ――『歩く影たち』

去年の冒頭に三つの短篇をつづけて発表し、一年おいて今年の冒頭にも三つの短篇をつづけて私は書いた。二年間に六つ書いたわけである。これは私としてはまったく異例のことであった。ずっと以前に書いた三作とこの六作をあわせて一冊の短篇集をつくることになり、総題を『歩く影たち』とつけた。人の生は歩く影にすぎぬという『マクベス』第五幕の有名な科白を頂いたのである。

九作とも香港もしくはヴェトナムを背景にしているし（一作だけが香港）、主題はそれぞれ変ってはいるけれど、血液型や指紋や声紋などの点からすると、ばらばらの九つの作品というよりは、九つの連作として扱ったほうが適切であると思う。これらの短篇はもともと一本の木の枝だったのだが、その木が三部作の長篇として育っていくうちに不要な繁多だとわかってきたので、そう思えるようになったので、切りとって別の土にさし木して短篇として独立させたほうがいいとわかったのである。去年と今年の二年間にふいに六つも連作することができたのは第三部が私の内面でそれだけ伸長したからだと思いたい。

もともと私は小説の取材のためにヴェトナムにいったわけではなく、新聞社の臨時移動特派員としてその社の週刊誌にルポを書くために出かけたのである。前後三回出かけたが、三回ともそうであった。故武田泰淳氏が酔って某夜書きつけたらしき一言をとって、森羅万象にたいして多情多恨であれというのが作家にとっての一つの至上律であると私は思っているが、この国ではじつにおびただしく教えられることがあったので、結果としては作品に経験を昇華または消化せずにはいられなかった。それが見えてきてからは新聞社や出版社との約束を果してルポを発表したあと、それらのルポは私にとっての創作メモなのだと考えることにした。その眼で見ると、はじめてサイゴンへいったのは一九六四年の十一月だったから、この短篇集はざっと十五年かかってできあがったということになる。それが貧果なのか良果なのか、私には判定のしようがないが、愛着としては多情多恨そのものである。頁を繰ればいつでもあの亜熱帯の短いけれど絢爛たる黄昏や、密湿な夜ふけのヤモリの鳴声や、ジャングルの銃声に私はもどっていくことができる。

サイゴンを呑みこんだハノイの労働党中央委員会とその正規軍はつぎにカンボジアを呑みこみにかかり、人びとはひとしきり新しい戦争の論評に熱中したようだったが、それもたちまちおごそかに糾弾してすみやかに忘れられてしまったかに見える。私は誰にも会わず、どんなマイクにも話さず、古い戦争と無名の忘れがたい人びとの記憶にしがみつき、ごろ寝から起きて机に向うときはチン・コン・ソンのイェロー・スキン・ソングのテープをかけ、マンガを読み、当時のサイゴンの英字紙の三面記事を読みかえした。そうやって鍋をいつもグッグッと煮えたたせておくことに苦慮した。十五年間に私の体力や気力は衰え、記憶は稀釈され、当然のことながら文体も変っていくが、こういう〝自然〟の進行には反抗するよりも添寝したほうがいい。レッセ・フェールであるが、同時に鍋は熱く保たねばならないのである。このあたりが至難の消息である。

ヴェトナム人の慣用句によると男は三十五歳だという。何もかも男の精力はその年齢でピークに達するというのである。そこで〝35〟というヴェトナム語は、日本人の耳には〝バーメラム〟と聞えるが、転じてこれは〝スケベェ〟という意味にもなってクスクス笑いが派生する。しかし人の情念はふいに頂上に達するものではないからその前後数年間を助走や緩走と考えて計算に入れると、三十代いっぱいということになる。この十年間が男の真夏の季節だというわけである。秋のぶどう酒の品位を決定するのは夏の日光であるから、この観察は、ほぼ正確であると、私は感心している。これを自身についてふりかえってみると、十代、二十代とおなじように私は三十代でもしじゅう虚無と懈怠に苦しめられていたはずなのに、その期間の生きざまはやっぱり男の真夏であったと、いちいち思いあたる。この短篇集と、目下しどろもどろに完成をめざしつつある三部作は、ことごとくその夏の日光をうけた秋の酒である。この真夏の季節の十数年間、私はとらえようのない焦躁にあぶられるまま諸外国を流れ歩き、東京にいても旅館、ホテル、出版社のクラブなどを泊り歩いて、釣竿を持った火宅の人でありつづけたのだから、それを無関心の冷感で葬り去れないで、かえって多情多恨に白い紙のなかで生きようとめざすのは、すなわち何者かにたいする「メア・クルパ」（わが謝罪）でもあるのだろうか。神も仏もない私が謝罪とは。渾沌の渦動をつづることが謝罪であるとは？……

（『週刊読書人』「本と人と」　昭和五四年五月七日）

九七　この一冊――『最後の晩餐』開高健著

著者からのワンポイント

食べる、寝る、いたす。この三つの要素は金持ちにも貧乏人にも共通してあるものですねえ。ところが、その食べるについて言う場合、ただうまいまずいが決め手になるもんやありません。そこにはイマジネーションに訴える何かがある。そういう意味では〝食〟を語ることは、文学や、香水や、映画や、ファッションを論じるのと同じことやないか。これがぼくの考え方の基本なんですわ。

（『週刊現代』二一巻二二号　昭和五四年五月三一日）

九八　第六回川端康成文学賞――『玉、砕ける』開高健著

時の技――受賞のことば

去年、『新潮』『文學界』『文藝春秋』の一月号、二月号、三月号にそれぞれ短篇を一つずつ書くことができた。この三つの短篇を、それまでに書いた三つといっしょにして一冊の短篇集ができた。短篇集としては九年ぶりの一冊である。

吉行淳之介氏の若い時代からの慣用句の一つに〝乾いたタオルをしぼるようにして〟というのがあるが、私のタオルは乾いているうえに穴だらけなのだといいたい。その乾いた穴のキシキシという音がこの六つの短篇だった。それぞれ半ばまでは時の技《タイム・スキル》で書いたようなものである。

賞をもらうのはしばらくぶりのことなのでうれしかった。とくにこの賞は短篇のために設けられた賞なので、一品だけしか扱わない名店の店頭で思いがけず何かを贈られたような気がする。読み巧者で知られた諸家が審査員であるのも晴れがましい。

タオルに一滴、水がもどったか。

（『新潮』七六巻六号　昭和五四年六月一日）

九九　私の近況　その2

去年の年頭の一月号、二月号、三月号、三つの雑誌に一つずつ、短篇を書きました。それから一年おいて今年の年頭にも三誌に三篇書きました。なまけものの私としては久しぶりに発作にかかったみたいになってはたらいたわけです。去年の三篇を収容してそれまでに書いた短篇とあわせて一冊を作りましたが、これは『ロマネ・コンティ・一九三五年』と題しました。短篇集としては私としては九年ぶりです。さらに今年の三篇を追加し、ヴェトナムを舞台にした九篇だけで一冊を作りましたが、これが『歩く影たち』で、取材の年からかぞえると十五年かかったことになります。

去年と今年と、いずれも年のはじめにそれだけキリキリはたらいたのは、短篇のための素材が入手でき、イメージに圧迫されたからですが、それらの素材はいずれも一つの長篇のためにとってあったものです。ところが、長篇が育っていくにつれて、ムダな枝ができてきます。どの枝がその元木にとって有用であるかないかは元木が育ってみるまで作者の私にはわからないのです。しかし、元木が育ってみればムダな枝は切りとってべつの土壌にさし木して独立の一本の木として育てることができます。去年と今年の私の短篇についての作業は、さし木をそれぞれ一本の木として育てる仕事でした。

さて。

こうして六本の枝を切りとってさし木して六本の木を育てることはでき、そこまで元木が成長するところまでは何とか漕ぎつけたのですが、もうこれ以上、枝を切ると、元木が枯れてしまいます。これからあとは、専心、元木を育てる努力があるだけなのです。短篇の素材と構想が他にないわけではありませんが、それらは元木からの独立ではなくて、まったくべつの木です。短篇としてのヴェトナムは、もう、今後しばらく、いつまでとはわからないまでも、私は書かないつもりなのです。育ちつつある長篇にも同国は重要なパートを演じるはずですが、それが仕上れば私は決定的にこの国から訣別することとなるでしょう。同時に一人の男の生涯にとって〝夏〟といえるほどのさかんな季節、三十代から四十代前半、その時代とも訣別することとなるはずです。ではその木の姿はいつあらわれることになるのか。積年のこの質問に一言で明快に答えることができないで、私はうなだれるばかりです。

(『新刊ニュース』三〇巻八号　昭和五四年八月一日)

一〇〇　蛇の足として──人と作品

もともと文学作品というものは読者が寝ころんで読んで──何なら正座して頂いても結構ですが──自分ひとりで〝発見する〟ものです。そのように出来ているものなのです。教室で講義されたからとか、ラジオやTVで解説を聞いたからとか、友人に言われたからといって、にわかに好きになれるものでもなければ、閃光のようにこころに射しこんでくるというものではないのです。それに近いことが起らないとはけっして申しませんが、自分ひとりでの発見にくらべれば二番煎《にばんせん》じ、三番煎じといってよい味のものであるはずです。全集本や文庫本のうしろに〝解説〟をつけるようになったのは昭和初期の円本《えんぽん》ブーム以来ではないかと思うのですが、当時の出版社が読書人口をふやすために思いついた工夫の一つであったのだろうと思えます。このことで果してどれだけ文学ファンの人口がふえたのか、算定の方法はありませんけれど、どれでもこれでも一円という値段の魅力にくらべればずっと放射能値はつつましやかなものだったのではないかと、これも想像です。

あまりにおざなりの、お寒い、お粗末な〝解説〟が眼につきすぎるので、私はこの本のソレを自分で書くことを申出たのですが、自分の画を自分で讃《ほ》めるのはよほど枯れた芸の持主でなければイヤ味以外の何でもない。もともとこれは余計ごとであり、いわでものことであります。蛇足というものです。しかし、ウソの見えすいた結婚式のスピーチのような悪寒《おかん》よりはましな書き方が何かあるのではないかと思ったものですから引受けました。自作を批評したり解説したりは作者の分に過ぎたことなので、ただその作品が書かれた当時の身辺について楽屋裏話めいたことをすこしスケッチするだけにしておきます。読んで頂ければたいへんありがたいのですが、読んで頂かなくてもありがたいのです。作品そのものを読んで下さるだけで黙礼あるのみです。いや。本を買って下さったただけで作者としては冥利《みょうり》につきます。いつか上野駅の遺失物係の人に聞かされたところでは、義歯やお骨《こつ》までを電車に置忘れ、しかも探しにやってこないという人が珍しくないとのことでしたが、そういう忘我の多忙のさなかによく本を買って下さいました。それだけで作者としては合掌、瞑目《めいもく》。一言もございません。

パニック（一九五七年八月　『新日本文学』）

この作品が公式的には私のデヴュー作となっています。活字になったのは五七年ですが、書きにかかったのはその前年です。二十五歳のときです。一度書いたのを佐々木基一さんのところへ持ちこみ、その意見を聞き、納得できるところがあったので書きなおしました。発表する雑誌は佐々木さんに一任しました。私としては書きたくてしようがないから書いたので、率直にいってこれで作家になろうという野心は燃えていませんでしたから、活字になりさえすればいいというぐらいのところでした。佐々木さんは『新日本文学』に持ちこんで下さったのですが、たいへん失礼ながら当時この雑誌はもっとも冴えない雑誌の一つでしたから、活字になることにきまったよと佐々木さんに教えられてよろこびはしたものの、心のどこかでは、いよいよこれで作家にはなれないときまったと、感じていました。文学雑誌に新人賞がいろいろと設けられ、新人待望のムードが強く、アマチュアが一作きりで作家になれる時代がはじまっていたのですが、何故かそこへ原稿を送る気持にはなれませんでした。

この頃、私は《洋酒の寿屋》（現サントリー株式会社）の東京支店でコピーライターとして働いていました。主力商品に〝世界の名酒〟と気宇壮大なキャッチフレーズをつけるのは当時からある習慣でしたが、営業所は下町の運河の近くにあって、名刺屋やラーメン屋やオートバイ屋などが軒を並べるなかの一軒で、ただの木造モルタル張りの二階建でした。私はその二階の一隅で柳原良平君とコンビになって明けても暮れてもトリスや赤玉ポートワインなどのコピーを書きまくっていましたが、当時は〝コピーライター〟という言葉すら知られていず、〝文案家〟と呼ばれていました。教科書もなく、有名センセもいず、学校もなく、塾もなく、先輩もいず、私はただ我流で書いているだけでした。新聞、雑誌、週刊誌、ポスター、酒問屋の結婚式の招待状、バーの開店挨拶など、何から何まで一人でやらねばならず、その上、PR雑誌の『洋酒天国』の編集をし、原稿依頼に歩きまわらなければならない。夕方六時以後は柳原君や坂根進君などとトリスバーをハシゴして、毎夜、御帰宅は終電車以後というていたらく。二日酔いどころか、三日酔い、四日酔いで、体からアルコール気のぬけたタメシがないという暮しぶりでした。

学生時代には谷沢永一や向井敏などと『えんぴつ』というガリ版刷の同人雑誌をやり、富士正晴氏に誘われて『VILLON』に入ったりしていたのですが、学校を出てからは雑誌は空中分解、同人は四散、大阪から東京へ移ってからは会社の仲間以外には友人が一人もいず、とっくに私は文学から足を洗ったつもりでいました。おそらくこのままぐずぐずして年をとって、定年退職して、あちら岸へ引越してしまうことになるのだろうと思いきめていました。それが某日、新聞に出た科学記事を読んで、ササの開花の周期性と野ネズミの大量発生という関係を教えられ、死灰をかきわけてめらめらと創作欲に火をつけられることとなります。人事臆スベカラズ、何がどうなるか知れたものではないと、つくづく思わせられました。イメージが突発して脳にすわりこむとその抑圧を排除しようとして言葉を用具に迷路の彷徨《ほうこう》がはじまる。毎夜の安酒場探訪はぴたりとやめ、会社がひけると一直線に飛んで帰り、杉並区のはずれの畑や田ンぼのなかにある安社宅の床の間まがいの凹みにカーテンを張ってもぐりこんで、書いちゃ破り、書いちゃ破りでした。その妄執の日夜はいま思いかえしても果実のようにつまっていて、なつかしい気がします。幸い作品は平野謙氏の文芸時評にとりあげられて好評であり、つづいて文学雑誌が口をあけて前面にたちあらわれることとなる。しかし、もともと作家になる準備、とくに心のそれを持っていなかったものですから、たちまち空白に陥《お》ちこむこととなります。朝から乱酔また乱酔で、肝臓障害で倒れました。

輝ける闇（一九六八年　書下ろし　新潮社）

この五年前頃から主として『週刊朝日』にルポを書くことをはじめました。作品が書けないときにはルポを書いたらいいとすすめてくれたのは武田泰淳氏でした。泰淳氏は感じやすいはにかみ屋で、けっして人の顔を直視しようとせず、ぼそぼそと低い声でとぎれとぎれに話をする癖がありましたが、書けなくて苦しんでいる私を、某夜、くさやのひどい匂いのたちこめる安飲屋につれこみました。そして、忠告するという口調でもなく、助言するという構えでもなく、ルポを書くんだ、ルポだ、経験ができるし素材が拾えることもある、書斎を出ることですよと、そっぽを向いて教えてくれました。氏はとっくに白玉楼中の人となってしまいましたが、そのあたたかさは私には忘れられないものとなっています。

足田輝一氏が編集長をしていた『週刊朝日』の特派員ということでヴェトナムへカメラの秋元啓一と二人で出かけたのは一九六四年の十月頃だったと記憶しています。アメリカ軍の直接かつ大量の投入がはじまるのは翌年の四月頃からです。後日になって判明したところではこの六四年、六五年頃のヴェトナムは瓦解《がかい》寸前の状態にあったわけですが、わが国ではほとんど報道されていませんでした。NHKも民放も新聞社もサイゴンに支局を持っているのは一社もなく、何か事件が起ると記者は香港やバンコックからかけつけ、終るとそれぞれサイゴンから引き揚げるというのが事実でした。新聞をマメに読む読者にとってはこの国はいつも何やらゴタゴタともめてるなというぐらいの知覚がある程度だったと思います。ところが六五年の二月末に私がサイゴンから引き揚げてくると、新聞にも週刊誌にもヴェトナム問題専門家が氾濫して百家争鳴というありさまになっているので、一驚また一驚でした。

この作品は私にとっては最初の書きおろし作品となりました。明治以後のわが国の文学出版は若干の例外はあるものの、雑誌や新聞に一度発表したものをあらためて単行本にして出版するというのが主流で、作家もそういう心の習慣を体得させられています。しかし、本来、作品は、とくに長い作品は、書きおろしで書かれ、発表され、読まれるべきものです。一つの曲を三〇回も四〇回もにわけて演奏することは不可能だし、考えつくこともできないのですが、連載という形式はそういうことを強制して、しかも、それが常識だと感じているのですから、習慣とは不思議でもあれば、奇怪でもあります。「……連載だとビジネスになる。毎月きまった枚数を締切日にあわせて渡すことに没頭しちゃう。しかし、書きおろしだと、仕事になる。遊べる。きっとどこかで遊びがでてくる。それがいいんだよ」

書きおろしの心得をたずねると、三島由紀夫氏がそう教えてくれたことがありましたが、これはみごとにいいあてています。正確です。自分でやってみて、まさにそのとおりと痛感させられました。

主人公を一人称にして〝私〟で書くと読者はきっとそれを作者その人ととってしまう。グレアム・グリーンはどこかでそういって歎いていましたが、〝私小説〟の多いわが国ではとくにそうなります。しかし、いっぽう、広義で文学をとらえ、人の心と経験と言語の迷宮のような関係に思いをいたしてみると、すべての作品は自伝的であるということがあります。自伝そのものではないとしても自伝的であると断言することはできるでしょう。これを逆にして考えると、どんな自伝もフィクティヴであるということになります。逆もまた真の一例です。『輝ける闇』という題はハイデッガーが現代を定義づけた評言からとったものですが、〝私〟で書きすすめられています。この作品にはヴェトナムでの私の体験がおびただしく投入され、ことにジャングル戦はほとんどそのままです。しかし、そうでない要素もたっぷり入っています。どれが事実でどれがフィクションであるか。ああだろうか、こうだろうか。読者が自身の感性と判読力にたよりながら想像をめぐらすのも読み巧者の愉しみの一つかと、思います。

ロマネ・コンティ・一九三五年（一九七三年一月『文學界』）

四十三歳のときの短篇です。

この頃はいわゆるワイン・ブームよりずっと以前で、フランスのぶどう酒はわずかしか輸入されていず、ホテルやレストランのコレクションも現在のような百花斉放ではまったくなかった時代です。私がワインに開眼したのはパリの学生町で、それは一九六〇年、三十歳のときです。名もないキャフェで名もないぶどう酒を一杯一〇〇エンかそこらぐらいでやったのですけれど、これがよかった。病みつきになりました。ドイツでは朝から赤い顔をしてるとゲシュタポみたいな眼でジロリと見られるという雰囲気がありますけれど、パリではてんでおかまいなしです。むしろ歓迎されるか、たとえそうでないにしても、好ましい眼で見られるでしょう。だから私は手あたり次第にかたっぱしから安酒をあさって歩いたものでした。読書のコツはむやみやたらの雑読と乱読にありますが、ぶどう酒のよさがわかるにはやはりかたっぱしから安酒を飲みまくるのが初歩入門です。そのうちおぼろに、赤がいいか、白がいいか、ボルドォがいいか、ブルゴーニュがいいか、自分の好みがわかってくるし、きまってもくるのです。山の頂上から頂上へ尾根を縦走するのも登山の愉しみかもしれませんが、これをぶどう酒でいえばいつもいつもシャトォ物を飲めということになり、とてもポケットの許すところではござらぬというおきまりの事情がある。そこで麓から一歩一歩頂上めざしてのぼっていく手法をとり、チャンスさえあれば有名無名を問わず、産地も年号もおかまいなしに、安酒をむやみやたらに飲むことです。そうするとたまに気前のいい友人がボーナスで買うか誰かにもらうかした上物《じょうもの》を飲みにおいでと誘ってくれたとき、日頃の下物といかに異なるか、色、香り、味、酔心地、一瞬にして判別し、飲んでいるあいだじゅう判別し、翌日、翌々日になって後味でも判別する、というものです。

積年の畏友《いゆう》、坂根進君が、この頃、どこからかロマネ・コンティを手に入れて飲ませてくれました。この瓶にはレッテルの下にもう一枚のレッテルがつき、ニューヨークの輸入商の物でした。だからこの瓶はブルゴーニュのコート・ドールを出てから少なくとも一度は大西洋をわたっているのですが、その前後何十年間か、どこでどんな眠りをむさぼって修業していたのか、まったくわからないのです。しかし、飲んでみると、これはまったく腰がぬけ、べっとりとタール状の滓《おり》が沈澱し、いたましいばかりの凌辱をうけていました。そこで私としてはこの老残無残の老女に名誉を回復してやろうと思いたち、空瓶を神田の旅館へ持っていき、そこの薄暗い一室にたてこもってこの作品を書いたのでした。書く動機の一つには、明治以後のわが国の作家でフランスのぶどう酒を主題にして作品を書いた人は一人もいなかったという事実があります。いささか誇張していえば、開拓者の不安と歓びがあったわけです。こういう作品を書いたところで誰に味読してもらえるだろうか、何人に酔ってもらえるだろうか、という危惧《きぐ》は、終始、心からはなれませんでしたが、それはすべての作品についていえることでしょう。当時、『文學界』の編集長は西永達夫氏でしたが、この人は『パニック』が出てから最初に私を買いにきた人です。その素養、学識、眼力、フェア・プレイの精神、いろいろの面で日頃から尊敬する人物です。この人ができあがった生原稿を一読してニッコリ笑ってくれたときには、心底、ホッとしました。

玉、砕ける（一九七八年三月　『文藝春秋』）

四十八歳のときの作品です。

“Once written all is over.”（書イテシマウトスベテハ終ル）という慣用語句が英語圏の文学畑にあります。似た事情をわが国では『書イテシマウト作品ハ他人ノ物ニナル』と言い慣らわしています。鉄則であり、諦観《ていかん》でもあります。すべての作家はこの上にたって生きなければならず、暮さなければなりません。一度、ペンをおき、書斎から出ていった作品は、拍手で迎えられようが、唾や腐れ卵をぶっつけられようが、正読されようが、誤読されようが、ただうなだれて聞くしかないのです。

作品は書斎から出たあと、それぞれの足でそれぞれの道を歩いていくけれど、著者はその後姿を一喜一憂しながらも黙って見送るだけです。この作品は発表の翌年、川端康成文学賞を授けられました。ついで香港の『文滙報』という新聞に内容の詳細を紹介されましたが、背景に文化大革命と老舎の死を書いたからと思われます。ついで中国共産党の幹部級の人だけが読む新聞に全文を翻訳される。この頃、訪中文学代表団の一人として上海を訪れた大岡信氏が晩餐会の席で中国側の要人から、文革のさなかのわれわれの苦悩を日本人作家の開高氏が理解してくれた、といって絶讃したと、言葉を持って帰ってくれました。ついで、かねがね私の長篇や短篇を英訳してくれているフィラデルフィア在住のC・S・シーグル・タンネンバウム女史がこれを英訳し、カリフォーニア大学バークレー分校のヴァン・ゲッセル教授監修の二巻本『ショーワ・アンソロジー』の下巻に収録されます。これは講談社インターナショナルの出版で、昭和期の作家二十五人の一人一篇ということで短篇を選んだ本です。ついで、パリのガリマール社の『現代日本作品集』にもフランス語訳されて収録されます。一九八七年にはさきの『ショーワ・アンソロジー』を誰かが通読した結果と思われますが、ニューヨークのホルト・ラインハート社で『フィクションを読む』という短篇集に再録されます。これはアメリカの大学の文学部の学生のための教科書としての短篇集であって、他に収録されているのはゴーゴリ『外套』、モォパッサン『脂肪の塊り』、カフカ『断食芸人』、スタインベッドク『菊』など。ボスポラス海峡以東の作品としてはこの一作きりです。さらに同年、ドッド・ミード社の『五千人の失踪者』に私の他の作品といっしょに収録され、短篇集として出版されました。

破格も破格、これは作者にとっては望外の幸甚というしかない出世ぶりといえましょう。それも私が見もせず聞きもしないところで起ったことで、私としてはただそのたびそのたび通知をうけとって、眼をパチクリさせていただけのことです。作者が出来上った自分の作品を眺める眼は、《アヒルをかえそうとしてハクチョウをかえしてしまったアヒルの眼、または、ハクチョウをかえそうとしてアヒルをかえしてしまったハクチョウの眼》みたいなものだと、たしかP・ヴァレリーがどこかに書きつけていたと思いますが、そんなものでしょう。もう私の生涯に二度とこういうことは起りますまい。

戦場の博物誌（一九七九年二月～五月『文學界』に連載）

三十代いっぱいと四十代前半、私はいろいろな国の戦場や、紛争地や、学生暴動などをルポして歩きました。それ以後も海外放浪はつづけたし、現在もやっていますが、これはもっぱらナチュラリストとして釣竿片手にであり、戦場はやめました。やめた理由はいろいろですが、死体や号泣を描写するヴォキャブラリーがいつもおなじであることに耐えられなくなったということが一つ。流血の闘争をせずにいられない人間のとめどなさについていけなくなったことが一つ。

しかし、ヘミングウェイに『死の博物誌』と題するエッセイ風の短篇があることを思いだし、そして戦場には弾丸と血と叫喚のほかにひっそりと、堂々と、絶えることなく鳥獣虫魚、花鳥風月のたたずまいがあることを思いだして、書きつづってみたら、この作品になりました。大岡昇平氏の作品のどこかに、〝兵士はもっとも自然に接することの多い職業である〟という意味のマキシムが書かれてあったと思いますが、〝自然〟を戦場で濃縮してみたら、と思いたったわけです。

しかし、こうしてさまざまな経験をくぐっていくうちに、小説の取材のためにという意識を持って旅をすると意外に何もひっかかってこないし、見えるものもないし、耳にのこるものもない。むしろ自然体の構えでふらふらと出ていき、ほっつき歩いていると、経験はかえって向うからすり寄ってくるものだということに気がつきました。東南アジアにも、アフリカにも、中近東にも、リポーターとして、記者として私は出かけたのであって小説の取材のためではなかったのですが、結果として何かを作品に書きのこすということになったのは、おそらくそのためでしょう。それともう一つ。経験、心象、事実、事件などにはフィクションで書いたほうが本質を伝えられると感じられるものと、ノンフィクションで書いたほうがいいと感じられるもの、およそこの二種があるということにも気がつきました。これが何に由来するものなのか、けじめはどうつけたらいいのか、私にはまだよくわかりません。少なくとも言葉にはできかねています。ただ本能というか、カンというか、そういうものにだけたよって私はやってきました。おそらくそれは〝自然体の構え〟の一つとして含まれるものと思われますが、これこそもっともむつかしいことです。そしてありとあらゆる描法のうちで、シンプルかつディープというのが至難の至難であり、そこに達するまでにはおびただしい爛熟や腐敗や醱酵の状態をくぐらねばなるまいということも痛感されるようになりました。それがこれを書いている五十七歳の小説家、もう沈みかかった夕陽という年齢の男の、中間報告です。

（『昭和文学全集』第二二巻〈中村真一郎・井上光晴・開高健・北杜夫・三浦朱門〉小学館　昭和六三年七月一日）

一〇一　『輝ける闇』――自作再見

「……連載はビジネスだよ。毎月それぞれの枚数を書くことに追われて、それで精いっぱいさ。しかし、書きおろしはちがうな。これは魅力がある。まんなかぐらいまでいくと遊びたくなるし、遊べるんだ。それが魅力なんだよ。そこがちがう」

書きおろしをやろうと思うんですが何にいちばん気をつけなければいけませんか。という質問をしたら、三島由紀夫氏はスラスラとその場でそういう答えかたをした。

これが名言だとわかったのはそのパーティーがあってから一年かそれくらいたってからであった。私は生まれてはじめて〝連載〟ではなくて新潮社の〝書き下ろし〟シリーズの一冊を四苦八苦のあげく仕上げることができたのだったが、その過程をふりかえってみると、三島氏の指摘はドンピシャリ、的に命中していて、まさにそのとおりだと、うなずくよりほかないのだった。夜ふけにひそかに、さすが、と舌を巻いたものだった。

これが『輝ける闇』だったのだが、作品そのものが成功作となったかどうかは別問題である。一人の小説家の内部には、作家と、批評家と、読者の三人が同棲していて、のべつケンカしたり握手したりして暮しているが、書きあげた直後に判明する問題もあれば、そうでない問題もある。

つい昨日のことのように感じつつウカウカと暮してしまったが、この作品は今から二十一年前に出版された。こんな作品があることをおぼえているのはおそらく作者だけであろうと思うことにしてある。無人島に暮す男が空瓶に手紙をつめこんで海へ投げるのを〝空瓶通信〟と呼ぶが、文学は書き手から見るとまさにその一種である。この覚悟がとっくに骨にしみて歳月をうっちゃってきたはずなのだが、ときどきひどいさびしさがこみあげてくる。

この作品の舞台はヴェトナムである。主人公は〝私〟である。けれど、あえて弁解しておかなければならないが、書かれてあるすべてが私自身だというわけではない。ジャングル戦や前哨陣地での暮しについては私自身の体験を全力投入したけれど、それ以外のイメージや細部がたくさんある。もっとも書き悩んだのはイデオロギーでもなければ〝事物〟でもなく、そのまわりに漂よう〝匂い〟であった。これくらいむつかしいものはなかった。空瓶に匂いを封じこめることに二年か三年の夜を費消しつづけたのだった。

しかし、作品にはネコみたいなところがあって、だまっていると寄ってくるが、呼べば逃げる。取材するんだ、ネタをひろうんだ、火のなかからクリをつかみとってやるんだという意識で突っ張って出かけると、たいてい空振りで終わってしまう。いわゆる〝自然体〟の構えでいくのがいいのだが、やってみるとこれがじつにむつかしいとわかってくる。私はヴェトナムについてこの長篇と短篇いくつかを帰国後に書いたけれど、あとから考えてみると、ことごとくといってよいくらい現場で取材意識を持たなかったこと、それらだけが果実になった。

私の内部に同棲する三人の人物は今ではめいめいこの作品の長所と短所をハッキリと知っている。しかし、三人が三人とも作品の背後にあるものにはたじたじとなっている。その光景を見ると、ときどき私はなつかしくなり、ちょっと愉快にもなる。もう二度と書けないな、と痛感させられもする。

（『朝日新聞』平成元年八月二七日）

解　説

谷沢永一

満十八歳の開高健は、すでにして、作家、であった。習作を三篇、学生同人雑誌に載せただけであるのに、これから己れの生きゆく道を、作家、と思い定めていた。それ以外のいくぶん妥協的な行路は、片鱗たりとも念頭にない。作家になりたい、と願うのではなくして、作家になる、と決めていた。もし作家になれなかった場合は、などの思案はめぐらさない。その時から、芥川賞を受けるまで、足かけ九年、様ざまに多くを語りあったが、作家の眼、とは多少とも異なる視座に、決して彼は身を遷さなかった。生涯、生粋の作家であった。彼の多彩な文学批評は、徹頭徹尾、作家の批評、そのものであった。

開高健は、単なる小説読み、だったのではない。全身をあげて小説が好きであり、人なみはずれて多量に読んだが、読みたいから読む、のではなかった。小説を書くために、創作力を身につけるために、そのためにこそ読んだのである。おそろしいまでに効用的な、ひたすら能率的な、目標を達成するための、気を張りつめた小説読みであった。

安楽椅子に腰を沈めて、自分の気分を楽しむための、そんな受け身の読み方は、開高健の知らぬところであった。また、読み辿りつつ、あれこれ考量し勘案し、作品を全体として値踏みする、そういうよそよそしい姿勢の、批評家根性に傾く読み方も、これまた彼とは無縁であった。栄養を摂るために、また不純物から身を隔てるために、そのために個々の作品の、養分の組成を吟味した。陳列棚を外から覗きこむのではなく、手許に引きよせて切りわけた。それから口に含み舌にのせ、しかるべく時間をかけて味わった。そのあとでおもむろに食後の談話を、簡潔に点綴したのである。

小説についての言説は、大きく二種類に分け得よう。その第一種は、概論、原論、つまりは総括しての本質論である。それらに開高健は無関心であった。菊池寛の常用語を借りるなら、意味ない、と観じていたのである。故に、興味を示さず、読まず、語らず、であった。そういう議論は宙に浮いており、思弁の往還反復ではあっても、実在する小説の姿かたちとは、遊離している、と見さだめていた。

小説に関する言説の第二種は、一篇ずつを見わけた作品ごとの読解、ひいては或る程度たばねての観察、つまりは理論と一線を画する具体論、個別に即した批評である。開高健は個に執した。抽象論一般論をもてあそばず、作品ひとつひとつの目鼻だちを見わけ、微細な違いの弁別に耽った。

その場合も、総体としての計量ではない。彼は、仲買人ではなかったから、市場という次元の価値判断には赴かなかった。その作品のイノチはなにか、ずばり骨髄に踏みこんで、イノチが宿っているところ、それが生かされている仕組み、息を吹きこんだ作者の存念、その間の呼吸に聴き耳を立てた。彼は、死体解剖人ではなかった。作品に血を通わせている生命力、それを全身に行きわたらせている経絡、すなわちツボを探して押さえた。脈うっている機構にしか目をつけない。批評に際しての開高健は、終始、循環器の専門医であった。

個別具体の批評にも、発生の基地が、また二種類ある。謂わゆる評論家による批評と、そして、作家による批評。開高健は、評論家を、嫌うというほど依怙地ではなかったが、どちらかと言うなら、評論家に重きを置いていなかった。ひとしなみに貶価するのではないが、見当はずれや迂遠な議論が多すぎるやないかと、多少ウンザリしていたのである。この世界に独得の評論術語には、常づね閉口し辟易していた。あれで、ほんまに解ってんのかいな、と、遠慮がちに呟いたものである。議論についての評価軸は、ミがあるかないか、それだけだった。

そこで、最後に選り残されたのは、作家による、実作者による批評である。それが、彼の息抜きとなった。彼のうちなる受信器が、はじめて喜ばしく作動した。大切な勘所をわきまえている発語、それを求めていたのである。司馬遼太郎は、「絵画における理論と作品が、物理学における理論と実験の関係ではないということは自明のことであるのに」（中公文庫『微光のなかの宇宙』）と書いた。ここに記された、絵画、という語は、拡大して、文学、のみならず、芸術、その全領域、と置きかえながら、解することも許されようか。ちなみに、この言い立てを含む「裸眼で」一篇は、芸術理論の無効性を撃つ証言として、近代日本の言論史上に、最高の説得力を発揮している。

閑話休題《それはさておき》、小説についての言説を、実験室のなかからの発声と、実験室に近づかない者の感懐と、この巧みな言い方を借りながら、敢てまっぷたつに分けるなら、有効性の判断に迷いの余地はない。開高健もまた、実験室から聞えてくる声に耳をかたむけ、そして作家となったのち、自分ひとりの実験室から、サインを送りつづけたのである。

しかし、ここに、ひとつの難関がある。秀れた個性の作家といえども、常にかならず批評発声の声帯が、備わっているとはかぎらない。世には、沈黙の審美眼、とでも言うべきタイプがある。したがって、評論術語に拠らない作家の肉声が、実作者に独得の批評として、音階が十全にととのえられるには、稀有の恩寵が要るらしい。敢て憚らず低音で語るなら、作家であるからというだけで、おのがじしその評言吐露が、すべて有効とは申せぬのである。批評が批評たり得るためには、最低限の普遍性が要るだろう。他のもろもろの存在から、己れひとりを区別する個性、その輝きに基づきながら、しかも、他のもろもろの存在の、その内奥に共感を誘発し得る浸透力、それが、作家による批評の身上である。

開高健の性格は、かならずしも社交家的ではなかったが、しかし、いったん身を乗りだした場合は、語りかけ、の名手であった。ごく一般の通用語に、即興、という賞めそやし言葉もあるが、それがうまく成功した場合、本当は偶発である筈がない。それは、必ずやかねて用意されている企みであろう。開高健もまた、ちょっと見には即興を演じたが、すべてはいつも練りあげられていた。かりそめの発言はしないのである。とくに、彼は、万事につけて、慎重であった。迂闊に原稿は引き受けない。ことに批評はテーマを選んだ。いま自分に書きたいことがある、そう確かめてからの踏みだしであった。彼の批評は余戯ではない。自覚においては、作家であると同時に、並行して、独立して、批評家、であった。すなわち、作家としての批評家、であった。彼は、生涯をかけて、開高健による、作家の批評、その一巻を書き継いでいったのである。

私は三十五年間、大学の教育職員をつとめた。国文学科、近代文学、専攻は文藝評論史、その領域で、何を読んだらいいか、学生に語る機会があるとき、その口癖は、こうだった。日本近代文学という学問分野で、論文生産業者になりたければ、学者の謂わゆる研究書に就け。文壇に打って出て、売文業者になりたければ、評論家と呼ばれる種族の著作を覗け。それぞれのギョーカイ、業界に、参入するための手立てである。しかし、それほど生臭い念慮を持たず、文学の味読力を深めたいのであれば、純粋にそのためだけであれば、我が国の研究や評論は、それこそ有害無益である。作家による批評だけが役だつ。その量は至って少ないから、意を安んじて慌てず取りかかれ。

私の見るところは、こうである。明治期は作家による批評が乏しい。鷗外は理論の受け売り専業、個別の批評を庶幾しなかった。緑雨はどうでもいいことを警句に仕立てただけ、批評家を以て遇するに当らない。作家にして批評家は花袋のみ、本筋の評論文は全集に洩れているので、『文章世界』を通覧する必要がある。

大正期では、三幅対がひときわ輝く。広津和郎の『文学論』（筑摩叢書）と佐藤春夫の『退屈読本』（冨山房百科文庫）は手近にあるが、惜しむらく宇野浩二の評説がいま読めない。大患以前の宇野浩二評論綜集が、刊行されなければならぬ。その後、円本の刊行を契機として、昭和改元の翌二年、正宗白鳥が『中央公論』誌上に論評を重ねた。前後の評論全篇が、全集（福武書店）に六冊を占めている。

昭和期、その頂点は、川端康成である。林芙美子装幀『川端康成選集』の、第七巻『作家と作品』および第八巻『文藝時評』、この二冊の上に出る評論書を、作家によると否とによらず、今に至るも私は知らない。全集（新潮社）に評論は五冊を成す。続いては、終戦までの中野重治。以後は、これはもう、お話にならない。昭和二十一年、折口信夫は、中野重治に、「お盛んで」と挨拶した。〝お盛ん〟なとき中野はダメなのである。全集（筑摩書房）から戦前の評論随筆を抜きだす必要がある。

戦後は、もちろん、三島由紀夫である。『三島由紀夫評論全集』全四巻（新潮社）は現代日本人のための、現代文学読本である。そして量は多くないにしても、開高健によるこの一巻が、伝統を受け継ぎ、後に伝えるであろう。

嘗て、勝海舟は『氷川清話』に語った。「世間は活きている。理窟は死んでいる」と。それになぞらえて言うならば、文学は活きている、理論は死んでいる、なのである。活きている文学の脈搏と呼吸を、実感と会得で伝え得るのは、文学の世界に活きている、実作者を措いて他に求めがたいと、悟入するのに手間暇はかからぬであろう。芝居や能の世界では、幕内の批評、と言い慣らわす。幕外の気楽な劇評家の、頓珍漢との対比である。文学でも、事情は変らない。素人に恭しく教われば、最後まで素人にとどまるであろう。畏るべきは常に玄人である。玄人にこそ、ものを教わりたい、と私は願う。

現代文藝評論大系など、類似の出版物はおしなべて、ケンキュウのための資料である。とうてい読めたものではないし、読んでもハラの足しにならない。文学の味読力を深めるには、作家による評論文の採録編集が、不可欠であるのではなかろうか。

本書は中公文庫オリジナル『衣食足りて文学は忘れられた!?文学論』（一九九一年十二月刊）を改題したものです。

本文中には、現在の人権意識に照らして不適切な表現がありますが、執筆当時の時代背景、および、著者が他界していることなどに鑑み、原文のままとしました。

（編集部）

中公文庫

開高健《かいこうたけし》の文学論《ぶんがくろん》

2010年 6 月25日　初版発行
2017年 4 月30日　再版発行

著　者　開《かい》　高《こう》　健《たけし》

発行者　大 橋　善 光

発行所　中央公論新社
〒100-8152　東京都千代田区大手町1-7-1
電話　販売 03-5299-1730　編集 03-5299-1890
URL http://www.chuko.co.jp/

印　刷　三晃印刷
製　本　小泉製本

Published by CHUOKORON-SHINSHA, INC.
Printed in Japan　ISBN978-4-12-205328-1 C1195

中公文庫既刊より

各書目の下段の数字はISBNコードです。978－4－12が省略してあります。

か-2-3
ピカソはほんまに天才か 文学・映画・絵画…
開高　健

ポスター、映画、コマーシャル・フィルム、そして絵画。開高健が一つの時代の類いまれな眼であったことを痛感させるエッセイ42篇。〈解説〉谷沢永一

201813-6

か-2-7
小説家のメニュー
開高　健

ベトナムの戦場でネズミを食い、ブリュッセルの郊外の食堂でチョコレートに驚愕。味の魔力に取り憑かれた作家による世界美味紀行。〈解説〉大岡　玲

204251-3

お-63-1
同じ年に生まれて 音楽、文学が僕らをつくった
小澤征爾
大江健三郎

一九三五年に生まれた世界的指揮者とノーベル賞作家。「今のうちにもっと語りあっておきたい――。」この思いが実現し、二〇〇〇年に対談はおこなわれた。

204317-6

お-63-2
二百年の子供
大江健三郎

タイムマシンにのりこんだ三人の子供たちが出会う、悲しみと勇気、そして友情。ノーベル賞作家の、唯一のファンタジー・ノベル。舟越桂による挿画完全収載。

204770-9

の-3-13
戦争童話集
野坂昭如

戦後を放浪しつづける著者が、戦争の悲惨な極限に生まれえた非現実の愛とその終わりを「八月十五日」に集約して描く、万人のための、鎮魂の童話集。

204165-3

の-3-14
妄想老人日記
野坂昭如

どこまでが本当で、どこからが偽りなのか……妄想の場合、虚実の別はない、みな事実なのだ。九八年から九九年の日記という形をとった、究極の「私小説」。

205298-7

の-13-1
リハビリ・ダンディ 野坂昭如と私 介護の二千日
野坂暘子《ようこ》

七十二歳の夫が脳梗塞に倒れ夫婦の第二幕が上がった。半身マヒ、骨折、肺炎……困難にめげず声をかける。「あなた、私についてきて！　二人でカッコいいステージを演じよう」。

205602-2

き-6-3
どくとるマンボウ航海記
北　杜夫
たった六〇〇トンの調査船に乗りこんだ若き精神科医の珍無類の航海記。北杜夫の名を一躍高めたマンボウ・シリーズ第一作。〈解説〉なだいなだ
200056-8

き-6-16
どくとるマンボウ途中下車
北　杜夫
旅好きというわけではないのに、旅好きとの誤解からマンボウ氏は旅立つ。そして旅先では必ず何かが起こるのだ。虚実ないまぜ、笑いうずまく快旅行記。
205628-2

き-6-17
どくとるマンボウ医局記
北　杜夫
精神科医として勤める中で出逢った、奇妙きてれつな医師たち、奇行に悩みつつも憎めぬ心優しい患者たち。人間観察の目が光るエッセイ集。〈解説〉なだいなだ
205658-9

え-10-7
鉄の首枷　小西行長伝
遠藤　周作
苛酷な権力者太閤秀吉の下、世俗的野望と信仰に引き裂かれ、無謀な朝鮮への侵略戦争で密かな和平工作を重ねたキリシタン武将の生涯。〈解説〉末國善己
206284-9

え-10-8
新装版　切支丹の里
遠藤　周作
基督教禁止時代に棄教した宣教師や切支丹の心情に強く惹かれた著者が、その足跡を真摯に取材し考察した紀行作品集。〈文庫新装版刊行によせて〉三浦朱門
206307-5

よ-48-1
ぶるうらんど　横尾忠則幻想小説集
横尾　忠則
生と死のあいだ、此岸と彼岸をただよう永遠の愛。泉鏡花文学賞受賞の表題作に、異国を旅する三つの幻想奇譚をあわせた傑作集。〈解説〉瀬戸内寂聴
205793-7

し-9-7
三島由紀夫おぼえがき
澁澤　龍彦
絶対と相対、生と死、精神と肉体——様々な観念を表裏一体とする激しい二元論に生きた天才三島由紀夫。親しくそして本質的な理解者による論考。
201377-3

た-13-5
十三妹《シイサンメイ》
武田　泰淳
強くて美貌でしっかり者。女賊として名を轟かせた十三妹は、良家の奥方に落ち着いたはずだったが……中国古典に取材した痛快新聞小説。〈解説〉田中芳樹
204020-5

各書目の下段の数字はISBNコードです。978－4－12が省略してあります。

み-9-6 **太陽と鉄** 三島由紀夫

三島ミスチシズムの精髄を明かす表題作。作家として自立するまでを語る「私の遍歴時代」。三島文学の本質を明かす自伝的作品二篇。〈解説〉佐伯彰一

201468-8

み-9-7 **文章読本** 三島由紀夫

あらゆる様式の文章・技巧の面白さ美しさを、該博な知識と豊富な実例と実作の経験から詳細に解明した万人必読の文章読本。〈解説〉野口武彦

202488-5

み-9-9 **作家論 新装版** 三島由紀夫

森鷗外、谷崎潤一郎、川端康成ら作家15人の詩精神と美意識を解明。『太陽と鉄』と共に「批評の仕事の二本の柱」と自認する書。〈解説〉関川夏央

206259-7

み-9-10 **荒野より 新装版** 三島由紀夫

不気味な青年の訪れを綴った短編「荒野より」、東京五輪観戦記「オリンピック」など、〈楯の会〉結成前の心境を綴った作品集。〈解説〉猪瀬直樹

206265-8

み-9-11 **小説読本** 三島由紀夫

作家を志す人々のために「小説とは何か」を解き明かし、自ら実践する小説作法を披瀝する、三島由紀夫による小説指南の書。〈解説〉平野啓一郎

206302-0

み-9-12 **古典文学読本** 三島由紀夫

「日本文学小史」をはじめ、独自の美意識によって古今集や能、葉隠まで古典の魅力を綴った秀抜なエッセイを初集成。文庫オリジナル。〈解説〉富岡幸一郎

206323-5

よ-17-9 **酒中日記** 吉行淳之介 編

吉行淳之介、北杜夫、開高健、安岡章太郎、瀬戸内晴美、遠藤周作、阿川弘之、結城昌治、近藤啓太郎、生島治郎、水上勉他――作家の酒席をのぞき見る。

204507-1

よ-17-10 **また酒中日記** 吉行淳之介 編

銀座や赤坂、六本木で飲む仲間との語らい酒、先輩たちと飲む昔を懐かしむ酒――文人たちの酒にまつわる出来事や思いを綴った酒気漂う珠玉のエッセイ集。

204600-9